KB271168

횡단과 경계

근대문학 연구와 비평의 대화

지은이 권성우(權晟右)는 1963년 서울에서 태어났다. 서울대 국문과를 졸업하고 같은 대학교 대학원 국문과에서 석·박사 과정을 마쳤다. 학부 시절 김윤식 교수의 수업을 들은 후에 비평가가 되기를 꿈꿔왔으며, 1985년 서울대 대학신문사에서 주관하는 〈대학문학상〉에 이문열론이 당선되면서 본격적으로 문학비평을 쓰기 시작했다. 『문예중앙』, 『세계의문학』, 『사회비평』, 『문학수첩』 등의 편집위원을 역임했다. 현재 숙명여대 인문학부에 재직중이다. 지은 책으로는 『비평의 매혹』(1993), 『모더니티와 타자의 현상학』(1999), 『비평과 권력』(2001), 『비평의 희망』(2001), 『논쟁과 상처』(2006)가 있다.

횡단과 경계 − 근대문학 연구와 비평의 대화

2008년 2월 25일 1판 1쇄 인쇄
2008년 2월 28일 1판 1쇄 발행

지은이 _ 권성우
펴낸이 _ 박성모
펴낸곳 _ 소명출판
등록 _ 제13-522호
주소 _ 137-878 서울시 서초구 서초동 1621-18 (란빌딩 1층)
대표전화 _ (02) 585-7840
팩시밀리 _ (02) 585-7848

somyong@korea.com | www.somyong.co.kr
ⓒ 2008, 권성우
값 18,000원
ISBN 978-89-5626-296-3 93810

횡단과 경계

근대문학 연구와 비평의 대화

Traverse and Boundary

The conversation between Study on modern literature and Criticism

권성우

소명출판

한국의 『모더니티와 타자의 현상학』(1999) 이후, 9년 만에 두 번째 연구서를 펴낸다. 첫 연구서를 펴낼 때나 지금이나 변함없이 고민하는 것은 '비평가로서의 자의식과 학자로서의 정체성을 어떤 식으로 조화롭게 모색할 수 있는가?' 하는 물음이다. 그러니, "학술적 연구에 매달릴 때는 청아한 보석 같은 비평적 에세이를 쓰고 싶다는 열망을 간직했으며, 현장 비평에 몰두할 때마다 언젠가는 단단하고 정밀한 학술적 논문을 쓰게 되리라는 희망을 가지곤 했었다"는 9년 전의 모색과 고민은 여전히 현재진행형이다.

이즈음 들어, 근본적으로 생각하게 되는 것은 제도로부터 자유로운 글쓰기에 대해서이다. 학술진흥재단의 연구지원이 거의 모든 연구자의 글쓰기와 삶에 영향을 미치게 되면서, 몇몇 긍정적인 기능에도 불구하고, 연구를 위한 연구, 논문을 위한 논문이 양산되고 있다. 이러한 때일수록 연구자에게 필요한 것은 지금 내가 왜 이 글을 쓰는 것인가에 대한 의식, 즉 학술적 글쓰기에 대한 '민감한 자의식'이리라. 그 자의식의 편린이 바로 이 책에 수록되어 있는 글들, 즉 임화·이태준·김남천에 대한 관심으로 이끌게 했다. 약 70여 년 전에 그들이 보여준 고민과 모색, 희망과 절망, 저항과 협력, 비판과 편승, 장르 경계의 횡단 등은 지금도 여전히 유효한 의의를 지니고 있다. 특히 1940년을 전후한 시기에 임화·김남천·이태준이 보여준 문학적 행로와 표정은 지금 이 시대 문학의 논점과 문제의식의 기원 자체라고 보아도 좋을 만큼 역동적인 맥락을 지니고 있다.

그것은 다음과 같은 차원에서 한층 구체적으로 언급될 수 있다. 우선 임화와 김남천의 글에서 발견되는 현재적 의미에 대해 각별하게 주목해야 한다. 이 시대 문학판에서 언급되는 상당수의 쟁점과 문제의식의 기원을 임화와 김남천이 발표한 당시 몇몇 글에서 발견할 수 있다. 가령, 문학미디어(언론)에 대한 문제의식, 문화산업에 대한 성찰, 문학 내부로 침잠한 문단에 대한 비판, 역사성과 사회의식을 상실한 당대 문학에 대한 치열한 문제제기, 비판적 기능을 잃어버린 비평의 위기에 대한 심문, 당대 문단의 제도적 시스템에 대한 비판적 해부, 탈식민주의적 자의식 등이 특히 당시 임화의 글들에서 집중적으로 드러나는데, 이러한 논점들은 바로 이 시대 비평이나 문학장의 그것과 놀랄 만큼 유사하다.

개인적으로 1940년을 전후한 임화의 글들을 읽는 내내, 깊은 슬픔과 짙은 공감에 휩싸이곤 했는데, 그 점은 임화의 글들이 이즈음 문학을 바라보는 내 마음에 어떤 공명을 울리게 만들었기 때문이리라. 이러한 임화에 대한 문제의식이 이 책의 제1부 「임화의 저항과 현재성」에 수록된 네 편에 글에 담겨 있다. 한마디로 나는 임화를 통해 이 시대 문학에 대해서 얘기하고 싶었다. 좀더 근본적으로 임화를 통해 식민지 문인과 비평가들이 당시의 문단제도, 장르 시스템, 지배 이데올로기에 대해 어떠한 방식으로 성찰하고 대결했는가에 대해 탐구하고자 했다. 이런 의미에서 임화의 산문과 비평은 바로 이 시대 문학을 바라보는 거울에 다름 아니다.

시·소설·비평 등의 중심 장르를 대상으로 한 학술적 관행이나 비평적 습속은 여전히 완고하다. 이 책의 제목을 『횡단과 경계』로 한 것은 이 같은 장르적 규범에서 탈피했을 때, 새로운 학문적 시선을 확보할 수 있다는 문제의식과 연관된다. 이 책에 수록된 이태준의 기행문이나 수필, 김남천의 산문(에세이), 임화의 문화담론과 산문에 대한 연구는 바로 이러한 학문적 아젠다의 발로이다. 말하자면, 한 문인이나 비평가의 은폐된 무의식이나 욕망까지 섬세하게 탐구하기 위해서는 그의 수필·기행문·산문·일기 등의 변두리 장르에까지 연구 대상을 폭넓게 확장할 필요가 있다는 것이다. 그 새로운 시선을 통해, 당시 퇴폐주의를 옹호하는 임화와 허무주의에 얼마간 경도된 김남천의 복잡한 내면을 목도할 수 있는 것이다. 이는 식민지 시대 진보적 지식인에게 드리워진 다양한 균열의 지점을 정직하게 응시하는 과정이기도 할 것이다. 이 책의 제2부 「장르의 경계를 횡단하여―이태준과 김남천」은 지금까지 설명한 문제의식에 의해 구성되었다.

비평가로서의 정체성은 이 연구서를 관통하는 화두에 가깝다. 즉 '한 사람의 비평가로서 비평사적 시선을 어떤 방식으로 확보할 것인가'라는 고민을 줄곧 해왔는데, 이러한 입장은 이 책의 제3부 「비평의 역사와 이론의 운명」에 수록된 글들에 표명되어 있다. 그 핵심은 탈식민주의적 비평사 연구의 모색, 60년대 비평사에 대한 성찰, 해방 이후 현재에 이르는 비평사 연구에 대한 정리 및 문제제기, 자생적 이론의 가능성에 대한 전망 등으로 요약될 수 있다.

이 책을 관류하는 또 하나의 근원적인 문제의식은 근대문학 연구와 현장 비평의 대화적 관계에 있다. 이 책의 부제를 '근대문학 연구와 비평의 대화」로 한 것은 바로 이 같은 사실과 연관된다. 그렇기에 이 책은 올해 봄에 간행될 비평집 『낭만적 망명』(소명출판)과 상호텍스트 관계에 있다는 사실을 밝혀두고자 한다.

이 책에 수록된 글들은 3부의 두 번째 글(2002)과 마지막 글(1995)을 제외하고는 모두 2003년 이후에 발표되었다. 그 시점은 내 인생의 새로운 전환기가 시작된 시기와 일치한다. 새로운 환경에서 적어도 이전보다는 성숙한 시각이 담보된 글들을 발표하고 싶었다. 아울러 항상 학문적으로 새로운 문제의식으로 충만한 글을 쓰고 싶다는 주관적인 열망을 지니고 있다. 그 열망의 충족은 영원히 도달 불가능한 형이상학적 실체일 것이나, 적어도 그 열망만큼은 평생 동안 함께 하겠다는 다짐을 해본다.

이 책에 수록된 글들로 인해 가족과 함께 하지 못했던 수많은 시간들에 대해서 생각해본다. 더욱 근본적으로 글 쓰는 사람의 고독한 인생에 대해 생각해본다. 고독이 운명이라면, 앞으로도 그 세계를 기꺼이 수용해야 하리라. 그러나 이 다짐이 내 고독으로 인해 많이 힘들었을 가족에게는 어떤 위로도 되지 못하리라. 나의 사랑하는 가족에게 마음 깊이 감사와 미안한 마음을 전하고 싶다. 그리고 이 책의 교정을 도와준 숙명여대 대학원의 인하연에게도 고마운 마음을 표하고 싶다.

7년 만에 다시 소명출판에서 책을 내게 되었다. 마치 오랜만에 고향에 돌아온 것 같은 편안하고 즐거운 마음이다. 올해로 10주년을 맞이하는 소명출판이 인문적 지성의 텃밭이 되기를 희망한다.

2008년 2월, 다시 새봄을 기다리며
권성우

제2부 | 장르의 경계를 횡단하여
이태준과 김남천

제1장

이태준 기행문의 현실 인식

제1부
임화의 저항과 현재성

문학미디어 비판과 문화산업에 대한 성찰
임화의 경우

1. 문제제기 – 임화 문학 연구의 새로운 진전을 위해

한국 근대문학비평사에서 가장 정열적이며 인상적인 비평 활동을 수행해왔으며 누구보다도 파란만장한 인생을 영위한 비평가 임화(林和, 1908~1953)는 올해 탄생 백주년을 맞이한다. 아울러 그가 1953년 평양에서 사상적 입장을 같이 한 국가체제에 의해 비극적인 죽음을 맞이한 지도 어언 55년의 세월이 흘렀다. 그러나 세월이 흐를수록 그 처연한 비극으로 종결된 임화의 문학은 오롯이 빛을 발하고 있는 것으로 보인다.

이제 임화 연구는 새로운 시각과 참신한 해석을 요청받고 있다. 최근 임화 연구는 기존의 연구에서 한 걸음 더 나아가 '비평론'·'생산문학론'·'이식문학사론'과 같은 1930년대 말에서 1940년대 초반에 이르는 시기에 전개된 임화의 글쓰기에 대한 심화된 탐구와 임화의 다채로운 방식의 글쓰기에 대한 참신한 해석학적 연구로 나아가고 있다.

사실 임화는 근대문학사를 통해 문자 활동을 영위했던 어떤 문인보다도 다양한 논의와 다면적인 해석의 여지가 있는 문제적인 문인이다. 이 점은 시인, 문학사가, 비평가, 영화배우, 연극운동가, 조직운동가, 출판사 경영 등으로 표출되는 그의 정체성이 워낙 다방면에 걸쳐 있다는 점과 한국 근대문학사의 가장 핵심적인 의제들—가령, 이식문학론, 현해탄 콤플렉스, KAPF문학, 마르크스주의와 모더니즘, 근대문학사 서술, 문학과 정치, 협력과 저항 등등—이 바로 임화의 문학행위를 통해 가장 극적이며 전형적으로 드러나고 있다는 사실에 연유한 것으로 판단된다. 여기에 덧붙여 그의 참으로 비극적인 죽음도 임화에 대한 일종의 아우라와 학문적 선입견을 부여했을 것이다. 이제 임화에 대한 연구는 이념과 신화의 영역에서 탈피하고 맹종과 폄하의 단계를 넘어서서 임화의 다양한 글쓰기를 해체, 재구성하여 면밀하게 검토하는 단계로 이행되어야 한다.

이 글은 임화를 비롯한 카프비평가들의 전반적인 문학 활동에 대한 연구가 좀더 복합적인 시각과 간(間) 장르적인 관점에 의해서 정교하게 진전되어야 한다는 문제의식에 기반하고 있다. 가령, 임화의 경우에는 시·비평·문학사 외에도 문화 전반에 대한 다양한 글쓰기와 수필 등을 남겼다. 그럼에도 불구하고 현재까지 축적된 임화 연구는 주로 시·비평·문학사에 한정되어 있다는 점에 문제가 있다. 임화의 문학과 글쓰기를 총체적으로, 복합적으로 탐구하기 위해서는 임화의 수필·산문·문화담론·회고담 등의 변두리장르에 대한 연구가 깊이 있게 진행되어야 한다. 공식적인 문학사나 기존의 연구들에서는 관행적인 장르 구분에 따라서 임화를 글쓰기를 중심 장르 일변도로 관성적으로 연구했던 것이다. 물론 지금까지 전개된 임화 연구는 새로운 연구를 위한 소중한 지반으로 작용하고 있다는 사실은 엄연히 인정되어야 할 것이다.

임화 연구의 선구적 성과에 해당되는 김윤식의 「임화 연구」(1975) 이후 소강상태를 보이던 임화 연구는 1988년 이루어진 월북문인에 대한 해금 이후 활발하게, 지속적으로 전개되어 왔다. 임화에 대한 단행본만 해도 김윤식의 『임화 연구』(1989), 김용직의 『임화 문학 연구』(1991), 정호웅의 『임화』(1996), 김정훈의 『임화 시 연구』(2001), '문학과사상연구회' 편의 『임화 문학의 재인식』(2004) 등이 출간되었으며, 임화의 시·문학사·비평 등에 대한 학위논문도 1980년대 이후 지속적으로 간행된 바 있다. 그리고 김외곤에 의해 『임화 전집』 1, 2권(시, 문학사)이 각각 2000년과 2001년 간행되었으며 조만간 전체 7권으로 구성된 『임화문학 전집』이 소명출판에서 간행될 예정이라고 한다.

이러한 연구와 자료수집 성과들이 임화의 문학과 삶을 연구하고 이해하는 데 커다란 기여를 한 사실은 틀림없다. 그러나 임화의 삶과 문학, 비평 활동이 보여준 문제성의 진폭에 부합되는 다양한 연구가 충분히 진행되었다고는 볼 수 없을 것이다. 그 원인으로는 임화에 대한 새로운 자료수집이 힘들었으며 기존에 존재하는 자료들도 보존상의 문제로 온전한 해독과 정리에 한계가 있었다는 점을 들 수 있다. 그리고 임화의 다양한 글쓰기를 해석하는 준거가 지나치게 시·비평·문학사 등의 관행적인 장르 구분에 고착되어 있었다는 점도 임화 연구의 새로운 진전을 가로막은 요인이다. 또한 1990년 무렵부터 동구사회주의가 몰락하면서 KAPF를 비롯한 식민지 시대의 사회주의문학 연구가 퇴조하기 시작했다는 점도 임화에 대한 심화된 연구를 지연시킨 또 하나의 요인에 해당된다.

이러한 의미에서 임화에 대한 좀더 치밀하고 다양한 연구는 이제부터라도 시작되어야 한다. 아직 임화의 삶과 문학에 대해서 새롭게 규명되고 신선하게 논의되어야 할 대목은 무궁무진하다고 판단되기 때문이다. 이제 임화 연구의 새로운 진전을 위해 필요한 것은 기존의 시·소설·비평이라는 고정된 장르체계나 상식화된 통념을 탈주하여, 임화의 글쓰기를 다양한 각도에서 재해석하는 작업이다. 그러했을 때, 임화 연구에 새로운 빛을 던져주는 연구대상은 기존의 임화 연구에서는 그다지 주목하지 않았던 임화의 수필·산문·문화담론·잡문 등이 될 터이다. 이러한 텍스트들에 대한 연구가 새로운 관점에 의해 활발하게 시도될 때, 지금까지 제대로 드러나지 않았던 임화의 또 다른 모습을 확인할 수 있을 것이다.[1]

이 글은 이러한 문제의식에 따라, 임화가 발표한 다양한 형태의 비평문·산문·에세이 중에서 미디어와 문화산업에 대한 통찰을 보여주는 글들에 대해 탐구하고자 하는 의도를 지니고 있다. 과연 무엇 때문에 1930년대 후반부터 1940년경까지 임화가 미디어와 문화산업의 본질에 대해 근본적으로 성찰했느냐는 물음에 답할 수 있을 때, 기존의 임화 연구에서 공백으로 남아있던 시기에 대한 정당한 해석이 가능할 것이다. 그러한 해석에 의해 비평가 임화의 투철한 비평적 문제의식을 확인할 수 있을 것이며, 임화가 군국주의 파시즘과 신체제의 논리에 함몰되었던 당시의 문단에 어떠한 방식으로 저항했는지를 구체적으로 인식할 수 있을 것이다. 아울러 이러한 작업에 의해 1930년대 후반부터 해방기에 이르는 임화의 비평적 도정이 한층 투명하게 해명될 수 있을 것으로 기대된다.

---

[1] 김남천·임화를 비롯한 상당수 카프진영 비평가들의 경우 공적인 비평의 세계와 사적인 에세이(수필)의 세계는 그 세계관과 입장의 측면에서 적지 않은 차이를 보여준다. 가령, 김남천의 경우에는 비평문에서 표출되는 공식적인 세계관과 자유로운 에세이에서 표출되고 있는 현실인식 사이에는 커다란 낙차가 존재한다. 김남천의 에세이(수필)를 종합적으로 검토해보면, 카프비평가라는 이념적 이미지로부터 상당히 자유로운 다양한 면모가 발견된다. 예를 들어 김남천의 에세이에는 예술의 자율성에 대한 옹호, 허무주의에 대한 탐닉, 역사에 대한 복잡한 고민, 자신을 둘러싼 다양한 일상사에 대한 정보가 발견된다(이 책에 수록된 글 「김남천, 에세이, 허무주의」 참조). 이러한 점은 김남천의 투쟁적인 비평문에서는 거의 찾아볼 수 없는 면모들이다. 그러므로 이와 같은 김남천의 복잡다단한 내면과 현실 인식을 종합적으로 인식하기 위해서는 그의 산문 및 에세이 전반을 총체적으로 탐사할 필요성이 있다. 이러한 작업이 이루어졌을 때 주로 카프비평가라는 이념적 자장(磁場)과 정치적 문맥 속에서 논의되고 언급되었던 임화의 복잡다단했던 내면과 고뇌, 인간적 진실, 예술에 대한 다양한 견해들이 종합적으로 규명될 수 있을 것이다. 비평과 에세이 사이에 존재하는 낙차는 임화의 경우에도 유사하게 나타나고 있다.

2. 임화 문화담론의 다양한 층위와 맥락

임화의 다양한 글들 중에서 비평적 에세이와 산문에 이 논문의 초점을 맞출 때 염두에 두어야 할 사실은 임화가 문학비평뿐만 아니라, 연극·영화·미술·종교·미디어(신문·잡지)·문화산업·농촌문화·언어·메타비평 등등의 다양한 주제에 대한 드넓은 비평적 글쓰기를 시도했다는 점이다. 이러한 의미에서 당시 임화는 단지 문학비평가에 머무르지 않았다고 할 수 있다. 물론 임화의 비평 중에서 가장 많은 부분이 문학을 대상으로 하고 있다. 그러나 당시 문화계에서 임화의 비평이 담지하고 있었던 독특한 역할과 임화의 비평을 둘러싼 문단지형과 구도를 정확하게 포착하기 위해서는 문학비평에 한정되는 논의는 시급히 지양되어야 한다. 다양한 문화를 소재로 한 임화의 비평적 글쓰기를 '문화담론'으로 통칭할 수 있다면, 임화의 문화담론은 그 주제에 따라 다음과 같이 몇 가지로 분류될 수 있을 것이다.

① 연극과 영화에 대한 담론: 약 10여 편
② 잡지·신문 등 미디어와 문화산업에 대한 통찰을 보여주는 글: 약 6편
③ 종교에 대한 담론: 약 7편
④ 미술에 대한 담론: 약 3편
⑤ 언어에 대한 담론: 약 5편
⑥ 농촌문화, 시민문화, 고전과 현대 등 기타 문화 전반에 대한 글: 약 10여 편
⑦ 비평 자체의 성격과 역사·기원을 탐문하는 메타비평 형식의 글: 약 10여 편[2]

이러한 분류에서도 확인할 수 있듯이, 임화는 사실상 당시의 거의 모

---

2) 임화의 메타비평에 대해서는 이 책에 수록된 글 「임화의 메타비평과 비평적 자의식」을 참조할 것.

든 문화 전반에 대해 예리한 비평의 촉수를 들이대면서 전 방위로 활동한 박학다식(博學多識)·박람강기(博覽强記)의 전형으로 표현될 수 있는 비평가였다. 이 점은 역설적으로 당시 문학의 위상은 모든 문화를 포괄하고 선도하는 중심적인 예술의 성격을 띠고 있다는 점, 문학 외의 다른 예술에 대한 독자적인 비평과 해석이 상대적인 의미에서 활발하지 않았기에 문학비평가가 거의 모든 영역을 다루었다는 점 등을 여실히 보여준다.

위에서 열거한 임화의 다양한 소재를 대상으로 전개된 문화담론들은 그 하나하나가 독자적인 학적 연구의 테마가 되어야 할 것이다. 이 글은 그중에서 2번째 항목, 즉 미디어와 문화산업에 대한 임화의 글쓰기에 초점을 맞추고 논의를 진행하고자 한다. 왜냐하면, 이러한 글들에서 비평가로서 임화의 정체성과 장점이 명료하게 드러나며 동시에 중일전쟁 이후 일본제국주의가 군국주의 파시즘과 대동아공영권으로 달려가던 엄혹한 시기 속에서 임화가 현실에 대응하는 방식이 인상적으로 표출되어 있기 때문이다.

임화의 문화담론 중에서 당시 주요 미디어였던 신문과 잡지 및 문화산업에 대한 성찰을 보여주는 글로는 「잡지문화론」(『비판』, 1938.5), 「문학과 '저-널리즘'과의 교섭」(『사해공론』, 1938.6), 「문화기업론」(『청색지』, 1938.6), 「문예잡지론」(『조선문학』, 1939.4~6), 「신문화와 신문」(『조광』, 1940.10) 등을 거론할 수 있다. 이러한 글들의 제목에서 볼 수 있듯이, 임화는 당시 어떤 문인이나 비평가보다도 문학장의 유통과 문학미디어의 시스템에 대해서 근본적인 성찰을 지속적으로 전개했다. 그렇다면 임화가 1938년부터 1940년에 이르는 시기에 신문과 문예지를 비롯한 문학 미디어에 대한 집중적인 관심을 보이고 문화산업 시스템에 대해 성찰하기 시작한 이유는 무엇인가? 이 글은 바로 이러한 물음에 대한 해답을 구하는 과정으로 채워질 것이다.

3. 비판적 해석의 복원을 위한 문학미디어 비판

1938년 5월 『비판』에 발표된 「잡지문화론(雜誌文化論)」은 당시 문학적 글쓰기의 주된 장이었던 신문과 잡지를 비교하면서 진정한 문학미디어(매체)의 가능성에 해서 탐문하고 있는 문제적인 글이다. 주지하다시피 근대문학의 확산과정에서 신문과 잡지 등 매체의 역할은 절대적이었다.[3]

이 글에서 임화는 "잡지는 신문과 더불어 現代 '저-널리즘'을 구성하는 양대 지주의 하나이다"[4]라는 인식 아래 잡지와 신문의 특성에 대해 상호비교하고 있다. 임화에 의하면 신문과 잡지의 차이는 취재대상과의 시간적 거리에서 발원한다. 그래서 "신문은 '저-널리즘'의 기본 성격인 시사성이란 점에서는 모든 종류의 문화형태로부터 嶄然히 솟아 있다. 그러나 잡지는 신문이 대상에 대하여 불과 수 시간 기껏해야 一日의 거리밖에 못 가지고 있는 대신 일개월이란 相距를 가지고 사회현상을 바라본다"[5]고 말해진다. 그런데 이 두 가지 미디어의 시간상의 차이는 진정한 비평의 가능성과 연관하여 중요한 차별성을 담보하고 있다는 것이 임화의 관점이다. 즉 "신문의 그것은 보도의 域을 넘지 못하는 평가요 잡지는 비평의 수준 위에 오른 평가라 할 수가 있다. 뿐만 아니라 一日에 생긴 일을 취급한다는 게 벌써 일종의 평가라 할지라도 그것은 취택된 현상을 개괄할 여유를 갖지 못한다. 그러나 一個月이란 時日은 대상들을 충분히 개괄하여 진정한 의미의 평가를 내릴 가능성

---

3) 이에 대해서는 한기형의 「근대잡지와 근대문학 형성의 제도적 연관」(『근대어·근대매체·근대문학』, 성균관대 출판부, 2006)과 천정환의 『근대의 책읽기』(푸른역사, 2003)를 참조할 수 있다.

4) 임화, 「잡지문화론」, 『비판』, 1938.5, 110면(이 논문에서 인용되는 예문들은 필요에 따라 현대식 표기로, 한자를 한글로 변경하였다).

5) 위의 글, 111면.

이 있다"는 발언이나 "광의의 「저—널리즘」이 일종의 비평의식을 내포한 것이라고 말할 수 있음에 불구하고 신문의 기능은 주로 보도에 있고 잡지의 기능은 주로 평가에 있다 할 수 있다"는 발언은 그가 중일전쟁 이후에 군국주의 파시즘이 노골화된 당시의 정황에서 비평의 활성화와 비판적 담론의 복권을 위해 고투하고 있음을 인상적으로 보여주고 있다.

"「저—널리즘」을 단순히 출판상업주의나 정기간행물界로만 이해하지 않고 철저하게 일상화한 사회의 공통한 비평의식의 일종이라고 본다면 잡지야말로 「저—널리즘」의 정예라고 말할 수가 있다"[6]는 구절은 임화에게 중요한 것은 신문이냐 잡지냐의 문제가 아니라 궁극적으로 제대로 된 비평의식이라는 점을 인식하게 만든다. 이러한 맥락에서 임화가 일간신문을 폄하하고 『조선지광(朝鮮之光)』과 『개벽(開闢)』의 역할을 높이 평가하는 대목은 비평정신의 복권을 열망하는 임화의 논리에서 보면 지극히 자연스러운 대목이라 하겠다. 그러나 여기서 문제적인 대목은 이 글을 작성하던 당시의 임화가 보기에 신문과 대비된 잡지의 온전한 비평적 기능도 과거의 일에 불과하다는 사실이다.

이 글의 말미에서 "신문사가 정치적 가치를 상실해 가는 반면 차차로 기업적으로 성장하여 각기 종합잡지—기실 정치비평이 없는 취미문화다—를 발행하여 순연한 자본의 힘으로 잡지계의 왕좌를 점하여 오늘날엔 잡지라고는 이것밖에 없는 형편이 되었다"[7]는 임화의 발언은 『개벽』(1920~1926)과 『조선지광』(1922~1930)이 폐간된 자리에 『조광(朝光)』(1935~1946)을 비롯하여 신문사가 운영하는 탈정치적인 잡지나 순문학잡지가 득세하던 당대의 문학미디어를 둘러싼 정황에 대한 예리한 비판적 인식이 담겨 있다.

또한 이 발언은 이제 잡지마저 자본의 역학관계, 즉 상업주의의 포로

---

6) 위의 글, 112면.
7) 위의 글, 115면.

가 되었음을 우울하게 진단하고 있다. 임화는 이 글을 "비평정신의 침묵은 무엇보다도 잡지계에 나타나 있는 것은 실로 생각해볼 만한 일이다"라는 언급으로 맺고 있는데, 이러한 비감어린 진단은 당대의 문학장과 현실에 대한 임화의 절망감의 투사가 아니었을까. 제대로 된 비판과 비평이 가능하지 않았던 시대, 혹은 희망이 없는 시대를 임화는 '비평정신의 침묵'이라는 잣대로 조망했던 것이다. 이러한 발언은 역설적인 맥락에서 『개벽』이나 『조선지광』 같은 비판적 문학미디어가 가능했던 과거에 대한 임화의 향수를 상징한다.

한편 「문예잡지론—조선잡지사의 일측면」(『조선문학』, 1939.4~6)은 문예잡지의 역사를 일별하고 있는 글이다. 여기서도 임화는 "『조선지광』이나 『개벽』같은 잡지의 문예란이 주요한 역할을 하기 시작한 시대로부터 조선은 정치잡지의 시대 혹은 신문의 시대가 된 감이 있었다"[8]고 회고하고 있는데, 이러한 발언이 당대의 문학장에 대한 근본적인 비판과 문제제기가 가능했던 카프비평의 전성시대에 대한 향수라는 사실을 알아차리기는 어렵지 않다. 이 연재물의 내용이 주로 『개벽』과 『조선지광』의 문예란을 중심으로 전개되고 있음이 이를 입증한다. 이러한 임화의 진단은 이제 『개벽』과 『조선지광』과 같은 비평정신이 살아 있는 문예지가 존재하기 힘든 시대, 그래서 "문단에 대자본의 운동이 없이 「문예 저—널리즘」 간행물은 불가능"[9]한 시대에 대한 일종의 강력한 문제제기일 것이다.

「잡지문화론」과 「문예잡지론」은 일간지가 발행하는 정론성이 사라진 오락 위주의 문예지와 순문학지가 판치는 당시 정황과 중일전쟁 이후 전개된 일본의 군국주의화에 의한 카프 논객 및 사회주의자들의 전향 정국에 대한 임화 식의 대응으로 볼 수 있다. 임화가 잡지매체에 대해 유독 그 비평적 가능성을 강조한 것은 중일전쟁 이후 군국주의 파시즘

---

8) 임화, 「문예잡지론」, 『조선문학』, 조선문학사, 1939.4, 102면.
9) 위의 글, 103면.

으로 달려가고 있던 당시의 상황에서 가능한 저항의 표출에 해당된다. 실제로 1937년에 발생한 노구교(蘆溝橋) 사건이 발단이 되어 전개된 중일전쟁 이후 식민지 조선의 상황은 급격하게 파시즘으로 달려가고 있었다. 파시즘체제에 대한 적극적이며 합법적인 저항이 불가능할 때 미디어 비판은 임화가 선택한 일종의 '소극적 저항'의 전략이다.

4. 문학장의 구조에 대한 통찰과 인식

임화는 당시의 어떤 비평가보다도 미디어와 문학장을 실제 움직이는 구조, 유통시스템, 역학관계에 대해 끊임없이 예민한 인식을 보여준다. 이는 임화가 푸코식으로 말해서 문화권력의 작동방식과 역학관계에 대단히 민감한 인식을 지니고 있었음을 의미한다. 이러한 임화의 인식을 보여주는 대표적인 글은 「문학과 '저-널리즘'과의 교섭」(『사해공론』, 1938.6), 「문화기업론」(『청색지』, 1938.6)이다. 「문학과 '저-널리즘'과의 교섭」은 아래와 같은 내용으로 시작한다.

> 작가에게 있어 「저-널리즘」이란 곧 작품을 사주는 市場이다.
> 「저-널리즘」은 작품을 읽기 위해서 사는 것이 아니라, 팔기 위해서 산다.
> 따라서 읽기 위하여 사는 독자를 상대로 작품을 쓰고 있는 작가는 직접 제 작품을 수요자에게 주지 못하고 항상 **媒介者**의 손을 빌게 된다.[10] (강조는 인용자)

위의 인용문은 문학에서 저널리즘의 본질적 역할에 대한 명쾌한 지적

---

10) 임화, 「문학과 '저-널리즘'과의 교섭」, 『사해공론』, 사해공론사, 1938.6, 40면.

을 담고 있다. 여기서 '매개자'란 곧 저널리즘(문학미디어)에 다름 아니다. 그래서 "「저-널리즘」 없이 현대문학에 고유한 문학생활인 문단사회란 것을 생각할 수 없는 것을 보아도 명백한 것이다"11)라는 표현이 가능해지는 것이다. 이와 연관하여 임화는 「문단논단(文壇論壇)의 분야와 동향 -상반기논단별견(瞥見)」(『사해공론』, 1936.7)이라는 평문에서는 "「저-널리즘」이 필요 이상의 위력을 가지게 되고 평가란, 신문잡지가 제출한 題目에 대한 答案作者가 되고 만다"12)는 표현을 구사한 바 있다.

이러한 발언은 문학행위를 둘러싼 매개자, 즉 문학미디어의 역할에 대해 임화가 정확하게 포착하고 있음을 여실히 보여주고 있다. 미디어에 의하지 않고서, 자신의 의사를 효과적으로 전달하기 힘든 상황에서, 유사한 맥락에서 미디어에 의해 비로소 효과적인 비평적 인정투쟁이 가능한 상황에서 문학미디어의 중대한 역할과 과잉권력에 대한 임화의 문제제기는 그가 당대의 다른 어떤 비평가보다도 '비평'과 '비판'의 역할에 대해 근원적으로 사유하는 비평가라는 점을 입증한다.

또한 임화는 저널리즘이 어떤 비평보다도 날카로운 비평의 권능을 내포하고 있음을 아래와 같이 언급하고 있다.

사실 어느 시대에 있어 「저-널리즘」은 여러 가지 종류의 批評精神의 依據点이었고 자유스런 비평적 발언의 방법이었다. (…중략…) 이 점에서 벌써 「저-널리즘」은 역사적 의미에서 훌륭한 한 개 비평이었을 뿐만 아니라, 보도할 만한 사실과 보도 안 될 사실을 구분하는 선택행위에서 隱然중 하나의 평가와 평가하는 기준을 가지고 있지 않을 수 없었다는 데 또한 날카로운 비평의 권능을 스스로 內包하고 있었다.13)

위의 예문은 저널리즘의 본질을 '평가'와 '선택'으로 상징되는 비평

---

11) 위의 글, 45면.
12) 임화, 「문단 논단의 분야와 동향」, 『사해공론』, 사해공론사, 1936.7, 89면.
13) 임화, 「문학과 '저-널리즘'과의 교섭」, 『사해공론』, 사해공론사, 1938.6, 42면.

적 기능으로 파악하고 있다. '선택'은 곧 '배제'를 동반하기 마련이다. 이는 저널리즘이 객관적 진실을 실어 나른다는 전통적인 관점에서 이탈하여 저널리즘 자체의 편파적인 태도, 즉 미디어의 의제 설정 권한을 임화가 분명하게 인지하고 있음을 암시한다. 말하자면 저널리즘에서 어떤 대상을 다루고 안 다루고 하는 기능 자체가 본원적으로 특정한 이데올로기와 입장에서 자유로울 수 없다는 것이다.

이렇게 본다면, 임화는 저널리즘이 결코 객관적이거나 중립적이지 않음을, 그리하여 저널리즘은 근본적으로 정치나 권력에서 자유롭지 않음을, 아니 저널리즘 자체가 '배제'와 '선택'의 논리를 구사하는 일종의 권력이라는 푸코 식의 관점을 이미 당시에 정확하게 인식하고 있었다. "우리가 주의할 것은 문예작품이나 논문이 신문이나 잡지에 실린다 할 때 「저—널리즘」 자체의 본능적 기능인 이 隱蔽된 평가의식과 어떻게 관계하느냐가 주목할 문제다"(강조는 인용자)라는 예문이나 "그러면 우리는 「저—널리즘」과 문학과의 接觸에 있어 맨 먼저 눈에 띄는 交錯点으로서 보도될 가치 있는 문학과 보도될 가치 없는 문학이 어떻게 구별되느냐 하는 데 있음을 알 수가 있다"14)(강조는 인용자)라는 구절은 당시 임화가 작품 평가를 둘러싼 이러한 저널리즘의 권력적 속성에 대해 명료하게 자각하고 있었음을 분명하게 보여준다.

주지하다시피 그때나 지금이나 미디어(신문, 문예지)에서 배제된 문학작품은 실상 발간되지 않은 것과 마찬가지일 정도로 미디어가 문학의 소통과 전파에 차지하는 역할은 막강하다. 임화는 바로 이러한 문학미디어의 속성을 당대의 어떤 문인보다도 투철하게 인지하고 있었다.

또한 문학저널리즘을 이러한 '선택'과 '배제'라는 매체권력의 전략이라는 측면에서 보자면 필연적으로 그것은 정치와 무관할 수 없을 것이다. "예술문학에 臨하는 「저—널리즘」의 태도는 단순한 보도성, 목전의

---

14) 위의 글, 42~43면.

시사성을 넘어서 하나의 정신적 입장에 선 그것이라 할 수 있다"라는 구절이나 "여기선 문학에 대하여 「저－널리즘」이 경제일 뿐 아니라, 실로 정치란 점을 암시하는 데 그친다"15)는 주장은 임화의 문학과 미디어의 관계에 대한 근본적인 통찰을 인상적으로 보여주고 있다. 요컨대 미디어의 본질에 대한 임화의 인식은 당시 문단을 궁극적으로 좌지우지하는 미디어를 포함한 문학장의 실체를 임화가 제대로 간파했음을 의미한다.

그러나 여기서 추가로 염두에 두어야 할 점은 임화가 당시 저널리즘과 상업적 자본을 무조건 배타적으로 부정시한 것은 아니었다는 사실이다. 「잡지문화론」과 「문예잡지론」에서도 확연하게 나타나지만 임화는 문학의 발전과 전파에 있어서 저널리즘이 얼마나 중요한 역할을 감당했는지를 정확히 갈파하고 있었다. 또한 「문학과 '저－널리즘'과의 교섭」에서 임화는 저널리즘의 상업적 속성과 비판적 속성의 이중성을 인정하면서도 저널리즘의 중대한 역할에 중점을 두는 모습을 보여준다. 임화는 "「저－널리즘」이 다른 상업관계와 조금도 다름없이 직접으로 경제상의 이득을 목표로 정하지 않을 수 없는데 물론 있다"는 사실을 인정한다. 그러나 또 다른 한편, "한 기관이라든가 한 사람의 어떤 이득이 아니라 사회, 공중의 문화적 복지를 추구한다는 보편적 형식 가운에 표현되는 하나의 문화의식으로서의 「캐피탈」의 정신"16)이라는 표현을 구사하면서 자본의 공공성을 강조한다. 그런가 하면 "이런 의미에서 우리는 「저－널리즘」이 지식과 예술을 일반화한 공적을 沒却할 수 없고, 이러한 일반화의 가장 유효한 형태 또는 기관으로서의 「저－널리즘」의 가치를 부정할 수 없는 것이다"17)라고 언급하면서 저널리즘의 소중한 가치를 설파하고 있다.

---

15) 위의 글, 44~45면.
16) 위의 글, 41면.
17) 위의 글, 42면.

이러한 저널리즘의 이중적 속성에 대한 임화의 인식은 그가 자본의 위력과 속성을 무시하는 단순한 원칙주의자가 아님을, 그래서 임화가 자본의 작동방식을 한편 명쾌하게 인지하면서도 다른 한편에서 자본의 공공성을 강조하는 현실주의자라는 사실을 분명히 보여준다. 이와 같은 태도는 임화가 당시 미디어에 대한 인식의 과정에서 원칙적인 저항(반동일화)이 아니라 편승과 저항의 경계선에 있는 '비동일화의 전략'을 구사하고 있음을 의미한다. 생각건대 임화의 이러한 관점은 한때 카프의 서기장이었고 당시 식민지 문단의 총아였으며 식민지 문학제도에서 결코 자유로울 수 없는 임화의 필연적인 선택이자 조건이었을 것이다.

한편 「문화기업론」(『청색지』, 1938.6)은 문화와 자본의 관계에 대한 임화의 서늘한 통찰이 돋보이는 글이다. 예를 들어 "현재 출판업이나 신문 잡지나, 영화와 연극이 얼마만한 이윤을 내는지 혹은 못 내는지는 알 수 없으나, 그것들이 명확한 기업화의 方面을 걷고 있는 것은 사실이다"[18]라는 지적이나 "물론 온갖 것이 돈으로 賣買되는 세상에 문화를 經濟機構 속에서 생각하지 않는 사람이 오히려 奇異하다 할 것이나"[19]과 같은 언급은 이미 당시 문화판이 이미 상업주의에 의해 철저하게 지배당하고 있음을 인상적으로 보여주고 있다.

임화는 이 글에서 "수 년 내로 문화인이 志士, 先驅者이었던 시절은 이미 끝나고 있지 않은가 한다"고 선언하고 있는데, 그 이유로 "爲先 수요의 성질이 점차로 의식화하여 범위가 괄목할 만큼 넓어지고 문화적 領求[20]를 시장적으로 평가할 수 있을 만큼 되어간다"[21]는 점을 든다. 문학인이 지사·선구자였던 시절이 지나간다는 임화의 인식은 마치 지금 '문학의 위기'가 항상적으로 운위되는 시대의 문인의 발언으로 들

---

18) 임화, 「문화기업론」, 『청색지』, 1938.6, 18면.
19) 위의 글, 16면.
20) 이 글의 내적인 문맥상 영역(領域)의 오식으로 보인다.
21) 임화, 「문화기업론」, 『청색지』, 1938.6, 17면.

리기도 하며 '근대문학의 종언'을 선언했던 일본의 비평가 가라타니 고진의 발언을 연상시키기도 한다.[22]

임화는 비슷한 시기에 발표한 다른 평문에서도 문학의 위기, 비평의 위기를 끊임없이 역설하고 있다. 예를 들어 「문단적인 문학의 시대」(『조선일보』, 1938.7.17~23, 『문학의 논리』에 재수록)에서 임화는 "이즈음 사람들은 여러 가지 내용, 여러 가지 논리를 문학정신의 이름으로 通稱하나 높은 의미의 문학정신은 벌써 우리 문단에서 떠나간 지 오랜지도 모른다. 우리가 이야기하는 문학정신이란 단지 한마디 空虛한, 실로 아무것도 뜻하지 않는 말에 불과하다"[23]고 언급한 바 있다.

임화의 이러한 일련의 발언들에는 1930년대 이후 문학과 문화가 본격적으로 자본주의와 상업주의에 휘둘리는 시기를 불편한 심기로 바라보는 투철한 진보적 비평가의 초상이 아로새겨져 있다. 임화가 보기에는 바로 그 시대가 문학의 위기라고 부를 수 있던 문제적 시기였던 셈이다. 그리하여 "조선신문화의 전설이었던 啓蒙的 혹은 理想的 성격이 전부 시장 확대의 결과라고는 할 수 없어도 좌우간 점차로 稀薄해지고 있는 것이 사실이다"[24]는 발언은 계몽적 문학의 복권을 열망하지만 그렇게 될 수 없는 현실을 냉철하게 인식하고 있는 임화의 비평적 곤경을 인상적으로 보여준다고 하겠다.

임화가 1940년 10월에 『조광』에 발표한 「신문화와 신문」은 당시 미디어의 본질이 일제의 허가와 정치적 시혜에 의한 것임을 확연하게 보여주고 있는 글이다. 임화는 이 글에서 "지금으로부터 二十年前 民間 三 新聞의 허가는 당시의 조선총독 故 齋藤實閣下가 조선 민중에게 베푸른 최대의 정치적 施興에 속한다는 것은 주지의 사실이다"[25]라고

---

22) 가라타니 고진, 조영일 역, 『근대문학의 종말』, 도서출판b, 2006, 제1부 「근대문학이 종언」 참조. 실제로 1930년대 말과 2000년대 이후 현재에 이르는 시기의 문화적·문학적 정황의 유사성은 면밀하게 검토되어야 할 학술적 테마가 아닐까 싶다.
23) 임화, 「문단적인 문학의 시대」, 『문학의 논리』, 학예사, 1940, 271면.
24) 임화, 「문화기업론」, 『청색지』, 1938.6, 17~18면.

언급하고 있는데, 이는 당시 검열을 의식한 완곡한 어조로 표현되었지만, 신문 탄생의 정치적 기원에 대한 근원적 통찰을 보여준다.

아울러 임화가 당시 이미 베네딕트 앤더슨의 '상상의 공동체'26)로서의 국민국가에 대한 성찰을 선구적으로 전개하고 있었다는 점도 이채로운 대목이다. 가령 임화는 "국민이라든가 국가라든가는 많은 全體主義의 文化政策이 사용하고 있음에도 불구하고 단일한 정신적 실체일 수는 없다. 국민과 국가, 그것은 하나의 構造에 불과하다. 그것은 어디까지나 하나의 형태다. 그것은 사회적으로 구성된 유기체이기 때문이다. 여기에 독일과 이태리 혹은 다른 전체주의적 국가와 독일과의 차이가 있다"27)라고 언급하고 있는데, 이러한 지적은 지금 이 시대의 유행하는 담론인 탈민족주의·탈국가주의의 논리를 연상시킨다. 이 대목은 임화가 문학·비평·국가·미디어 등의 중대한 개념에 대해 당대의 어떤 문인보다도 근본적이며 비판적인 사유를 전개했던 비평가임을 다시한 번 인상적으로 입증해주고 있다.

지금까지 살펴 왔듯이 임화는 당시 드물게도 문학장의 구조, 제도의 규정성, 미디어(매체권력)의 전략, 문학 소통의 시스템에 대해서 명석하게 인식하고 있던 비평가였다.28) 임화가 문제 삼았던 여러 가지 주제·테

---

25) 임화, 「신문화와 신문」, 『조광』, 조선일보사, 1940.10, 77면.

26) 베네딕트 앤더슨, 윤형숙 역, 『상상의 공동체―민족주의의 기원과 전파에 관한 성찰』, 나남출판, 2002 참조.

27) 임화, 「전체주의 문학론」, 『문학의 논리』, 학예사, 1940, 767면(애초 발표는 『조선일보』, 1939.2.26~3.2).

28) 이러한 사실과 연관하여 임화의 영원한 비평적 타자이자 동료이기도 했던 비평가 김남천의 에세이와 비평문에서도 이러한 문화산업 및 미디어의 본질에 대한 통찰이 임화와 유사한 형태로 개진된다는 점은 주목할 만하다. 「풍속 隨感」(1940)이라는 글에서 김남천이 "여하한 문학도 그것이 출판을 통한 표현 보도 현상인 이상 저널리즘과 無緣인 것은 없기 때문이다"라고 언급한 대목은 이미 그 당시부터 출판과 문학장(文學場) 사이에 존재하는 권력의 속성을 김남천 역시 분명하게 갈파하고 있었음을 확인시켜주고 있다. 즉 김남천은 당시 문학장이 언론과 맺고 있는 구조적 연관성에 대해서 주목하고 있었던 것이다. 또한 김남천은 이미 이 당시에 상업주의의 위력 및 그 상업주의를 근본적으로 규정하는 자본주의적 기업화의 실체를 정확하게 인식하면서, 그

마들이 지금 현재도 여전히 문제적인 쟁점들이라는 점에서 임화의 비평적 혜안은 높이 평가되어야 할 것이다. 바로 이러한 대목이 임화와 김남천이 카프시절에 이어 일제말의 격동기 문학판에서 가장 핵심적인 의제를 지속적으로 제출할 수 있었던 혜안의 바탕일 것이다. 그렇다면 여기서 우리는 임화와 김남천이 왜 1930년대 후반부터 문학미디어·출판상업주의·문화산업의 논리 등에 대해서 집중적인 비판을 전개했는가 하는 의문을 가지게 된다.

이미 많은 역사적 연구가 진행된 바와 같이, 1937년을 전후해서 동북아의 정세는 급변하고 있었다. 중일전쟁이 발발하기 직전인 1936년 12월 〈조선사상범보호관찰령〉이 제정되는데, 이는 일본 제국주의 파시즘 체제에 방해가 되었던 사회주의자를 대대적으로 탄압하기 위한 상징적인 조치였다. 그리고 1937년 7월에는 이른바 중일전쟁의 발단이 된 '노구교(盧溝橋)' 사건이 발생하고, 1937년 12월에는 일본군의 난징대학살이 자행된다. 이 중일전쟁은 일본 제국주의 파시즘으로 하여금 전면적인 전시체제 시스템으로 변화하게 만든 결정적인 계기였다. 그 결과 1937년 중일전쟁 이후 일본은 노동력의 국가적 통제 및 이들에 대한 사상적 공세인 황민화(皇民化)정책을 노골적으로 수행하게 되는 것이다.[29]

이에 따라 1937년 10월에는 〈황국신민의 서사〉가 제정·공포되었으며, 이듬해인 1938년 4월에는 〈국가총동원법〉이 제정되면서 전시 파시즘체제가 본격적으로 시작되었다. 그 결과 식민지 조선에서도 1938년 7월에는 일본에 이어 〈국민정신총동원 조선연맹〉이 결성되었다. 1939년에는 총독부에서 '국민징용령'을 선포하게 된다.

대체로 이 무렵부터 사상전향자가 속출하기 시작했다고 볼 수 있

부정적 실태에 대해서 질타하고 있다. 이에 대해서는 이 책에 수록된 글 「김남천, 에세이, 허무주의」를 참조할 것.

29) 역사학연구소 편, 「중일전쟁 뒤 일제정책과 민족해방운동」, 『함께 보는 한국근현대사』, 서해문집, 2004, 218~226면.

다.30) 이러한 국내·국제적 정세의 급격한 변화는 당시까지도 내면적으로 마르스크주의를 견지하고 있던 임화의 세계인식에도 커다란 영향을 준 것으로 파악된다. 이 무렵부터 일본제국주의에 대한 전면적 저항이나 문학적 비판이 근본적인 한계에 부딪치게 되었다.

이러한 역사적 변화와 연관하여 1937년 중일전쟁을 기점으로 전시파시즘체제에 돌입한 일본 제국주의가 수행한 정책 중에서 언론과 미디어에 대한 통제가 포함되었다는 사실을 주목할 수 있다. 좀더 구체적으로 일본 제국주의 당국은 중일전쟁 직후부터 조선총독부 경무국의 주도 아래 언론사 대표와 기자들을 상대로 기사의 취급이나 여론 환기 등에 대해 끊임없이 단속을 진행하였고 더 나아가 1938년 3월에는 일간신문과 통신사 대표자들로 '춘추회(春秋會)'라는 모임을 결성하여 언론의 장악을 위해 노력하였다.31)

이와 같은 언론 통제라는 문화적 현실을 감안할 때, 특히 임화의 미디어와 문화산업에 대한 통찰은 1937년 중일전쟁 이후 득세하기 시작한 군국주의 파시즘의 언론 통제와 미디어 장악에 대한 임화 나름의 문학적·비평적 대응이라고 해석될 수 있다. 체제와 시스템에 대한 근본적인 저항과 비판이 허용될 수 없는 상황에서, 임화는 당시의 문학장을 규정하던 미디어와 문화산업에 대한 비판적 인식을 통한 '간접적인 저항'의 방법을 선택했던 것이다.

이러한 임화의 선택은 진정한 비평정신을 상실하고 상업주의, 현실추수주의가 난무했던 당대 문단에 대한 분명한 비판적 문제제기였다. 궁극적으로 말해서 문학미디어와 문화산업에 대한 임화의 예리한 통찰은 정치적 저항이 좌절·금지되었던 시대에 비판정신의 복원을 추구하는 비평가에게 가능한 상징적이며 소극적인 저항의 한 형태라고 볼 수

---

30) 역사신문편찬위원회 편, 『신문으로 엮은 한국 역사』, 사계절, 2003, 101~103면.
31) 최유리, 「'내선일체'론의 등장과 사상·언론의 통제」, 『일제 말기 식민지 지배정책 연구』, 국학자료원, 1997, 35면.

있을 것이다. 그 소극적인 저항마저 가능하지 않을 때 그는 학적 인식의 세계(신문학사 저술)로 나아갈 수밖에 없었다. 그러나 이조차도 당대의 상황에 대한 임화 나름의 문제제기이자 실천이 아니었을까.

5. 임화를 기억하기 위해서

이 글은 임화의 다양한 문화담론 및 비평적 글쓰기 중에서 그동안 본격적인 연구의 대상으로 떠오르지 않았던 미디어와 문화산업 관련 담론의 문학사적·시대사적 의의를 분석하기 위해서 씌어졌다. 그 결과 임화는 중일전갱 이후의 군국주의 파시즘이 노골화되던 엄혹한 시대상황 속에서 비평의 제대로 된 역할을 복원하고, 비판적 시대정신을 강조하기 위해서 미디어 및 문화기업에 대한 본질적인 통찰을 전개했음을 인식할 수 있었다. 이러한 임화의 고투는 일본 제국주의에 대한 합법적인 저항이 점차 힘들어지던 당시의 정황 속에서 임화가 수행한 제국주의 파시즘과 그러한 체제에 함몰되어 있던 당시의 지리멸렬한 문화판에 대한 그 나름의 '내적인 저항'으로 해석할 수 있을 것이다.

임화의 산문과 문화담론은 저항과 편승, 공적인 임화와 사적인 임화, 문학의 정치성과 문학의 예술성, 정치와 일상 등의 이항대립적인 영역들이 끊임없이 교섭하고 길항하는 과정으로 이루어져 있다. 이러한 맥락에서 임화의 비평과 산문은 다양한 방식의 글쓰기에 나타난 상호모순과 이질성으로 채워진 복합적인 텍스트였다. 가령 임화는 당시의 시국좌담회에 참석하는 등 그가 오로지 순전한 저항의 여정을 걸었다고 볼 수는 없을 것이다. 그러나 임화는 당시의 정국에 일정 정도 편승할 수밖에 없는 상황을 수용하면서도 자신의 입장의 한도 내에서 당대 정국과 문단에 대한 가능한 최대치의 비판적 문제제기와 예리한 통찰을 보여주었다. 1938년부터 1940년경까지 발표된 임화의 글들이 이를 입증한다. 즉 이 시기의 임화는 식민지의 내부에서 미디어와 문화산업을 비롯한 식민지 제도의 문제점을 비판하는 방식을 통해 식민주의를 그 나름대로 극복하고 격파해나갔던 것이다.32)

그러나 1940년을 넘어서면 정황은 더욱 악화된다. 소극적 저항마저도 불가능한 시대가 전개되었던 것이다. 그 이후 임화는 궁극주의 파시즘의 문화정책에 다소간 협력하는 모습과 포즈를 보여주기도 했다. 1941년 이후 임화의 현장비평이 현격하게 감소했다는 사실, 그리하여 임화의 글쓰기가 현장비평보다는 학적인 인식의 세계(문학사 탐구)로 나아갔다는 사실은 임화의 비평적 절망을 온전히 대변하고 있다. 임화의 예리한 비평정신과 급진적인 이념비평이 다시 부활하기 위해서는 5년여의 시간이 흘러야 했다. 임화는 1945년 해방 이후, 그가 그토록 그리워했던 계몽적 비평의 세계로 다시 열정적으로 달려간다. 그러나 역사는 그의 편이 아니었다. 냉혹한 정치의 세계는 임화의 삶과 비평가로서의 그의 운명을 가장 비극적인 형태로 마감하게 만들었다. 임화의 죽음은 한국 현대비평사의 가장 안타까운 대목으로 기억될 것이다.

임화의 문학미디어와 문화산업에 대한 인식과 통찰은 지금 이 시대에도 현재적인 의미를 지니고 있다는 점에서 주목하지 않을 수 없다. 지금 이 시대의 문학은 문학미디어를 통하지 않고서는 근원적으로 그 존재를 입증 받을 수 없다. 어느 순간 문학미디어의 권력과 문화산업의 논리는 한 시대 문학성의 창출에까지 결정적인 영향을 미치는 변수가 되어버렸다.33) 이제 문학미디어로부터 얼마나 비판적이며 독립적일 수

---

32) 임화가 1930년대 후반부터 비평의 주체성과 독자성에 대해 민감한 자의식을 보여준 사실도 바로 이러한 내적인 저항의 맥락에서 파악할 수 있을 것이다. 이에 대해서는 이 책에 수록된 글 「메타비평과 비평적 자의식―임화의 경우」를 참조할 것.
33) 이에 대해서는 권성우의 「문학과 언론」(『문학수첩』, 문학수첩, 2006년 봄)을 참조할 수 있다.

있느냐 하는 문제는 문인과 예술가의 주체성과 독립성을 검증할 수 있는 중요한 척도로 작용하고 있다. 이러한 맥락에서 무수한 해석비평은 넘쳐나지만, 미디어와 문화산업의 본질에 대한 투철하고 예리한 비판은 거의 존재하지 않는 이 시대의 평단은 임화로부터 많은 것을 배울 필요가 있다.

결론적으로 말해서, 문학미디어의 본질과 문화산업에 대한 70여 년 전에 이루어진 임화의 선구적인 비판적 독해는 소중한 현재적 의의를 지니고 있다고 하겠다.

제2장
임화, 혹은 세 가지 저항의 방식

1. 문제제기 – 임화와 저항의 방식

아시아의 신생제국 일본이 중일전쟁의 승리를 기점으로 본격적으로 군국주의 파시즘으로 달려가던 1937년 이후, 내면적으로 마르크스주의와 진보적 이념을 수용한 식민지의 비평가에게 당시의 정국 및 문화에 대한 어떠한 입장과 저항의 방식이 가능했을까. 이 글의 화두는 바로 이러한 물음이라고 할 수 있는 바, 이와 연관하여 1940년을 전후한 임화의 비평과 산문은 바로 이러한 질문에 대한 대단히 의미심장한 시사를 던져준다고 생각된다.

주지하다시피 1937년 중일전쟁 이후 일제의 군국주의 파시즘 이데올로기가 식민지 조선사회에 전면화되면서 그 이전과는 비교할 수 없을 정도로 일제의 억압이 강고해지고 노골적인 파시즘이 발호하기 시작했다. 내선일체사상이 전면적으로 확대되었으며 창씨개명자 및 전향자가 속출했다. 일제에 대한 합법적인 차원의 저항이 거의 불가능한 시기가 도달했던 것이다.

이처럼 문제적인 시기에 지하조직이나 망명, 절필, 낙향을 선택한 것이 아닌 다음에야, 오로지 글(텍스트)을 통해 자신의 뜻을 전할 수밖에 없는 당대의 비평가에게 당시의 문화적 지배 이데올로기에 대한 저항의 방법은 어떠한 방식으로 표출될 수 있을까? 이러한 물음에 답변하기 위해서는 누구보다도 식민지 시대의 대표적인 비평가인 임화가 1938년부터 1941년경 사이에 발표한 텍스트들을 면밀하게 검토해야 한다.[1] 당시에 발표된 임화의 비평문과 산문, 문화담론들은 그 문제적 시기에 이루어지는 저항이 결코 단순하지 않다는 점, 아울러 친일－반일의 이분법으로 포착할 수 없는 다양한 저항의 방법과 의사표시 수단이 당시에 존재했다는 점을 여실히 보여주고 있다.

임화는 이 시기에 당대의 문학장과 문단에 대한 비판, 문학미디어와 문화산업에 대한 문제제기, 메타비평적 탐색을 통한 비평적 실천, 예술적 자율성과 장인정신의 강조, 전체주의 문학론에 대한 문제제기, 생산소설에 대한 성찰, 고전문화와 현대문화에 대한 탐색, 언어의 본질에 대한 탐구 등의 다양한 방면에서 당시의 문단과 정국에 대한 임화 나름의 비평적 의제들을 지속적으로 제출했다. 비평가로서의 임화는 누구보다도 의제 설정 능력이 탁월했다. 이처럼 1940년을 전후한 시기에 임화가 제기한 비평적 아젠다들은 각각 심층적인 차원에서 학문적 탐구와 해석이 필요한 중요한 학술적 논점이라고 할 수 있다.

최근의 임화 연구는 유물론적 반영론과 마르크스주의 방법론에서 탈피하여 탈식민주의·미디어·문화론 등의 한층 다양한 시각으로 확대

---

1) 일제가 태평양전쟁에 본격적으로 돌입한 이후인 1941년 12월 이후 임화가 발표한 평문은 몇 편 되지 않으며, 그나마 문제적이라고 할 수 없는 글들이다. 본격적인 전시체제(총력전 체제)가 가동한 1941년 12월 이후에는 당시 시국에 비판적인 글쓰기가 거의 불가능했다고 볼 수 있다.

되고 있다.2) 이와 같은 연구들은 당시 임화의 미디어 및 문화산업에 대한 문제제기와 '비평적 자의식'에 주목한 권성우의 논의와 임화의 「생산소설론」이 지닌 시대사적 맥락에 대한 하정일의 검토에서 볼 수 있듯이 주로 탈식민주의이론과 1940년을 전후한 임화의 문학담론에 검출된 내적 저항을 연계시키면서 당시 일제 군국주의 파시즘에 대한 임화의 다양한 대응에 연구의 초점을 두고 있다.

위에서 언급한 임화 연구의 최근 성과를 이어받아, 이 글에서 임화 비평 연구와 연관하여 구체적으로 진전시키고자 하는 대목은 당시 문단 및 문학장과 정국에 대한 임화의 문제의식이다. 임화는 당시 문단과 정국에 대해 당대의 어떤 문인보다도 예민하고 복합적인 인식을 보여주었다. 이러한 임화의 인식은 「문단적인 문학의 시대」(1938), 「시단은 이동한다」(1940), 「창조적 비평」(1940), 「전체주의의 문학론」(1939) 등의 그 동안 본격적으로 연구되지 않았던 평문들에서 인상적으로 표출되어 있다. 이 글들에 대한 분석은 당시 일제의 군국주의 파시즘체제 하에서 어떤 방식의 '비평적 저항'과 비판이 가능한지를 검증하게 해주는 시금석이 될 수 있을 것이다. 이러한 맥락에서 1940년 무렵 발표된 임화의 글쓰기는 탈식민의 역학과 방향성에 대한 소중한 암시를 던져주며, 식민지 시대 글쓰기와 당시 시국의 연관성에 대한 다층적인 접근의 길을 폭넓게 열어준다는 것이 필자의 생각이다.

아울러 이 글은 최근 근대문학 연구에서 학문적 유행으로 대두되고 있는 국민국가론 및 탈민족주의 이론에 대한 비판적 대화의 과정에서 작성되었음을 밝혀둔다. 이러한 학문적 논리3)에는 일본 제국주의에 맞

---

2) 이러한 관점에 의한 연구로는 다음과 같은 논문들을 들 수 있다. 권성우, 「임화의 메타비평 연구—비평적 자의식을 중심으로」, 『상허학보』 19집, 2007.2; 권성우, 「임화의 문화담론과 에세이 연구—미디어에 대한 성찰을 중심으로」, 『한민족문화연구』 19집, 한민족문화학회, 2006; 하정일, 「일제 말기 임화의 생산문학론과 근대극복론」, 『민족문학사연구』 31호, 민족문학사학회, 2006.

3) 이를 대표하는 문제적 저작으로 김철의 『국민이라는 노예—한국문학의 기억과 망각』

서서 비판적 문제의식을 보여준 문인들의 입지에 대한 섬세한 고려가 빠져 있다. 김재용의 주장대로 "이들은 일본제국주의에 맞서 싸웠던 문학인들 역시 국민국가와 내셔널리즘의 틀 속에 갇혀 있다고 보기 때문에 저항의 가능성을 일체 인정하지 않게"[4] 되는 논리적 딜레마에 봉착하는 것이다. 그러나 당시 제국주의와 파시즘에 대한 저항과 문제제기는 다양한 스펙트럼에 걸친 글쓰기를 통해 수행되었다는 것이 이 글의 기본적인 전제이다.

지금까지 서술한 문제의식에 기반하여, 이 글은 1938년부터 1940년 사이에 발표된 임화의 몇몇 비평을 대상으로 하여, 당시 임화가 일제 군국주의 파시즘과 역사성과 사회성을 상실한 지리멸렬한 문단에 대해 어떠한 방식으로 저항하고 대응했는지에 대해서 탐색하고자 한다. 궁극적으로 말해서, 1930년대 말에서 1940년대 초반까지 수행된 임화의 비평과 산문을 검토한다는 것은, 군국주의 파시즘으로 달려가던 당시 일제 말의 상황 속에서 제국의 이데올로기에 맞서서, 오래 전부터 마르크스주의를 내면화한 한 비평가의 내면과 심리를 섬세하게 포착하는 작업에 다름 아닐 것이다. 또한 이러한 시도는 식민지 시대를 단순한 친일-반일의 이분법적 구도에서 탈피하여, 일본 제국주의와 파시즘에 대한 다양한 대응과 응전의 방식이 가능했다는 사실을 알려주는 소중한 참조가 될 수 있을 것이다.

(삼인, 2005)을 들 수 있다.

4) 김재용, 『협력과 저항』, 소명출판, 2004, 44면.

2. 1940년을 전후한 역사적 상황과 문학적 선택

1940년을 전후하여 발표된 임화의 텍스트를 제대로 검토하기 위해서는 당시의 구체적인 역사적 정황에 대한 면밀한 검토가 필요하다. 주지하다시피 1937년에서 1940년에 이르는 시기는 일본의 군국주의 파시즘이 급격하게 발호하던 문제적 시기였다. 이때부터 마르크스주의자들의 전향이 급속도로 유행처럼 번지게 된다.

1937년 7월의 '노구교' 사건이 시발점이 된 중일전쟁의 개시 이후 일제는 민심의 안정과 사고의 방지를 내세워 방공정책을 강화하는 데 힘쓴다. 이에 따라 일본은 노동력의 국가적 통제 및 이들에 대한 사상적 공세인 황민화(皇民化)정책을 노골적으로 수행하였다.[5] 여기서 흥미로운 사실은 중일전쟁에서 일본의 승리를 예견하고 또 그것을 예찬하는 글이 당시 발간되던 매체에 대거 실리고 있었다는 점이다.[6] 또한 일제는 중일전쟁을 전후한 시기에 실시된 사상범보호관찰법과 조선중앙정보위원회의 활동에 기반하여 1938년 7월, 중일전쟁 1주년을 맞아 '국민정신 총동원 조선연맹'을 결성하였다. 이와 같은 일제의 정책은 내선일체를 앞세운 전국적인 조직망을 통하여 조선인을 전시동원체제에 동원하는 총동원체제를 정리하고 그러한 목적에 부합되는 방공방첩을 강화하기 위함이었다. 이 시기에 사상범보호관찰법의 집행기관인 보호관찰소가 중심이 되어 사상전향자를 모아 '시국대응전선 사상보국연맹'을 결성한 것도 이 같은 맥락과 밀접하게 연관되어 있다.[7]

---

5) 역사학연구소 편, 「중일전쟁 뒤 일제정책과 민족해방운동」, 『함께 보는 한국근현대사』, 서해문집, 2004, 218~226면.

6) 이준식, 「파시즘시 국제 정세의 변화와 전쟁 인식」, 방기중 편, 『일제하 지식인의 파시즘체제 인식과 대응』, 혜안, 2005, 110면.

7) 전상숙, 「일제의 방공정책 강화와 사상선도」, 『일제시기 한국 사회주의 지식인 연구』, 지식산업사, 2004, 263~264면.

이러한 군국주의 파시즘이 수행한 일련의 방공정책과 전시체제 시스템의 정립에 따라, 1940년에 접어들면서 일본 제국주의에 대한 저항의 공간은 현격하게 축소되기 시작한다. 1940년 7월 신임수상 고노에 후미마로[近衛文麿]가 이끄는 일본각의는 '기본국책강요'를 제정·발표하며 이에 따라 일본·만주·중국을 포괄하는 대동아공영권이 한층 확대되면서 남양, 즉 필리핀·인도차이나반도·인도네시아·하와이 등 동남아시아와 태평양 서안 일대까지 포함하는 광역 블록경제로 재편된다. 이와 같은 추세에 즈음하여, 일제는 식민지 조선을 자신들의 정책에 부합되는 공간으로 재편하기 위한 일련의 정책을 실시하게 된다. 이를테면, '창씨개명'이 이에 해당되는데, 일제의 창씨개명에 대한 갖은 압박으로 인해, 1940년 2월부터 실시된 창씨개명은 그 해 7월 불과 5개월 만에 200만호를 돌파한다. 또한 1939년의 대가뭄으로 인해 1940년부터 군량미 확보를 위한 대규모의 공출이 전국적으로 실시된다.

그리고 문화적으로는 1939년 말부터 단행된 언론기관 통제계획에 따라 신문의 통·폐합이 단행되었다. 이러한 방침에 의해 『동아일보』와 『조선일보』가 폐간된 것이 바로 1940년이었다. 조선총독부 경무국의 출판물 통제 작업은 1941년경 대체로 완료되었다. 국제적인 정치사의 차원으로 보면 1940년 9월 일본·독일·이탈리아의 3국동맹이 결성되면서 일본은 노골적으로 파시즘 세력의 편에 가담하게 되는 것이다.8)

지금까지 서술한 일련의 사실들은 일본 제국주의가 1940년부터 노골적인 군국주의 파시즘체제로 나아가기 시작했음을 확실하게 보여주는 징표들이었다. 그리고 이러한 정국에 부응하는 친일파들이 대거 등장하기 시작했다. 또한 조선에서 상당수의 지식인들은 세계사적으로 민족과 국가의 권력관계가 급격하게 변동하고 있던 1940년을 전후해서 황민화를 선택했다.9) 이제 그러한 파시즘에 대한 직접적인 저항이나 비판은

---

8) 역사신문편찬위원회 엮음, 『역사신문』, 사계절, 2003, 105~107면.
9) 윤대석, 『식민지 국민문학론』, 역락, 2006, 47면.

거의 불가능하며 지하조직운동만이 가능한 엄혹한 파시즘의 시절이 시
작되었던 것이다. 그에 따라 이 무렵을 전후하여 카프 논객 및 사회주
의자들의 대대적인 전향(轉向)10)이 본격적으로 이루어지기 시작했다.
1936년 12월의 '조선사상범보호관찰령' 공포에 이은 대검거로 조선공산
당 재건운동이 궤멸적 타격을 입은 뒤에 사회주의 운동은 지하활동을
통한 비밀결사조직을 통해 수행될 수밖에 없었다.11)

　전시파시즘기 식민지 조선의 지식인은 '내선일체'의 억압구조에서
민족적·이념적 자기 정체성을 해체당하며 깊은 좌절감을 경험해야 했
다. 일부 지식인은 민족해방의 도래를 전망하며 항일운동을 지속해나갔
지만, 현실 공간에서 대다수 지식인은 전향과 '황민화'를 강요당하는 가
운데 정책협조와 체제순응, 절필과 운둔의 길을 선택하지 않을 수 없었
다.12)

　이러한 역사적 정황은 임화와 같은 사회주의 사상을 지닌 문인과 비
평가들에게 근본적인 의미에서 '실존적 위기감'으로 다가왔을 것이다.
그렇다면 이 역사적 상황 하에서 그 시대의 대표적인 비평가이던 임화
의 경우 어떠한 방식으로 일제 군국주의 파시즘에 대응하고 저항할 수
있었을까. 조선공산당이 해체되었으며 마르크스주의 운동이 대대적으
로 탄압받는 당시 상황, 일제의 파시즘이 적극적으로 발호하며 전향자
들이 대거 양산되던 당시의 상황 속에서 진보적 이념을 간직한 비평가
임화는 어떠한 길을 선택할 수 있었을까? 망명, 지하조직운동, 이민, 절
필이 아니라면 그에게 남겨진 유력한 방법은 합법적인 테두리와 검열
을 거치면서 수행되는 글쓰기를 통한 우회적인 저항일 것이다. 물론 그
저항은 순전한 비타협적 공간 속에서 진행될 수 없었다. 검열과 당시

---

10) 홍종욱, 「중일전쟁기(1937~1941) 사회주의자들의 전향과 그 논리」, 서울대 국사학과
　　석사논문, 2000 참조.
11) 임경석, 「국내 공산주의 운동의 전개과정과 그 전술(1937~1945년)」, 『일제하 사회주
　　의운동사』, 한길사, 1991, 218면.
12) 방기중 편, 『일제하 지식인의 파시즘체제 인식과 대응』, 혜안, 2005, 6면.

문학제도 및 시스템이 부여한 제한된 공간 속에서 임화는 자기 나름의 당시 지배체제에 대한 대응과 저항을 시도한다. 바로 그 곡예와 같은 문제적 여정의 한복판에 임화가 존재하는 것이다.

3. 문학제도와 문단에 대한 저항－「문단적인 문학의 시대」

카프를 대표하는 당대의 가장 영향력 있는 비평가로서 임화는 늘 당대 문단과 문학장에 대한 위기의식을 느끼며, 자신이 바람직하게 생각하는 문학의 순조로운 건설을 위해 수많은 논쟁과 문제제기를 수행했다. 1926년 11월 『조선일보』에 「정신분석학을 기초로 한 계급문학의 비판」을 발표하고 비평가로 활동하기 시작할 무렵부터 시작된 임화의 의제 설정과 문제의식은 목적의식론, 방향전환론, 창작방법론, 사회주의 리얼리즘 논쟁 등을 거치면서 항상 당대 문단과 논쟁의 최전선에 있었다. 이러한 임화의 비평적 의제 설정은 카프가 해산된 이후 문학의 대사회적 대응력이 현저하게 감소하기 시작한 1938년 무렵부터 한층 근본적이며 비판적인 문제의식으로 수렴된다.

이와 연관하여 「문단적인 문학의 시대」(『조선일보』, 1938.7.17~23, 『문학의 논리』에 재수록)는 당시의 문단과 문학장에 대한 임화의 위기의식이 가장 구체적이며 명료하게 서술된 평문이다. 그 위기의식은 임화의 표현에 의하면 "現下의 文壇은 일찍이 조선 신문학상 어느 시대에 비하여서도 대조를 찾을 수 없는 一貫된 정신, 뚜렷한 信念이 통틀어 말하여 缺如된 시대다"[13]라는 진술과 "이즈음 사람들은 여러 가지 내용, 여러 가지

---

13) 임화, 「문단적인 문학의 시대」, 『문학의 논리』, 학예사, 1940, 269면(앞으로 이 글에서 인용되는 문장은 필요에 따라 현대식 표기로, 한자를 한글로 변경하였다).

논리를 문학정신의 이름으로 通稱하나 높은 의미의 문학정신은 벌써 우리 문단에서 떠나간 지 오랜지도 모른다",14) "사회현실 가운데 들어 있는 진정으로 가치 있는 부분(역사적 추진력이라고 할까?)이 그대로 문단의 중심으로 표현된 것이 아니라, 사실에 있어선 우리들의 생활에 있어 주변으로서 장차 물러가야 할 온갖 부분이 어우러져서 문단의 중심을 이룬 감이 있다"15)라는 진술로 요약된다.

임화는 단적으로 말해서 당시의 문학에 제대로 된 역사의식과 문학정신이 결여되어 있다고 판단하고 있는 것이다. 바로 이러한 문학 환경이 비평가로서의 임화에게 가장 근본적인 의미의 '위기의식'을 지니게 만들었을 것이다. 그 무렵 급변하는 역사적 상황에 치열하게 대응해야 할 문학이 적극적인 역할을 수행하지 못하고 있다는 절망감이 임화의 이러한 인식을 낳은 것이다. 그렇다면 이와 같은 변화의 직접적인 동기는 무엇인가. 임화는 "금일의 예술파라고 부를 경향의 득세"를 그러한 원인으로 들고 있다. 그 현상은 "문단에서 往年과 같은 사회적 스트러글이 자취를 감추었다는 의미"와 일맥상통한다. 이러한 진단 끝에 임화가 바라본 당대 문단과 문학장의 구체적인 모습은 아래의 예문들과 같이 대단히 비판적으로 설명되고 있다.

① 문학은 행동의 廣場에서 예술로 돌아온 것이 아니라 실상은 文壇으로 돌아왔음에 不過하였다. 이리하여 신문학사상 드물게 보는 너무나 문학적인 문단의 시대, 실상인즉 文壇的인 문학의 시대가 시작된 것이다. 그러나 문학이 문단적으로 되면서 불어 내어던진 것은 이른바 「이데올로기ー」뿐 아니라 生活도 내어 던졌고, 중요한 것은 문학에서도 떠나오기 시작한 것이다.16)

② 무엇보다 내가 문단적인 문학이라 形容함은, 지금의 문학은 작가가 무어

---

14) 위의 책, 271면.
15) 위의 책, 272면.
16) 위의 책, 273면.

라고 廣告標를 붙이든지 간에 벌써 문단 외의 온갖 생활과 접촉을 끊고, 단지 문단이란 좁은 울안을 대상으로 삼고 모든 것이 문단 안의 問題로써 始終하고 있기 때문이다. 이런 문학은 기껏하여 일부 문학청년(이것은 문단의 常備된 주변 인구요 그러므로 때의 主潮에 따라 좌우되는)에게 읽혀짐에 지내지 않는다.[17)]

③ 문단이 論爭도 없고 더구나 사회적 의미를 띠인 精神의 존재나 對立은 하나의 부질없는 異端으로 눈치되고, 和平의 濃霧가 去來함은 정히 이유가 없다 말할 수 없는 것이다.[18)]

예문 ①과 ②에서 임화는 당대의 문학이 지나치게 문학 내부에 갇혀 있다는 점을 신랄한 어조로 지적하고 있다. 문학이 문단 내부에 한정될 때, 그 시대의 문학은 사상과 역사성을 상실한다는 것이 임화의 전언이다. 이는 궁극적으로 당시의 역사적 정황, 즉 파시즘과 일본 제국주의에 대한 비판과 성찰을 방기하고 있는 당대 문단에 대한 근본적인 문제제기에 다름 아니다.[19)]

예문 ③에서 임화는 논쟁이 사라진 시대, 의미 있는 문학적 대립이 사라진 시대를 질타하면서 "화평의 농무가 거래"했다는 표현을 쓰고 있다.[20)] 이는 문학적 입장과 세계관에 의거한 논쟁이 사라지고, 오로지 시

---

17) 위의 책, 274면.
18) 위의 책, 275면.
19) 이러한 발언은 마치 이 시대의 비평적 논쟁을 보는 듯하다. 상당수의 비평가들이 지금 이 시대비평이 역사성과 사회성을 상실하고 몰가치적인 텍스트주의에 함몰되어 있다고 주장하고 있는데, 이는 1940년을 전후하여 임화가 보여주던 비평적 아젠더와 유사한 맥락을 지니고 있다. 당시 임화의 주장은 일본의 비평가 가라타니 고진의 「근대문학의 종언」 테제가 내장하고 있는 문제의식과 흡사하다는 점에서, 1940년을 전후한 시기와 지금 이 시대 문학판의 유사성과 차이를 정밀하게 탐구할 필요가 있을 것이다.
20) 이러한 임화의 판단 역시 지금 이 시대 문학장에도 유사하게 적용될 수 있는 논리라고 생각된다. 각 문예지와 문학에콜 간의 근본적인 문학논쟁과 유의미한 대립 없이, 유사한 작가들을 공유하면서 전략적 밀월 관계에 의해 유지되는 주류 문학에콜들의 화기애애한 행태는 바로 임화가 비판해마지 않았던 당시 평단의 모습과 흡사하다.

국이 허용하는 문학만을 생산하는 당대의 문단과 문학생산시스템에 대한 중요한 문제제기라고 생각된다. 임화는 이러한 문단시스템의 해악을 "遺憾이나 현대의 특색을 一身上에 具現하고 그 사람의 존재로써 우리 문단의 특성을 聯想할 수 있는 당대적 작가나 비평가를 벌써 우리는 동시대 가운데서 찾기는 어려워졌다"21)는 현상을 통해 정리하고 있다. 이와 같은 임화의 발언은 바로 그즈음 비평계와 문단이 초래한 문학 시스템의 위기와 문학적 획일성을 상징적으로 잘 보여주고 있다.

임화는 이 평문의 말미에서 "「解釋」과 「說明」 이 두 가지만으론 현대의 얼음과 같은 교착 상태는 타개되지 않을 것이다"라고 말하고 있다. 이 발언은 해석과 설명 위주로 전개되는, 즉 지나치게 작품에 종속되면서 냉철한 가치판단을 상실한 당대 비평에 대한 성찰적 문제제기22)에 해당된다. 결론적으로 말해서, 「문단적인 문학의 시대」에서 개진된 임화의 전언은 당대 문학과 비평의 능동적인 현실 대응력을 주문하는 임화의 회심의 비평적 테제라고 할 수 있다.

이러한 비평에서 표출된 문제의식을 통해, 임화는 파시즘이 횡행하는 계절에 기교주의와 순수문학론, 즉 문학 내부에 함몰되어 제대로 된 대응을 수행하지 못하는 당대 문학장에 대한 비판을 수행하고 있는 것이다. 요컨대 이 시기 임화의 비평은 특정한 작품이나 작가에 대한 비판에서 더 나아가 정치성을 탈각한 문학장 및 문학제도 자체에 대한 구조적 비판으로 이행하고 있다는 점에서 그 이전의 다소 즉자적인 차원의 이념적 비판과 구별된다.

---

21) 임화, 「문단적인 문학의 시대」, 『문학의 논리』, 학예사, 1940, 276면.
22) 비평에 대한 임화의 자의식과 입장은 이 책에 수록된 글 「임화의 메타비평과 비평적 자의식」을 참조할 것.

4. 예술적 장인정신과 퇴폐에 대한 옹호 – 「시단은 이동한다」 외

1940년 무렵의 임화의 비평에서 자주 발견되는 단어는 '창조', '예술성', '독창성', '새로움', '예술적 수단', '완미(完美)', '정교한 완성', '예술의 자율성' 등의 개념들이다. 사실 이러한 용어들은 마르크스주의 비평가들이 1930년을 전후한 내용·형식 논쟁이나 방향전환 논쟁의 과정에서 적극적으로 타매하던 개념, 즉 부르주아 비평가들이 애용하던 개념에 가깝다. 그렇다면 어떤 비평가보다 마르크스주의에 기초한 반영론적 사고와 사회주의 리얼리즘을 적극적으로 수용했던 임화가 1940년경부터 「시단은 이동한다」, 「창조적 비평」 등의 몇몇 평문에서 바로 '예술성'·'독창성' 등의 개념들을 자주 구사하는 맥락은 무엇인가. 이에 대해서 구체적으로 살펴보자.

임화는 1940년 발표된 「시단은 이동한다」에서 당시 신인이었던 서정주의 시를 논하면서 다음과 같이 발언하고 있다.

> 狂瀾과 탕란(蕩亂) 가운데서 전율하는 無望이 그대로 結晶한 채 그것은 現實에 대한 하나의 峻嚴한 심판이 될 수 있는 동시에 또한 어떤 정신의 高邁한 상태와 방불할 수 있다. 時俗에 대한 시정배와 같은 協助와 완전한 絶緣에 있어 頹廢가 전하는 높은 향기는 凜烈한 정신의 상태에 가까울 수 있기 때문이다.23) (강조는 인용자)

임화는 위의 글에서 서정주의 시에 나타난 광란의 어떤 상태가 당시 현실에 대한 준엄한 심판이라는 점, '퇴폐'와 '협조'는 분명히 구별된다는 점을 주장하고 있다. 이러한 예문과 더불어 다음과 같은 임화의 주장 역시 그 시대의 역사적·문화적 콘텍스트와 더불어 면밀하게 검토

---

23) 임화, 「詩壇은 이동한다, 三」, 『매일신보』, 1940.12.11.

될 필요가 있다.

> 우리가 頹廢에 대하여 공감하는 이유가 그것이 頹廢的이기 때문이 아니다. 오히려 그것이 旺盛한 現實에 대한 의욕과 人生에 대한 不絶한 好奇心의 不可避한 결과이기 때문이라는 것은 吳章煥 군의 시를 이야기할 때에도 披瀝한 말이다. 바꾸어 말하면 그 否定 가운데서 강한 肯定의 의식이 또한 그 絶望 가운데서 希望의 강고한 保障을 발견하기 때문에 **퇴폐란 것은 비로소 하나의 심판일 수 있다.**24) (강조는 인용자)

사실 이러한 관점은 리얼리즘과 문학의 사회성을 확고하게 고수하는 입장에서는 서정주에 대한 과대해석이라고 여길 정도로 이전에 임화가 신봉하던 작품 평가의 척도, 즉 리얼리즘의 규준과는 완전히 다르다.

위의 인용문들에서 무엇보다도 주목해야 할 대목은 임화가 '퇴폐'의 정서를 시속의 시정배와 같은 '협조'와 완전한 절연된 것으로 간주하면서 높이 평가하고 있다는 점이다. 임화에게는 '협조'가 당시 제국주의 파시즘에 대한 투항을 의미한다면 '퇴폐'는 이와는 분명히 구별되는 거리두기 내지 소극적 저항을 내포하는 것이다. 이와 연관하여 임화가 퇴폐를 현실에 대한 심판의 기능을 수행한다고 거듭 강조한다는 사실도 의미심장하다. 사실 '퇴폐'야말로 과거의 임화의 비평적 입장에서 보면 적극적으로 비판해야 할 전형적인 부르주아적 문학정서가 아니던가.

그렇다면 임화는 과연 무슨 이유로, 아울러 문학관에 어떠한 변화가 동반되어 서정주 시에 나타난 '퇴폐'를 적극적으로 인정하고 평가하는 것인가? 바로 이러한 질문 속에 1940년을 전후한 시대에 대한 임화의 복합적이면서도 미묘한 저항과 대응을 이해하는 핵심적인 문제의식이 존재한다. 말하자면, 그 무렵 임화는 표면적인 세계관이나 문학관의 진보보다 일제의 파시즘에 편승하지 않는 길에 대해서 더욱 근원적으로

---

24) 위의 글.

고민하고 있는 것이다. 그렇기에 임화는 당시의 시속과 획일적인 전체주의 문화와는 본질적으로 거리가 있는 '퇴폐'적인 미학에 대해서 높이 평가할 수 있는 것이다. 퇴폐가 단순히 병적인 취향이 아니라 당대의 사회적 환경이 문인들에게 가한 문화적 압박에 대한 미학적 대응의 차원에서 해석될 수 있다면, '퇴폐' 역시 시대에 대한 절망의 미학적 표현일 것이다. 그것은 당대 시국에 협조하는 모범적 예술과는 엄연히 구별된다.

물론 '퇴폐'는 당대의 지배 이데올로기에 대한 적극적인 저항으로 해석될 수 없을 것이다. 하지만 '퇴폐'가 당대의 주류 이데올로기에 균열을 생성한다는 점, 아울러 퇴폐적 문학이 당시 전체주의적·획일적 예술정책에 포섭되지 않으려는 독특한 미학적 실천의 하나라는 점은 충분히 인정될 수 있다. 이러한 측면에서 보면 임화가 '퇴폐'에 대해서 높이 평가하는 것은 분명 당시의 시국과 전체주의 문화에 포섭되지 않는 문학적 글쓰기에 대한 적극적인 의미부여라고 생각된다.

임화의 '퇴폐'에 대한 각별한 인식과 연관하여, 해방 직후 임화가 「현하의 정세와 문화운동의 당면임무」(『문화전선』 창간호, 1945.11.15)라는 글에서, "예 하면 전쟁 중 문학의 일면에서 발생했던 퇴폐적 경향은 당시의 중간층을 지배했던 깊은 절망감의 표현임을 알아야 한다"고 주장한 사실에 주목할 필요가 있다. 임화의 이러한 관점은 그의 '퇴폐'에 대한 인식이 단지 미학적인 차원이 아니라, 당대에 대한 가능한 역사적 대응의 차원에서 수행되었음을 분명히 보여주고 있다. 이렇게 보면, 임화의 '퇴폐'에 대한 인식은 제국주의 파시즘이 발호하는 엄혹한 상황에서 탈식민의 길이 어떠한 방식으로 전개될 수 있는가 하는 점에 대한 일종의 시금석이라고 할 수 있다.

물론 서정주가 이후에 발표한 노골적인 친일시를 염두에 두고 볼 때, 임화의 이러한 판단은 결과적으로 오류였다는 사실을 간과할 수 없다. 임화의 판단과는 달리, 서정주는 이후 시속에 대해 적극적으로 협조해

1944년 12월 총독부 기관지인 『매일신보』에 발표한 「오장(伍長) 마쓰이 송가(頌歌)」를 비롯한 노골적인 친일시를 남긴 바 있다.

그러나 이러한 사후적 사실과 별도로, 당시 임화가 담론의 차원에서 퇴폐의 문학적 가능성을 높이 평가하면서 파시즘체제에 추수하는 획일적 문단 풍토에 대한 창조적 저항을 수행했다는 사실은 분명히 기억되어야 할 것이다.

임화의 「소설의 현상타개의 길―병증(病症) 없는 환자」(1940)라는 평문 역시 이러한 맥락에서 새삼 주목될 필요가 있다. 이 평문에서 임화는 "기물의 정교한 완성"을 시종일관 강조한다. 가령 "문학으로서 또는 前言한 소설로서의 정신은 그것이 담아질 작품의 精巧한 구조를 欲求하고 完美한 형성 가운데서만 그 존재를 온전히 할 수 있기 때문이다. 따라서 불완전한 製作品, 濫造된 작품 가운데서 정신은 정말 문학으로서의 혹은 소설로서의 정신이 되지 못할뿐더러 실로 소설로부터의 精神의 탈락을 결과한다"25)고 주장하고 있는 대목이 이러한 예에 해당한다. 이러한 임화의 언급은 그가 불과 몇 년 전까지 담보하고 있었던 내용 중심의 비평관과 명백하게 배치된다. 임화의 관점은 그가 과거에 줄기차게 비판한 바 있는 기교주의자나 순문학주의자들의 문학관에 가깝다.

그러나 이와 같은 임화의 발언 역시, 당대의 시국과 문학을 둘러싼 콘텍스트와 연관하여 해석할 필요가 있다. 이 대목을 당시 문화적 분위기와의 연관성 하에서 살펴보면 완미(完美)한 문학정신을 강조한 임화의 발언은 어설프게 시국에 봉사하는 노골적인 계몽주의 문학26)에 대한 비판에 다름 아닐 것이다. 당시 시국에 호응하는 문학이야말로 제대로 된 형식과 구성을 갖추지 않은 노골적인 선전 문학에 해당된다. 그렇다

---

25) 임화, 「소설의 현상 타개의 길」, 『조선일보』, 1940.5.15.
26) 당시 식민지 모국 일본에서도 1937년 중일전쟁 이후 전쟁문학과 국책문학론이 적극적으로 대두되었다. 히라노 겐, 고재석 외역, 『일본 쇼와문학사』, 동국대 출판부, 2001, 216면.

면 이러한 문학을 비판하고 시국에 호응하는 문학조류에 저항하는 유
력한 방법 중의 하나는 문학의 정교한 완성과 구성, 장인정신을 강조하
는 것일 터이다. 그 무렵 임화로서는 진보적인 문학관의 전파보다 시국
에 봉사하는 허위의 계몽주의 문학에 대한 비판이 더욱 절실한 문제였
던 것이다.

이와 연관하여 임화가 이 시기에 들어와 비평의 '창조성', '자율성'과
'주체성'을 부쩍 강조하는 사실 역시 바로 이러한 역사적 맥락과의 연
관성 하에서 해석되어야 한다.27) 임화가 「창조적 비평」(1940)이라는 평
문을 통해 비평의 주체성과 창조성을 강조한 맥락도 역시 비평이 시국
의 도구가 되는, 즉 비평이 군국주의 파시즘의 시녀가 되는 당시의 평
단에 대한 적극적인 비판에 있는 것이다.

그즈음 대부분의 예술과 문화가 파시즘 세력의 계몽적 전위대로 급
변하기 시작했을 때, 문학과 비평의 자율성과 주체성, 장인정신, 완미한
문학정신 등을 강조한다는 것은 바로 그러한 문화파시즘에 대한 소극
적인 저항, 혹은 '내적인 저항'28)의 전략에 해당된다. 이러한 임화의 선
택은 파시즘하의 엄혹한 상황에 대한 '유격술'의 일종으로도 해석되고
있다.29) 당시 명망가로서 사회적 선택이 제한된 임화로서는 그러한 방
식만이 파시즘 세력을 치장하는 수단으로 변질된 당대의 문학과 비평
으로부터 자신을 분리하는 길이었을 터이다.

---

27) 이에 대해서는 이 책의 「임화의 메타비평과 비평적 자의식」을 참조할 것.
28) 하정일은 일제 말기 임화의 문학비평을 논하면서 "이 시기 임화의 문학비평은 식민
　　주의의 내부로부터 식민주의를 격파해가는 '내적 저항'의 좋은 사례라 할 만하다"고
　　평가하고 있다. 하정일의 「일제 말기 임화의 생산문학론과 근대극복론」(『민족문학사
　　연구』 31호, 민족문학사학회, 2006) 참조.
29) 이현식은 1940년을 전후한 임화의 평론을 검토하면서 "우리는 이 시기 임화의 평론
　　에서 유격술을 발견한다. 「전체주의 문학론」이 그렇고, 「시민문화의 종언」, 「생산소설
　　론」이 모두 그렇다. 신체제적 지향을 드러내는 듯한 제목을 달고 그는 교묘하게 게릴
　　라전을 수행하고 있는 것인지도 모른다"고 언급하고 있다. 이현식의 「주체 재건을 향
　　한 도정과 실천으로서의 리얼리즘─임화」, 『일제 파시즘체제하의 한국 근대문학비평』
　　(소명출판, 2006), 261~262면.

지금까지 살펴온 맥락에서 임화가 1940년을 전후하여 예술의 독창성과 정교한 장인정신을 강조하고 퇴폐를 옹호한 것은 넓은 의미에서 볼 때, 당시의 시국에 협조하지 않는 길이자 시류에 동화되지 않는 길, 말하자면 일본 제국주의의 군국주의 파시즘의 길에 동화되지 않는 비평적 전략이자 임화 나름의 저항의 방법론이었다고 할 수 있다. 이와 연관하여, 1940년 무렵 임화가 「시단은 이동한다」, 「창조적 비평」 등의 평문을 통해, 예술의 자율성과 예술적 수단을 옹호한 사실에 대한 다음과 같은 임화 자신의 사후(事後) 진단은 1940년 무렵의 임화 비평이 담보한 '정치적 무의식'을 이해하는데 소중한 암시를 던져준다.

> 예술성의 擁護를 통하여 모든 종류의 정치성을 거부할 자세를 갖춘 것은 일견 민족주의를 내용으로 삼든 종래의 민족문학이나 '맑시즘'을 내용으로 삼든 종래의 프로문학의 본질과 모순하는 것과 같으나 이 시기의 특징은 문학의 비정치성의 주장이 하나의 정치적 의미를 가지고 있었다. 바꿔 말하면 일본 제국주의의 선전문학이 됨을 거부하는 소극적 수단이었었다.[30]

물론 이러한 임화의 진단은 해방 이후 민족문학론이 새롭게 대두되는 시대적 상황 속에서, 일제 말에 자신이 보여준 비균질적인 관점에 대한 자기 정당화라는 맥락에서 해석될 수도 있다. 그러나 동시에 이와 같은 진술이 1940년을 전후한 임화의 비평에서 산견되는 예술성의 옹호가 근본적으로 일본 제국주의의 선전문학에서 탈피하기 위한 저항의 방법론이라는 사실을 다시 한 번 확인시켜주고 있다는 점도 인정되어야 할 것이다.

이러한 맥락에서 볼 때, 임화가 주창했던 예술의 독창성과 퇴폐의 담론은 전면적인 억압기나 파시즘이 발호하는 역사적 시기에 지배 이데올로기에 대한 저항이 얼마나 다양한 방식으로 가능한가 하는 점을 보

---

30) 임화, 「조선민족문학건설의 기본과제에 관한 일반보고」, 『건설기의 조선문학』(조선문학가동맹 편), 백양당, 1946.6, 39면.

여주는 시금석(試金石)에 다름 아닐 것이다. 요컨대 임화는 시종일관 지배 이데올로기와 군국주의 파시즘에 대한 그만의 치열하면서도 다양한 의제 설정을 통한 '내적인 저항'을 수행했던 것이다.

5. 전체주의에 대한 저항-「전체주의의 문학론」

1939년 『조선일보』에 발표된 「전체주의의 문학론」은 당시 정국에 대한 임화의 미묘한 관점을 잘 보여주는 평문이라 할 수 있다. 관점에 따라 이 글은 그즈음 임화가 국책에 협력하는 것을 입증하는 평문으로 해석될 수도 있는데, 당시 정국에 대한 임화의 생각과 입장을 검토하기 위해서는 이 글에 대한 면밀하면서도 이중적인 독해를 수행할 필요가 있다.

임화는 이 글에서 당시 독일을 비롯한 유럽에 불어 닥치고 있던 파시즘(전체주의)에 각별하게 주목하면서 이에 대한 자신의 생각을 밝히고 있다.

표면적으로 볼 때 이 글은 그 무렵 서구사회에 닥쳤던 전체주의를 객관적으로 소개하고 있는 것처럼 보인다. 그러나 그 과정에서 임화는 다음과 같은 진술을 통해 그가 분명히 또 하나의 전체주의로 흘러가고 있던 일제의 군국주의에 대한 문제제기를 시도하고 있음을 알 수 있다.

> 문화에 있어 전체주의는 이론으로서 주어진 것이 아니라, 行爲로서 힘(力)으로서 招來되었기 때문이다. 바꾸어 말하면 문화에겐 전체주의를 受容하느냐 안하느냐 하는 採擇의 결정권이 주어지지 않았다.[31]

---

31) 임화, 「전체주의의 문학론」, 『문학의 논리』, 학예사, 1940, 760면.

위의 발언은 바로 당시 전체주의가 주체의 의지에 의해 선택 가능한 것이 아니라 수동적으로, 일방적으로 주어진 문화적 흐름이라는 사실을 의미한다. 또한 "이론과 「이즘」을 수용하고 안하는 것은 자유의사로서 가능하나, 정치는 불가능하다. 정치는 언제나 拘束力을 相伴한다. 정치는 권력이다. 권력은 언제나 强制하는 것이다. 그러므로 정치에 대한 태도는 복종과 반발 양자 중의 하나를 擇하는 수밖에 없다"[32]고 말하고 있는 대목은 그즈음 일제의 군국주의 파시즘이 얼마나 강제적인 권력을 동반했는가 하는 점을 간접적으로 드러내고 있다.

이렇듯 임화는 당시 불어 닥치던 전체주의적 흐름에 대해 분명한 거리를 두는 방식으로 그 문제점에 대해서 은연중에 암시하고 있다. 기본적으로 "파시즘은 민주주의 원칙을 경멸하고 조롱하며 마르크스주의적 평등주의와는 본디부터 척을 졌다. 게다가 자유주의와 개인주의도 파시즘에겐 눈엣가시와도 같다"[33]는 관점을 참조한다면 마르크스주의와 민주주의를 신봉하는 임화에게 파시즘과 전체주의는 도저히 함께할 수 없는 사상이었을 것이다.

「전체주의의 문학론」에서 각별하게 주목해야 할 대목은 임화가 국가나 국민 등의 관념에 대한 성찰적 사유, 상대적인 인식을 보여주고 있다는 점이다. "國民이라든가 國家라든가는 많은 전체주의의 문화정책이 사용하고 있음에 불구하고 단일한 정신적 실체일 수는 없다. 국민과 국가, 그것은 하나의 구조에 불과하다. 그것은 어디까지나 하나의 형태다. 그것은 사회적으로 구성된 有機體이기 때문이다"[34]라는 임화의 주장은 마치 베네딕트 앤더슨의 『상상의 공동체』의 논리를 연상시킨다. 이러한 임화의 태도는 그 당시 횡행하던 국민들에 대한 획일적 사상통제와 일제의 전체주의적 국가주의 논리에 대한 근본적인 문제제기에

---

32) 위의 책, 760면.
33) 로버트 O. 팩스턴, 손병희 외역, 『파시즘』, 교양인, 2001, 9면.
34) 임화, 「전체주의의 문학론」, 『문학의 논리』, 학예사, 1940, 767면.

해당된다.

국민과 국가를 선험적인 실체가 아니라 사회적으로 구성된 형태의 하나로 간주하는 임화의 선구적 혜안은 그의 사고가 생각보다 근원적인 문제의식을 동반하고 있다는 점, 어떠한 도그마에도 얽매이지 않은 채 모든 대상에 대해 성찰적인 태도를 유지하고 있다는 점 등을 잘 보여주고 있다. 이렇게 본다면 실상 임화는 당대의 어떤 비평가보다도 대상의 본질을 투철하게 인식하면서도 유연한 관점을 지닌 비평가였다고 할 수 있다. 그러했기에 임화는 당시 진보적 사상과 마르크스주의에 의한 합법적인 저항과 문제제기가 불가능해졌을 때, 다양한 담론과 방법론을 활용한 당대의 문화와 문학에 대한 비판과 저항을 수행할 수 있었던 것이다.

임화는 「전체주의의 문학론」을 다음과 같이 끝맺고 있다.

낡은 「겔만」族의 신화를 현대에 再現한다는 것이 「나치스」문화의 思想이다. 「로젠벽」의 의도와 같이 二十世紀의 세계 신화를 창조한다는 것이 「나치스」의 문학 이상이다. 이것이 세계 문학 가운데 무엇을 가저오느냐는 것은 勿論 역사만이 判斷할 일이다.[35]

나치스문화에 대한 판단은 결국 역사에 의해 이루어질 것이라는 임화의 전언은 사실 나치스문화와 당시 전체주의에 대한 암묵적인 비판에 가깝다. 물론 임화는 그즈음 일본과 식민지조선사회에도 커다란 영향을 미치고 있던 전체주의에 대해서 단호하고 명확한 반대를 표명하지 않는다. 그러나 임화가 전체주의와 나치즘에 거리를 두고 있다는 점은 위의 예문에서 간접적으로 드러난다. 이러한 다소 애매한 태도는 당시의 정황에서는 현실적으로 불가피한 입장이었다고 판단된다.

임화의 이와 같은 태도는 그 무렵의 「인고단련(忍苦鍛鍊)의 정신과 전

---

35) 위의 책, 769~770면.

체주의의 성과」36)와 같은 기사들이 여실히 보여주듯이 전체주의에 대한 긍정적인 관점과 찬양, 고무가 일종의 유행 이데올로기로 등장하던 시대에 전체주의에 대해 거리를 두면서 그 방향성에 대한 회의를 보여주었다는 점만으로도 일정 부분 그 소극적 저항적 의미가 인정되어야 할 것이다. 특히 "식민지 지성의 파시즘기의 경험은 서구의 지성에 비하여 선택의 여지가 극히 제한적이었다. 세계적인 파시즘 지배의 강화는 식민지 지성에게도 마찬가지로 참여와 가담을 도덕적 지상명령으로 내세웠다"37)는 그 시대의 정황, "식민지 지식인, 특히 일제하 한국 지식인에게 파시즘에 대한 저항이나 대항의 논리를 준비할 수 있는 망명이나 이민의 권리는 차단되어 있었다"38)는 당시의 냉엄한 현실적 상황을 고려해보면, 임화가 전체주의에 대해 이 정도라도 거리를 유지하면서 냉철한 인식을 보여주었다는 점은 높이 평가할 필요가 있다.

무장투쟁이나 폭력을 사용한 저항, 혹은 투철한 비판이라는 잣대에서 보면 당시 정국과 문화 및 파시즘에 대한 임화의 입장은 다소 모호하고 애매한 부분이 분명히 존재한다. 그러나 임화는 어떤 순간에도 파시즘과 전체주의, 내선일체 사상, 대동아공영권 등의 이데올로기를 적극적인 의미에서 자신의 신념으로 수용하지 않았다. 물론 임화의 글에도 당시 일제의 국책 논리에서 자유롭지 않은 대목이 존재한다. 그 시대에 삶을 영위했던 대부분의 논객과 문인이 그러했듯이, 임화 역시 일정 부분 시국에 편승하면서, 흔들리면서 자신의 입장을 유지해나갔다고 볼 수 있다.39) 이러한 점은 당시 합법적인 테두리에서 식민지의 저명한

---

36) 『매일신보』, 1939.6.12.
37) 전상숙, 「파시즘기 지성사 연구와 자료 문제」, 방기중 편, 『식민지 파시즘의 유산과 극복의 과제』, 혜안, 2006, 296면.
38) 위의 글, 296면.
39) 예를 들어 임화는 1941년 1월 15일 당시 총력연맹문화부장 야나베 에이사부로[失鍋 永三郞]와 대담(「失鍋 林和 對談」, 『조광』, 조선일보사, 1941.3)을 진행하면서 '직역봉공(職域奉公)'의 방법에 대해 상의하는 등 문화를 통한 시국 협력의 포즈를 보였다. 임화는 대담의 끝부분에서 야나베 에이사부로에게 "부디 저희들 편이 되어 주십시오"(『

문화인이 마주할 수 밖에 없었던 근본적인 실존적 조건이었을 지도 모른다.

그러나 임화의 협력은 분명 제한적이었다. 당시의 시국과 지배 이데올로기에 대한 적극적인 찬동과 동화를 보여주기보다는, 오히려 당대의 지배 이데올로기로부터 상대적인 거리를 두고 있다는 점에서 1940년을 전후한 임화의 비평과 담론은 '저항의 다양한 방식'이라는 관점에서 적극적으로 평가될 필요가 있다. 「전체주의의 문학론」은 그러한 임화에 대한 정확한 평가를 위한 중요한 준거점을 제공하는 텍스트이다.

6. 임화 비평의 현재성

임화는 일제 말인 1943년 1월에 발표된 글에서 "이러한 矛盾은 高尙한 의미의 人間의 存在가 不斷히 놓여져 있는 狀態다. 이러한 모순으로 말미암아 人間의 生活은 複雜해지고, 그 복잡한 對立을 통하여 인간은 變化해 가는 것이다. 그것이 外部와의 대립이든지, 또는 內部의 矛盾이든지 간에 언제나 生은 그렇게 對立하고 矛盾함으로써 深化되어 간다"[40]고 적은 바 있다.

여기서 주목할 수 있는 것은 임화가 인간 생활의 복잡성에 대해서 근

조광』, 조선일보사, 1941년 3월호, 153~154면)라고 말하고 있는데, 이러한 대목은 대단히 상징적이다. 즉, 이 부분에는 피식민지 지식인과 식민권력 사이에 존재하는 문화관의 차이와 불평등한 권력관계가 인상적으로 표출되어 있다. 어쨌든 임화는 일본 제국주의의 국책 논리에 편승한 혐의에서 결코 자유롭지 않았다. 김윤식의 『임화 연구』(문학사상사, 1989, 570~571면)와 김예림의 「초월과 중력, 한 근대주의자의 초상」(『1930년대 후반 근대인식의 틀과 미의식』, 소명출판, 2004, 239면)에서도 임화의 신체제 협력에 대해 지적하고 있다.

40) 임화, 「소설의 인상」, 『춘추』, 1943.1.

본적인 성찰을 전개하고 있다는 사실이다. 이렇게 본다면, 1940년을 전후한 임화의 비평과 산문, 문화담론은 좀더 복합적인 맥락에서, 융통성 있게 해석될 필요가 있다. 그 당시 마르크스주의와 진보적 비평이 불가능한 상황에서, 임화는 일제 파시즘의 이데올로기에 흡수되지 않기 위해 자기 나름의 다양한 저항과 문제제기의 방법들을 활용했다. 역사의식을 상실하고 문학 내부에 갇힌 문단에 대한 비판, 퇴폐에 대한 옹호, 완미한 예술정신과 장인정신의 강조는 바로 그러한 상황에서 모든 것이 체제와 파시즘의 이데올로기로 수렴되는 당대의 문학적 정황에 대한 거리 두기이자 '소극적 저항'으로 해석될 수 있을 것이다.

지금까지 설명한 의미에서 1940년을 전후한 시기의 임화의 글쓰기는 탈식민의 역학과 다양한 방법에 대한 소중한 암시를 던져준다. 결론적으로 말해서 「문단적인 문학의 시대」를 비롯한 당시 임화의 평문들은 파시즘이 발호하는 일제 말기의 엄혹한 정국 하에서 한 사람의 진보적 비평가가 어떤 포지션을 통해 일제가 창출한 지배 이데올로기에 맞설 수 있는가 하는 점을 보여주는 바로메터라고 판단된다. 아울러 1940년을 전후한 임화의 평문들은 이른바 저항과 협력 사이에 무수한 선택과 실존적 태도가 존재할 수 있다는 점, 당시 시국과 일본제국주의에 대한 다양한 대응의 방법이 존재한다는 점을 우리에게 환기시키고 있다.

지금으로부터 약 60~70년 전에 발표된 임화의 비평과 산문에는 지금 이 시대 중요한 비평적 쟁점의 대부분이 담겨 있다. 가령, 역사성과 정론성을 상실한 당대 문단에 대한 예리한 성찰, 작품에 지나치게 수동적으로 밀착한 해설 비평에 대한 비판, 공론성을 상실한 제도화된 비평의 문제, 미디어에 종속된 문학과 비평의 위상,41) 문화적 획일주의에 대한 저항, 논쟁이 사라진 시대에 대한 문제제기 등등은 임화가 비평적으로 고투했던 1930년대 중반부터 1940년대 초반에 이르는 시대뿐만 아니라

---

41) 이에 대해서는 이 책의 「문학미디어 비판과 문화산업에 대한 성찰―임화의 경우」를 참조할 것.

바로 이 시대비평의 핵심적인 논점이자 의제이기도 하다. 당시 임화의 발언은 일본의 가라타니 고진이나 베네딕트 앤더슨, 김명인, 하정일, 이명원 등의 지금 이 시대의 사상가 및 비평가들의 몇몇 발언과 정확히 겹쳐진다. 이처럼 임화의 비평담론에는 지금 이 시대비평의 풍경을 되비추는 거울을 다양하게 가지고 있다. 역사가 반복되는 것이라면 비평 장르를 둘러싼 의제도 반복되는 것일까?

그러니, 「시단은 이동한다」를 비롯한 1940년을 전후한 시기에 발표되었던 임화 비평의 현재적 의의는 참으로 뚜렷하다. 이 시대의 비평가들은 지금으로부터 약 70여 년 전에 임화가 고민했던 비평적 의제에 대해 여전히 고뇌하고 있는 것이다. 이러한 의미에서 1940년을 전후한 시기의 임화의 글쓰기는 지금 이 시대와 대결하고자 하는 비평가들에게 귀한 시사점을 제공하는 의미 깊은 탐구대상이리라.

제3장
임화의 메타비평과 비평적 자의식

1. 문제제기 – 임화와 비평적 자의식

한국 근대문학비평사에서 비평가 임화가 지닌 위상은 대단히 각별해 보인다. 올해 2008년에 탄생 백주년을 맞이하는 임화는 한국 근대문학사를 통해 여전히 가장 문제적인 연구대상 중의 하나이다.[1] 이미 오래 전에 한 연구자에 의해서 임화의 문제성은 "임화의 그림자가 하도 커서 우리 근대문학사 및 비평사에 걸리고 있었을 뿐만 아니라 동시에 우리 현대문학 및 사상사에도 거멀못으로 보였"[2]다는 표현을 얻은 바 있다.

전형적인 모던보이이자 다다이스트 청년으로 문학활동을 시작하여,

---

1) 일례로 2005년에 혁신호를 발간한 문예계간지 『문학수첩』(문학수첩, 2005년 봄)은 '식민지 시대비평가를 새롭게 읽는다'는 기획을 연재하면서 그 첫 번째 순서로 임화를 다루고 있다.

2) 김윤식, 『임화 연구』, 문학사상사, 1989, 책머리글 참조.

KAPF(조선프롤레타리아 예술동맹)의 서기장으로 활동하면서 프로문학의 수호를 위해 분투했으며, 해방 직후에는 '조선문학가동맹'을 통해 인민문학론을 주창하다가 월북하여 1953년 미제의 스파이3)라는 죄목으로 북한정권에 의해 처형당했던 임화의 삶은 그 자체로 한국 현대사의 기막힌 아이러니이자 비극이라고 하겠다.

임화는 누구보다도 다양한 분야에서 자신의 재능을 발휘했던 팔방미인이었다. 문학사가, 시인, 비평가, 영화배우, 출판사 경영인, 연극운동가, 사회주의조직운동가 등등의 다양한 분야에서 임화는 각기 인상적인 면모를 보여주었다. 이렇듯 임화는 대단히 다양한 정체성을 지닌 문인에 해당된다. 바로 이러한 점으로 인해 문인 임화의 진면목을 파악하기 위해서는 특정한 장르 중심의 이해와 해석이 지양되어야 할 것이다.

그러나 이러한 점을 감안하더라도 임화가 참여한 여러 문화적 행위에서 가장 많은 열정과 시간을 투여했던 것은 무엇보다도 '비평'이었다. 동시에 임화는 어떤 존재보다도 '비평가'로서 자신의 정체성을 지속적으로 유지해왔다. 이 점은 임화의 저술 중에서 비평이 차지하는 비중이 가장 크다는 기본적인 사실 이외에도 그가 비평의 본질과 역사·성격을 근본적으로 탐문하는 메타비평 형식의 글을 꾸준하게 발표해왔다는 사실, 아울러 그가 식민지 시대의 어떤 비평가보다도 비평에 대한 투철한 '자의식'을 지녀왔다는 사실 등과 연관된다.

이를테면, 임화는 1933년에 발표된 「비평의 객관성의 문제」부터 「비평의 시대」(1938)와 「비평의 고도」(1939), 「창조적 비평」(1940)을 거쳐 「비평의 재건」(1946)에 이르기까지 십수 년의 세월 동안, 끊임없이 비평의 기능과 역할에 대한 근본적인 탐색과 문제제기를 통하여 비평에 대한

---

3) 2001년 공개된 미육군 정보국 문서파일과 미 국립문서보관소에 소장돼 있던 '베어드 조사보고서'에 따르면, 이강국과 임화 등 남로당의 일부 핵심간부들이 주한 미군방첩대(CIC) 요원으로 활동했던 것으로 밝혀졌다고 한다(『중앙일보』, 2001.9.5). 그러나 이러한 사실이 임화가 미국의 스파이였다는 전제를 곧바로 입증하는 분명한 근거가 된다고 볼 수는 없을 것이다. 이에 대해서는 좀더 엄밀한 역사적 검증이 요청된다.

메타적 글쓰기를 지속적으로 수행해왔다.4) 이러한 사실은 식민지 시대 다른 어떤 비평가에게도 발견되지 않는 이례적인 면모라고 할 수 있다. 메타비평에 해당되는 글들이 임화만큼 많은 비평가는 김현과 김윤식을 제외하면 식민지 시대뿐만 아니라 해방 이후에도 거의 존재하지 않는다.

임화는 자신의 비평적 도정에서 위기가 닥칠 때마다 비평의 존재방식에 대한 근본적 성찰을 전개한 비평가이다. 어떤 대상이나 관념에 대해 메타적인 사유를 전개한다는 것은 바로 그 대상이나 관념에 대한 본질적인 물음이 필요하다는 것을 의미한다. 그것은 당연히 그 대상의 근본적인 정체성에 대한 성찰적 자의식을 동반할 수밖에 없다. 이 글에서 주목하고 있는 비평가로서 임화의 문제성은 바로 이러한 비평에 대한 자의식과 포지션을 거의 평생 동안 굳건하게 유지해온 존재였다는 사실에서 비롯된다. 과연 무엇 때문에 임화는 비평의 본질과 역할에 대한 사유를 끊임없이 제기하면서 비평 자체에 대해 메타적으로 성찰해왔던 것일까? 이러한 물음은 이 논문을 관통하는 근본적인 화두라고 할 수 있다.

---

4) 그 목록을 발표순으로 열거하면 다음과 같다.
- 「비평의 객관성의 문제」, 『동아일보』, 1933.11.9~10.
- 「비평에 있어 작가와 그 실천의 문제-N에게 주는 편지를 대신하여」, 『동아일보』, 1933.12.19~21.
- 「조선적 비평의 정신」, 『조선중앙일보』, 1935.6.25~29(『문학의 논리』에 수록됨).
- 「의도와 작품의 낙차와 비평-특히 비평의 기능을 중심으로 한 감상」, 『비판』, 1938.4(『문학의 논리』에 수록됨).
- 「비평의 시대」, 『비판』, 1938.10.
- 「비평의 高度」, 『조선문학』, 조선문학사, 1939.1(『문학의 논리』에 수록됨).
- 「최근 10년간 문예비평의 주조와 변천」, 『비판』, 1939.5~6.
- 「창조적 비평」, 『인문평론』, 1940.10.
- 「비평의 재건」, 『독립신보』, 1946.5.1.
물론 이외에도 비평의 성격이나 본질에 대한 언급을 포함된 메타비평 형식을 지닌 임화의 평문은 많다. 그러나 제목과 내용을 종합적으로 고려하여, 본격적인 의미의 메타비평이라고 할 수 있는 글들을 추린다면 위의 평문 정도가 남을 것이다. 이 글들이 이 논문의 주된 연구대상이라 할 수 있다. 다만 이 글의 논의과정에서 필요에 따라서 비평에 대해서 언급한 다른 평문들도 함께 언급될 것이다.

이 글은 바로 임화의 이러한 '비평적 자의식(critical self-consciousness)'에 착안하여 비평에 대한 임화의 입장과 사유의 변모과정을 통시적인 맥락에서 탐색하고자 하는 의도로 씌어진다.

기존의 임화에 대한 연구 중에서 임화 비평에 대한 연구성과는 커다란 비중을 차지하고 있다. 임화 비평에 대한 연구 중에서 주목할 만한 성과로는 김윤식·신두원·하정일·김재용·이훈·이현식 등의 논저를 들 수 있다.5) 이 연구들은 주로 카프 운동사 및 리얼리즘 이론과 반영론의 관점에서 임화 비평을 연구했다는 공통점을 지니고 있다. 이러한 연구들은 1980년대의 시대사적 분위기 속에서 마르크스주의 예술론에 입각하여 임화의 비평에 대한 과학적인 해명을 수행했다는 중대한 연구사적 의의에도 불구하고, 임화 비평에 대한 연구를 지나치게 마르크스주의와 카프운동사의 측면에 한정했다는 한계를 지니고 있다고 생각된다.

임화의 비평과 문학론(문학사)에 대한 연구는 최근 상대적인 의미에서 활발해지고 있다. 1988년 월북문인의 해금 이후 왕성하게 전개되었던 카프 문인 연구의 핵심에 있던 임화에 대한 연구는 1990년대 이후 동구 사회주의의 몰락에 따라 다소 소강상태를 보이다가 최근에 새로운 관점의 연구성과들이 등장하고 있다.6) 2000년대 이후 전개된 임화 연구는

---

5) 김윤식의 『임화 연구』(문학사상사, 1989), 신두원의 「임화의 현실주의론 연구」(서울대 석사논문, 1991), 이훈의 「1930년대 임화의 문학론 연구」(서울대 박사논문, 1993), 김재용의 「카프 해소파의 이론적 근거—임화론」(『실천문학』, 실천문학사, 1993년 여름), 하정일의 「'사실'논쟁과 1930년대 후반 문학의 성격」(『작가연구』 6호, 새미, 1998), 이현식의 「주체 재건을 향한 도정과 실천으로서의 리얼리즘—1930년대 후반 임화의 비평」(『임화문학의 재인식』, 소명출판, 2004).

6) 임화의 비평 및 문학론에 대한 최근의 새로운 연구성과로는 아래의 논저들을 들 수 있다. 문학과사상연구회 편, 『임화문학의 재인식』, 소명출판, 2004; 이명원, 「임화와 근대문학, 나와 탈근대 이행기의 문학」, 『문학수첩』, 문학수첩, 2005년 봄; 하정일, 「일제 말기 임화의 생산문학론과 근대극복론」, 『민족문학사연구』 31호, 민족문학사학회, 2006; 권성우, 「임화의 문화담론과 에세이 연구—미디어에 대한 성찰을 중심으로」, 『한민족문화연구』 19집, 한민족문화학회, 2006(이 논문은 「문학미디어 비판과 문화산업에 대한

반영론과 마르크스주의 방법론에서 탈피하여 탈식민주의·미디어·문화론 등의 한층 다양한 시각으로 확대되고 있다. 이러한 연구들은 임화의 「생산소설론」이 지닌 시대사적 맥락에 대한 하정일의 검토에서 볼 수 있듯이 주로 탈식민주의이론과 1940년을 전후한 임화의 문학담론에 검출된 내적 저항을 연계시키면서 당시 일제 군국주의 파시즘에 대한 임화의 대응에 주목하고 있다.

이러한 연구의 성과를 이어받아, 이 글에서 임화 비평 연구와 연관하여 구체적으로 진전시키고자 하는 대목은 바로 '비평적 자의식'에 입각한 임화의 메타비평을 통시적으로 고찰하면서 그 비평사적(현재적) 의의를 검토하는 작업이다. 기존의 임화 비평에 대한 연구 중에서 이러한 문제의식에 입각한 연구가 없었다는 점에서 이 연구는 임화 비평에 대한 기왕의 관점을 확장시켜줄 것이다. 아울러 임화의 메타비평에 대한 검토는 비평가로서의 임화의 내면과 입장을 한층 투명하게 인식하는 계기를 마련해줄 것으로 기대된다.

궁극적으로 이 글의 문제의식은 어떤 장르보다도 심혈을 기울여 비평에 자신의 모든 것을 투신했던 비평가 임화의 이론적 고투와 비평적 자의식을 한층 구체적으로 확인하는 작업에 있다고 할 수 있다. 이러한 작업은 임화라는 전형적이면서도 비범한 한 비평가의 시선을 통해 한국 근대비평사가 보여준 '비평적 사유'의 실존과 표정을 확인하는 도정과 연결될 것이다.

성찰―임화의 경우」라는 제목으로 이 책에 수록되었다).

2. 임화의 초기 비평론—마르크스주의의 전유

임화가 본격적인 의미의 비평 활동을 시작한 것은 1926년 11월 『조선일보』에 「정신분석학을 기초로 한 계급문학의 비판」을 발표하고 부터이다. 이때부터 임화는 마르크스주의를 적극 수용하여 카프문학의 융성과 카프 조직의 건설에 방해가 되는 이른바 부르주아 문학을 맹렬히 비판하기 시작한다. 1926년부터 1930년대 초반에 이르는 시기에는 임화의 비평에서 비평 자체의 본질이나 역할에 대한 본격적인 탐구와 성찰을 거의 발견할 수 없다. 프로문학의 전성기였던 이 시대에 임화는 비평 자체의 역할에 대한 성찰보다는 다소 관념적이며 도구적인 마르크스주의 문학관에 의거하여 카프 조직의 강화와 부르주아 문학 비판에 모든 열정을 투여했다. 말하자면 이때까지 전개된 임화의 비평은 마르크스주의 비평에 대한 자기동일성이 한 치의 회의와 주저도 없이 굳건하게 유지되었던 것이다. 이러한 상황 속에서는 위기의식의 산물인 비평행위 자체에 대한 메타적 사유가 싹틀 필요가 없었던 것이다.

비평에 대한 임화의 자의식이 의식적이며 구체적인 담론의 형태로 표명되기 시작한 것은 1933년 11월에 발표된 「비평의 객관성의 문제」에 이르러서이다. 이와 연관하여 1933년부터 이른바 전형기 비평이 시작된다는 점,[7] 임화의 문학관이 1933년 중반부터 전환을 보이기 시작했다는 점이 주목되어야 한다.[8] 이때부터 "문예비평이 정론성 혹은 지도성의 기로에서 다시 시류적 초점과 세계성에서 속도 조절이 강요될 때, 마침내 문단은 비평을 선두로 하여 전형기를 감지하게" 되었던 것이다.[9] 이에 따라 임화는 비평의 본질에 대해 근본적으로 사유하면서 당

---

7) 김윤식, 『한국근대문예비평사 연구』, 일지사, 1976, 203면.
8) 이현식, 『일제 파시즘체제하의 한국 근대문학비평』, 소명출판, 2006, 227면.
9) 김윤식, 앞의 책, 202면.

시 현실에 대해 좀더 구체적이며 논리적으로 대응하기 시작한다. 이 점은 헤게모니 투쟁에 근거한 관념적인 이론이 앞섰던 이전의 비평적 태도와 구별된다. 당시의 사회적 현실과 문학장은 선험적인 관념만으로는 돌파하기 힘들 정도로 급격하게 변동하고 있었다.

1931년 9월 18일 일제는 군부강경파가 주도한 류탸오거우[柳條溝] 사건에 따라 만주를 침략하고 1932년 3월에는 만주국을 선포하며, 1933년 3월에는 국제연맹을 탈퇴하였다. 이 무렵부터 일제는 정당내각이 붕괴되면서 공공연히 침략전쟁을 지지하는 우익 군부파시즘이 득세하기 시작했다. 이러한 상황은 식민지 조선사회에도 영향을 미치게 된다. 문학적인 맥락으로 볼 때, 1933년 순수문학을 표방하는 구인회가 생겼다는 점도 임화에게 모종의 위기의식을 불러일으킨 문학적 사건이었을 터이다. 또한 1933년 10월에 『조선일보』에 게재된 「평론계의 SOS—비평의 권위수립을 위하여」라는 특집이 프로문학비평에서 전형기 모색 비평으로 방향 전환을 하게 되는 기미를 보인 전문단적 사건이라는 점10)은 「비평의 객관성의 문제」를 둘러싼 당시 평단과 문학장의 분위기를 인상적으로 보여준다. 이제 단지 마르크스주의라는 관념적 이론만으로는 급격하게 변화해나가는 현실을 정확히 인식할 수 없게 된 것이다. 그러할 때 필요한 것은 근본적인 입장에 대한 재검토와 자기동일성에 대한 성찰이겠다.

「비평의 객관성의 문제」는 바로 이러한 맥락하에서 발표되었다. 임화는 이 평문을 통해 조금씩 위기에 처해가는 마르크스주의 비평의 이념을 견결하게 수호하는 진보적 비평가의 모습을 확연하게 보여준다. 그는 이 평문을 통해 마르크스주의 비평의 현실적 정합성을 재확인하고 싶었던 것이다. "그러므로 비평한다는 것은 항상 그 작품에 대하여 비평가가 일정한 사상을 표시하는 것, 즉 비평가가 자기 자신의 어떤 기

---

10) 위의 책, 281면.

준에 서서 작품의 선, 악에 대하여 평가하는 행위가 된다”11)고 천명하면서 비평은 곧 세계관과 사상의 표현이라는 점, 아울러 비평은 곧 ‘평가’라는 점을 강조하고 있는 대목이 이러한 임화의 문제의식을 잘 보여준다.

그렇다면 그 비평적 평가의 기준은 어떻게 설정될 수 있는가? 임화는 “비평가에게 주관적으로 믿어지고 비평에 있어서 평가의 기준이 되는 ‘진’이라는 것도 결코 비평가 개인의 절대적으로 주관적인 개체적 의사 여하에 의하여 결정되는 것이 아니라, 그 사람이 생활하는 역사적 사회적 환경, 구체적으로 말하면 비평가의 정신적 물질적 제 활동을 제약하고 있는 역사적 계급적 조건으로 말미암아 다시 제약되고 있는 것이다. 왜 그러냐 하면 모든 인간은 역사적으로 존재하고 사회적 — 계급적으로 행동하는 존재이기 때문이다12)”라고 말하고 있는데 이러한 비평관이 전형적인 마르크스주의와 반영론에 근거해 있음은 주지의 사실이다.

이와 같은 비평적 입장에서 볼 때 임화가 1930년대 초중반부터 한층 활발하게 목소리를 내던 이른바 부르주아 비평에 대한 단호한 비판을 시도하게 되는 수순은 지극히 자연스럽다. 이러한 문제의식에 따라 임화는 “그러므로 문학비평에 있어서 절대적으로 냉정한 객관성을 요구하는 부르주아적 비평의 이론은 결국 예술작품과 그 비평이 가지고 있는 역사적 계급적 본질을 호도하고, 부르주아적 예술비평을 무슨 영원한 진리 가운데서 모든 계급적 사회적 견지로부터 자유인 초월적 성질의 것으로 만들려는 企圖로부터 나온 것이다”라면서 당시 카프비평의 적대적 타자였던 순문학비평과 예술주의 비평에 대한 치명적인 문제제기를 시도한다.

지금까지 살펴온 임화의 비평적 입장에서 볼 수 있듯이 아직 카프가

---

11) 임화, 「비평의 객관성의 문제」, 『동아일보』, 1933.11.9(앞으로 이 논문에서 인용되는 문장은 필요에 따라 현대식 표기로, 한자를 한글로 변경하였다).
12) 임화, 「비평의 객관성의 문제」, 『동아일보』, 1933.11.10.

해산되기 전인 1933년 무렵의 임화에게, 프롤레타리아적 비평이야말로 "유일의 정당한 객관적 비평"이며, 그러한 논리의 결과 마르크스주의 비평에 "비평의 진정한 객관성"이 존재하는 것으로 인식되었다.

임화의 비평관은 같은 해에 발표된 「비평에 있어 작가와 그 실천의 문제－N에게 주는 편지(片紙)를 대신하여」(『동아일보』, 1933.12.19~21)에서도 유사하게 개진된다. 임화는 이 글이 앞서 발표한 「비평의 객관성의 문제」의 연장선상에 있다는 사실을 말미에서 밝히고 있다. 김남천의 소설 「물」을 둘러싼 논쟁의 과정에서 씌어진 이 글은 비평과 실천의 관계에 대한 마르크스, 레닌주의적 인식론을 보여준다. 임화는 이 글의 모두에서 "문학의 비평에 있어서 비평되는 작품과 그 생산자의 생활적 실천이 어떠한 관계를 갖는가 하는 문제는 문학의 예술성인 창조과정을 천명함에 있어 最重要의 문제의 하나이다. 이것을 다른 일반적인 말로 고친다면 곧 예술창조의 메쏘드와 작가의 세계관과의 관계로 돌아가는 것이다[13]"라고 언급하고 있다. 이는 비평가 자신의 실천과 세계관에 커다란 비중을 두는 비평관에 해당된다.

또한 임화는 "그러므로 비평적 인식에 있어 부동의 기준이 되는 생활적 현실은 작가 일개인의 사적 경험, 경력 가운데서 검색하는 게 아니라 항상 개인 그것까지를 포함하는 사회적 계급생활의 전 실천에다 그 기준을 두고, 문학운동의 창조적 조직적 실천의 이해와의 관련 밑에서 작품을 비평하는 것은 지극히 정당한 것이다"[14]라고 언급하고 있는데, 이 대목은 임화의 비평이 당시 카프 조직이라는 집단적 커뮤니티와의 연동관계 속에서 일종의 조직적 실천의 맥락에서 진행되었다는 사실을 분명히 보여주고 있다. 아울러 이 부분은 임화의 글쓰기가 단순히 한

---

13) 임화, 「비평에 있어 작가와 그 실천의 문제－N에게 주는 片紙를 대신하여」, 『동아일보』, 1933.12.19; 임규찬·한기형 편 『카프비평자료총서』 6, 태학사, 1990, 140면에서 재인용.
14) 위의 책, 144면.

사람의 비평가라는 차원에서 더 나아가 카프 서기장이라는 공적인 차원의 구현이라는 점을 여실히 환기시킨다. 여기서 임화의 비평은 마르크스주의에서 더 나아가 레닌의 「당조직과 당문학」이 제기한 실천적인 문학운동의 문제의식에 다가선다.

전반적으로 임화는 「비평에 있어 작가와 그 실천의 문제—N에게 주는 편지(片紙)를 대신하여」에서 마르크스주의 문학비평이 유일한 올바른 비평이라는 점, 비평가에게 있어 그 사상과 실천, 계급적 위치가 긴요하다는 점을 거듭 강조하고 있다. 이러한 임화의 투철한 마르크스주의적 비평관이 가능했던 것은 1933년 당시 어려운 정세 속에서도 카프가 건재하고 있었다는 점, 적어도 당시까지는 임화를 비롯한 몇몇 카프 비평가들의 비평이 두 차례에 걸친 방향전환 논쟁을 통해 비평적 헤게모니를 확고하게 유지하고 있었다는 점 등에서 비롯된다.

임화의 마르크스주의적 비평관은 카프가 해산되던 1935년 무렵까지는 적어도 담론상으로서는 별다른 동요나 회의 없이 지속적으로 유지되었던 것으로 판단된다. 이러한 임화의 입장은 1933년 이전의 비평관과 커다란 차이가 없다. 다만 여기서 강조되어야 할 것은 1933년경부터 임화가 비평에 대한 메타적 진술을 통해 이러한 마르크스주의적 비평관을 재확인하고 있다는 사실이다. 그것은 분명 위기의식의 산물일 터이다.

마르크스주의에 입각한 임화의 비평관은 1935년에 발표된 「조선적 비평의 정신」(『조선중앙일보』, 1935.6.25~29, 『문학의 논리』에 수록됨)에까지 그대로 유지되고 있다. 임화는 「조선적 비평의 정신」에서 조선 비평의 특수성에 대한 중요한 고찰을 보여주고 있다. 임화는 외국의 문예비평과 조선의 그것의 차이에 대해 "다시 말하면 오늘날까지의 조선의 문예비평은 작가, 작품과 審美學的으로 관계하는 대신에 더 많이 사회학적 또는 政論的으로 交涉한 것입니다. 이것이 조선적 비평이 다른 諸外國의 문예비평과 본질적으로 그 성질을 달리하는 主要點일 것입니다. 즉, 정

론적 성질을 多分히 가진 사회적 비평 그것입니다"15)라고 언급하고 있
다. 이러한 대목은 사회학적 비평이 득세하는 당시의 비평적 경향을 옹
호하려는 비평가 임화의 욕망을 잘 보여준다. 임화는 이와 같은 생각을
발전시켜 「조선적 비평의 정신」에서 다음과 같이 언급하고 있다.

> 물론 저는 1820~1860년대 『러시아』의 현실적 또는 정신적 생활과 금일의
> 조선의 그것과를 동일시하지는 않습니다. 그러나 조선에서 소위 비평적인 문
> 필사업 가운데 문예비평만치 융성하였든 영역이 없었고, 또 의식 무의식간에
> 정도이상의 기대를 문예비평에 둔 것은 부정될 수 없을 것입니다. 저는 크로
> 포토킨의 논법을 빌어 문예비평의 조선적 성격이 가장 중요한 점은 杜塞된
> 정치사상, 혹은 사회비평의 한 개의 放水路라는 점에서 찾고 싶습니다.16)

이 대목은 마르크스주의 비평가로서의 임화의 정체성을 확연하게 표
현하고 있다는 점, 당시 조선의 문예비평의 특수성을 명확하게 규정하
고 있다는 점에서 주목된다. 1933년을 전후한 시대사적·문학사적 변화
에도 불구하고 강고한 마르크스주의자로서의 태도를 유지했던 1930년
대 중반까지의 임화 비평은 1930년대 후반부터 뚜렷한 변화의 조짐을
보여준다. 이러한 변화에 역시 한층 근본적인 시대사적 변화가 연동되
어 있음은 주지의 사실이다.

3. 해석비평에 대한 저항

다소 도식적인 차원에서 마르크스주의적 비평의 정당성을 확고하게

---

15) 임화, 「조선적 비평의 정신」, 『문학의 논리』, 학예사, 1940.12, 687면.
16) 위의 책, 696면.

개진했던 임화의 비평은 1930년대 말부터 중대한 변화를 보여주게 된다. 그 변화를 태동시킨 요인 중의 하나는 1938년경부터 임화가 '비평의 위기'를 한층 구체적으로 인식하기 시작했다는 점이다. 그렇다면 임화로 하여금 절박한 위기의식을 느끼게 만든 당시 시대사적 배경과 당시 문학장의 상황은 무엇인가?

1937년 중일전쟁 이후 일본은 노동력의 국가적 통제 및 이들에 대한 사상적 공세인 황민화(皇民化)정책을 노골적으로 수행하였다.[17] 이에 따라 1937년 10월에는 〈황국신민의 서사〉가 제정·공포되었다. 또한 이듬해인 1938년 4월에는 〈국가총동원법〉이 제정되었으며, 1938년 7월에는 일본에 이어 〈국민정신총동원 조선연맹〉이 결성되었다.

이처럼 1938년을 전후한 시기의 정세의 급격한 변화는 임화의 세계인식과 문학에 대한 사유에도 커다란 영향을 준 것으로 파악된다. 당연히 시대적 분위기는 당시 문단에도 커다란 영향을 미쳤는데, 이 시기에 들어와 문학과 비평은 시대성과 역사의식을 상실하면서 대대적인 전향이 발생하고 기교주의와 순문학이 득세하게 되는 것이다. 비평 역시 예외는 아니었다. 이에 따라 임화는 자신의 비평적 역량을 '비평의 위기', 즉 정론성과 역사성을 상실한 단순한 해석비평이 난무하는 당시의 문학장과 평단에 대한 비판적 인식에 최대한 투입하기 시작한다.

「비평의 시대」(『비판』, 1938.10)는 임화의 이러한 문제의식이 스며들어 있는 평문이다. 임화는 이 글을 통해 당대 비평에 대한 한층 적극적이며 구체적인 비판을 시도하고 있다. 우선 임화는 「비평의 시대」를 관통하는 문제의식이 "평론적인 문학의 영역과 한계를 명백히 해두고 싶은 욕망"[18]에서 비롯되고 있음을 지적하고 있다. 무엇보다도 작품 해석이나 기술적 차원에 머무르는 비평 경향에 대한 강력한 문제제기가 이 글

---

17) 역사학연구소 편, 「중일전쟁 뒤 일제정책과 민족해방운동」, 『함께 보는 한국근현대사』, 서해문집, 2004, 218~226면.

18) 임화, 「비평의 시대」, 『비판』, 1938.10, 77면.

을 통해 임화가 제기하고자 하는 비평적 화두이다. 그래서 "주지와 같이 어느 사람에게 이미 이 경향은 기준에 대한 격렬한 증오로서 나타고 혹은 인상비평의 예찬으로 고양되거나 그렇지 않으면 純然한 해석비평에 그치는 현상으로 결과하고 있다. 바꿔 말하면 비평이 작품을 분석하는 일련의 기술로 떨어지는 것이 비평의 시대라고 불러 본 현대의 특징이 아닌가 한다"[19]라는 발언이 가능해지는 것이다. 그러니까, 임화에게 '비평의 시대'는 당연히 바람직한 의미에서 도출한 개념이 아닌 것이다. 임화는 당시의 평단이 '이론의 시대'에서 '비평의 시대'로 옮겨가고 있다고 진단하고 있는데. 여기서 이론의 시대는 문맥상 이념적인 정론성이 지배했던 시대, 즉 과거 경향문학이 득세하던 시대를 의미한다.

한편 임화에게 비평의 시대는 "진실한 의미의 비평정신의 침묵의 시대일지도 모르며, 비평 그 자체의 冬眠期인지도 모른다"는 표현에서 여실히 드러나듯이 자신이 구상하는 진정한 의미의 비평정신이 구현되지 못하고 "작품 해석과 현상정리에 머무는 死한 비평이 並在하"는 시대이다. 임화에게는 카프의 성립부터 카프의 해산에 이르는 시기, 즉 1925년부터 1934년에 이르는 정론적 비평이 비평적 헤게모니를 유지하던 시기가 일정한 한계에도 불구하고 진정한 의미에서의 비평이 만개했던 시기로 인식되고 있다. 그리고 이러한 임화의 발언에는 "어떤 부류의 비평가에겐 현대란 가장 활약하기 좋은 시대일지도 모르며 또한 시대는 그런 비평가를 만들어낼 수도 있는 것이다"라는 주장에서 볼 수 있듯이 이념과 정론성이 희박해지기 시작하는 시대적 흐름에 편승하는 기교주의적 비평에 대한 항의가 내장되어 있다. 이와 같은 임화의 진단에는 카프가 해산된 후에, 중일전쟁 이후 한층 검열이 강화된 어려운 조건에 능동적으로 대응하려는 그의 비평적 의지가 스며들어 있다.

임화는 「비평의 시대」를 다음과 같이 마무리하고 있다.

---

19) 위의 글, 79면.

　　解釋과 評價를 어떻게 통일해갈 것인가? 그것은 현대 비평의 과제일 뿐 아니라 각 개인의 과제이기도 하다. 결국 현대는 括號付의 비평의 시대에 불과하다.[20)

　　위의 주장은 작품에 대한 '평가'가 사라지고 작품에 대한 '해석'만이 난무하는 당시의 평단과 문학장에 대한 임화의 강력한 항의일 것이다. 또한 이러한 임화의 주장은 궁극적으로 중일전쟁 이후 군국주의파시즘으로 달려가는 당시 정국에 따라 정론적 비평이 극도로 제한되던 시대에 대한 임화 나름의 가능한 비평적 저항의 방식이자 절박한 문제제기라고 생각된다.

　　한편 임화의 이러한 비평에 대한 사유는 「비평의 고도(高度)」(『조선문학』, 1939.1)에서 더욱 확고한 형태로 개진된다. 임화는 이 글의 앞부분에서 비평은 일정한 높이의 고도가 필요하다는 전제 하에, "우리는 작품에 대한 비평의 고도가 작품과 비평과의 遊離의 표현임을 용서할 수는 없는 것이다. 그것은 벌써 대상 없는 판단을 의미하는 것이며, 대상의 정확한 파악 없이 판단을 내린다는 것은 비평도 아무것도 아닌 단순한 '도그마'의 활동이다"[21)라고 주장하면서 작품과 비평의 대화를 강조한다. 이러한 대목은 과거 지나치게 내용과 사상 일변도의 비평관을 강조해왔던 경향 문학론에 대한 임화의 자기 성찰이다. 그것은 "과거의 경향문학론의 결정적 약점"이라는 표현에서도 확인된다. 그러나 이 발언이 단순히 과거의 정론적 비평을 부정하기 위한 주장이라고 해석될 수는 없다. 실상 이와 같은 내부비판은 임화가 1939년의 시점에서 정론성을 상실하고 작품에 밀착한 해석 위주의 비평을 냉철하게 비판하기 위한 담론의 전략이라고 할 수 있다. 과연 임화는 바로 그 다음에 아래와 같이 언급하고 있다.

---

20) 위의 글, 80면.
21) 임화, 「비평의 고도」, 『문학의 논리』, 학예사, 1940.12, 700면.

우리 문학이 이른바 政治主義(그것은 신문학의 계몽주의의 연장이다!)라든
가 公式主義라든가로부터 소생하기 시작하였다는 수년래, 조선의 문예비평이
나 평론은, 작품과 작가에게로 옮아온 것이 사실이다.

작품과 작가를 말하지 않고 문학을 의논한다는 것이 전혀 의미 없는 일인
만큼 이 현상은 비평과 평론을 모두 문학적이게 한 것이며, 하나의 진보라고
말할 수가 있을 것이다.

그러나 평단의 최근의 추세를 본다면 평론이나 비평이 작품과 작가를 알게
된 대신, 작품과 작가 이외의 아무것도 몰라가지고 있는 게 사실이다. 작품과
작가에 관한 지식만으로 비평은 과연 건전히 제 기능을 발휘할 수 있을까? 비
평의 고도란 것은 본디 작품과 현실 양자의 우이에 있는 것으로, 현대 비평은
결국 兩脚에서 一脚을 버리고 외다리로 걷고 있는 셈이다.

우리는 현대 비평과 평론의 성격을 논함에 무엇보다도 사회적, 정치적 내지
는 사상적 고도의 상실을 지적하지 아니할 수가 없다.[22]

이러한 발언에서 임화가 「비평의 고도」를 발표한 맥락은 비평의 정
론성 회복에 있음을 분명히 파악할 수 있다. 동시에 1930년대 말 이후
임화가 주장하는 비평의 정치적·사상적 측면에 대한 강조는 10여 년
전의 신경향파 문학의 공식주의의 오류를 극복한 차원의 것임을 인식
할 수 있다. 임화는 "그 時代에는 사실 작품과 이론이 충분히 결합되어
있지 못하였었으나, 그러나 그때의 비평정신은 작품뿐만이 아니라 일반
의 현실에 대하여서도 지금보다는 훨씬 높다란 고도를 維持하고 있었
다 할 수 있지 않을까?"라는 반문을 통해 그 신경향파의 오류는 극복하
고 성과는 계승하자고 주장하고 있는 것이다.

임화는 결론적으로 "우리는 다시 公式을 公式으로 살릴 수 있는 길
을 탐구해야 할 것이 아닐까. (…중략…) 같은 인식 활동으로서의 작품
과 비평, 거기서 우리는 작품과 이론이 遊離되지 않은 그러면서도 비평
을 현재의 泥濘으로부터 높이는 본래의 고도를 회복해가지 않을까"라

---

22) 위의 글, 700~701면.

고 말하고 있다. 임화는 이제 예술성과 정치성의 조화로운 결합을 통해 한 단계 진전된 정론적 비평, 공식적 비평의 중요성을 강조하고 있다. 바로 이러한 태도가 당시 진보적·정론적 비평의 복원을 열망하는 임화가 파시즘의 징후가 도래하기 시작하는 그 시대에 선택할 수 있는 유력한, 어쩌면 거의 유일한 태도였을 것이다.

4. 창조적 비평의 모색과 비평의 독립성

'비평의 위기'에 대한 처방으로 비평의 사상성과 정치성을 다시 강조하는 한편, 임화는 동시에 1938년경부터 이른바 창조적 비평의 가능성에 대해 타진하기 시작한다. 「의도와 작품의 낙차와 비평」(『비판』, 1938.4)은 바로 이러한 모색의 단초가 드러나고 있다는 점에서 주목해야 할 평론이다. 임화는 이 글에서 비평의 역할과 연관하여 "즉 비평의 창조적 기능은 이미 맨드러진 작품 가운데서 작가의 의도나 독자의 享受가 채 알아내지 못하고 放棄해 둔 未耕의 옥토를 발견하야 새 가치를 賦與하는 데 있는 것이다. 또한 이 발견과 새 가치의 創造 때문에 비평은 단순한 작품의 향수나 해석의 한계를 너머서 제 獨自의 세계를 건립하는 것이다"23)라고 언급하고 있다. 이러한 임화의 언급은 그전의 마르크스주의 비평이나 반영론적 사유에서는 찾아볼 수 없는 비평에 대한 새로운 인식 및 관점의 변화를 보여준다. 임화는 이제 비평의 창조적 기능과 독자적 세계를 언급하고 있는 것이다. 이와 같은 임화의 새로운 비평관은 "훌륭한 비평이란 언제나 훌륭한 작품과 같이 새 世界를 발견하고

---

23) 임화, 「의도와 작품의 낙차와 비평」, 『문학의 논리』, 학예사, 1940, 716면.

새 영역을 창조하는 것이다", "要컨대 비평은 작가의 의도를 넘어섬으로서 벌써 작품 현실의 구속을 떠나 비평가가 제 자신을 이야기하는 境地로 드러가는 것이다"라는 진술에서도 거듭 확인된다.

임화는 이 글에서 결론적으로 "이것은 비평이 창작과 더불어 한가지로 가치 있는 창조적 예술이며, 작품에 단순한 判斷者가 아닌 산 증거다"24)라고 주장하고 있는데, 이러한 대목을 통해 비평의 독자적인 역할을 강조하는 임화의 비평적 자의식을 뚜렷하게 엿볼 수 있다. 이제 임화는 비평이 단지 정론적인 세계나 사상적 진술이 아니라 하나의 독자적이며 창조적인 예술이라는 사실을 주장하고 있는 것이다.

지금까지 언급한 비평의 독립성과 창조성에 대한 임화의 견해는 1940년 발표된 「창조적 비평」(『인문평론』, 1940.10)에서 한층 확고하고 명료한 형태로 개진된다. 이제 임화는 제목 자체에 '창조적 비평'이라는 용어를 사용하고 있는 것이다. 그렇다면, 1940년 말이라는 역사적 정황, 즉 일제의 군국주의 파시즘이 전면화되면서 사상 통제가 한층 노골적으로 실시되고 내선일체사상과 대동아공영권이 식민지 조선에 확산되던 파시즘의 시절에 비평가로서 누구보다도 이념과 사상, 정치적 입장을 강조했던 임화가 '창조적 비평'의 가능성을 타진하고 비평의 독립성을 모색하는 이유는 무엇인가.

임화는 「창조적 비평」의 서두에서 우선 "일찍이 그 例를 볼 수 없으리만치 침체 부진하는 근래의 우리 評壇"25)이라는 표현을 구사하면서 비평의 침체, 비평의 위기를 강조하고 있다. 그 비평의 위기를 불러온 원인으로는 "우리들의 비평이 嚴密한 철학적 내지는 문예과학적인 범주와 개념을 擧皆 使用하지 않고, 주로 說話와 隱喩 등의 문학적 언어를 비평적 평론적 문장 가운데서 구사하고 있다는 것"을 들고 있으며 이에 따라 급기야 "비평정신의 상실과 더불어 논리도 崩壞했다! 차라리

---

24) 위의 글, 719~720면.
25) 임화, 「창조적 비평」, 『인문평론』, 1940.10, 28면.

우리의 고백으로서는 이便이 솔직할 것이다"라고 선언하고 있다.

그렇다면 이러한 비평의 위기 국면을 돌파하기 위한 비평적 방책은 무엇인가? 임화는 "먼저 보고적, 설명적인 비평으로부터의 깨끗한 分離요, 일찍이 내가 解釋批評이라고 부른 것의 액김없는 抛棄다. 새로운 정신과 새로운 논리의 獲得을 위하여, 불필요하게 친절한 안내자 의식과 수다스러운 饒舌과 깨끗이 결별할 일이다"26)라고 말하고 있다.

여기까지 개진된 임화의 해법은 임화 자신의 통시적 맥락에서 보면 사실 새로운 것은 아니다. 그것은 임화가 「비평의 고도」, 「비평의 시대」 등의 평문에서 이미 수차례 언급한 내용이다. 임화는 「창조적 비평」의 말미에서 여기서 더 나아가 비평의 독자성과 비평의 자율성, 창조성에 대한 인식을 적극적으로 추구하고 있다. 예를 들어 다음과 같은 예문을 보자.

> 작품이 작가와 體驗한 시대와 산 社會를 수단으로 하여 진실로 향하듯이 비평도 작품을 수단으로 하야 자기의 고유한 사상세계의 탐구와 건설을 위하여 열중한다.
> 그렇지 않으면 비평가는 정말 작가의 秘書요, 창작에 낙제한 私講師의 지위에 떠러지고 만다. (…중략…) 비평이 제3의 입장을 입장으로 하여 가지고 시대정신이나 사회의식의 힘, 즉 여론의 힘을 빌어 작품을 재단하고 평가하며 領導할냐는 경우가 있을 수 있으나, 그것은 우연히 비평의 정신이 시대의 정신 가운데 자기의 伴侶를 발견할 때에 한하는 일이다. 그렇지 않고 비평이 단순한 제3의 입장의 대변자임에 그치는 때는 그것은 문학비평이 아니라, 다른 어떤 비평의 素朴한 연장에 지나지 않는다.27)

이러한 예문을 통해, 비평의 독립성과 주체성을 강조하는 임화의 또 다른 목소리를 만날 수 있다. 그렇다면 비평의 정론성과 사회성을 강조

---

26) 위의 글, 32면.
27) 위의 글, 35면.

하던, 어떤 측면에서는 비평의 자율성보다는 비평의 대 사회적 실천을 각별히 강조하던 임화가 1940년 말부터 한층 확고하게 비평의 주체성과 자율성을 강조하는 맥락은 무엇인가? 이를 위해서는 무엇보다도 당시의 역사적 정국을 구체적으로 검토할 필요가 있다.

중일전쟁 이후 본격적으로 대두된 군국주의 파시즘에 의해 1940년에 접어들면서 일본 제국주의에 대한 저항과 비판의 공간은 현격하게 축소되기 시작한다. 이러한 흐름은 정치, 경제적인 측면뿐만 아니라 문화적인 차원에서도 진행되었다. 가령 1939년 말부터 단행된 언론기관 통제계획에 의한 1도(道) 1지(紙) 원칙에 따라 신문의 통·폐합이 단행된 사실은 정치적인 파시즘이 필연적으로 문화통제를 수반하게 된다는 점을 여실히 보여준다. 이에 따라 『동아일보』와 『조선일보』가 폐간된 것이 바로 1940년이었다. 조선총독부경무국의 출판물 통제 작업은 1941년경 대체로 완료되었다.[28]

이러한 일본제국주의의 문화적 통제는 군국주의 파시즘체제가 1940 ~1941년경에 확고하게 그 경제·정치·문화 등에서 그 전시 시스템을 확고하게 정비했음을 보여주는 징표였다. 그리고 이와 같은 정국의 흐름에 적극적으로 부응하는 친일파들이 대거 등장하기 시작했다. 그 당시 식민지조선에서 상당수의 지식인들은 세계사적으로 민족과 국가의 권력관계가 급격하게 변동하고 있던 1940년을 전후해서 황민화의 길을 선택했다.[29] 이제 그러한 파시즘에 대한 직접적인 저항이나 비판은 거의 불가능한 엄혹한 파시즘의 시절이 시작되었던 것이다. 그에 따라 이 무렵을 전후하여 카프 논객 및 사회주의자들의 대대적인 전향(轉向)[30]이 본격적으로 이루어지기 시작했다. 그 배후에는 1936년 12월의 '조선사

---

28) 역사신문편찬위원회 엮음, 『역사신문』, 사계절, 2003, 105~107면.
29) 윤대석, 『식민지 국민문학론』, 역락, 2006, 47면.
30) 홍종욱, 「중일전쟁기(1937~1941) 사회주의자들의 전향과 그 논리」, 서울대 석사논문, 2000, 참조.

상범보호관찰령' 공포에 이은 대검거로 조선공산당 재건운동이 커다란 타격을 받았다는 사실이 자리하고 있다. 그 이후 전개된 사회주의 운동은 지하활동을 통한 비밀결사조직을 통해 수행될 수밖에 없었다.31) 이러한 역사적 상황 하에서 당시 대표적인 비평가이던 임화의 경우 어떠한 방식으로 일제에 저항할 수 있었을까.

임화가 이 시기에 들어와 비평의 자율성과 주체성을 부쩍 강조하는 맥락은 바로 이러한 역사적 맥락과의 연관성 하에서 해석될 필요가 있다. 문학을 모든 예술과 문화가 파시즘 세력의 나팔수로 변하기 시작했을 때, 문학과 자율성과 주체성을 강조한다는 것은 바로 그러한 문화파시즘에 대한 유일하게 가능한 저항의 방식에 가깝다. 임화로서는 그러한 방식만이 파시즘 세력을 치장하는 수단으로 변질된 당시의 문학과 비평으로부터 자신을 분리하는 길이었으리라.

지금까지 개진한 사실과 연관하여, 임화가 이 무렵 발표된 평문들에서, 문학의 '독창성'과 '표현', '새로움'을 각별하게 강조하고 있다는 사실은 의미심장하다. 가령 「고전의 세계―혹은 고전주의적인 심정」(1940.12)에서 임화는 "예술의 있어서 선행한 것의 模倣이란 것은 가장 무가치한 것으로 평가되는 것이다. **독창적이** 아니라는 것은, 선행한 것에 대하여 '에피고넨'이 그들의 의미와 가치의 발전을 가져온 것이 아니라, 오히려 그들의 의미와 가치의 타락을 가져오기 때문이다. 그러므로 예술에서는 발전 대신에 항상 **독창**이란 것이 가치평가의 기준이 되어있다"32)(강조는 인용자)라고 주장하고 있다. 그리고 「예술의 수단」(1940.8.21~8.27)에서는 "예술의 제작과정은 **표현**에 와서 그 絶頂에 도달한다. (…중략…) 예술에 있어 수단은 거의 숙명적이고 신성한 것이다. 언어에서 떠나면 문학은 존재할 수 없는 것이 아닌가? (…중략…) 그런데 정치에 이르러서는

---

31) 임경석, 「국내 공산주의 운동의 전개과정과 그 전술(1937~1945년)」, 『일제하 사회주의운동사』, 한길사, 1991, 218면.
32) 임화, 「고전의 세계」, 『조광』, 조선일보사, 1940.12, 198~199면.

수단은 極度로 目的化되고 만다. (…중략…) 예술에 있어서의 사상은 수단의 완성을 통하여 비로소 사상으로서 완성한다. (…중략…) 문학의 수단인 언어 이외의 수단에 의한 문학이란 존재할 수 없는 것"33)(강조는 인용자)이라고 자신의 입장을 개진하고 있다.

이러한 임화의 예술관은 카프서기장으로서, 그리고 마르크스주의와 반영론적 사유를 가장 본격적으로 수용한 리얼리즘 비평가로서의 임화의 면모와 극적으로 대비된다. 설사 1940년이라는 역사적 정황과 KAPF 해산 후 5년여의 세월이 흘렀다는 점을 감안해도, 이러한 임화의 비평적 관점의 전환은 이례적인 것이다. 바로 이러한 지점을 정확하게 해석하기 위해서는 면밀한 역사적 사고가 필요하다. 결론적으로 말해 '독창'과 '표현', 예술적 '수단'을 강조하는 임화의 주장은 명백히 1940년 당시 노골적으로 대두되던 군국주의 파시즘에 대한 비판과 문제제기에 해당된다.34) 무엇보다도 "정치에 이르러서는 수단은 극도로 목적화되고 만다"는 예문이 이를 입증한다. 이러한 주장은 파시즘의 도구로 변질된 예술과 비평에 대한 근본적인 문제제기에 다름 아니다. 왜냐하면 파시즘이야말로 개성과 독창, 표현의 자유를 억압하면서 획일성과 집단성을 강조하는 사상이기 때문이다.

한편 그에 대비되는 "예술에 있어서의 사상은 수단의 완성을 통하여 비로소 사상으로서 완성한다"는 구절은 사상이나 정치(파시즘)만으로는 제대로 된 예술이 될 수 없다는 전언을 통해 예술의 고유한 독자성(수단)을 강조하고 있는 대목이다. 이와 같은 임화의 문제의식은 비평의 창조성을 강조하는 「창조적 비평」의 문제의식과 접맥된다. 임화는 「창조적 비평」의 마지막을 다음과 같이 마무리하고 있다.

---

33) 임화, 「예술의 수단」, 『매일신보』, 1940.8.21~27.
34) 임화는 당시 휘몰아치던 전체주의 문화에 대해 분명히 비판적으로 자각하고 있었다. 이에 대해서는 이 책에 수록된 글 「임화, 혹은 세 가지 저항의 방식」의 5절 「전체주의에 대한 저항―「전체주의의 문학론」」을 참조할 것.

어디까지나 문학을 수단으로 한 自己思想世界의 전개, 문학이 비평가가 사상적으로 독자와 교섭하는 과정에 不過하는 비평, 거기서는 오직 언제나 第一의 입장이 문제될 따름이다.

그것을 나는 창조적 비평이라고 부르고 싶다.

훌륭한 철학처럼, 훌륭한 예술처럼, 모든 것에서 떼여놓아도 능히 獨行할 수 있는 비평, 그러한 비평은 **독자적**일 뿐만 아니라, **창조적**이다. 창조의 길에서 고독을 두려워할 필요는 없다. 나는 이 **고독**이 시인이나 철학자에게만 있는 것이 아니라 批評家에게도 있는 것이라고 생각한다.[35] (강조는 인용자)

위의 전언은 문화와 정치 전반에서 군국주의 파시즘이 대두되면서, 그에 따라 대부분의 문인과 동료들이 이른바 대동아공영권의 논리에 편승해가던 격동기의 현실 속에서 자신의 주체성과 비판적 관점을 온전하게 수호하고자 분투했던 한 비평가의 내면정경을 인상적으로 보여준다. 임화의 '고독'은 역설적인 맥락에서 당시 일본 제국주의의 동원체제와 군국주의 파시즘이 얼마나 많은 문인들에게 커다란 압박으로, 압도적인 대세로 다가왔는가 하는 점을 되비추는 거울에 해당하는 정서가 아닐까.

이렇게 본다면 임화에게 '창조적 비평'의 모색은 일본 제국주의의 군국주의 파시즘의 길에 동화되지 않는 비평적 전략이자 나름의 저항의 방법론에 해당된다. 지금까지 살펴온 맥락에서 볼 때, 임화가 주창했던 '창조적 비평'의 담론은 전면적인 억압기나 파시즘이 발호하는 시기에 지배 이데올로기에 대한 저항이 어떤 방식으로 가능한가 하는 점을 보여주는 일종의 바로미터라고 할 수 있을 것이다. 그러한 저항의 대가로 임화는 철저히 고독할 수밖에 없었으리라.

---

35) 임화, 「창조적 비평」, 『인문평론』, 1940,10, 35면.

5. 비평의 재건, 그리고 죽음

비평가로서 임화의 '고독'은 마치 도적같이 찾아온 해방과 함께 마감된다. 카프 해산 이후 10여 년 만에 다시 본격적인 계몽의 시대, 정치의 계절이 임화에게 다가왔기 때문이다. 해방 직후라는 역사적 정황에서 임화는 카프 시절 이후 오랜만에 투철한 계몽적 비평가로서의 열정과 재능을 최대한 발휘했다. 물론 그러한 계몽적 비평의 복권은 카프시대에 대한 반성적 성찰36)을 동반하며 전개되었다.

임화가 해방공간에 발표한 글 중, 비평에 대한 자의식과 관점을 명확하게 표출한 글로는 「비평의 재건」(『독립신보』, 1946.5.1)을 들 수 있다. 이 글에서 해방 직후의 급격한 사회적 변화에 따른 창작의 어려움을 지적한 연후에 "추상화해 가고 있는 이론이 구체적인 創造的 실천과 연결되기 위하여, 低調해가고 있는 창작이 일반적 문제와 결합하기 위하야, 비평은 이제야 본래의 기능을 발휘할 때다. 그러나 비평은 再建되어야 한다"37)고 주장하고 있다. 그렇다면 임화가 말하는 비평의 본래 기능은 무엇이며, 비평의 재건은 어떤 상태를 의미하는 것인가? 임화는 앞의 내용에 덧붙여, "8월 15일 이전 不得己 기술에만 편중하는 織匠的 비평은 청산되어야 한다. 동시에 1930년대에 횡행하던 公式主義的 비평의 재생은 極力 억제해야 한다"고 말하고 있다. 이러한 진술은 임화가 일제말의 역사성을 상실한 쇄말주의(瑣末主義) 비평의 한계와 KAPF 시절의 급진적인 비평적 편향을 동시에 비판하고 있음을 의미하고 있다.

이렇게 본다면 임화가 추구하고 있는 비평은 예술성과 사회성이 변

---

36) 예를 들어 임화는 해방 후 세 달 만에 발표한 글 「현하의 정세와 문화운동의 당면임무」(『문화전선』 창간호, 1945.11.15)에서 "그렇다고 문화를 곧 정치의 한 수단에 불과하다고 생각한다면 왕년의 과오를 되풀이하는 것이다"라고 말한 바 있다.

37) 임화, 「비평의 재건」, 『독립신보』, 1946.5.1.

증법적으로 지양된 경지에 근접한다. 그래서 임화는 「비평의 재건」을 통해 "예술적 발전과 사상적 성장의 유력한 협조자로서 새로운 비평은 再建되지 아니하면 아니된다. 이러한 비평은 분명히 이론의 발전과 문학의 성장 위에 滅하지 않는 寄與를 할 것이다"[38](강조는 인용자)라고 선언하게 되는 것이다. 이러한 임화의 진술에서 예술과 사상을 변증법적으로 지양하는 새로운 시대의 계몽적 비평의 기획을 확인할 수 있다. 이와 연관하여, 1940년 무렵 임화가 「창조적 비평」 등의 평문을 통해, 예술적 새로움과 예술적 수단을 옹호한 사실에 대한 다음과 같은 해석은 임화 비평을 이해하는 데 중요한 시사를 제공한다.

> 예술성의 擁護를 통하여 모든 종류의 정치성을 거부할 자세를 갖춘 것은 일견 민족주의를 내용으로 삼든 종래의 민족문학이나 '맑시즘'을 내용으로 삼든 종래의 프로문학의 본질과 모순하는 것과 같으나 이 시기의 특징은 문학의 비정치성의 주장이 하나의 정치적 의미를 가지고 있었다. 바꿔 말하면 일본 제국주의의 선전문학이 됨을 거부하는 소극적 수단이었었다.[39]

물론 이러한 임화의 진단은 자신의 관점에 대한 정당화라는 맥락에서 해석될 수 있지만, 동시에 이와 같은 진술이 1940년을 전후한 임화의 비평에서 산견되는 예술성의 옹호가 근본적으로 일본 제국주의의 선전문학에서 탈피하기 위한 저항의 방법론이라는 사실을 다시 한 번 확인시켜주고 있다는 점도 인정되어야 할 것이다.[40]

---

38) 위의 글, 『독립신보』, 1946.5.1.
39) 임화, 「조선민족문학건설의 기본과제에 관한 일반보고」, 『건설기의 조선문학』(조선문학가동맹 편), 백양당, 1946.6, 39면.
40) 이러한 대목에서 때로는 자신이 상정한 '비평적 타자'에 대해 누구보다도 신랄하게 비판했던 임화가 경우에 따라 놀라울 정도의 유연성을 지니고 있다는 사실을 확인할 수 있다. 예컨대, 임화는 「현하의 정세와 문화운동의 당면임무」(『문화전선』 창간호, 1945.11.15)이라는 글에서, "예 하면 전쟁 중 문학의 일면에서 발생했던 퇴폐적 경향은 당시의 중간층을 지배했던 깊은 절망감의 표현임을 알아야 한다"고 주장하고 있는데, 이 대목을 통해 비평가로서 임화의 폭넓은 유연성과 철저한 역사적 사유의 지평을 확

예술과 사상의 긴밀한 조화를 강조한 해방 직후의 임화의 비평관은, 그러나 급박하게 전개되는 격동기의 역사 속에서 구체적인 결실이나 기획으로 전개되지 못했다. 임화가 비평에 대한 근본적인 성찰을 전개하기에는 해방 직후의 정국은 너무나도 정치적이고 긴박했던 것이다. 임화가 '비평의 재건'을 선언하는 그 맥락까지도 정치의 논리 속에 흡수될 수밖에 없는 운명을 지니고 있었던 것이다. 평생을 비평가로서, 비평의 본질과 정체성에 대해 진지한 통찰을 전개했던 임화의 비평적 사유는 결국 한국 현대사라는 비극적인 정치의 격랑 속에서 중단될 수밖에 없었다. 아이러니컬하게도 그의 비평적 사유의 중단('비평의 죽음')은 그의 육체적 죽음을 동반했다.

6. 임화 비평과의 대화를 위해

이 글은 임화의 비평에 대한 사유의 변모과정을 통시적인 맥락에서 검토하는 방식을 통해 비평에 대해 각별한 자의식을 지녔던 임화의 비평관을 검토해왔다. 임화의 비평관은 당시 시대적 맥락과 정황에 따라 미세한 변모를 보이면서 당대의 지배 이데올로기에 대해 지속적이면서도 창조적인 저항을 수행해왔다는 점을 지금까지의 논의를 통해 인식할 수 있었다. 그 과정에서 임화의 비평담론의 스펙트럼이 생각보다 다양하고 복잡하면 넓다는 점, 「창조적 비평」에서 목도할 수 있듯이 경우에 따라서는 상호모순적인 영역까지 포괄하고 있다는 사실 등을 인지할 수 있었다. 이와 연관하여, 한 연구자는 "일제 말기에 임화가 남긴

인할 수 있다.

여러 논의들은 사실상 매우 비균질적이며, 서로 다른 방향의 사유들이 동시에 혼재하는 복잡한 균열의 양상을 보인다"[41]고 언급한 바 있다. 이와 같은 지적에서 볼 수 있듯이 임화의 비평과 산문은 다양한 방식의 글쓰기에 나타난 상호모순과 이질성으로 채워진 복합적인 텍스트였다고 할 수 있다. 좀더 구체적으로 말하면, 임화의 비평 텍스트에는 투철한 마르크스주의비평가의 모습과 표현과 독창성을 중시하는 섬세한 예술가의 모습이 절묘하게 착종되어 있다. 분명한 것은 이 두 가지 태도 모두 당대의 역사와 문학장에 대한 임화 나름의 첨예한 비평적 응전의 산물이었다는 사실이다.

이러한 맥락에서 보면, 임화는 당대 시국과 정치의 장이 허용하는 한도 내에서 일본제국주의의 논리와 지배 이데올로기에 대해서 가장 치열하게 이론적·비평적 저항을 수행한 비평가였다. 임화의 '창조적 비평'은 바로 군국주의 파시즘으로 인해 비평적 저항이 불가능해지던 시대에 임화가 가까스로 모색한 비평의 거점이자, 새로운 저항의 방식이었다.

임화의 이러한 소극적 저항은 해방 이후 급변하는 정국 속에서 「비평의 재건」을 통해 다시 한층 균형 잡힌 '새로운 계몽의 불꽃'을 피우지만 그것도 일순간이었다. 1947년 월북 후에 1953년 평양에서의 임화의 비극적인 죽음은 단지 한 개인의 죽음만은 아니었다. 그것은 동시에 한국 근대비평사를 통해 유례가 없을 정도로 치열했던 한 비평적 사유의 중단을 의미했다.

1940년을 전후한 시기에 발표된 임화의 메타비평에는 이 시대 중요한 비평적 쟁점의 대부분이 담겨 있다. 이를테면, 비평의 위기를 둘러싼 제반 논의, 비평의 가치 평가와 해석 비평의 문제, 작품에 지나치게 수동적으로 밀착한 해설 비평의 문제, 비평적 정론성과 역사성을 상실한

---

41) 김예림, 『1930년대 후반 근대인식의 틀과 미의식』, 소명출판, 2004, 224면.

제도화된 비평의 문제,[42] 미디어에 종속된 문학과 비평의 위상,[43] 문화적 획일주의에 대한 저항 등등은 임화가 비평적으로 고투했던 1930년대 중반부터 1940년대 초반에 이르는 시대뿐만 아니라 바로 이 시대비평의 핵심적인 논점이자 아젠다이기도 하다. 이처럼 임화의 비평 담론에는 지금 이 시대비평의 풍경을 되비추는 반사경을 다양하게 가지고 있다.

이렇게 본다면 임화 비평의 현재적 의의는 참으로 뚜렷하다. 이 시대의 비평가들은 지금으로부터 약 60여 년 전에 임화가 고민했던 비평적 의제에 대해 여전히 고뇌하고 있는 것이다. 가령, 새로운 비평 커뮤니티 『크리티카』 창간사는 1930년대의 임화 비평의 의의를 구체적으로 언급하면서 다음과 같이 천명하고 있다.

오늘날 숱한 비평가들이 활동하지만, 그들의 비평들은 자신의 독자적 영역을 확보하지 못하고 있다. 기껏해야 종합문예지의 전략에 종속된 비평에 머무르고, 나아가 더 거대한 매체가 허용하는 장에서만 활동하고 있다. 그래서 비평행위는 갈수록 증대하지만 그 행위의 독자성은 갈수록 위축된다. 우리는 비

---

42) 최근 '비평의 위기'가 언급되면서 비평이 출판자본의 이해관계에 종속되어 지나치게 텍스트에 밀착된 작품해설에 시종함에 따라 비평의 비판적 기능과 엄정한 가치평가가 상실되었으며 이에 따라 비평의 역사성과 사회성의 복원이 시급하다는 지적이 지속적으로 제기되고 있다. 또한 이러한 연장선상에서 『비평과전망』, 『크리티카』, 『작가와비평』, '포럼 X', '비평고원'과 같이 출판자본이나 주류 비평의 섹트주의와 거리를 두고 독립적인 비평을 추구하는 새로운 비평 커뮤니티가 다양하게 형성되고 있다. 이에 대해서는 이명원의 『파문』(새움, 2003)과 고명철 외저, 『주례사 비평을 넘어서』(한국출판마케팅연구소, 2002), 권성우의 『논쟁과 상처』(숙명여대 출판국, 2006), 『크리티카』 창간호(이가서, 2005) 등을 참조할 수 있다.

43) 임화가 1938년부터 1940년 사이에 집중적으로 발표한 신문, 문예지 등의 문학미디어 및 문화산업에 대한 글들(「잡지문화론」, 「문예잡지론」, 「문화기업론」, 「신문화와 신문」)은 그가 당시로서는 드물게도 미디어의 속성과 문화산업의 논리, 문학 소통의 시스템에 대해 명석하게 인식하고 있는 비평가라는 사실을 여실히 보여주고 있다. 오늘날 미디어가 문학에 미치는 커다란 영향력을 생각해볼 때, 임화의 이러한 문제의식은 선구적 혜안을 지닌 탁견이라 아니할 수 없다. 이에 대한 좀더 자세한 논의는 이 책에 수록된 「문학미디어 비판과 문화산업에 대한 성찰─임화의 경우」에서 이루어진 바 있다.

평 전문지를 통해서 다른 매체산업의 논리나 지향에 종속되지 않는 독자적인 비평 행위를 추구하고자 한다.

우리는 이를 통해 고전적인 '비평의 독자성'을 추구한다. 잡지사의 상업성이나 혹은 문학작품의 해설에 종속된 비평이 아니라, 비평 고유의 정신으로 살아 있는 비평.[44]

이와 같은 문제의식은 1940년을 전후한 임화의 비평에 대한 사유와 그대로 겹쳐진다. 임화의 비평적 문제의식과 치열한 비평적 자의식은 지금 이 시대에도 여전히 유효한 것이다. 이러한 의미에서 지금 이 시대의 비평적 현안을 지혜롭게 해결하고 돌파하기 위해서도 우리는 다시 비평의 존재이유에 대해서 근본적으로 성찰했던 임화의 메타비평을 거듭 찬찬히 응시해야 할 것이다. 그러니, 이 시대비평의 위기를 돌파하는 유력한 방법 중의 하나는 무엇보다도 약 60여 년 전에 임화가 지녔던 투철한 비평적 사유와 성찰적으로 대화하는 작업이리라.

---

44) 신승엽, 「새로운 비평 커뮤니티를 향하여」, 『크리티카』 창간호, 이가서, 2005, 6면.

제4장

임화 시에 나타난 '탈식민성' 연구

1. 문제제기 – 임화 문학의 문제성과 탈식민주의

올해 탄생 백주년을 맞이하는 임화에 대한 연구는 최근 몇 년 전부터 참신한 방법론과 시각의 도움을 받아 새로운 국면에 접어들고 있다. 대체로 유물론적 시각과 마르크스주의에 젖줄을 댄 문예사회학의 차원에서 전개되었던 지난 연대의 임화 연구와는 달리 최근의 임화 연구는 문화론(풍속사), 장르론, 탈식민주의 등의 다채로운 방법론에 힘입어 기존 연구에서 주목하지 않았던 임화의 또 다른 모습을 이론적으로 탐구하고 있다. 예를 들어, 임화의 미디어 및 문화산업에 대한 문제제기와 '비평적 자의식'에 주목한 논의[1]와 탈식민주의의 입장에서 임화의 「이식

---

1) 권성우, 「임화의 메타비평 연구 – 비평적 자의식을 중심으로」, 『상허학보』 19집, 2007.2; 권성우, 「임화의 문화담론과 에세이 연구 – 미디어에 대한 성찰을 중심으로」, 『한민족문화연구』 19집, 한민족문화학회, 2006.

문학사론」을 재평가하고 임화의 「생산소설론」이 지닌 시대사적 맥락을 탐구한 성과2)가 이에 해당한다. 이러한 최근의 임화에 대한 연구들을 관류하는 이론적 화두는 단연코 '탈식민주의'라고 생각된다.

36년에 걸친 일본에 의한 식민지 체험을 겪은 한국현대사의 굴곡과 상처를 감안하면, 탈식민주의적 문제의식에 근거한 근대문학 연구는 참으로 근본적인 문제의식을 내장하고 있다고 하겠다. 이러한 의미에서 볼 때, 근대의 굴곡을 통과한 문학가 중에서 피식민지인의 정체성과 우리 문학의 식민지적 성격에 대한 극복과 자각이라는 면에서 누구보다도 투철하고 예민한 사유를 보여주었던 임화의 글쓰기를 탈식민주의의 관점에서 연구하고자 하는 욕망은 자연스러운 귀결이라고 생각된다. 주지하다시피 식민지 시기의 대표적인 시인이자 비평가이며 문학사가로 활동했던 임화는 근대문학사에서 식민주의 및 그 식민주의를 극복하고자 하는 문제의식(탈식민주의)을 가장 선명하게 보여주었던 경우에 해당된다.

특히 임화가 문학사 탐구를 통해 제시한 이른바 '이식문학사론'은 우리 근대문학사에 숙명적으로 드리워져 있는 식민지적 그늘을 냉엄하게 통찰하고 있는 문학적 화두라고 할 수 있다. 물론 임화의 '이식문학사론'은 최근의 연구를 통해 우리 문학의 식민성을 수동적으로 승인하기 위한 기획이 아니라 궁극적으로 식민주의의 그림자를 극복하기 위한 능동적인 이론적 기획으로 해석되고 있다.3) "문화이식이 고도화되면 될

---

2) 하정일, 「일제 말기 임화의 생산문학론과 근대극복론」, 『민족문학사연구』 31호, 민족문학사학회, 2006; 하정일, 「이식·근대·탈식민」, 『임화문학의 재인식』, 소명출판, 2004.

　이밖에 임화를 탈식민주의의 관점으로 연구한 최근의 성과로는 다음과 같은 논문들을 들 수 있다. 서준섭, 「한국 근대 시인과 탈식민주의적 글쓰기─한용운, 임화, 김기림, 백석의 경우를 중심으로」, 『한국시학연구』 13호, 2005; 채호석, 「탈─식민의 거울, 임화」, 『한국학연구』 17집, 2002; 와다나베 나오키[渡邊直紀], 「임화의 언어론」, 『국어국문학』 138호, 2004.

3) 실제로 하정일은 임화의 이식문학사론에 대해 "민족주의에 바탕한 내재적 발전론과

수록 반대로 문화 창조가 내부로부터 성숙한다"는 임화의 주장은 이러한 입론을 뒷받침하고 있다. 또한 임화에 대한 최근 연구들이 잘 보여주고 있듯이 임화는 1940년을 전후한 시기에 어떤 비평가보다도 일본 제국주의 파시즘의 논리에 거리를 두면서 식민주의를 극복하기 위한 다양한 차원의 '내적 저항'을 보여준 바 있다. 예를 들어 임화는 「전체주의의 문학론」(1939)을 통해 당시 득세하던 일제의 군국주의 파시즘에 대한 분명한 유보감과 비판적 의식을 보여주었으며, 「창조적 비평」(1940) 등의 평문을 통해 내선일체라는 구호에 따라 대동아공영권에 포섭되기 시작하던 문단분위기에 대한 성찰을 수행하면서 비평의 주체성과 예술성을 강조한 바 있다. 이는 당시 발호하던 일본 군국주의 파시즘에 대한 '내적인 저항'에 해당되며, 절필이나 망명을 선택하지 않은 식민지 지성이 택할 수 있었던 유력한 저항의 방식으로 해석될 수 있다.4)

임화의 글쓰기 중에서 탈식민지 지식인의 콤플렉스와 식민주의를 극복하고자 하는 열망, 일본 제국주의에 대한 양가적 감정, 탈식민을 향한 흔적과 고투 등이 가장 선명하고 집중적으로 표현되어 있는 장르는 무엇보다 '시'라고 생각된다. 초기의 목적의식적인 경향시에서 출발하여 『현해탄』·『찬가』, 해방 이후의 시에 이르기까지 임화의 시편들은 각기 인상적인 방식으로 제국의 그림자와 대결하는 식민지 청년의 실존과 내면을 형상화하고 있다.

이렇듯 다양한 문제의식과 글쓰기를 통해 식민주의와 대결했던 임화의 여정을 볼 때, 최근 몇 년 사이에 근대문학 연구에서 가장 유행하는 문예이론이라고 할 수 있는 '탈식민주의'는 임화의 경우에 가장 전형적으로 적용될 수 있는 여지가 있다. 그러나 탈식민주의이론에 기반한 최

서구 중심주의적 비교문학론을 동시에 넘어 제3세계적 근대의 특수성을 해명하려는 선구적 시도"이며 "임화의 이식문학사론은 탈식민 문학론의 한 전범으로 평가받기에 전혀 손색이 없다"고 평가한 바 있다. 하정일, 「이식·근대·탈식민」, 『임화문학의 재인식』, 소명출판, 2004, 88~89면.

4) 이 책에 수록된 글 「임화, 혹은 세 가지 저항의 방식」을 참조할 것.

근의 임화 연구들은 임화의 시를 본격적인 검토 대상으로 삼고 있지 않다는 점에서 한계가 있다. 이 연구는 이러한 문제의식에 근거하여, 임화의 시 전반을 탈식민주의의 관점에서 읽어내고자 하는 시도이다.

임화는 제국 일본이 당시 식민지 조선의 문학과 문화에 미친 의식적·무의식적 영향을 가장 민감하게 인식한 존재였다고 할 수 있는데, 임화의 시에서는 바로 이러한 임화의 사유가 가장 직접적이고 투명하게 형상화되어 있다. 이 글의 문제의식과 연관하여 주목하고자 하는 사실은 임화의 시에서 식민주의의 그림자가 흥미롭게 투영되어 있는 한편, 동시에 그 식민주의를 극복하고자 하는 치열한 문제의식이 인상적으로 표출되어 있다는 사실이다. 말하자면 임화의 시편들은 '식민주의의 양가성', 즉 식민주의의 그림자와 탈식민의 지향이 동시에 병존하고 있는 문제적인 텍스트들인 것이다. 그럼에도 불구하고 임화의 시 전반을 탈식민주의라는 문제의식에 의해 살펴본 기존 연구가 거의 없다는 사실5)이 이 연구를 진행하게 만든 동기이다. 이 글은 임화의 시와 탈식민주의의 관련 양상을 '프롤레타리아 국제주의에 근거한 제국주의 비판', '현해탄의 형상화와 식민지 시인의 운명', '제국주의에 대한 직설한 비판과 정치적 시의 세계' 등의 세 가지 단계로 나누어 살펴보고자 한다. 이러한 단계는 물론 임화 시의 시기적 전개 양상과 나란히 간다고 할 수 있다.

---

5) '현해탄' 시편에 한정되기는 했지만, 이형권의 「현해탄 시편의 양가성 문제」(『한국언어문학』 49집, 2002)를 주목할 수 있다. 이 논문은 호미 바바의 '양가성' 개념을 원용하여 임화의 현해탄 시편들을 분석하고 있다.

2. 프롤레타리아 국제주의에 근거한 제국주의 비판

임화가 시인으로 등단한 1926년 이후 「우산 받은 요코하마의 부두」
를 발표한 1929년에 이르는 역사적 기간은 카프(KAPF)문학의 계급주의
가 가장 적극적으로 발호하던 시기였다. 당시 누구보다도 계급주의를
능동적으로 수용했던 시인 임화 역시 카프의 일원으로서 계급 지향적
인 목적의식시를 주로 발표했다.

이 시기에 임화가 발표한 몇몇 시편들에는 '프롤레타리아 국제주의'[6)
라는 사상적 지침에 의해 제국주의와 자본주의를 원칙적으로 비판하는
시적 형상화가 이루어져 있다. 이즈음 임화가 발표한 시들 중에서 제국
주의와 식민지에 대한 문제의식이 간접적으로라도 형상화된 시편들은
많지 않다. 「담(曇)－1927」(1927), 「젊은 순라의 편지」(1928), 「병감(病監)에
서 죽은 녀석」(1929), 「우산 받은 요코하마의 부두」(1929) 등이 그에 해당
된다. 이 시기는 대체로 마르크스주의 문예이론에 강력하게 흡수된 임
화의 사상적 모습이 시에 그대로 투영되어 있다. 그것을 뒷받침하는 것
은 '프롤레타리아 국제주의'라고 할 수 있다. 예를 들어 다음과 같은 시
구를 보자.

1917－ 태양이 도망간 해
세계의 우리들은 8월 20일 지구발 전보를 작성하였다.
제1의 동지는 뉴욕, 세크라멘토 등등지에서 수십 층 사탑死塔에 폭탄 세례
를 주었으며
제2의 동지는 핀란드에서 살인자 미국의 상품에 대한 비매非買동맹을 조직
하였고

---

6) '프롤레타리아 국제주의'는 "모든 종류의 억압과 착취에 반대하여 노동자 계급의 본
질에 의해서 결정되는 여러 민족의 노동자 계급 사이의 관계를 규정하는 원칙"으로
정의될 수 있다. 『철학사전』, 중원문화, 1987, 748면.

제3의 동지는 코펜하겐에 아메리카 범죄자의 대사관을 습격하였으며
제4의 동지는 '암스테르담' 궁전을 파괴하고 군대의 총 끝에 목숨을 던졌고
제5의 동지는 파리에서 수백 명 경관을 ××하고 다 달아났으며
제6의 동지는 모스크바에서 치열한 제 3인터내셔널의 명령하에서 대시위
운동을 일으켰고
제7의 동지는 도쿄에서 ××자의 대사관에 협박장을 던지고 갔으며
제8의 동지는 스위스에서 지구의 강도 국제연맹 본부를 습격하였다
(그 때의 그 놈들은 한 장의 200냥짜리 유리창이 깨어진 것을 탄식하였다
— 눈물은 염가다)
오오 지금 세계의 도처에서 우리들의 동지는 그 놈들의 폭압과 ××에 얼마
나 장렬히 싸워가고 있는가

—「담(曇)—1927」, 40면7)

마치 이상(李箱)의 오감도를 연상시키는 위의 시를 관류하고 있는 기
본적인 정서는 프롤레타리아 국제주의라고 판단된다. 코민테른 제3인
터내셔널의 지침에 의해 전개되는 세계 곳곳의 투쟁을 나열하고 있는
이 시는 제국주의와 자본주의 일반에 대한 분노의 감정이 선명하게 담
겨 있다. "살인자 미국"이라는 표현이나 이 구절의 뒤에서 "인류의 범
죄자 / 역사의 도살자인 / 아메리카—부르주아의 정부는 / 사랑하는 우리
의 동지 / 세계 무산자의 최대의 동무 / 사코, 반제티의 목숨을 빼앗었다"
고 노래하는 대목은 이 당시 임화의 문학적 지향성을 잘 보여주고 있다.
정리하자면 그것은 제국주의와 자본주의에 대한 비판일 것이다. 그런데
여기서 주목해야 할 사실은 제국주의 미국에 대한 임화의 인식이 식민
지 조선이 마주하고 있던 좀더 구체적인 현실, 즉 일본 제국주의에 대
한 분명한 자각으로는 확대되지 못하고 있다는 점이다. 물론 이 점에
대한 면밀한 이해는 당시의 검열제도와 문화적 감각에 대한 고려를 동

---

7) 앞으로 인용되는 임화의 시들은 김외곤이 엮은 『임화전집 1—시』(박이정, 2000)의
표기법을 따랐음을 밝힌다. 앞으로 임화의 시가 인용될 경우, 면수는 이 전집의 해당
면수를 의미한다.

반해야 할 것이다.

그 무렵 임화에게 제국주의 일본의 실체보다 한층 중요한 것은 사회주의라는 이념을 어떻게 시를 통해 형상화할 수 있는가 하는 점이다. 아래의 시를 보자.

> 일찍이 해가 1920년이었을 때 3월
> 우리들의 사랑하는 용감한 내 나라의 백성들이
> ××한 제국주의 ××과 자유를 싸웠을 때
> 어떻게 꿈에도 못 잊을 사랑하는 동포가 ×들의 독수毒手에 넘어졌던 가를 말하지 않았던가
> 　(…중략…)
> 6월 10일은 우리들 조선의 프롤레타리아의 가슴에서 영구히 스러지지는 않으리라
> 봄이 엷은 삼월에 우리들의 '산선山宣'이 ×었고
> 똑같은 이 달에 '도정渡政'도 일본 노동자 농민의 원한 속에 갔는데
> 오! 또 이 녀석아!
> 병감에서 네가 ×다니―
> 　　　　　　―「병감病監에서 죽은 녀석 : ―×의 6월 10일에」, 63면

> 요전에 우리는 베를린伯林 교외를 지나다 봄풀이 싹이 돋기도 전 가난한 그들의 주머니를 털어 가여운 계집애 ××의 무덤에다 꽃뭉치를 안겨주고 마음을 다하여 눈물을 흘리는 독일의 프롤레타리아의 얼굴을 보고 왔소
> 　　　　　　　　　　―「젊은 순라(巡邏)의 편지」, 43면

우선 1929년 『무산자』지에 발표된 「병감에서 죽은 녀석」에서는 프롤레타리아 국제주의에 입각해, 일본 노동자와의 연대를 강조하는 대목이 잘 드러나 있다. 당시 사회주의 운동을 하다가 죽음에 이른 두 일본 사회주의자(山宣과 渡政)의 운명은 6·10독립운동 과정에서 희생된 조선 프롤레타리아의 운명과 겹쳐진다. 물론 시적 화자는 제국주의에 대한 투

쟁을 얘기하고 있지만, 그 제국주의에 대한 인식은 '만국의 노동자여 단결하라!'로 요약될 수 있는 프롤레타리아 국제주의에 의해 더 이상 진전되지 못한다. 「젊은 순라(巡邏)의 편지」에서 시적 화자가 독일 노동자에 대해서 동지애를 느끼는 장면도 동일선상에서 설명될 수 있을 것이다.

물론 임화는 검열로 인해 ××로 처리된 대목에서 3·1운동과 "××한 제국주의"라는 표현을 통해 일본 제국주의를 암시하는 표현을 구사하고 있다. 그러나 이러한 임화의 인식은 구체적인 시적 형상화로 발전하지 못하고 있다. 이 점은 당시 검열제도 및 일본을 일종의 내지(內地)로 생각했던 영토적 감각에서 비롯된 것으로 보인다.

이 시기 임화의 몇몇 시는 마르크스주의 문예이론에 근거해 제국주의에 대한 직설적인 분노와 노동자 계급의 애환을 시적으로 형상화하고 있다. 그러나 이러한 임화의 초기 계급지향의 시편들이 제국(일본)의 다층적인 면모에 대한 인식이나 제국의 노동자와 식민지의 노동자 사이에 존재하는 현실적 '차이'를 드러내는 경지에는 이르지 못했다. 그러므로 이러한 문학적 경향 속에는 피식민지인의 미묘하고 복잡한 '혼종성'[8]이 드러날 여지는 거의 없는 것이다. 요컨대 임화의 초기 시편들을 본질적으로 지배하고 있는 것은 식민지—제국 사이의 인식의 편차가 아니라, 자본주의와 제국을 근본적으로 혁파하기 위한 프롤레타리아의 단결이라는 이념적 기획인 것이다.

이러한 관념 편향적인 한계가 어느 정도 극복되기 시작한 것은 「우산 받은 요코하마의 부두」(1929.9)에 이르러서이다. 이미 잘 알려진 바와 같이, 이 시는 당시 일본의 대표적인 계급파 시인이었던 나카노 시게하

---

8) 호미 바바의 용어이다. 호미 바바는 식민지 지배자를 모방하는 식민지 피지배자들의 논리에 의도하지 않은 차이가 생성되게 되는 과정을 '혼종성'의 개념으로 설명하고 있다. '혼종성'은 식민지 피지배자의 정체성의 위기를 불러일으키며, 동시에 제국주의에 대한 저항의 공간을 가능하게 한다. 호미 바바, 나병철 역, 『문화의 위치』(소명출판, 2002) 참조.

루[中野重治]의 시 「비 내리는 품천역(品川驛)」에 대한 화답으로 씌어졌다. 이 시는 초기 계급 지향의 시와 비할 때 제국과 식민지에 대한 인식의 진전을 분명히 보여준다.

「비 내리는 품천역(品川驛)」은 주제 면에서 볼 때, 한일 프롤레타리아 간의 연대 의식을 고취시키기 위해서 발표된 시라고 할 수 있다. 그런데, 그 과정에서 제국과 식민지 노동자의 동지의식과 이질적인 운명에 대한 형상화가 동시에 이루어져 있다는 점은 주목에 값한다. 가령, "오오! / 조선의 사나이요 계집아인 그대들 / 머리끝 뼈끝까지 꿋꿋한 동무 / 일본 프롤레타리아트의 앞잡이요 뒷군"9)이라는 표현에서는 양국 노동자 계급의 연대의식이 형상화되어 있다. 그런가 하면, "그대들은 그대들의 부모의 나라로 돌아가는구나"는 표현에서는 식민지 조선으로 돌아갈 수밖에 없는 조선인 노동자의 정체성, 즉 일본 노동자와 변별되는 식민지 노동자의 고유한 정체성이 형상화되어 있다. 그렇다면 임화의 시 「우산 받은 요코하마의 부두」의 경우는 어떠한가?

「우산 받은 요코하마의 부두」를 관류하고 있는 시적 정서는 "이국 계집애"인 일본인 노동자와의 이별에 대한 아쉬움과 동지적 공감대이다. 그 과정에서 '프롤레타리아 국제주의'라는 이념에 기초한 양국 노동자들의 단결과 식민지인이라는 자각이 동시에 묘사되어 있다. 예를 들어 다음의 구절을 보자.

거기에는 아무 까닭도 없었으며
우리는 아무 인연도 없었다
더구나 너는 이국의 계집애 나는 식민지의 사나이
그러나 ─ 오직 한 가지 이유는
너와 나 ─ 우리들은 한낱 근로하는 형제이었던 때문이다

---

9) 「비 내리는 품천역」의 표기는 김외곤의 『임화 전집』(박이정, 2000)의 부록에 수록되어 있는 것을 참조했다. 「비 내리는 품천역」은 애초에 일본에서 『개조』지에 1929년 2월에 발표되었다가 한국어로 번역되어 『무산자』(1929.5)에 발표된 바 있다.

그리하여 우리는 다만 한 일을 위하여
두 개 다른 나라의 목숨이 한 가지 밥을 먹었던 것이며
너와 나는 사랑에 살아 왔던 것이다

오오 사랑하는 '요코하마'의 계집애야
비는 바다 위에 내리며 물결은 바람에 이는데
나는 지금 이 땅에 남은 것을 다 두고
나의 어머니 아버지 나라로 돌아가려고
태평양 바다 위에 떠서 있다
　　　　　—「우산 받은 요코하마의 부두」 부분, 67~68면(강조는 인용자)

위의 구절이 임화 문학에 나타난 탈식민성(식민성)을 논의하는 과정에
서 대단히 중요한 이유는 임화의 시편들에서 식민지인이라는 시적 화
자의 자각이 위의 대목에서 최초로 명료하게 나타나기 때문이다. 물론
「우산 받은 요코하마의 부두」는 양국 노동자의 연대의식을 고취하기
위해서 발표된 시이다. 실제로 "우리들은 한낱 근로하는 형제이었던 때
문이다", "한 가지 밥을 먹었던 것이며" 등의 시구에서 확인할 수 있듯
이, 이 시는 한일 양국 노동자의 연대라는 문학적 강령에 기초하여 씌
어졌다. 그러나 동시에, "더구나 너는 이국의 계집애 나는 식민지의 사
나이"라는 구절에서 볼 수 있듯이 시적 화자는 자신이 식민지의 아들이
라는 사실을 분명하게 간취하고 있으며 자신과 연대관계에 있는 일본
인 노동자의 국적에 대한 자의식을 지니고 있다. 사실상 일본이 다른
나라와는 달리 일종의 내지(內地)로 인식되던 당시의 정황에서 이러한
임화의 인식은 인상적인 대목이다. 또한 "나는 지금 이 땅에 남은 것을
다 두고 / 나의 어머니 아버지 나라로 돌아가려고 / 태평양 바다 위에 떠
서 있다"는 시구절은 식민지 조국에 대한 귀속의식을 시적으로 형상화
한 대목인데, 이를 통해서 임화의 시적 화자가 점차 보편적인 만국 프
롤레타리아 의식에서 피식민지인의 구체적인 정체성으로 이동하고 있

음을 확인할 수 있다. 이는 임화의 시에서 탈식민을 향한 도정이 본격적으로 진행되기 시작했음을 시사한다.

3. '현해탄'의 형상화와 식민지 시인의 운명

임화의 시에 나타난 부르주아 국가와 자본주의에 대항하는 만국의 노동자 관념은 1930년대로 접어들면서 점차 피식민지인의 정체성에 대한 서늘한 자각으로 이행된다. 그 시적 자각을 상징적으로 형상화한 시어는 단연코 '현해탄'이라고 할 수 있다. 임화의 시적 경향은 1930년경부터 이른바 '현해탄'에 대한 문학적 묘사가 빈번해지면서, 임화는 자신이 일개 식민지의 시인이라는 사실을 냉철하게 인식하게 되는 것이다. 「만경(萬頃) 벌」(1934), 「해협의 로맨티시즘」(1936), 「지도」(1937), 「밤 갑판 위」, 「해상에서」, 「다시 인젠 천공(天空)에 성좌가 있을 필요가 없다」, 「눈물의 해협」, 「상륙」, 「현해탄」 등의 수많은 시편들에서 '현해탄'은 중요한 시적 소재로 등장하고 있다.

아울러 1938년 동광당서점에서 출간된 처녀시집의 제목을 『현해탄』으로 정한 것도 시인 임화가 지닌 식민지인으로서의 자의식을 뚜렷하게 보여주는 대목이다. 이러한 임화의 사유가 시적으로 가장 인상적으로 형상화된 것은 「해협의 로맨티시즘」과 「현해탄」이라는 시편이라고 생각된다. 임화는 이러한 시편들에서 제국주의의 수도와 문화가 식민지인에게 남긴 영향과 그늘에 대한 시적 성찰을 형상화하고 있다.

우선 「해협의 로맨티시즘」은 임화의 시편들 중에서 제국주의 일본에 대한 선망과 동경 및 콤플렉스 등의 감정을 통해 피식민지인의 자세와 무의식을 가장 효과적으로 형상화하고 있다. 다음의 시구를 보자.

예술, 학문, 움직일 수 없는 진리 ……
그의 꿈꾸는 사상이 높다랗게 굽이치는 동경東京
모든 것을 배워 모든 것을 익혀,
다시 이 바다 물결 위에 올랐을 때,
나는 슬픈 고향의 한 밤,
홰보다도 밝게 타는 별이 되리라.
청년의 가슴은 바다보다 더 설레었다.
—「해협의 로맨티시즘」 부분, 128면

위의 시에는 제국 일본의 수도 동경이 모든 식민지 청년의 동경(憧憬)의 대상이라는 점, 그리하여 제국에서 학문과 진리를 배워 고향의 밤하늘을 밝혀주는 별이 되고자 하는 식민지 청년의 욕망이 효과적으로 부조되어 있다. 이 대목에서 동경은 보다 나은 세계를 지향하는 이상주의적 맥락에서 파악될 수 있다.10) 동경과 고향이라는 두 공간의 거리는 제국과 식민지의 거리만큼 멀다. 이 시에서 동경은 이제 슬픈 고향을 탈피하여, 일본 제국주의의 핵심에 다가서는 시적 표상으로 기능한다. 그렇다면 피식민지인은 단지 '근대의 출장소'이자 근대적 문학과 예술의 수용 통로인 제국의 수도 동경(東京)을 흠모하고 동경(憧憬)하는데 그치고 있는 것인가? 아래의 구절은 이러한 질문에 대한 시적 화자의 태도를 잘 보여준다.

'반사이!' '반사이!' '다이닛……'
이등 캐빈이 떠나갈 듯한 아우성은,
감격인가? 협위인가?
깃발이 '마스트'높이 기어올라갈 제,
청년의 가슴에는 굵은 돌이 내려앉았다.

---

10) 이형권, 「현해탄 시편의 양가성 문제」, 『한국언어문학』 49집, 2002, 371면.

어떠한 불덩이가,
과연 층계를 내려가는 그의 머리보다도
더 뜨거웠을까?
어머니를 부르는, 어린애를 부르는,
남도 사투리,
오오! 왜 그것은 눈물을 자아내는가?

정말로 무서운 것이……
불붙는 신념보다도 무서운 것이……
청년! 오오, 자랑스러운 이름아!
적이 클수록 승리도 크구나

삼등 선실 밑
똥그란 유리창을 내다보고 내다보고,
손가락을 입으로 깨물을 때,
깊은 바다의 검푸른 물결이 왈칵
해일처럼 그의 가슴에 넘쳤다.

오오, 해협의 낭만주의여!

—「해협의 로맨티시즘」 부분, 129~130면

이등 선실에 있는 일본인들이 일본말로 외치는 아우성, 즉 '만세!, 만세! 대일(본)'을 의미하는 "'반사이!' '반사이!' '다이닛 ……'"을 들으면서 시적 화자인 식민지 청년은 착잡한 심경에 빠진다. 그 착잡함은 "감격인가? 협위인가?"라는 물음에 인상적으로 드러나 있다. 말하자면 '대일본 만세'라는 아우성으로 표상되는 일본인들의 도취적 감격은 한편으로는 삼등 선실에 탄 식민지인들에게는 일종의 '위협'으로 다가오는 것이다. 여기서 일본인들의 아우성에 동참할 수 없는 식민지인의 자리가 극명하게 환기된다. 이제 다음 연에서 일본인들의 아우성은 조선인들의

'남도 사투리'와 여실히 대비된다. 식민지 청년에게 아우성이 위협으로 다가온다면, 남도 사투리는 눈물을 자아내게 만든다. 위협/눈물의 대비는 시적 화자가 놓여 있는 위치를 서늘하게 자각시킨다. 이제 식민지 청년은 자신의 존재가 놓여 있는 분열적 상황을 통렬하게 인식하면서 피억압자로서의 정체성을 자각하게 되는 것이다.

일본인들이 이등선실에 타고 있는 점에 비해 삼등선실에 타고 갈 수밖에 없는 식민지 조선인들의 존재는 스피박이 말한바 '하위주체'와 겹쳐진다.[11] 그들은 그들 스스로 말할 수 없는 존재이다. 그들의 존재감은 식민지 지식인인 시적 화자의 관찰과 매개에 의해 비로소 부각될 수 있다. 식민지 청년인 시적 화자는 그들을 연민의 시선으로 바라보는, 말하자면 이등선실에 있는 일본인들과 삼등선실의 하위주체들 사이에 존재하는 분열된 존재에 다름 아니다.

일본으로 향하는 삼실 선실에서 "손가락을 입으로 깨물"며 식민지 청년이 다짐하는 것은 무엇인가. 그것은 궁극적으로 제국의 그림자를 극복하기 위한 식민지 청년의 각오였을 것이다. "적이 클수록 승리도 크구나"는 구절은 계급적인 맥락에서 해석될 수도 있지만, 앞 연과의 상관성 속에서 보면 강고한 제국주의의 그림자에서 탈피하여, 탈식민을 향한 험난한 길을 개척하기 위한 시적 화자의 지난한 여정을 상징한다고 볼 수 있다.

시집 『현해탄』에 수록된 「현해탄」 역시 제국의 문화적 압력이 피식민지인의 내면에 남긴 생채기를 효과적으로 묘사하고 있는 대표적인 시라고 할 수 있다. "청년들은 늘/희망을 안고 건너가/결의를 가지고 돌아왔다"는 구절은 '희망'과 '결의'라는 이분법을 통해 식민지 청년의 제국에 대한 이중성(양가성), 즉 제국의 근대에 대한 매혹과 제국의 그림자를 극복하고자 하는 열망을 동시에 묘사하고 있다. 희망으로 가득 찬

---

11) 가야트리 스피박, 태혜숙 역의 『다른 세상에서』(여성문화이론연구소, 2003)의 「3장 14 하위주체의 문학적 재현—제3세계 여성텍스트」를 참조할 것.

근대 제국에 대한 환상이 결국에는 거대한 제국의 논리에 상처로 귀결되기에 식민지 청년은 '결의'를 다질 수밖에 없다. 식민지 청년에게 현해탄을 건너 제국에 이르는 길은 그야말로 지난한 여정으로 다가온다. 아래의 구절은 제국에 이르는 길에서 상처받고 사라진 식민지인의 슬픈 운명에 대해서 노래하고 있다.

> 나는 이 바다 위
> 꽃잎처럼 흩어진
> 몇 사람의 가여운 이름을 안다.
>
> 어떤 사람은 건너간 채 돌아오지 않았다.
> 어떤 사람은 돌아오자 죽어갔다.
> 어떤 사람은 영영 생사도 모른다.
> 어떤 사람은 아픈 패배에 울었다.
> ― 그 중엔 희망과 결의와 자랑을 욕되게도 내어판 이가 있다면,
> 나는 그것을 지금 기억코 싶지는 않다.
>
> ―「현해탄」 부분, 210~211면

이러한 대목은 현해탄을 건너 '근대의 출장소'인 제국주의의 심장 동경에 이르는 길이 결코 낭만적인 장밋빛 여정이 아님을 비극적으로 일깨우고 있다. 그 길은 "삼등 선실 밑 깊은 속/찌든 침상에도 어머니들 눈물이 배었고/흐린 불빛에도 아버지들 한숨이 어린" 그런 험난한 여정이다. 현해탄을 통하지 않고서는 일본으로 갈 수 없는 운명이기에, 일본을 향한 모든 욕망은 현해탄을 향할 수밖에 없다. 그러나 그 현해탄을 향한 여정에는 무수한 죽음과 상처, 굴곡, 비극, 실종, 패배, 이산의 체험들이 존재하는 것이다.

이제 식민지의 청년들은 자신들의 불행한 미래와 정체성에 대해서 뼈저리게 인식한다. 그래서 시적 화자는 "오오! 어느 날/먼먼 앞의 어

느 날, / 우리들의 괴로운 역사와 더불어 / 그대들의 불행한 생애와 숨은 이름이 커다랗게 기록될 것을 나는 안다"고 노래하고 있는 것이다. "괴로운", "불행한" 등의 관형사는 식민지 청년에게 숙명적으로 부과된 비극적인 역사적 입지를 환기시킨다.

한때 낭만과 희망의 상징이었던 현해탄은 어느 순간 식민모국의 위용과 광휘의 저편에서 상처받은 식민지 청년의 좌절과 비극을 의미한다. "그러나 우리는 아직도 이 바다 높은 물결 위에 있다"는 「현해탄」의 마지막 시구는 식민지에 대한 저항과 식민지로부터의 탈주조차도 제국의 그림자에서 자유롭지 않은 식민지 지식인의 숙명을 상징한다.

임화가 시집 『현해탄』의 몇몇 작품에서 보여준 시적 경향은 시인이 '현해탄 콤플렉스'에 매몰되는 과정이라는 논리만으로는 온전히 해석될 수 없을 것이다. 임화는 당대의 사회적·역사적 맥락에 의거하여, 식민지 의식을 극복하고자 하는 문학적 욕망을 '결의'라는 시어를 통해 보여주었다. '이식'과 문명전파의 논리를 정확하게 인식했을 때, 비로소 일방적인 식민지 의식에서 탈피할 수 있다고 할 때, 임화 시의 이러한 모습은 자신의 문학과 인생에 각인된 식민지의 그림자와 영향력을 투철하게 인식하는 한편, 탈식민주의의 창문을 열기 위한 지난한 도정이라고 해석될 수 있을 것이다. '결의'는 바로 그러한 탈식민의 의지를 표상하는 중요한 시어이다.

4. 제국주의에 대한 직설적 비판과 정치적 시의 세계

임화가 해방 직후 〈전국문학자대회〉에서 「조선민족문학건설의 기본 과제에 대한 일반 보고」라는 제목의 발표를 수행하는 것은 그의 투철한 탈식민주의적 태도에 비추어 볼 때 자연스러운 일이다. 주지하다시피, "1946년의 문학가동맹 주최 '전국문학자 대회'는 해방 후 작가들에 의해 본격화된 포스트 식민주의 담론의 시작을 알린 가장 전형적인 예였다"[12]라고 평가되고 있는데, 이러한 문학적 흐름의 전위에 바로 임화가 자리하고 있었던 것이다.

식민지 의식을 극복하기 위한 임화의 탈식민지주의적 지향은 해방 이후에 발표된 시들에서 한층 직정적이며 뚜렷한 방향성을 확보한다. 「깃발을 내리자」, 「청년의 6월 10일로 가자」, 「서울」 등의 시편들에서 임화는 "외국 상관의 늙은 종", "외국 상관의 늙은 머슴" 등의 표현들로 '사대주의'라는 비판적 맥락에서 식민지적 정치 지향성을 질타하는 한편, 제국주의의 그림자에서 탈주한 자주적이며 주체적인 진보의 길을 모색한다. 이러한 점은 해방 이후 임화의 민족문학론에서 표출된 탈식민사상과 내적인 연관성을 맺고 있다.

우선 「깃발을 내리자」(1946.5)에서 임화는 다음과 같이 노래하고 있다.

노름꾼과 강도를
잡던 손이
위대한 혁명가의
소매를 쥐려는
욕된 하늘에
무슨 깃발이
날리고 있느냐

동포여!
일제히
깃발을 내리자

---

12) 서준섭, 한국 근대 시인과 탈식민주의적 글쓰기―한용운, 임화, 김기림, 백석의 경우를 중심으로」, 『한국시학연구』 13호, 2005, 8면.

가난한 동포의

주머니를 노리는

외국 상관商舘의

늙은 종들이

광목과 통조림의

밀매를 의논하는

폐왕궁廢王宮의

상표를 위하여

우리의 머리 위에

국기를 날릴

필요가 없다.

―「깃발을 내리자」 부분, 271~272면

위 시가 전달하고 있는 메시지는 명쾌하다. 해방 이후에도 권력을 여전히 장악하고 있는 친일파와 경찰들에 대한 고발과 더불어 제국주의 세력에 빌붙어 "가난한 동포의 주머니"를 노리는 제국의 하수인에 대한 질타가 위의 시를 관류하고 있는 기본적인 입장이다. 이러한 논리는 "외국 상관商舘의 늙은 머슴이 / 남조선 정부의 용상을 어루만지며 / 꿈꾸는 영화를 위해서가 아니라 / 또 다시 노예가 되려는 / 동포의 위태로운 자유를 위하여 // 젊은 동무여 / 또 한 번 죽어도 오히려 기꺼운 / 청년의 6월 10일로 가자"고 노래하고 있는 「청년의 6월 10일로 가자」라는 제목의 시에서도 유사하게 나타나고 있다.

그렇다면 임화가 당시 겨냥하고 있는 외국은 어디인가? 당시 해방 이후 미군정하에서 남한사회의 실질적인 권력을 장악하고 있던 미국이 임화가 비판의 대상으로 상정하고 있는 '외국'의 실체이다. 임화는 「서울」, 「한 번도 본 일이 없는 고향 땅에」, 「밟으면 아직도 뜨거운 모래밭 건너」 등의 시편에서 미국을 대단히 신랄하게 비판하고 있다. 예를 들어, "흉악한 미제국주의 침략자의 발굽 아래서"(「서울」), "미국 강도단을 일거에 소탕하고", "미국 야수를 무찔러"(「한 번도 본 일이 없는 고향 땅에」), "이승만 매국 역도의 잔당들과 미국 강도배"(「밟으면 아직도 뜨거운 모래밭 건너」) 등의 강도 높은 표현을 구사하면서 미국에 대한 비판적 감각을 직설적으로 드러내고 있다.

식민지 시대에 씌어진 임화의 시편들이 제국 일본에 대한 직설적인 비판이 거의 드러나 있지 않은데 비해, 해방 이후에 전개된 미국에 대한 비판은 대단히 직설적이라는 점이 특징적이다. 이는 물론 검열의 문제에서도 기인하지만, 임화가 바라보는 제국주의에 대한 감각의 편차에서도 연유하는 것으로 판단된다. 임화는 자신의 사상적 기획(사회주의)에 직설적인 방해가 되는 국가나 세력을 주로 제국주의로 간주하고 있다. 이러한 지점에서 보자면 일본은 제국주의이면서도 동시에 저항을 위한 사상과 지식을 배우는 가능성의 공간이라는 양가적 측면을 지니고 있는데 비해 미국은 오로지 타도해야 할 존재로 드러난다.

그렇다면 해방 이후의 정국에서 임화는 소련을 어떠한 존재로 보았을까. 임화의 시편들에서 소련과 중국은 우호와 동맹의 대상으로 형상화된다. 가령 1946년 3월에 『적성(赤星)』지에 발표된 「발자욱」이란 시는 '붉은 군대를 환영하기 위하여'라는 부제를 달고 있는데, 시적 화자는 다음과 같이 당시 소련군대에 대해서 노래하고 있다.

> 즐거움도 반가움도 모르던 우리 동포
> 그대들의 무거웁게 이끄는 군화를 바라보는 우리 동포
> 파시즘을 짓밟은 힘찬 발길엔
> 서구의 검은 흙이 미처 털리지 않았고
> 찌들은 군복 위 불똥처럼 발간 별은
> 레닌그라드의 탄환 자국이냐
> 모스크바 교외의 칼 흠집이냐
> 아아 승리와 영광에 빛나는 스탈린그라드의 용사도 왔구나

이름이 그대로 노래인 나라의 군대여
이름이 그대로 희망인 나라의 군대여

그대들이 가져오는 것은 우리의 영토인가
그대들이 들고 오는 것은 우리의 깃발인가
그대들이 부르고 오는 것은 우리의 노래인가
우리는 어느 것이 그대들의 것인지
어느 것이 우리의 것인지 알 수가 없다.

─「발자욱」 부분, 263면

임화는 위의 시에서, 서구의 파시즘과 소련의 군대를 선명하게 대비
시켜 노래하고 있다. 그에게 소련은 제국주의와는 관련이 없는 해방의
군대에 해당되는 것이다. 그래서 "우리는 어느 것이 그대들의 것인지
어느 것이 우리의 것인지 알 수가 없다"라는 대목에서는 소련의 문화와
우리의 문화가 서로 자연스럽게 스며드는 동일화의 경지를 묘사하고
있다. 「모스크바」라는 제목의 시에서 소련에 대한 시적 화자의 태도는
한층 명료하게 형상화된다. 예컨대 "꿈결에도 그리던 거리 목숨으로 사
랑한 도시다", "슬기로운 조선 인민 유격대의 이름으로 모스크바를 노
래한다", "도시 가운데 도시인 모스크바 / 수도 가운데 수도인 모스크바
/ 아름다운 것 가운데 아름다운 것인 모스크바 / 평화로운 것 가운데 평
화로운 것인 모스크바 / 위력한 것 가운데 위력한 것인 모스크바"라는
시구에서 볼 수 있듯이 임화는 사회주의의 종주국 러시아의 수도인 모
스크바에 대한 찬탄과 연대의 심정을 시종일관 드러내고 있다.

이렇게 볼 때 사회주의 종주국 소련을 묘사하는 임화의 시적 태도는
무비판적 동일화 담론에 매몰되었다고 평가할 수도 있을 것이다. 이 점
은 미국에 대한 신랄한 비판과는 완연히 대별된다. 그렇다면 해방 이후
전개된 임화의 시편들에는 한편으로는 제국주의 미국에 대한 치열한
비판과 더불어 또 다른 한편으로는 혁명의 나라 소련과 모스크바에 대

한 지지와 연대의 심정이 이분법적으로 극명하게 드러나 있다고 할 수 있다. 당시의 이념적 지평에서, 임화에게 미국은 타도와 박멸의 대상이었으며 소련은 찬탄과 감동의 대상이었다. 임화는 자신이 담보한 역사관에 따라 시 역시 그대로 형상화했다.

지속적으로 마르크스주의를 신봉했으며, 끝끝내 진보적 문학관과 세계관을 지녔던 임화의 입장에서는 이러한 명료한 이분법적 형상화는 당시로서는 자연스러운 수순이었을 것이다. 다만, 평생 동안 자기 성찰과 비판적 글쓰기의 기획을 온몸으로 보여준 임화가 소련에 대한 어떤 성찰과 비판도 전개하지 않았다는 점은 다소 아쉬운 대목으로 다가온다. 이는 임화 개인의 한계라기보다는 좌우익 투쟁이 극단적으로 전개되던 당시 역사적 정황에서는 한 사람의 시인이 감당할 수밖에 없는 시대사적 한계일 것이다. 해방공간이라는 역사적 정황 속에서 소련을 '제국주의'라는 잣대로 조망하기에는 임화를 비롯한 당시 사회주의자들의 시선은 너무나 완고했고 확고했다. 가령 「발자욱」보다 1년여 뒤에 발표된 이태준의 기행문 『소련기행』(1947)이 보여준 사회주의 소련에 대한 형상화는 임화의 찬탄 및 감동과 정확히 동일한 인식을 보여주고 있다는 점이 주목되어야 할 것이다.

소련을 '제국주의'라는 맥락에서 고찰하기 위해서는 1968년에 발생한 소련의 체코 침공, 이른바 '프라하의 봄'을 통과해야 했던 것이다. 진정한 탈식민의 길을 인식하기 위해서 역사는 아직도 많은 시간을 남겨두고 있었다. 진정으로 안타까운 것은 임화가 그런 새로운 인식의 세계를 접하지 못하고 형장의 이슬로 사라졌다는 사실이다.

5. 새로운 연구의 지평을 위하여

임화는 약 25년에 이르는 시적 도정에서, 항상 식민지와 제국의 그림자를 투철하게 인식하면서, 동시에 그 그림자에서 탈피하고자 열정적으로 시 창작에 임해왔다. 그러므로 임화의 시를 총체적으로 파악하는 작업에 있어서, 식민주의 및 탈식민주의는 도저히 비껴갈 수 없는 중요한 이론적 나침반이다.

지금까지 살펴 왔듯이 만약 탈식민주의적 문제의식이라는 것이 식민지 시대에 존재했다고 상정한다면, 그 문제의식을 가장 근본적으로, 그리고 가장 예민하게 느낀 문인은 바로 임화였다고 생각된다. 임화는 그러한 의식을 지속적으로 시로서 형상화한 것이다. 요컨대 임화의 시는 한 식민지 시인이 자신에게 드리워진 식민성의 그림자를 냉철하게 인식함과 동시에, 그 매혹적이며 완강한 식민성을 극복하고자 했던 서늘한 정신의 궤적이라고 할 수 있는 것이다. 다만 임화가 "맑시즘에 의한 일본 식민주의의 극복 가능성을 사유하면서도 그 내면의 '문화적 식민주의', '정신의 식민화' 문제에 대해서는 깊이 사유하지 못했다"13)는 지적에서도 확인할 수 있듯이 자신의 사유와 글쓰기에 구조적으로 스며들어 있는 식민주의의 그림자를 통찰하는 단계에 이르지 못했다는 점은 분명하다. 그러나 이 점은 임화 개인의 한계라기보다는 임화가 살았던 시대의 한계라고 보아야 할 것이다.

누구보다도 식민지 문학인임을 투철하게 자각하면서 우리 문학의 식민성을 극복하고자 노력했던 임화가 소련을 등에 업은 김일성 정권의 희생양이 되어 비극적인 최후를 맞이한 사실은 한국 근대문학 최대의 아이러니이자 비극이리라. 임화의 죽음은 상징적인 의미에서 탈식민을

---

13) 서준섭, 「한국 근대 시인과 탈식민주의적 글쓰기—한용운, 임화, 김기림, 백석의 경우를 중심으로」, 『한국시학연구』 13호, 2005, 24면.

향한 지난한 노력이 좌절될 수밖에 없었던 한국 현대사와 현대문학의 커다란 상처에 다름 아닐 것이다. 동시에 임화가 자신이 그토록 찬양했던 사회주의 정권에 의해 '미제의 스파이'라는 제목으로 처형당한 사실은 더더욱 아이러니컬한 사건이다. 그는 평생 동안 문학적으로 학문적으로 제국의 논리를 비판하고 그 그림자에서 탈주하고자 했지만, 그 인생의 마지막에 참으로 역설적이게도 '제국주의의 스파이'라는 죄목으로 사형 당했던 것이다.

앞으로도 '탈식민주의', '식민주의'를 학문적 화두로 하여 임화의 글쓰기에 접근하고자 하는 시도는 계속될 것이다. 가령, 임화의 수필과 산문, 문학론 등에 대한 정밀한 검토를 통해, 시나 평론과 같은 중심장르에 미처 담기지 않은 임화의 섬세한 사유와 단상을 풍부하게 해독할 때, 우리 문학의 식민성과 탈식민성에 대한 임화의 관점을 한층 정교하게 가다듬을 수 있을 것으로 기대된다. 특히 "식민 담론 분석에서는 사이드의 『오리엔탈리즘』(1978)을 필두로 신문, 잡지, 기행문 등 주변화된 장르에 대한 관심이 확산되었다"14)는 점을 고려한다면 앞으로 기행문이나 산문, 잡문 등의 주변적인 글에 대한 연구가 한층 확대되어야 할 것이다. 이러한 의미에서 임화의 문학에 나타난 탈식민성(식민성)에 대한 연구는 이제부터라고 할 수 있다.

---

14) 바트 무어-길버트, 이경원 역, 『탈식민주의! 저항에서 유희로』, 한길사, 2001, 53면.

제2부
장르의 경계를 횡단하여
이태준과 김남천

제1장

이태준 기행문의 현실 인식

1. 문제제기 – 이태준 기행문 연구의 필요성

최근 한국 근대문학 연구는 시, 소설 등의 중심장르에서 탈피하여, 기행문, 수필, 일기 등의 이른바 변두리(주변)장르에 해당되는 다채로운 글쓰기에 대한 심화된 연구로 나아가고 있다.[1] 이러한 연구추세는 아직도 완강하게 자리 잡고 있는 중심장르 연구의 틈새를 돌파하여, 새로운

---

[1] 이러한 새로운 연구 추세 중에서 기행문을 연구대상으로 한 주요 성과는 다음과 같다. 김현주, 「근대 초기 기행문의 전개 양상과 문학적 기행문의 기원」, 『현대문학의 연구』 16집, 2001; 이동원, 「기행문학 연구－1910~1920년대를 중심으로」, 연세대 석사논문, 2002; 서영채, 「최남선과 이광수의 금강산 기행문에 대하여」, 『민족문학사연구』 24호, 민족문학사학회, 2004.3; 김외곤, 「식민지 문학자의 만주체험－이태준의 '만주 기행'」, 『한국문학이론과 비평』 24집, 2004.9; 차혜영, 「식민지 근대의 심상지리－1920년대의 해외기행문」, 『한국 근대문학의 형성과 문학 장의 재발견』, 소명출판, 2004.11; 서경석, 「만주국 기행문학 연구」, 『어문학』 86호, 2004.12; 김진량, 「근대 일본 유학생의 공간 체험과 표상－유학생 기행문을 중심으로」, 『우리말글』 32호, 2004.12.

연구성과를 확보하기 위한 방법론적 모색이라고 할 수 있다. 아울러 이러한 연구 경향은 한 작가의 문학세계에 대한 다면적, 총체적 해석을 위해 다양한 산문장르를 면밀하게 검토하고자 하는 학문적 수순이라고 판단된다. 또 다른 한편, 이러한 연구사적 흐름은 "최근 비-허구 산문에 대한 폭넓은 관심은 '담론' 연구에 의해 촉발된 것이다"[2]라는 한 연구자의 적확한 지적과 같이 문학 텍스트를 담론 연구의 관점에서 수행하고자 하는 연구사적 욕망에서 발원된 것이다.

위에서 서술한 연구사적 문제의식을 고려해볼 때, 상허(尙虛) 이태준 (李泰俊)은 여러 가지 측면에서 각별한 관심의 대상이 되는 문인이다. 이태준은 근대문학사에서 주로 소설가로 활동했지만, 동시에『무서록』으로 대표되는 탁월한 수필가이기도 했으며, 또한「만주기행」과『소련기행』을 비롯한 다수의 기행문들을 발표하기도 했다. 그가 희곡과 동화를 쓰기도 했다는 사실은 이제 널리 알려진 사실이다.

이 글의 주된 관심사는 이태준의 기행문에 있다. 이태준은 인생의 고비, 정치적 과도기, 문학적 고비마다 만주·소련·중국 등의 문제적 공간을 여행하였으며, 그에 따른 충실한 기행문을 남겼다.「만주기행」(1938),『소련기행』(1947),『혁명절의 모쓰크바』(1950),『위대한 새 중국』(1952)[3] 등이 그것이다. 일제 말 중일전쟁으로 인해 파시즘이 노골화되기 시작하던

---

2) 김현주,『한국 근대 산문의 계보학』, 소명출판, 2004, 34면.

3) 이 중에서 최근에 원광대 김재용 교수에 의해 미 국립문서보관소에 소장되어 있던 『위대한 새 중국』이 발굴되어 그 주요 내용이 학술대회와 학술지에 공개되었다(김재용,「한국 전쟁기의 이태준」,『상허 탄생 100주년 기념 학술대회 자료집』, 2004.6; 김재용,「한국 전쟁기의 이태준」,『상허학보』13집, 깊은샘, 2004.8).『위대한 새 중국』은 단행본으로 출간될 예정이라고 한다. 한편 2차 소련기행문이라고 할 수 있는『혁명절의 모쓰크바』의 경우 역시 김재용 교수가 미국립문서보관소에 있는 원본을 발견하여, 그 전반적인 내용을「냉전의식에 굴절된 민족주의」(『시사월간 WIN』, 1998년 1월호)에 개략적으로 소개한 바 있다. 그로부터 3년 후『혁명절의 모쓰크바』는 김재용 교수에 의해『한국근대문학연구』4호(2001.10)와 5호(2002.4) 두 차례에 걸쳐서 그 전문이 게재되었다. 이 자리를 빌려,『위대한 새 중국』복사본을 필자에게 제공하여 이 연구에 커다란 도움을 주신 원광대 국문과 김재용 교수에게 감사의 말을 전하고자 한다.

1938년 그는 만주를 돌아본 연후에 「만주기행」을 발표했다. 이 만주체험은 이태준 문학의 새로운 물꼬를 튼 계기로 작용한다.

해방 후, 급격하게 현실과 정치에 관심을 지니기 시작한 이태준은 1946년 8월 〈조소문화협회〉의 후원에 힘입어 '방소문화사절단'의 일원으로 소련의 여러 도시를 방문하였다. 이 방문은 이태준의 후반기 인생과 사상을 규정하는 일종의 원체험으로 작용하게 되는데, 1947년 5월 발간된 『소련기행』은 이러한 소련여행의 성과라고 할 수 있다. 그로부터 3년 뒤인 1949년 10월 이태준은 두 번째 소련기행을 감행한다. 2차 소련기행은 이태준의 체제선택을 한층 공고하게 만든 중요한 동기로 작용했다. 1차 소련기행보다 한층 이념적 입장을 확고하게 보여준 2차 소련기행은 애초에 『노동신문』에 「위대한 사회주의 10월혁명 32주년 참관기」라는 제목으로 1949년 12월 11일부터 다섯 차례 연재되었다가 1950년 3월 문화전선사에서 『혁명절의 모쓰크바』라는 제목으로 발간되었다. 그리고 한국전쟁 중인 1951년 9월 중화인민공화국 수립 2주년 기념 〈아시아 작가회의〉 참석차 이태준은 중국으로 향했다. 이렇게 중국을 여행하고서 남긴 중국 기행문 『위대한 새 중국』이 1952년 3월 북한 국립출판사에서 출간된 바 있다. 『위대한 새 중국』은 이태준 생애에 있어 마지막 저술이라고 평가되고 있다.4)

이렇게 본다면 이태준은 약 27년에 이르는 공식적인 문필활동 기간 동안 네 차례에 걸쳐 문제적인 기행문을 남긴 셈이다. 또한 특히 『소련기행』의 경우 당시 민감한 파장을 불러일으키며 문단과 지식사회의 커다란 관심을 끌었다는 점에서도 주목된다. 물론 이러한 주요 기행문 이외에도 '기행문' 범주에 귀속시킬 수 있는 이태준의 글들이 존재한다. 원산기행에 해당되는 「여정의 하루」(1934), 동해안 기행이라고 할 수 있는 「해촌일지」(1936), 해방을 앞둔 1944년 6월에 목포 조선소를 여행한

---

4) 김재용, 「한국 전쟁기의 이태준」, 『상허학보』 13호, 2004.6, 148면.

후에 남긴 「목포조선현지기행(木浦造船現地紀行)」 등을 들 수 있다. 이러한 글들은 앞에 소개한 본격적인 기행문보다는 분량이 짧고 주제의식이 뚜렷하게 드러나 있지 않지만, 이태준의 내면을 파악하고 이태준이 발표한 기행문 글쓰기의 변화과정과 담론의 구조를 인식하는 데 커다란 도움을 준다.

그렇다면 실제로 이태준은 기행문이라는 장르에 대해서 어떠한 관점을 지니고 있었을까. 식민지 시대에 문학 활동을 수행한 여타 문인들에 비해서 수필·기행문·서간문 등의 주변장르에 대해서 각별한 관심을 보였던 이태준의 문학적 태도는 그가 식민지 시대에 출간된 대표적인 문장작법 개설서인 『문장강화』와 『서간문 강화』의 저자라는 사실과도 밀접하게 연관된다. 이태준이 저술한, 『문장강화』의 제4강 「각종 문장의 요령」에는 일기·서간문·감상문·서정문·서사문·기사문·기행문·추도문·식사문·논설문·수필 등의 모두 11가지 글쓰기 유형에 대한 설명이 있는데, 이태준은 그중에서도 기행문과 수필에 대하여 다른 항목보다 월등 자세하게 기술하고 있다. 기행문에 대한 이태준의 관심과 미학적 자의식이 드러나는 대목이다.

『문장강화』에서 이태준은 기행문에 대해서 "여행처럼 신선하고 여행처럼 다정다감한 생활은 없다. 보고 듣는 모든 것이 새것들이다. 새것들이니 호기심이 일어나고 호기심이 있어 보니 무슨 감상이고 떠오른다. 이 객지에서 얻은 감상을 쓰는 것이 기행문(紀行文)이다"[5]라고 언급하고 있다. 바로 이 호기심 때문에 그는 남보다 많은 곳을 떠돌았을 것이다. 이러한 소박한 견해에 덧붙여 이태준은 『문장강화』에서 기행문이 갖추어야 할 요건으로 ① 떠나는 즐거움이 있어야 한다. ② 노정(路程)이 보여져야 한다. ③ 객창감(客窓感)과 지방색이 나와야 한다. ④ 그림이나 노래를 넣어도 좋다. ⑤ 고증을 일삼지 말 것이다 등의 다섯 가지 항목을

---

5) 이태준, 『문장강화』, 창작과비평사, 1988, 129면.

들고 있다. 그리고 아래의 예문은 이태준이 생각한 '기행문'의 실체에 대한 기본적인 정보를 제공하고 있다.

> 기행문은 나그네의 글이다. 글의 배경은 모두 산 설고 물 설은 객지다. 공연히 여수(旅愁)만을 하소연할 것은 아니로되, 그래도 객지에 나와 며칠이 지나면, 더욱 일행이 없이 혼자라면, 길손으로서의 애수가 없을 수 없다. 이 애수란 기행문만이 가질 수 있는 미(美)의 하나이다. 그리고 타관다운 눈에 설은 풍정이 전폭으로 풍겨져야 한다. 그러자면 기이한 것을 어느 점으로는 묘사해야 한다.[6]

위의 언급을 통해, 이태준이 생각하는 기행문의 특성은 두 가지로 정리될 수 있다. 그것은 ① 애수(哀愁)를 지녀야 한다는 것, ② 타관의 기이한 풍정이 묘사되어야 한다는 것 등이다. 기행문에 대한 이러한 견해는 해방 전에 발표된 이태준의 기행문들에서는 대체로 유사하게 적용되었다. 그러나 해방 이후에 씌어진 『소련기행』을 위시한 기행문들과 이러한 이태준의 기행문에 대한 견해 사이에는 커다란 간극이 존재한다. 실제로 해방 이후에 이태준이 발표한 정치 편향의 기행문들에는 '낯선 곳에 대한 동경'이나 '애수'에 기반을 둔 낭만적 정서보다는 현실 인식 및 문학적 프로파간다에 가까운 계몽적 기능이 더욱 두드러지게 부각되어 있다.

지금까지 작가 이태준에게 있어서 기행문이라는 글쓰기가 지닌 중요성을 강조했거니와, 이러한 의미에서 이태준 문학을 총체적으로 연구하기 위해서는 그의 기행문에 대한 면밀한 연구가 요청된다고 생각된다. 최근의 이태준 연구 동향을 탐색해보면, 소설이나 비평 중심에서 탈피하여 이태준의 수필·문장론·동화 등의 전 방위적인 글쓰기에 대한 다각적인 검토가 이루어지고 있다는 사실을 알 수 있다. 그러나 아직까지

---

6) 위의 책, 135~136면.

이태준의 기행문 전반을 본격적으로 탐구한 연구는 씌어 지지 않았다.[7] 이태준 기행문 연구는 주로 『소련기행』을 중심으로 간헐적으로 이루어졌을 뿐이다. 그러므로 이태준의 문학적 여정을 유기적으로 이해하기 위해서는 그의 기행문 전반에 대한 분석 및 그 변화과정에 대한 합리적 해석이 요청된다고 하겠다. 그러했을 때, 소설에서는 충분하게 드러나지 않았던 이태준의 또 다른 의식과 내면, 미학적 감각에 대한 이해가 가능해질 것이다. 또한 주목해야 할 사실은 이태준의 기행문이 일제 말부터 해방, 그리고 한국전쟁에 이르는 문제적 시기 동안 그가 보여준 급격한 문학적 변모를 설명해 줄 수 있는 소중한 문학적 원천이라는 점이다.

이에 따라 이 글은 이태준 기행문의 전개과정에 대한 통시적 탐구를 수행하고자 하는 의도와 이태준 문학의 급격한 변모가 지닌 역사·문화적 맥락을 '기행문'이라는 직접적인 글쓰기를 통해 탐색하고자 하는 목적에 의해 서술되었다. 이러한 취지에 따라 이 글은 「여정의 하루」(1934)에서 『위대한 새 중국』(1952)에 이르는 이태준의 기행문들을 주체와 대상의 관계 및 타자에 대한 시선이라는 잣대로 검토하게 될 것이다.

2. 현실에 대한 환멸과 새로운 역사의식 사이 – 해방 전의 기행문

이태준이 해방 전에 발표한 기행문은 「여정의 하루」, 「해촌일지」, 「만주기행」, 「목포 조선 현지기행」 등이다. 「여정의 하루」(1934)는 이태

---

7) 박헌호의 연구서 『이태준과 한국 근대소설의 성격』(소명출판, 1999)의 3장 4절 「해방 이후의 이태준」과 깊은샘 출판사에서 간행된 『소련기행 / 농토 / 먼지』(2001)의 해설로 씌어진 같은 필자의 「역사의 변주, 왜곡의 증거 – 해방 이후의 이태준」이 비교적 『소련기행』에 대한 상세한 분석을 시도하고 있다.

준이 발표한 최초의 기행문이라고 추정된다. 연극 「앵화원(櫻花園)」[8]을 보고난 후, 혼자 경성역으로 가서 아무런 계획도 없이 기차를 타고 원산을 하루에 둘러본 기록이 바로 「여정의 하루」이다. 이 짧은 기행문을 지배하는 주된 정서는 '애수'와 '환멸'이다. 여행은 "내가 탔으되, 어디서 내릴지 미정인 여행, 여러 날 전부터 계획이 없는 우연한 출발 이것은 비록 하루에 끝나야할 작은 여행이로되 이렇게 '길손'의 성격을 품어보는 유쾌는 본래에 드문 행복의 하나였다"[9]는 자유스러운 정서에 함께 시작된다. 원산의 밤거리를 산책하면서 이태준은 순간적으로 "고독감의 행복"을 느끼기도 한다. 그러나 이러한 감정도 잠시, 원산 바닷가 부두에서 마주친 풍경은 이태준으로 하여금 "나는 부두에서 최대의 환멸을 느꼈다"고 표현하게 만든다. 루카치식으로 말하자면, 환멸이라는 정서는 영혼(주체)과 현실(객체) 사이가 어쩔 수 없이 서로 일치하지 않을 때 발생하는 정서이다.[10] 그렇다면 그 풍경은 무엇인가?

> 부두는 군데군데 가 볼수록 신산辛酸만스럽다. 너무나 한그릇의 밥만이 절박한 듯 딱하리 만치 화장을 잊은 여인들은 갈쿠리처럼 굳어버린 손가락으로 죽지 않으려고 펄펄 뛰는 대구의 며가지를 땄고, 육지에는 너같은 여인밖에 없느냐는 듯이 아침에 상륙한 선인船人들은 절망한 눈으로 피녀彼女들을 조롱하고 있다. 물에 뜬 것은 생선 뼈다귀, 헤어진 지까다비짝, 길에는 썩은 고기 비늘과 고기 창자들, 그리고 그것을 주워먹으러 나왔다 구루마에 치인 듯, 참혹히 역살轢殺을 당한 쥐새끼……[11]

비록 변두리 인생에 대한 남다른 애정을 지니고 있는 이태준이라고 해도, 청아한 고완미와 기품 있는 정서, 심미주의에 익숙한 입장에서, 하루 벌어 하루 먹는 고된 생활의 자취와 적나라한 거친 대화, 불결한

---

8) 안톤 체홉의 대표작, 흔히 「벚꽃동산」으로 번역된다.
9) 이태준, 「여정의 하루」, 『무서록』, 깊은샘, 1994, 240면.
10) 게오르크 루카치, 반성완 역, 『소설의 이론』, 심설당, 1985, 125면.
11) 이태준, 『무서록』, 깊은샘, 1994, 244면.

풍경들은 이태준에게 일종의 벽으로 다가왔을 것이다. 이러한 모습은 주체와 대상의 불화를 상징한다. "나의 다리는 피곤하였다. 어디를 걸어다니며 이 날을 보내야 할지 막연하였다"는 구절은 대상(원산 부둣가)에 동화되지 못하는 주체의 불안과 환멸을 암시하고 있다. 요컨대 이태준에게 원산 부두의 을씨년스러운 풍경은 도저히 범접할 수 없는 일종의 아득한 타자성으로 다가오는 것이다. 이러한 태도는 당시의 시대적, 사회적 현실과 분명한 거리를 두면서 고아한 선비정신을 고수했던 이태준의 정서와 심리적으로 동일한 선상에 있다.

「해촌일지(海村日誌)」(1936)는 이태준이 소설을 쓰기 위해 동해안 송전 바닷가에서 며칠 동안 기거한 체험을 묘사한 일기 형식의 기행문이다. 이 기행문에서도 바닷가의 을씨년스러운 풍경에 동화되지 못하는 화자의 내면은 "첫눈에 정이 뚝 떨어진다", "정취는 눈곱만치도 없다"는 문장으로 표현되어 있다. "새 한 마리 노래하지 않는 솔밭, 들창 하나 열리지 않은 빈 별장들, 누구를 위해 달은 이처럼 밝아 있는가?"라는 표현은 자연과 인간 사이의 아득한 거리를 표상하고 있다. 바다로 이어진 길을 걸으며 화자는 "이 길처럼 정하고 고운 길을 나는 일찍이 걸어본 적이 없다"면서 자연에 대한 친화감을 회복한다.

「여정의 하루」와 「해촌일지」를 검토해보면, 이태준의 경우 자신의 심미적 감식안을 충족시켜 주는 경우에만 풍경에 자연스럽게 동화되는 모습을 볼 수 있다. 반대로, 자신의 심미적 감식안과 어울리지 않는 풍경과 정서에 대해서는 극도의 환멸과 이질감을 표출하곤 한다. 오직 아름다운 풍경과 조화로운 인간관계에서만 이태준은 심리적 만족감을 느끼는 것이다. 대신 그는 진흙탕 같은 현실과 세속적인 잡사에 대해 거리감을 표출한다. 거기에는 어떠한 계몽적 의지도 찾아볼 수 없다. 바로 이런 대목에서 당시의 복잡한 시대적 현실과 거리를 두면서 심미주의와 고완미에 심취하는 처사(處士) 이태준이 풍모를 확인할 수 있는 것이다.

「만주기행」은 지금까지의 기행문이 보여주었던 정서와 일정한 차별성을 지니고 있다는 점에서 주목할 만한 텍스트라고 할 수 있다. 이태준이 만주지역을 여행한 후에, 「만주기행」을 발표한 1938년은 여러 가지로 문제적인 시기였다.[12] 1937~38년을 전후해서 동북아의 정세는 급변하고 있었다. 1936년 12월 〈조선사상범보호관찰령〉이 제정된다. 그리고 1937년 7월에는 이른바 중일전쟁의 발단이 된 〈노구교〉 사건이 발생하고, 1937년 12월에는 일본군의 난징대학살이 자행된다. 1937년 중일전쟁 이후 일본은 노동력의 국가적 통제 및 이들에 대한 사상적 공세인 황민화(皇民化)정책을 노골적으로 수행하였다.[13] 이에 따라 1937년 10월에는 〈황국신민의 서사〉가 제정, 공포되었다. 또한 이듬해인 1938년 4월에는 〈국가총동원법〉이 제정되었으며, 1938년 7월에는 일본에 이어 〈국민정신총동원 조선연맹〉이 결성되었다. 이러한 국내·국제적 정세의 변화는 이태준의 세계인식에도 커다란 영향을 준 것으로 파악된다.

이태준에게 있어서나 당시 조선을 둘러싼 국제적 정세에 있어서나 1937년에서 1938년에 이르는 시기는 대단히 중요한 과도기적인 연대라고 할 수 있다.[14] 이태준은 이 무렵부터 고완미나 상고주의적 정서 대신에 현실에 눈을 돌리기 시작한다.[15] 7년 전에 있었던 만보산 사건을

---

12) 「만주기행」의 원텍스트는 이태준이 1938년에 『조선일보』에 연재한 기행문 「이민부락견문기(移民部落見聞記)」이다. 이태준은 이 기행문을 1941년에 발간된 수필집 『무서록』에 「만주기행」이라는 이름으로 수록했다(김철, 「몰락하는 신생─'만주'의 꿈과 『농군』의 오독」, 『상허학보』 9집, 깊은샘, 2002, 138면 참조). 이 논문에서는 1994년 깊은샘에서 출간된 『무서록』에 수록된 「만주기행」을 텍스트로 연구를 진행하였다.

13) 역사학연구소 편, 「중일전쟁 뒤 일제정책과 민족해방운동」, 『함께 보는 한국근현대사』, 서해문집, 2004, 218~226면.

14) 이태준은 「참다운 예술가 노릇 이제부터 시작할 결심이다」(『조선일보』, 1938.3.1)라는 글을 이 무렵 발표하는데, 이는 새로운 변화를 마주한 이태준의 자기 갱신의 욕구로 해석될 수 있을 것이다.

15) 이러한 변모는 당시 이태준의 작품을 통해서도 엿볼 수 있다. 가령, 단편소설 「영월영감」에서 이태준의 초상이라고 할 수 있는 주인공 성익의 변모를 주목해야 한다. 무리를 해서 고완품을 모아오던 성익은, "그런데 난 이런 처사취미엔 대반대다"라고 주장하면서 '금광'으로 상징되는 현실적 계획에 커다란 관심을 보이는 영월 영감을 이해하게 되는데, 이는 근본적으로 상고주의자인 성익의 자기 성찰을 유도하게 되는 것이

취재하기 위해서 기획된 이태준의 만주행은 이러한 시대적 정황과 맞물려 있다.

「만주기행」에는 만주 지역 조선 이주민들의 지난한 정착과정과 혹독한 시련의 모습이 사실적으로 묘사되어 있다. 이른바 만보산 사건을 취재하는 과정에서 씌어진 「만주기행」은 전반부와 후반부로 나뉜다. 전반부는 만보산 사건의 무대인 쟝쟈워후 마을에 이르는 여정에 있는 신경·봉천 등의 타지 풍물에 대한 묘사가 주를 이루고 있다. 그리고 후반부는 쟝쟈워후 조선인 마을에 대한 관찰과 마을 사람들과의 대화가 주 내용을 구성하고 있다.

우선 전반부의 경우, 조국을 떠나 만주를 떠도는 동포와 빈민, 소외된 사람에 대한 이태준의 관심과 연민이 두드러진다. 가령, 신경으로 가는 기차에서 이루어진, 유곽에서 일한다고 짐작되는 조선 여자들과의 조우는 이태준으로 하여금 "이 눈썹을 그리며 미루꾸를 씹으며 무심하게 즐거이 험한 타국에 끌려가는 젊은 계집들, 나는 그들의 비린내 끼치는 살에나마 여기에선 새삼스런 골육감을 느끼지 않을 수 없었다"고 서술하게 만든다. 이와 같은 이태준의 태도는 기본적으로 타자에 대한 연민에서 우러나오는 것이다. 이러한 정서에서 보면, 이태준이 고아·걸인·빈민·창기(娼妓) 등의 불우한 인생들을 수용하는 자선기관 '동선당'을 방문하는 대목도 자연스럽다. 고아한 고전미와 예술가적 자존에 익숙해 있던 이태준, 자신의 심미주의에 미달되는 정서에 대해 완고한 입장을 보이던 이태준의 마음이 차차 타자와 동포에 대한 연민과 이해로 나아가는 것이다.

물론 「만주기행」의 전반부에는 이태준이 기행문의 요건으로 제시했던 '애수'의 정서도 발견된다. 이와 연관하여, 이태준이 당시 러시아 사람들을 바라보는 태도는 흥미롭다. 예를 들어 "국적이 없는 백계 노인

다. "계획? 나 자신에겐 지금 무슨 계획이 있는가?"라는 성익의 자문은 정태적으로 살아가던 자신에 대한 근본적 반성을 의미한다.

(露人)의 딸들, 향수조차 품을 곳 없이 단조한 평원만 내다보고 사는 가엾은 처녀들, 그들이 가져오는 한 잔 커피는 술만 못지않은 독한 낭만을 풍기었다",16) "하루 저녁 지키는 데 일 원 몇십 전, 백계 노인(露人)들만의 단골 직업이라 한다. 우울한 밤거리요 밤인생이었다"17) 등의 문장들은 당시 이태준이 러시아 사람들을 바라보는 관점을 은연중에 드러낸다. 그것은 사회과학적 인식 이전의 '연민'과 '동정'·'애수'에 가깝다. 이러한 정서는 적어도 이때까지 이태준의 러시아 인식이 이념적 인식의 차원으로까지 진전되지 않았다는 사실을 암시한다. 이 점은 『소련기행』에서 이태준이 묘사하고 있는 러시아 사람들의 형상과 선명하게 대비된다. 즉 당시 이태준의 현실 인식은 이념적인 차원의 사회주의에 대한 친화감이나 사회과학적 안목으로 정립되지 않은 상태였다.

「만주기행」의 후반부는 조국을 떠나 만주에서 토착민들의 방해 속에서 어렵게 논농사를 지으며 지난한 삶을 영위하는 조선 사람들의 모습과, 만주의 토착민과 조선 이주민 사이의 갈등이 형상화되어 있다. 그 과정에서 일종의 소작인에 해당되는 만주동포들에 대한 묘사는 이태준 문학의 중대한 변화의 기미에 해당된다. 말하자면 자족적인 공동체를 이루어, 만주의 열악한 환경을 이겨내는 조선 사람들의 지난한 투쟁에 대한 묘사는 이전의 이태준 문학에서는 쉽게 찾아볼 수 없었던 정서라고 할 수 있다.

물론 이태준 소설의 중요한 소재 중의 하나는 변두리 인생에 대한 우울한 비가이다. 그러나 이러한 문학세계는 단지 소재나 우울한 정조와 환멸 차원에서 탈피하지 못했다. 이 점은 앞에서도 살펴보았듯이, 「만주기행」 이전의 기행문에서도 유사하게 드러난다. 그러나 「만주기행」에 이르러, 이태준은 현실의 어려움을 능동적으로 극복하는 조선인들의 험난한 투쟁의 도정에 대한 마음 깊은 곳으로부터의 공감과 연민을 보

---

16) 이태준, 「만주기행」, 『무서록』, 깊은샘, 1994, 169면.
17) 위의 글, 171면.

여주기 시작하는 것이다.

이를 계기로 이태준 문학은 「토끼 이야기」, 「영월 영감」, 「농군」 등의 현실 비판적인 방향 및 치열한 자기 성찰로 이동한다. 이전까지 상대적으로 문학적 기교를 강조했던 스타일리스트 작가 이태준이 만주 동포들의 치열한 삶을 소재로 기행문을 썼다는 것은, 설사 그 기행의 기원이 식민지 확충을 위한 국책사업이라는 맥락에서 자유롭지 않다 해도, 중요한 문학적 변화의 징조에 해당한다. 여기서 「만주기행」에서 나타난 이러한 변화가 『소련기행』의 세계와 내적으로 이어져 있다는 점이 주목되어야 한다.

물론 이 작품은 『농군』과 마찬가지로 당시 일본 제국이 식민지 경영을 위해서 인위적으로 창출한 '만주 이데올로기'[18]에 나포되어 있다고 해석할 수 있는 대목이 간헐적으로 존재한다. 이러한 관점은 이태준의 삶과 글쓰기에 무의식적으로, 의식적으로 스며들어 있었던 당시 제국의 그림자와 신체제의 논리를 예리하게 확인시켜준 '해석의 진전'이라고 생각된다. 그러나 동시에 이와 같은 관점은 당시 이태준의 글쓰기가 보여준 미묘한 변화를 합리적으로 설명하지 못한다는 한계 역시 지니고 있다.[19] 아울러 이러한 사유구조는 망명이나 비합법투쟁을 선택하지 않는다면 식민지 시대에 이루어진 사소한 저항과 소극적인 비판마저 제

---

18) 김철, 「몰락하는 신생(新生); '만주'의 꿈과 『농군』의 오독」, 『상허학보』 9집, 깊은샘, 2002, 139면.

19) 이태준의 글쓰기와 신체제의 관계를 둘러싼 논쟁에 있어서, 필자는 다음과 같은 한수영의 관점에 대체로 동의한다. "나는 이태준을 식민지배담론의 헤게모니에 투항하여 제국의 논리 안에서 지배자의 동일성을 전유함으로써 의사제국주의적 욕망을 드러내는 식민지적 무의식의 소유자로 읽는 것에 동의하지 않으며, 동시에 이태준을 그러한 포섭과 공모의 경계 바깥으로 건져내어 순연한 '저항'과 '비협력'의 영역에 위치지우는 해석 방식에도 동의하지 않는다." 한수영, 「이태준과 신체제」, 『이태준 문학의 재인식』, 소명출판, 2004.12. 이태준 역시 「목포 조선 현지기행」에서 볼 수 있듯이, 식민 제국이 내면화시킨 만주 이데올로기를 비롯한 지배 헤게모니로부터 결코 자유롭지 않았다. 그러나 동시에 이태준이 자신의 한계를 끊임없이 성찰하면서 조금씩, 조금씩 현실과 역사에 대해 접근해가기 시작했다는 점도 진실일 것이다.

국의 권력이 설정한 제도와 문화, 검열을 경유하여 이루어질 수밖에 없다는 사실을 충분히 고려하지 못하고 있다.

지금까지 설명한 의미에서 이태준에게 나타난 식민권력에 대한 저항과 편승의 관계에 대한 섬세한 독법이 요구된다고 하겠다. 실상 「만주기행」의 곳곳에는 타지에서 험난하게 생활하는 조선사람들에 대한 곡진한 연민의 정서가 스며들어 있다. 「만주기행」의 말미에서 이태준이 "나는 내일이나 모레면 산고수려山高秀麗하다 해서 고려란 나라 이름까지 생긴 내 고향 금수강산에 들어서려나 생각하니 황막한 벌판에 남는자들을 한번 더 돌아볼 염치가 없어졌다"20)고 서술하는 대목은 「만주기행」을 둘러싼 이태준의 착잡한 정서를 잘 보여주고 있다. 위의 진술은 당시 횡행하던 만주 유토피아니즘의 허구성을 이태준의 방식대로 드러내고 있는 것이 아닌가. 그러므로 「만주기행」에서 나타난 만주는 "피식민지인으로서의 조선인이 제국의 '일등국민'으로 도약할 수 있는 현실을 제공하는, 또는 그런 현실을 꿈꾸게 하는 공간"21)이라기보다는 생존을 위한 처절하고 지난한 고투의 공간에 가까운 것이 아닐까 싶다. 다만, 김철의 분석대로 소설 「농군」과 비할 때 기행문 「만주기행」이 당시 정황을 한층 핍진하게 묘사하고 있다는 점은 소설과 변별되는 기행문장르의 특성으로 이해될 수 있을 것이다.

만주라는 이국땅에서 고생하는 동포들의 신산스런 삶에 대한 고통스러운 응시는 그 자체로 이태준이 리얼리스트로 다시 태어나기 위한 문학적 잠재력을 축적하는 과정이었다. 사실상 「만주기행」은 소설 「농군」(1939.7)을 쓰기 위한 일종의 생생한 보고서 역할에 다름 아니다. 「농군」은 한 마디로 말해서, 「만주기행」의 후반부인 만보산 사건의 무대 쟝쟈워후 마을의 투쟁에 대한 소설적 형상화에 해당된다. 이러한 의미에서

---

20) 이태준, 「만주기행」, 『무서록』, 깊은샘, 1994, 180면.
21) 김철, 「몰락하는 신생(新生); '만주'의 꿈과 『농군』의 오독」, 『상허학보』 9집, 2002, 깊은샘, 128면.

「만주기행」과 소설 「농군」은 문학적 상동관계를 구성하고 있다는 사실, 근본적으로 이태준의 경우 기행문이 소설의 밑자리를 구성하고 있다는 사실을 인식할 수 있다.

해방되기 일 년 전에 발표된 「목포 조선 현지기행」(1944.6)[22]은 이태준 역시 친일 문제[23]에서 자유롭지 않음을 입증하는 텍스트라는 점에서, 아울러 주체와 풍경(대상)의 관계가 점차 시류에 입각한 무반성적인 동일화로 이행하는 징후를 보여준다는 점에서 문제적인 텍스트이다. "나는 이번 문인보국회의 일원으로서 총력연맹(總力聯盟)의 지시를 받아 이런 나무들이 환생하는 목포조선철공회사의 조선현지를 구경하게 된 것이다. 일행은 다만 운보 김기창 화백과 동반일 뿐"[24]이라는 구절에서 이 여행을 둘러싼 맥락을 간취할 수 있다. 이태준은 경성역에서 기차로 목포에 도착하여 선박 수리공장과 조선장(造船場)을 둘러본다. 군함을 만드는 장면을 유심히 살펴보던 이태준은 "내는 파도와 암초와 싸워야 하는 바다의 투우, 더구나 대동아해에 나가선 적탄과도 싸워내야 할 전선(戰船)이기도 한 것이다. 체력으로 억세지 않으면 안 되는 것이며 또 그러면서도 어디까지나 물리학적인 민감이 필요한 과학 형태에 우수해야 하는 것이었다. 시종이 여일하게 한 사람의 정신과 기술이 최대한도로 집중되지 않고는 절대로 탄생할 수 없는 일종 생물이었다"[25]고 전함에 대한 애정과 감탄을 표출한다. 태평양전쟁이 한창이던 상황에서 이러한 발언을 하는 이태준의 입지는 그대로 제국 일본의 시선에 닿아 있다. 다음의 예문은 이러한 이태준의 입지가 한층 명료하게 표출된 경우

---

22) 이 기행문은 소설화되어 『第一號船の挿話』(『國民總力』, 1944.9.1)라는 일문(日文)소설로 발표되었다.

23) 이태준과 친일문제에 대해서는 다음과 같은 논문을 참조할 수 있다. 정종현, 「제국／민족 담론의 경계와 식민지적 주체」, 『상허학보』 13집, 깊은샘, 2004.8, 99~100면; 하정일, 「친일의 기준을 어떻게 잡을 것인가―이태준을 중심으로」, 『이태준 문학의 재인식』, 소명출판, 2004.

24) 이태준, 「목포 조선 현지기행」, 『무서록』, 깊은샘, 1994, 295면.

25) 위의 글, 299면.

에 해당된다.

> 이날 밤 우리는 조선造船의 책임자들만 다섯 사람을 산하山下 감독의 집에서 만났다. 그들은 하나같이 시국에 대한 인식이 예리했고, 전사로 자임하는 기개氣槪들이었다. 금년도 제작중인 기획선이 평상시라면 1년 가까이 걸려야 진수될 것이나 90일이면 선체만은 일단락을 지을 수 있게 된 역량에는 어느 정도의 자긍을 보이었고 자료만 좀더 원활하게 대준다면 기간을 다시 더 단축시킬 여지가 있노라 하였다.[26]

마치 일제 국책보고서의 일절을 보는 듯하다. 그러나 이러한 대목을 곧바로 이태준을 친일문인으로 판단하는 증거로 활용하는 것은 '친일'의 범주를 지나치게 확대한 경우가 아닐까 싶다. 이 기행문 자체가 애초에 '문인보국회'의 일원 자격으로 발표된 것이었기에 이태준이 이 기행문에서 대상과의 어떤 불화와 불편함을 보여주거나 비동일화에 근거한 담론적 실천을 실행하기에는 원천적인 한계가 존재했다. 그럼에도 불구하고, 1944년 6월이라는 당시의 정황에서 일본전함을 만드는 조선 공장을 시종일관 호의적으로 바라보는 이태준의 시선은 근대문학사의 또 하나의 뼈아픈 상처로 다가온다. 적어도 당시 이태준이 제국 일본의 파시즘과 전쟁동원 논리에 편승하고 있었다는 사실은 분명히 인정되어야 할 것이다.

이 논문의 문제의식과 연관하여 위의 예문이 문제적인 것은, 「목포 조선 현지기행」에서 수행된 이태준의 발언이 주체와 대상이 무반성적인 동화의 단계로 이행하는 징후를 담론의 차원에서 드러내고 있다는 점에 있다. 이러한 동일화에 근거한 담론의 전략이 최대한도로 구현된 것이 바로 해방 이후에 발표된 『소련기행』을 위시한 일련의 기행문일 것이다. 단아한 선비의 입장에서, 전통을 숭상하는 고결한 선비의 입장

---

26) 위의 글, 299~300면.

에서 자신의 심미안과 문화적 감식안에 어긋나는 제반 문화적 현상에 대해 예리하게 지적하던 이태준의 면모는 이 시기에 와서 차차 실종되기 시작했던 것이다. 이렇게 볼 때, 「목포 조선 현지기행」과 『소련기행』의 세계는 그 내용의 판이함에도 불구하고, 대상에 접근하는 담론의 유형이라는 측면에서는 상당한 친연성이 있다고 생각된다. 그것은 주체가 타자의 논리에 자연스럽게 동화되는 과정으로 정리될 수 있다. 이렇게 볼 때, 「목포 조선 현지기행」은 그 세계관의 편차에도 불구하고, 『소련기행』의 세계에 접맥되어 있는 '문학적 징후'에 해당된다.

3. 『소련기행』과 급격한 사상 전환

1937년 무렵부터 서서히 이루어진 이태준 문학의 변모는 해방이라는 거대한 역사적 사건에 의해 근본적인 비약의 계기를 마련하게 된다. 1946년 발표된 단편소설 「해방 전후」는 해방 직전과 직후에 이태준이 어떠한 시선으로 당대의 현실을 바라보는가 하는 점을 인상적으로 보여주는 작품이다. 김직원으로 상징되는 봉건적 인물과 완연히 대비되는 현의 존재는 바로 실제 이태준의 모습에 가깝다. 점차 사회주의에 대한 친화감을 넓혀가는 현의 모습은 "현공, 그간 많이 변허셨다구요?"라는 대목에서 볼 수 있듯이 『문장』과 구인회를 중심으로 전개된 해방 전의 이태준의 전반적인 문학활동을 인지하는 사람들에게는 충분히 납득할 수 없는 커다란 변화였다. 그러나 주인공 현이 좌익 데모에 대해 위화감을 느끼는 대목에서 목도할 수 있듯이, 「해방 전후」의 세계만 해도 이태준은 진보적인 이념과 좌익적인 주장에 대해서 흔쾌히 공감하지 못하는 상태에 놓여 있었다. 물론 '현'은 마침내 김직원으로 상징되는 봉건적 질서와 결별하면서 새로운 세상을 향한 발걸음을 뚜벅뚜벅 걸어가지만, 그 여정에는 확신이나 용기만큼이나 동시에 망설임과 번민이 존재하고 있었다.

이러한 이태준에게 또 한 번의 근본적인 변화의 계기를 가져다 준 것은 역시 여행이었다. 이태준은 1946년 10월 〈평양 조소문화협회〉의 초청으로 '방소문화사절단'의 일원으로 소련을 여행한 연후에 사회주의적 세계관에 대해서 모종의 확신을 지니게 되었던 것으로 판단된다. 1947년에 일부가 『문학』지에 연재되었다가 남(南)에서 출간된 『소련기행』의 세계는 주로 소련 사회주의에 대한 찬탄과 감동·신뢰의 표현 등으로 이루어져 있다. 그것은 주체와 대상의 완벽한 동일화가 달성되어 있는 세계에 근접한다.

이렇게 일련의 과정을 감안하면, 해방 후의 이태준 문학의 변모는 단일한 과정으로 파악되기에는 모종의 단층이 존재한다. 이는 1946년의 소련여행이라는 또 하나의 계기에 의해, 이전과는 분명한 편차를 보여주면서 진행되었던 것이다. 이태준은 자신이 관념적으로 상상한 소련을 직접 보고서야 이념적 선택의 문제를 확고하게 정리했다. 그러므로 이태준의 소련기행은 「해방전후」에 표출되어 있는 조심스러운 이념적 모색을 사회주의에 대한 적극적인 경도(傾倒)로 바꾸어 놓은 결정적인 계기로 작용한 것이다. 여행이 얼마나 한 인간의 삶과 문학적 향방을 근본적으로 변모시키는가 하는 점을 이태준을 통해 확인할 수 있는 것이다.

『소련기행』은 모스크바, 레닌그라드(현재의 상트 페테스부르크), 스탈린그라드 등의 당시 소련의 주요 도시와 아르메니아 공화국, 그루지아 공화국 등의 소연방 공화국을 방문하는 여정으로 이루어져 있다. 이태준은 『소련기행』의 '서'에서 "나는 참으로 황홀한 수 개월이였다. 인간의 낡고 악한 모든 것은 사라졌고 새 사람들의 새 생활, 새 관습 새 문화의 새 세계였다. 그리고도 소련은 날로 새로운 것에도, 마치 영원한 안정체 바다로 향해 흐르는 대하(大河)처럼 끊임없이 나아가고 있었다"27)면서 몇 개월 동안 소련을 둘러본 소감을 밝히고 있다. 이러한 이태준의 태도는 다음과 같은 소련으로 향하는 비행기 내에서의 발언과 자연스럽게 접맥된다.

아, 해방된 조선의 하늘! 이 아름다운 청자하늘을 우리는 지금 날으고 있는 것이다! 농민, 노동자, 학자, 정치가, 예술가, 이렇게 인민 각 층에서 모인 우리가 농중에서 나온 새의 실감으로 훨─훨 날으며 있는 것이다. 권력의 독점자(獨占者)들만이 날을 수 있던 이 하늘을 오늘 우리 인민이 날으는 것은, 땅이 인민의 땅이 된 것처럼 하늘마저 우리 인민의 하늘이란, 새 선언이기도 한 것이다.[28]

위의 목소리를 통해, 『소련기행』을 지배하고 있는 기본적 정서를 충분히 짐작할 수 있다. 그것은 한 마디로 말해서, 식민지로부터 해방된 조선사회도 소련처럼 되어야 한다는 소망이다. 그리하여, 『소련기행』에는 소련 사회주의에 대한 적극적인 옹호와 찬양이 넘쳐난다. 대신 스탈린 집권 이후 불거졌던 새로운 관료주의를 비롯한 여러 가지 모순에 대한 비판적인 시선은 『소련기행』에서 도무지 발견할 수 없다. 이러한 정황에서는 주체와 대상 사이에 어떤 사소한 균열과 거리도 존재하지 않는다. 주체와 대상의 불화와 환멸의 정서를 보여주었던 초기의 기행문과 비교하면 『소련기행』의 내적 형식은 거의 완벽한 일치와 동화에 가깝다.

이러한 『소련기행』의 세계는 어떤 측면에서는 과도하다고 생각될 정도로 균형감각을 상실하고 있다. 가령, 모스크바의 한 호텔에서 근무하는 웨이터에 대한 다음과 같은 묘사를 보자.

식당에도 남자노인들인데 재빠르지 못한 것은 연령의 소치만도 아니다. 차

---

27) 이태준, 『소련기행·농토·먼지』, 깊은샘, 2001, 12면.
28) 위의 책, 15면.

를 가져오고도 앞에 놓인 설탕 그릇이 비었음을 이쪽에서 눈짓하기 전에 먼저 알어내는 적이 적다. 이쪽의 지적으로 알었어도 당황하지 않는다. 서서히 무거운 걸음으로 가져온다. 미안했다는 것을 나타내려 덤빔으로써 도리여 이쪽을 미안케 하는 일은 조곰도 없다. 손님의 비위를 맞추려 깝신거리고 희뜩거리어 도덕적으로 위선에 이르는 것은 고사하고 심리적으로 객을 도리어 마음 못 놓게 하고 부담을 느끼게하는 것보담은, 차라리 이 사람들의 진실하기만한 태도가 편하고 정이 든다.29)

이러한 이태준의 관점은 사회주의의 모든 것을 긍정 일변도로 보는 동일자의 시선에 가깝다. 체제를 떠나서, 가장 기본적인 서비스의 부재와 관료주의 시스템을 이런 식으로 옹호하다 보면, 소련사회는 어떤 문제점도 존재하지 않는 지상낙원에 해당되는 것이다. 실제로 이태준은 『소련기행』에서 소련사회를 지상낙원에 가깝게 묘사하고 있다. 그러다 보니, 「해방전후」에서 보여준 예민한 균형감각이 『소련기행』에는 완전히 실종되어 있다. 누구보다도 글쓰기와 문단에 대해서 민감한 비판적 촉수를 지니고 있던 이태준이 소련사회에 대해서는 이토록 극찬 일변도로 묘사하고 있는 것은 균형 잡힌 지성의 퇴행에 해당된다고 볼 수 있다.

그렇다면 『소련기행』에 나타난 이태준의 이러한 변화는 어떻게 해석될 수 있을까? 좀더 거시적으로 본다면 해방 전 주로 상고주의(尚古主義)적 세계관을 지니고 있었으며, 순문학 계열의 구인회 멤버이기도 했던 이태준의 이러한 극적인 변모는 어떻게 설명될 수 있을까? 평론가 김동석에 의해 "말을 골라 쓰기로는 지용(芝溶)을 따를 자 없겠지만, 그는 시인이라 이것이 당연하다 하겠지만 소설가가 말 한 마디, 한줄 글에도 조탁(彫琢)을 게을리 하지 않는다는 것은 그리 쉬운 일이 아니다. 그러기에 세상에서 상허(尚虛)의 글을 문장으로 치는 바이요, 누구나 그의 글을 아름답다 한다"라는 평가를 얻을 정도로 엄밀한 미학적 자의식과 예민

---

29) 위의 책, 62~63면.

한 감성을 지닌 작가 이태준이 과연 당시 러시아 사회나 문제점을 전혀 인식하지 못했다는 것이 가능할 수 있을까?

실제로 이태준의 『소련기행』이 출간된 이후, 이에 대한 노골적인 비판들이 제기된 바 있다.[30] 당시 이동봉(李東峰)은 "(이씨의) 기행에 나타나는 소련이 과연 소련의 전면인줄로 생각하는 사람이 있다면 그에 대하여 나는 경고하지 않을 수 없다. 이씨가 보고 온 소련이라는 것은 차라리 소련의 많은 면중의 가장 적은 면이고, 그것은 동시에 가장 좋은 면인 것을 알아야 한다"[31]고 지적하고 있다. 또한 이태준의 절친한 문우였던 정지용은 1950년 1월에 「소설가 이태준 군 조국의 '서울'로 돌아오라」라는 글에서 "자네 소련기행이 분수없이 일러버렸네", "자네 소련기행 때문에 자네가 親蘇派 소리 듣는 것이 마땅하고 민족문학의 左右鬪爭의 참담한 책임은 자네가 질만하지 않는가?"[32]라고 이태준의 『소련기행』에 대해서 지적한 바 있다.

여기서 염두에 두어야 할 사항은 이태준의 『소련기행』보다 이미 10년 전(1936)에 앙드레 지드의 『소련 방문기』가 출간되어 당시의 지식인들에게 폭넓게 읽혔다는 사실이다. 실상 앙드레 지드의 『소련 방문기』는 이태준의 『소련기행』을 되비추는 반사경 역할을 한다. 앙드레 지드는 당시 소련사회의 문제점을 「소련 방문기」, 「소련 방문 수정기」 등을 통해 예리하게 드러낸 바 있다(앙드레 지드, 정봉구 역, 『소련 방문기─1936』, 춘추사, 1994 참조). 물론 당시 이태준도 앙드레 지드의 『소련 방문기』를 읽었음이 『소련기행』에 나타나 있다.

이태준은 "지─드 같은 사람으로도 쏘비에트 사회의 물품들이 조야

---

30) 황중엽, 「시작(詩作)과 진실─Prelude, Andre Gide · contre · 이태준 『소련기행』을 읽고」, 『시작과 진실─배신적 혁명』, 진성당, 1947, 27~60면; 이동봉, 「이상과 실체─상허의 소련기행을 읽고」, 『경향신문』, 1947.8.10.
31) 이동봉, 위의 글, 『경향신문』, 1947.8.10.
32) 정지용, 「소설가 이태준 군 조국의 '서울'로 돌아오라」, 『정지용 전집』 2(개정판 1쇄), 민음사, 2003, 537면.

하고 일률적임에 실망했다고 한다. 1936년도 파리에 있다 와보면 으레 그랬을 것이다. 지금도 중공업만 힘써온 소련은 3등차가 그대로 있듯이 약간의 특수한 고급상품을 제하고는 모다 실질본위의 물품뿐이다. 소련은 이것을 모르지도 않거니와 자기결점으로도 알지 않을 것이다"라면서 소련사회를 적극적으로 옹호하고 있다. 이 대목은 이태준이 앙드레 지드의 「소련 방문기」를 의식하고 있음을 분명히 드러내고 있다.

그렇다면 앙드레 지드의 「소련 방문기」는 어떠한 내용으로 이루어져 있는가. 1936년 6월에 앙드레 지드가 러시아에서 행한 여러 연설내용이나 "사실 나는 소련처럼 그렇게 깊고 강렬한 휴머니티를 느끼게 하는 민중이 있는 나라는 어디서도 보지 못할 것이다. 비록 말이 통하지는 않았지만 그러한 느낌을 나는 아직 어느 곳에서도 느껴보지 못했다. 그와 같은 것을 위해서라면 세계의 어떤 아름다운 풍경일지라도 다 내던져 버릴 수 있을 것이다"[33]와 같은 표현에서 볼 수 있듯이 앙드레 지드는 「소련 방문기」의 초반부에서 자신이 사회주의 소련에 대한 호감과 애정을 가지고 있다는 사실을 보여준다. 그러나 동시에 앙드레 지드는 "소련에서 모든 것이 지향하고 있는 듯한 이 몰개성화 경향을 우리는 진보라고 간주할 수가 있는 것일까? 나로서는 그렇다고 믿을 수가 없다",[34] "나는 오늘날 그 어느 나라에서, 심지어 히틀러의 독일에서조차 인간 정신이 이렇게 부자유스럽고 짓눌리고 공포에 떨면서 종속되고 있을까 하는 의문을 갖게 되었다"[35]라는 표현에서 볼 수 있듯이, 「소련 방문기」 전반을 통해 소련 사회주의의 문제점을 대단히 구체적이며 예리하게 갈파하고 있다. 이에 비할 때, 10년 후에 발표된 이태준의 『소련기행』은 월등 단순한 관점에서 소련사회를 조망하고 있는 것이다. 이러한 대목에서 드러나는 앙드레 지드와 이태준의 차이는 그들이 처한 역

---

33) 앙드레 지드, 정봉구 역, 『소련 방문기－1936』, 춘추사, 1994, 28면.
34) 위의 책, 40~42면.
35) 위의 책, 58면.

사, 사회적 맥락의 차이에서 발생하는 것일 터이다. 그 거리는 한 논자의 표현을 빌자면 "당대 유럽의 근대 지성과 갓 식민지에서 벗어난 조선의 지식인 사이의 차이"라고 할 수 있다.36) 앙드레 지드에 비해 이태준이 처한 상황은 월등 긴박하고 유동적이며 정치적이었다.

이러한 이태준의 변전(變轉)에 대해서는 여러 가지 해석이 가능할 것이다. 예를 들어, 『소련기행』을 이태준 자신의 새로운 선택을 합리화하기 위한 글쓰기의 책략으로 볼 수도 있다. 혹은 소련이나 중국 여행을 가능케 해준 조직(가령 〈조소문화협회〉)에 대한 정치적 배려가 작용했다고 볼 수도 있다. 또한 당시 해방정국의 전망과 연관하여, 사회주의의 미래를 위해서 의도적으로 부정적인 점을 은폐한 전략적 글쓰기의 결과로 해석할 수도 있을 것이다. 그러나 필자는 이러한 견해가 이태준의 선택에 무의식적으로 작용했으리라는 점을 인정하면서도 『소련기행』에서 이태준이 보여준 소련 사회주의에 대한 찬사와 감격이 근본적으로 이태준 자신의 순수한 진심에서 우러난 글쓰기의 결과로 판단한다.

왜냐하면, 이태준이 일제 말기부터 『소련기행』에 이르기까지 보여준 문학세계와 행적을 종합적으로 검토해보면, 『소련기행』에서 보여준 이태준의 태도는 통념과는 달리 식민지 시대부터 이어지는 내적인 흐름 속에 존재하기 때문이다. 그리하여, 「영월영감」에서 「농군」, 「해방 전후」, 「농토」, 「먼지」로 이어지는 일련의 소설들, 또한 「만주기행」에서 「목포 조선 현지기행」, 『소련기행』, 그 이후의 『혁명절의 모쓰크바』와 『위대한 새 중국』의 존재로 이어지는 기행문의 흐름들, 그리고 이태준이 식민지 시대부터 발표한 산문들을 면밀하게 검토해보면, 그러한 일련의 과정에는 그 나름의 내적 인과관계가 존재한다. 이러한 논점과 연관하여, 유종호는 "일제 말기의 구차한 시절을 보낸 뒤에 뜻하지 않게 구경한 '놀라운 신세계'에 대한 감탄을 몇몇 특정인에게만 허용된 칙사

---

36) 박헌호, 『이태준과 한국 근대소설의 성격』, 소명출판, 1999, 271면.

대접에 대한 답례라고 생각하는 것은 공정한 일은 아닐 것이다. 그것은 진심에서 나온 말일 것이다"[37]라고 언급하고 있다. 지금까지 발견된 자료만으로 판단할 때, 이태준의 진심을 의심할만한 정황은 따로 존재하지 않는다. 『소련기행』의 세계는 그 자체로 하나의 선택으로 존중받아야 한다.

그러나 진심만으로 모든 변화를 합리적이라고 말할 수 있는 것은 아닐 것이다. 진심과 합리적인 판단은 다른 층위에 서 있다. 여기서 일본인으로서 한국 근대문학을 연구하는 사에구사 도시카쓰[三枝壽勝]가 이태준의 『소련기행』에 대해 "이 책에 나타나고 있는 것은 우선 소련에 대한 이태준의 무식과 관찰력의 부족이다"라고 평가했다는 사실을 지적하도록 하자. 아울러, "이 기행문에 넘치고 있는 그의 순진성에는 아마도 미국 군정하에서 정치적 상황에 시달린 번민과 긴장에서 도망친 해방감이 작용하고 있는 것일까"[38]라는 사에구사 도시카쓰의 진단은 이태준의 『소련기행』을 관류하고 있는 찬탄과 감동의 세계가 놓여 있는 심리적 뿌리를 정확하게 짚어내고 있다.

사에구사 도시카쓰의 관점이 지닌 일면적 타당성을 수용한다고 해서 이태준의 『소련기행』을 사회주의에 무지한 한 문인의 해프닝 정도로 판단하는 것은 냉전적 사고에 갇힌 또 하나의 편향일 것이다. 사회주의와 소련에 대한 인식상의 한계에도 불구하고, 『소련기행』에는 이태준이 그전에는 보여주지 못했던 여러 가지 인식상의 진전이 포함되어 있다. 무엇보다도, 『소련기행』에서 보여준 이태준의 사회주의 사회 및 사회주의적 인간형에 대한 이해가 비교적 정확하다는 점을 그 근거로 들 수 있다. 소련사회에 대한 호오와 관계없이, 사회주의 사회의 인간형이나 사회주의 사회의 특수성을 이태준이 정확하게 인식하고 있다고 여겨지

---

37) 유종호, 「이태준이 본 1946년 소련」, 『동아일보』, 2001.8.25.
38) 사에구사 도시카쓰[三枝壽勝], 「해방 후의 이태준」, 『이태준문학전집』 18권, 서음출판사, 1988, 316~317면.

는 대목이 『소련기행』에 산재해 있다. 가령, "자기들의 노동에서 나오
는 소득은 곧 자기들에게 그만치 혜택이 공동으로 미치는 것이요 그것
으로 어떤 특별한 사람들만이 놀고먹는 것은 아니다. 저주하려야 저주
할 대상이 없는 내 일, 내가 하는 명랑한 노동인 것이다. 게다가 노동이
란 문화의 창조이지 노예적 복무라는 관념도 있을 수 없는 제도이다"라
는 이태준의 언급은 사회주의적 노동의 성격이 지니는 핵심을 분명히
파악하고 있다. 이러한 이태준의 인식의 진전과 연관하여, "해방 이후,
식민지 시절 '카프'에 대척했던 '구인회'의 작가들이 대거 親社會主義
的 성향으로 轉變하는 것은, 역설적이게도 식민지시기에 형성된 사회
주의에 대한 무지와 왜곡이 깨지는 과정과 궤를 같이 한다"39)는 지적이
있는데. 이러한 관점은 비교적 해방 이후 이태준이 보여준 이념적인 관
심과 사회주의에 대한 애호의 동력을 효과적으로 설명하고 있다.

여기에서 중요한 것은 당시의 역사적 감각에서 보았을 때 『소련기
행』에서 피력된 이태준의 견해가 지니는 현실적 의미가 무엇인가 하는
점이다. 그것은 무엇보다도 당시 남쪽의 현실에 대한 준엄한 비판이자,
북쪽에 대한 긍정일 것이다. 이렇게 본다면, 이태준이 결국 끝끝내 북쪽
을 택한 것은 순전히 자발적인 차원의 행위라고 판단된다. 결론적으로
말해서, 『소련기행』은 이태준으로 하여금 북한을 기꺼이 선택하게 만든
결정적인 계기이자, 해방 후에 전개되었던 이태준 문학세계의 또 한 차
례의 변모를 가져온 중대한 모티프였다고 할 수 있다.

그 후 이태준이 이른바 사회주의 리얼리즘의 세계에 가까운 『농
토』로 달려간 것은 『소련기행』의 새로운 인식이 낳은 자연스러운 문학
적 수순일 것이다. 이러한 맥락에서 『소련기행』은 1948년에 출간된 장
편소설 『농토』의 세계와 상동관계를 맺고 있다. 『농토』의 주제는 한 마
디로 당시 북한에서 전개된 토지개혁에 대한 예찬이다. 그 세계는 갈등

---

39) 박헌호, 「문화정치기 검열과 그 대응의 내적 논리」, 『식민지 검열체제의 역사적 성
   격』(동아시아학술원 주최 연례 학술회의 자료집), 2004.11, 121면.

과 고민이 실종된 선험적인 긍정적 세계에 가깝다. 이는『소련기행』의 내적 형식과 정확히 일치한다. "소련을 보시오. 여러분은 모르고 있으리 다만 거기서는 땅은 모두 농사짓는 사람만 갖게 된 거요"[40]라는 대화는 『농토』의 현실인식이 이태준의 소련기행에서 얻은 정보와 밀접한 연관 성이 있다는 사실을 암시하고 있다.『소련기행』을 관류하는 '감탄'·'예 찬'의 정서는『농토』를 지배하고 있는 '감격', '자신감', '벅찬 가슴' 등 등의 긍정적 정서와 정확히 대응한다. 이러한『농토』의 정서는 무엇보 다도 소련이라는 실존하는 사회주의 국가의 존재로 인해 역사 속에서 현실화될 수 있었던 것이다.

4. 문학적 프로파간다의 세계-『혁명절의 모쓰크바』와『위대한 새 중국』

1949년은 러시아에서 사회주의혁명이 발생한 지 32주년이 되는 해였 다. 이에 따라 당시 북한에 있던 이태준은 최창익·김순남 등과 함께 러시아 혁명 32주년 행사를 축하하기 위해서 1949년 10월 28일 평양비 행장을 떠난다. 이태준은 하바로프스키, 찌따, 노보시비르스크, 스웰뜨 르프스크 등을 경유하여 모스크바에 도착한다. 이곳에서 러시아 10월 혁명 32주년 기념보고대회에 조선대표로 참석하고, 모스크바를 중심으 로 여러 가지 혁명유적과 박물관 등을 견학한다. 혁명박물관, 레닌박물 관, 트레차코프스키미술관, 모스크바대극장, 지하철, 레닌의 저택, 소련 작가동맹 등이 그가 둘러본 장소들이다.

이 기행문의 기본적인 정조는 1차 소련기행과 본질적인 차이가 없다.

---

40) 이태준,「농토」,『소련기행·농토·먼지』, 깊은샘, 2001, 255면.

『혁명절의 모쓰크바』를 관류하는 정서는 소련 사회주의에 대한 찬양과 감탄이다. 그러나 다음과 같은 몇 가지 측면은 1차 소련기행과 대비하여 분명한 차이를 보여주는 요소들이다. 우선 김재용에 의해 이미 지적되었듯이,[41] 『혁명절의 모쓰크바』에는 미국과 자본주의에 대한 비판이 명확하게 제시되어 있다는 점, 이태준이 미소 대립에 근거한 냉전 이데올로기에 경사되기 시작했다는 점을 주목할 수 있다. 다음과 같은 대목은 이태준이 당시 미국과 소련을 어떠한 구도로 바라보고 있었는가 하는 점을 여실히 드러내고 있다.

> 원자탄 하나를 가지고 영구한 자기 독점물로 알고 오만무례하게 세계를 위협 공갈하던 나라도 한때는 있었으나 소련서는 원자력도 이미 평화적 토목공사에 쓰고 있는 사실이 세상에 알려진지 오래다.[42]

1차 소련기행이 미국에 대한 별다른 언급 없이 오로지 소련에 대한 찬탄과 동화의 정서로 일관하고 있다면, 『혁명절의 모쓰크바』에서는 당시 세계사적 정국에서 기행 대상(소련)의 반대편이라고 할 수 있는 미국과 자본주의에 대한 신랄한 비판을 통해 소련의 우월성을 상대적으로 부각시키고 있다. 이는 『소련기행』의 한계점으로 자본주의에 대한 인식이 없다고 비판했던 한 논자의 견해[43]가 나름대로 보완되는 지점에 『혁명절의 모쓰크바』가 자리 잡고 있음을 의미한다. 그리고 담론의 전략이라는 측면에서 보자면, 또 다른 타자(미국과 자본주의)에 대한 비판을 통해, 주체(이태준)와 대상(소련, 사회주의)은 행복한 일치의 단계로 진입하게 되는 것이다. 실제로 『혁명절의 모쓰크바』에는 주체의 어떠한 주저

---

41) 김재용, 「소설가 이태준의 '2차 소련방문기'−냉전의식에 굴절된 민족주의」, 『시사월간 WIN』, 중앙일보사, 1998.1.
42) 이태준, 「혁명절의 모쓰크바−상」, 『한국근대문학연구』 4호, 태학사, 2001.10, 312면.
43) 강진호, 「동경과 좌절의 미학−이태준론」, 『한국 근대문학 작가연구』, 깊은샘, 1996, 300면.

나 망설임·불편함·이질감·번민도 발견되지 않는다. 이태준은 3년 전과 대비하여, "왕래하는 시민들의 의복이나 신발이 3년 전에 볼 때와 는 월등히 우수해졌고 식료품 상점 앞에서도 배급을 타러 줄 지어선 광 경은 다시 볼 수 없는 옛말이 되고 말았다"고 언급하면서 소련의 발전 상을 부각시키고 있다. 결국 『소련기행』에서 이태준이 표출했던 감탄과 긍정의 정서는 『혁명절의 모쓰크바』에 이르러 사회주의 소련에 대한 명확한 확신으로 진전되고 있다.

두 번째로 『혁명절의 모쓰크바』에는 레닌·스탈린·김일성 등의 혁 명가에 대한 존경과 찬사의 언급이 기행문 중간에 간헐적으로 배치되 어 있다. "우리 해방의 은인이신 스딸린대원수",44) "김장군 초상 걸린 홀에서 음악대학생 오매운 동무의 노래를 들으며 밤 깊도록 놀았다"45) 등의 구절들은 이태준의 관점이 개인 우상화의 징후를 보여주고 있음 을 환기시킨다.

세 번째로, 『혁명절의 모쓰크바』를 통해서 당시 한반도를 둘러싼 정 국을 조망하는 이태준의 시선을 확인할 수 있다. 가령 레닌박물관에서 레닌의 가족 초상화를 접한 이태준은 "우리는 오늘 우리조국에서 미제 국주의 침략자들과 이승만 매국도당들의 야수적 탄압 속에서 그 굴욕 적인 생애의 머리를 개연히 돌려 영용한 구국투쟁에 나서는 조선청년 들의 어떤 엄숙한 순간들이 감히 이 그림 앞에서 연상되어 떠오르기 때 문이다"46)라고 마치 정치 팜플렛의 선동적 문구를 연상시키는 언급을 하고 있는데, 이 점은 이 시기에 이르러 이태준의 정치적 선택이 더할 나위 없이 확고해졌다는 사실을 보여주고 있다. 이러한 의미에서 이태 준이 귀국한 후에 평양을 비롯한 각 지역의 보고대회에서 "이 10월의 불 속에서 탄생한 소련은 인류사회에 이미 있었거나 아직 있는 어떤 국

---

44) 이태준, 「혁명절의 모쓰크바—하」, 『한국근대문학연구』 5호, 태학사, 2002.4, 354면.
45) 위의 글, 367면.
46) 위의 글, 353면.

가형태보다 우월하다는 것이 더욱 명확해졌다"[47]고 확고한 명제적 진술로 선언하는 장면은 『해방 전후』부터 시작되었던 이태준의 이념적 모색과 방황이 분명하게 한 방향으로 정리되었음을 상징하는 대목이라 할 것이다.

이와 같은 대목은 비슷한 시기에 발표된 한국전쟁 직전의 남북 대치 상황을 묘사한 이태준의 단편소설 「먼지」가 남과 북 그 어느 곳도 일방적으로 미화하거나 비하하지 않은 채, 역사적 균형 감각을 확보하고 있다는 사실[48]과 여실히 대비된다. 바로 이 점이 소설과 기행문의 차이에 해당된다. 즉, 글 쓰는 주체의 입장을 가장 직접적으로 담고 있는 기행문 형식은 미학적인 가공과정을 거친 소설과 비교하여 화자의 구체적인 입장을 월등 노골적으로 전달하게 되는 것이다. 아울러 이태준의 『혁명절의 모쓰크바』가 애초에 러시아혁명 32주년을 기념하기 위한 도구적인 차원에서 씌어졌다는 점, 말하자면 이태준의 기행문을 규정하는 정치적 이데올로기가 이미 선험적으로 존재하고 있었다는 점이 소설과 기행문의 차이를 낳은 또 하나의 요인이라고 판단된다.

2차 소련기행 이후 2년여 만인 1951년 9월, 이태준은 '국경절 관례단'의 일원으로 중화인민공화국 수립 2주년 기념 〈아시아 작가회의〉 참석차 중국을 방문한다. 이태준을 포함한 여섯 명의 참석자는 미 공군의 폭격을 피해 '발바리(지프차)' 두 대에 나눠 타고 야밤에 평양을 출발하게 된다. 그 당시는 중국이 한국전쟁에 개입하여 치열한 영토 쟁탈전을 벌이던 시기였다. 그러므로 북한의 입장에서도 '중국'이 소련 못지않은 소중한 우방으로 대두되었던 것이다. 이태준이 〈아시아 작가회의〉의 북한참석자로 결정되었다는 것은 그 당시까지만 해도 이태준이 북한의

---

47) 이태준, 「혁명절의 모쓰크바—하」, 『한국근대문학연구』 5호, 태학사, 2002.4, 368면.
48) 「먼지」의 균형감각과 문제적 성격에 대해서는 다음과 같은 논저를 참조할 수 있다. 김재용, 「월북 이후 이태준의 문학활동과 〈먼지〉의 문제성」, 『민족문학사연구』 10호, 민족문학사학회, 1997; 박헌호, 『이태준과 한국 근대소설의 성격』, 소명출판, 1999, 289 면.

대표작가로 예우 받고 있었다는 점을 입증한다.

『위대한 새 중국』의 목차에서도 확인할 수 있듯이 이태준은 북경, 만리장성, 황화, 상해, 항주, 남경, 천진, 석경산 제철소, 하얼빈 등 중국의 주요도시와 요지를 방문한다. 이 기행의 하이라이트는 북경에서 있었던 모택동주석의 초대연회와 아시아작가회의 참석이다.

담론의 전개방식 면에서 보면, 『위대한 새 중국』은 『소련기행』이나 『혁명절의 모쓰크바』와 대동소이한 구조로 이루어져 있다. 즉 중화인민공화국의 문화와 역사에 대한 찬탄과 감격, 중국 사회주의에 대한 신뢰와 자부심이 이 기행문을 관류하는 정서이다. 『위대한 새 중국』의 담론구조는 주체가 대상에게 전적으로 동화되어 있다는 점에서, 『혁명절의 모쓰크바』와 정확하게 일치한다. 가령, "앞으로는 인류가 화약을 살인에 쓰지 않고 그 발명한 본래 중국에서처럼 건설과 경축오락으로만 쓰는 항구 평화세계를 위해 의의 깊은 전 인류적 승리인 것이다"[49]라는 이태준의 발언은 원자탄 사용과 연관하여 소련과 미국을 대비한 『혁명절의 모쓰크바』의 담론과 역시 동일한 구조를 띠고 있다. 그것은 적대적인 타자와 대상(중국)을 비교하는 방식을 통해 대상의 긍정성을 부각시키는 담론의 전략에 해당된다. 이렇게 볼 때 위의 예문을 유럽중심주의에서 벗어나고자 하는 이태준의 노력으로 해석한 김재용의 견해[50]는 좀더 세심하게 재검토될 필요가 있다. 『위대한 새 중국』을 유럽중심주의의 탈피와 아시아주의의 잣대로 해석하는 관점은 『소련기행』이나 『혁명절의 모쓰크바』에서 보여준 이태준의 유사한 태도를 충분히 해명할 수 없다. 당시의 역사적 감각에서 보았을 때 소련은 당연히 유럽에 해당되는 것이다. 그러므로 위의 이태준의 발언은 미국의 폭력성과 제국주의적 속성을 부각시키는 과정에서 자연스럽게 도출된 비교의 논리라고 보아야 하지 않을까 싶다.

---

49) 이태준, 『위대한 새 중국』, 국립출판사, 1952, 27면.
50) 김재용, 「한국전쟁기의 이태준」, 『상허학보』 13호, 2004.8, 138~139면.

『혁명절의 모쓰크바』와 비교해볼 때,『위대한 새 중국』의 경우, 모택동과 김일성의 위대함을 언급하는 횟수가 확연히 늘어났다는 점, 한국전쟁으로 인한 미국(미제)에 대한 적개심과 중국에 대한 우호의 감정이 한층 직접적으로 표출되어 있다는 점이 눈여겨볼만한 차이라고 할 수 있다. 전자의 경우 특히 '수령'이라는 용어까지 등장하는 대목은 당시 이태준의 글쓰기가 사실상 우상화를 자연스럽게 내면화하는 문학적 프로파간다 단계에 근접하고 있다는 사실을 의미한다. 물론 특정한 용어나 이미지, 사상(寫象)이 수용되는 시대와 사회·문화에 따라 그 표상 작용이 달라질 수 있다.51) 예컨대, 민주주의가 현저하게 진전된 현재의 시점이 아니라, 식민지 반봉건체제를 막 탈피해나가던 당대의 시점에서 보면 수령이라는 용어도 자연스럽게 수용되었을 여지가 있다. 그러나 적어도 문학적인 견지에서 보자면 무반성적인 동일화에 근거한 이러한 정치 편향의 글쓰기는 이태준으로 하여금 문학적인 글쓰기를 더 이상 수행하지 못하게 만든 요인으로 작용했을 것이다.

『위대한 새 중국』에서 이태준이 중국의 역사와 문화를 언급하는 과정에서 중국과 조선의 밀접한 관계에 대한 언급이 자주 등장한다는 점도 주목해야 할 요소이다. 이는 한국전쟁에 중국이 북한을 원조함에 따라 자연스럽게 형성된 중국과 북한 사이에 형성된 연대의 정서와 연관된다. 이른바 '항미원조 사과'는 당시 진보적 진영의 입장에서는 새로운 제국주의로 인식되던 미국에 대해 공동전선을 펼치고 있던 북한과 중국의 관계를 상징하고 있는 매개물일 것이다.

칠레의 국민시인 파블로 네루다, 게오르그 루카치와 리얼리즘 논쟁을 벌였던 동독의 안나 제거스, 애청(艾靑) 등의 세계문학사의 저명한 문인들이 이태준과 교분을 나누었다는 점도『위대한 새 중국』이 근대문학사에 남긴 기념비적인 대목이다. 특히 북경반점에서 개회된 아세아

---

51) 이효덕, 박성관 역,『표상 공간의 근대』, 소명출판, 2002, 19면.

  횡단과 경계―근대문학 연구와 비평의 대화

작가들만의 좌담회에 네루다가 참여하여, "이 날 저녁 네루다선생은 새 조선문학 이야기에 깊은 관심을 가지고 들었고 자기는 발언하지 않았다. (…중략…) 이 네루다의 중요시편들은 중국에서도 번역되었는데 이 좌담회가 있은 다음 날 네루다는 중국어판 자기 시집 한 권에 내 이름을 한문으로 그림 그리듯 써서 보내주었다"52)고 언급되고 있는데, 이 대목은 한국 근대문학과 네루다의 만남으로 기억되어야 할 것이다.53)

전반적으로 볼 때, 『소련기행』을 위시한 해방 이후 이태준이 보여준 기행문의 현실 인식은 문학적 프로파간다로 불릴 만한 완고한 동일성의 세계로부터 자유롭지 않다. 그것은 부정성이 거세된 '계몽미학'의 극단화에 해당된다. 이는 사실 애초에 이태준이 생각했던 수필에 대한 관점과는 어긋난다. 이태준은 수필에 대해 "솔직하기 때문에 논문보다 오히려 찌름이 빠르고 날카롭고", "논설보다 오히려 찌름이 빠르다. 수필은 논문과 다름없이 늘 비평정신이 따르고 있는 것이다"54) 등의 규정을 내린 바 있다. 또한 『소련기행』은 기행문의 요건으로 '애수'를 들었던 『문장강화』의 입장과도 거리가 있다. 기행문이 넓은 의미에서 수필에 포함된다면, 『소련기행』 이후 발표한 이태준의 기행문들은 이태준 스스로가 수필의 중요한 조건으로 생각했던 '비평정신'이 완전히 실종되어 있다는 점에서 제대로 된 수필에 미달되는 것이다.

환멸의 미학에서 극단적인 계몽미학으로 변전한 해방 이후 이태준의 기행문들은 특정한 문학장르가 정치적인 이데올로기에 종속되었을 때 어떠한 담론의 구조를 띠게 되는지를 일종의 시금석과 같이 보여주고 있다.

---

52) 이태준, 『위대한 새 중국』, 국립출판사, 1952, 59면.
53) 네루다와 이태준 만남의 의미에 대해서는 김재용의 「한국전쟁기의 이태준」(『상허학보』 13집, 2004.8, 141~142면)을 참조할 것.
54) 이태준, 『문장강화』, 창작과비평사, 1988, 165~178면.

5. 새로운 기행문 연구를 위해

지금까지 이 글은 「여정의 하루」에서 『위대한 새 중국』에 이르는 약 18년 동안 이태준이 발표한 기행문들을 주체와 대상의 관계라는 잣대로 통시적으로 분석한 셈이다. 그 결과 이태준의 해방 전 기행문에서 주체와 대상 사이에 존재하던 불화가 해방 이후의 『소련기행』부터는 주체와 대상의 무반성적인 동일화 단계로 이행되었음을 확인할 수 있었다. 또한 이태준의 기행문은 동시기에 발표된 소설들과 상호텍스트 관계를 구성하고 있다는 사실을 인식하게 되었다. 이태준 기행문의 통시적인 변화과정은 대상에 대한 환멸에서 연민, 공감의 세계를 거쳐 완고한 동일화로 나아가는 궤적이기도 했다. 그리고 해방 이후에 발표된 이태준의 기행문들을 통해서, 기행문 양식이 소설보다 정치적인 이데올로기에 한층 직접적인 방식으로 개입하고 있다는 사실을 인식할 수 있다.

해방 이후 발표된 이태준의 기행문은 정치 그 자체였다. 이태준이 식민지 시대에 보여주던 단아한 선비정신과 비평정신은 사회주의라는 새로운 이념을 만나면서 실종된다. 이러한 대목은 한국 근대문학사의 뜨거운 상징이면서 동시에 커다란 아쉬움이기도 하다. 이 같은 지적은 이태준이 선택한 이념과 체제의 정당성 여부 차원에서 제기된 것이 아니다. 근본적으로 그 아쉬움은 해방 이후에 발표된 이태준의 기행문이 그 이후에 전개된 이태준의 인생과 문학을 규정했다는 점, 그에 따라 이태준은 1952년 이후 새로운 문학의 길을 전개할 수 없었다는 점을 의미하는 것이다.

한 연구자는 개화기 이후의 한국 근대문학사에서 발표되었던 기행문을 "민족주의적 이념으로 무장한 탐색기, 근대화의 이념에 입각한 신문명 탐방기, 근대화의 산물로 야기된 여행의 대중화와 과거와 자연의 발견"55) 등의 세 가지 유형으로 구분하였다. 그러나 엄밀하게 말하면, 이태준의 기행문은 위의 어떤 유형에도 해당하지 않는다. 이태준의 기행문은 한국 근대사의 굴곡이 한 고결하고 단아한 문인에게 내린 거대한 시험(試驗)이자 전 인생을 건 일종의 놀이였다. 이태준은 그 시험에 그대로 빠져들어 갔고, 그 놀이에 자신의 모든 인생을 투신했다. 그 결과 이태준은 몇 년 후부터 영원히 글을 쓰지 못하는 형국에 처하게 되었다. 이러한 의미에서 보자면, 이태준의 기행문은 안타까움 그 자체라고 생각된다. 이태준의 기행문은 탁월한 스타일리스트도 거대한 역사적·정치적 세계로부터 결코 자유로울 수 없었던 한국 근대문학사의 상처와 굴곡을 그 자체로 보여주고 있다.

이태준 기행문 연구의 진전과 심화를 위해서는 다음과 같은 후속 연구가 진행되어야 할 것이다. 우선 이태준의 개별 기행문에 대한 면밀한 구조주의적 분석이 요청된다. 이러한 작업을 통해 이태준 기행문의 구조적 특성과 담론의 배치가 좀더 명료하게 해명될 수 있을 것이다. 아울러 당시 백남운을 비롯하여 다른 사상가나 문인들의 소련기행문 및 일본 근대문인들의 만주기행문과 이태준의 『소련기행』, 「만주기행」을 면밀하게 비교·검토하는 작업이 요청된다. 그리고 당시 이태준이 읽었던 앙드레 지드의 「소련 방문기」와 이태준의 『소련기행』을 세심하게 비교하는 것도 이태준의 기행문이 지닌 의미와 한계를 파악하는 데 소중한 참조를 제공할 것으로 기대된다. 아울러 기행문이라는 문학텍스트의 배후에 작용하고 있는 역사적 정황에 대한 검토, 가령 해방 직후에 이태준이 관여하고 있었던 정치적, 사회적 장(場)에 대한 심층적 탐색이 필요한 것으로 보인다. 예컨대 과연 누가 소련기행과 중국기행, 만주기행의 과정에서 이태준을 추천했는가? 여행비는 어디에서 지원했고 어떤 방식으로 조달했는가? 이태준이 관여하고 있던 정치적 단체는 무엇인가? 등등의 문제에 대한 좀더 치밀한 탐색의 여지가 있다고 하겠다.

---

55) 서경석, 「만주국 기행문학 연구」, 『어문학』 86집, 2004.12, 344면.

이러한 탐구는 기행문이 탄생하게 된 '정치적 기원'을 한층 투명하게 해명해 줄 수 있을 것이다. 이러한 의미에서 이태준의 기행문에 대한 심층적인 연구는 지금부터라고 할 수 있다.

제2장

장인정신, 혹은 스타일리스트의 운명
이태준의 수필에 대하여

1. 문제제기–이태준 연구의 편향을 넘어

아마 조선문단 전체로도 이대로 3년이면 3년을 나가는 것보다는 지금의 작
품만 가지고라도 3년 동안 퇴고를 해놓는다면 그냥 나간 3년보다 훨씬 수준
높은 문단이 될 것이라 믿는다.[1]

위의 발언은 이태준의 수필집 『무서록(無序錄)』(1941)에 수록된 「명제
기타」의 한 대목이다. 이 구절은 이태준의 문학관을 참으로 인상적으로
대변하고 있다고 생각되는데, 이 논문의 문제의식이 바로 위의 발언에
대한 탐색과 성찰에서 시작되었다는 사실을 지적하는 것으로 이 글을
시작하도록 하자.

올해(2008)로 탄생 104주년을 맞이한 이태준에 대한 연구는 최근 몇

---

1) 이태준, 「명제 기타」, 『무서록』, 깊은샘, 1994, 64면.

년 사이에 어떤 작가보다도 왕성하게 진행되어 왔다. 생각건대 작가 이태준이 지니고 있는 다음과 같은 몇 가지 문제적 특성들이 이태준에 대한 활발한 연구의 토양이라고 할 수 있을 것이다.

①해방 전 구인회나 「문장」지를 중심으로 한 순수문학 계열에 분류되었지만, 해방 후 『농토』, 『소련기행』으로 대변되는 진보적인 문학으로 변모한 이태준의 문제적 여정
②『문장강화(文章講話)』(1940)에서 인식할 수 있듯이 식민지 시대의 어떤 문인보다도 글쓰기, 문장, 문학의 본질, 소설가의 정체성 등에 대해 면밀하고도 전문적인 관심을 표출했던 대목
③「달밤」이나 「까마귀」 같은 단편에서 볼 수 있다시피, 식민지 근대의 그늘과 변두리 인생을 따뜻하게 응시하면서, 근대적 이상의 좌절과 근대사회의 비애를 특유의 성실한 미학적 장인정신을 통해 묘사한 이태준 소설의 고유한 문학성
④수필, 문장론, 희곡, 아동문학, 기행문, 평론 등 다양한 장르에 걸쳐서 문학 행위를 수행했던 이태준의 전 방위적인 글쓰기
⑤본격문학과 대중문학의 경계선에 놓인 이태준의 장편소설들이 지닌 문제성

위의 항목들에서 확인할 수 있듯이, 한 마디로 말해 이태준은 여러 가지 측면에서 다양한 해석과 논의의 스펙트럼이 전개될 수 있는 문인이다. 이러한 이태준 문학 자체의 문제성 외에 이태준 연구의 활성화에 소중한 계기를 제공한 소중한 단초는 이태준을 전문적으로 연구하는 학술단체인 '상허학회'의 창립일 것이다. 1992년에 창립된 '상허학회'는 현재까지 22집에 이르는 학술지 『상허학보』와 이태준 관련 단행본을 출간하면서 이태준 관계 자료의 발굴과 연구의 심화에 결정적인 전기를 마련했다. 그러나 이러한 이태준 연구의 활성화에도 불구하고, 이태준 연구에는 아직 새롭게 해석되어야 할 대목과 논의가 진전되어야 할 테마들이 무수히 남아 있다.

현재까지 진행된 이태준 문학 연구사2)를 일별해보면, 기존의 연구들

이 현저히 소설 장르에 대한 논의에 집중되어 있다는 사실을 인식할 수 있다. 200여 편을 상회하는 이태준 연구논문들은 10여 편을 제외한 대부분이 소설을 대상으로 하고 있다. 물론 이태준이 기본적으로 소설가로 활동해왔으며, 식민지 시대의 어떤 작가보다도 풍성하면서도 문제적인 작품을 남겼다는 사실이 이러한 연구사적 편향을 낳은 요인일 것이다. 그러나 이태준의 글쓰기에는 통상적인 장르 분류에 의해 고찰할 경우, 제대로 포착되지 않는 대목이 풍요롭게 흩어져 있다.

실제로 이태준은 『무서록』으로 대표되는 탁월한 수필을 다수 창작한 수필가이기도 하며, 동시에 해방 이후에도 오랫동안 글쓰기의 소중한 지침으로 작용해왔던 『문장강화』(1940), 『서간문 강화』(1943) 등을 저술한 대표적인 문예(문장)이론가이기도 했다. 또한 이태준은 『소련기행』(1947)이나 「만주기행」(1938) 같은 기행문도 창작했으며, 동화·희곡·평론에도 손을 댄 문학적 팔방미인에 해당된다고 할 수 있다. 이러한 의미에서 "이태준은 한국문학사에서 근대적인 산문과 산문 예술에 대해 가장 전 방위적인 지식과 실천을 보여준 작가이다"[3]라는 한 논자의 평가는 적절하다고 생각된다.

이러한 측면에서 보면, 이태준에 대한 연구가 객관성과 총체성을 띠기 위해서는 이태준이 남긴 소설 이외의 다양한 글쓰기 양식에 대한 면밀한 검토가 요청된다. 기존 연구사의 문제점에 대한 다음과 같은 발언은 이태준 연구의 편향을 적확하게 지적하고 있다.

> 이태준은 소설은 물론 시, 동화, 희곡, 수필, 평론 등 문학의 전 갈래에 걸쳐 왕성한 활동을 한 작가였다. 그럼에도 불구하고 소설을 제외하면 그 외의 갈

---

2) 이태준 문학 연구사는 이병렬에 의해 자세히 정리되어 있다. 이병렬, 「이태준 관련 논저 목록 2004」, 상허학회 홈페이지 '이태준자료실' 및 「이태준 관련 논저 목록」, 『근대문학과 이태준』, 깊은샘, 2000 참조.

3) 김현주, 「1930년대 '수필' 개념의 구축과정」, 『민족문학사연구』 23호, 민족문학사학회, 2003.6, 269면.

래에 대한 연구는 실로 엉성한 실정이다. 특히 그가 쓴 수필은 당대 어느 작가들에 비해 양적으로나 질적으로 떨어질 것이 없으며, 희곡과 평론도 많은 작품을 발표하였다. 따라서 이제 소설만의 범주에서 벗어나 이태준이란 작가의 문학행위 전반에 걸친 작품 연구가 필요하리라 본다.[4]

이러한 지적은 현재 이 시점까지도 유효하다. 최근에 이태준의 문장론이나 수필에 대한 논문들이 몇 편 씌어졌지만,[5] 아직도 수필이나 문학론·희곡·기행문을 비롯하여 이태준 문학에 대한 새로운 고찰과 해석이 요청되는 자료는 무수히 존재한다.

지금까지 서술한 문제의식에 따라 이 글은 이태준의 수필집 『무서록』[6]과 일종의 문장 개설서인 『문장강화』를 주요 대상으로 하여, 그의 문학과 수필에 대한 복합적 사유를 면밀하게 검토하는 한편, 이제는 이태준 문학의 해석에서 관습화된 수식어처럼 따라다니는 상고주의에 대한 재해석을 시도하기 위해서 씌어진다. 이태준의 문학론을 검토하는 과정은 궁극적으로 '당시에 진정한 문학이란 어떠한 것을 의미 했었는

---

4) 이병렬, 「이태준 문학 연구, 그 성과와 한계」, 『근대문학과 이태준』, 깊은샘, 2000, 33면.
5) 현재까지 이루어진 이태준의 수필(론)에 대한 연구로는 아래와 같은 성과가 있다.
  • 김현주, 「이태준의 수필론 연구」, 『근대문학과 이태준』, 깊은샘, 2000.
  • 이남호, 「오래된 것의 아름다움」, 『무서록』 해설, 깊은샘, 1994.
  • 한편, 이태준의 문장론 및 문학관(소설관)에 대해서는 다음과 같은 연구 성과가 주목된다.
  • 최시한, 「국문운동과 문장강화」, 『시학과 언어학』 6집, 시학과언어학회, 2003.12.
  • 박진숙, 「이태준 문장론의 형성과 근대적 글쓰기의 의미」, 『시학과 언어학』 6집, 시학과언어학회, 2003.12.
  • 천정환, 「이태준의 소설론과 『문장강화』에 대한 고찰」, 『한국현대문학연구』 6집, 한국현대문학회, 1998.
  • 이병렬, 「이태준의 소설관 연구」, 『현대소설연구』 7호, 현대소설학회, 1997.
  • 권혁준, 「이태준의 『문장강화』에서 살펴본 문학관과 전통성」, 『청하 성기조 선생 화갑기념논문집』, 신원문화사, 1993.
6) 이 글은 1994년 깊은샘 출판사에게 간행된 『무서록』을 판본으로 하여 연구를 진행하였다. '깊은샘' 출판사의 판본은 1944년 박문서관에서 출간된 『무서록』(3판본)에다가 이태준의 기타 수필 57면을 합쳐 놓았다. 그러므로 이태준의 수필 대부분이 이 판본에 수록되었다.

가?'라는 물음에 대한 탐색이라고 할 수 있으며, 동시에 문학적 거품과 날림의 글쓰기가 횡행하는 이 시대의 문학적 환경에 대한 성찰과도 연계될 수 있을 것이다.

2. 수필과 이태준의 글쓰기

소설문학과는 또 다른 문학적 매력을 지닌 이태준 수필의 진수는 『무서록』에 담겨 있다. 주로 1930년대에 발표되어, 『무서록』에 수록된 수필들의 문학적 가치와 연관하여, 한 연구자는 "그(이태준)의 문장이 형식의 굴레를 벗고 참으로 천의무봉(天衣無縫)의 모습을 보여주는 곳이 『무서록』일 것이다. (…중략…) 우리는 『무서록』에서 수필문장과 심미적 기품의 한 극점을 만날 수 있다"[7]고 발언한 바 있다. 그러나 이남호의 『무서록』 해설을 제외하면 정작 『무서록』을 비롯한 이태준의 수필문학에 대한 구체적인 연구는 찾아볼 수 없다.[8]

우선 이태준의 수필에 대한 구체적인 분석에 앞서, 이태준이 바라본 수필의 실체에 대해서 확인해보자. 이태준은 그와 동시대의 어떤 작가보다도 글쓰기에 대한 예민한 자의식을 지니고 있었던 문사였다. 식민지 시대에 간행된 가장 탁월한 문장 개설서이자, 지금 이 시대의 문장론에도 커다란 영향을 행사하고 있는 문학서라고 할 수 있는 『문장강화』는 이태준의 문장과 글쓰기에 대한 전문적 관심을 여실히 보여주고

---

7) 이남호, 「오래된 것의 아름다움」, 『무서록』 해설, 깊은샘, 1994, 322면.
8) 다만, 이태준의 수필관에 대해서 탐구한 김현주의 논문 「이태준의 수필론 연구」가 소중한 문제의식을 담고 있다는 사실을 지적하기로 하자. 그러나 이 연구는 이태준의 수필관에 대한 연구에 해당되기 때문에 『무서록』을 비롯한 이태준의 수필작품에 대한 구체적인 분석이 생략되어 있다.

있다. 아울러 그와 동시대의 비평가 이원조가『상허문학 독본』을 스스
로 편집하여 출간했다는 사실은 당시 문단에서 이태준의 글쓰기와 문
학이 일종의 '문학적 전범'으로 기능했다는 사실을 뚜렷하게 보여주고
있는 대목이다. 그런가 하면, 이태준의 산문은 그 당대에도 이미 높이
평가받았다는 사실을 주목해야 한다. 당시의 문인들은 상허의 산문을
지용의 운문과 비견되는 경지로 높이 쳤다. 가령, 문학평론가 김동석은
"말을 골라 쓰기로는 지용(芝溶)을 따를 자 없겠지만, 그는 시인이라 이
것이 당연하다 하겠지만 소설가가 말 한 마디, 한줄 글에도 조탁(彫琢)을
게을리 하지 않는다는 것은 그리 쉬운 일이 아니다. 그러기에 세상에서
상허(尚虛)의 글을 문장으로 치는 바이요, 누구나 그의 글을 아름답다 한
다"9)고 이태준의 산문을 극찬했다.

　그렇다면 의심할 나위 없이, 당시 산문의 대가였던 이태준은 수필을
어떤 방식으로 규정하고 있는가? 이태준은『문장강화』에서 수필에 대
해서 "자연, 인사, 만반에 단편적인 감상, 소회(所懷), 의견을 경미(輕微),
소박하게 서술하는 글이다"10)라고 언급하고 있다. 이러한 수필관은 일
종의 경수필(輕隨筆, miscellany)의 개념에 근접한다. 그러므로 이태준의 수
필관은 깊은 철학적 사유와 이론적 성찰이 포함된 서양의 에세이와는
분명히 구별되는 지점에 있는 것이다. 따라서 "이렇게 수필은 엄숙한
계획이 없이 가볍게 손쉽게 무슨 감상이나, 무슨 의견이나, 무슨 비평이
나 써낼 수가 있다",11) "수필의 맛은 야채요리와 같이 경미하고 담박(淡
泊)해 향기를 살리는 데 묘미가 있다"12)라는 언급이 자연스럽게 도출되
는 것이다.

　수필에 대한 이러한 견해는 1930년대 당시 논의된 수필문학에 대한

---

9) 김동석,「예술과 생활－이태준의 문장」,『이태준』, 새미, 281면.
10) 이태준,『문장강화』, 깊은샘, 1997, 190면.
11) 위의 책, 214면.
12) 위의 책, 215면.

 횡단과 경계－근대문학 연구와 비평의 대화

논의와도 밀접한 연관성이 있다고 생각된다. 즉 "30년대에 발표된 많은 수필 작품은 대체로 작가의 '신변잡기'를 드러낸 글이나 장르 규정이 불분명한 '잡문'의 성격을 띤다"[13)는 점, 그리고 1930년대 들어와서 일본식 수필 개념과 서양의 에세이 개념이 수용되면서 문인들의 수필 쓰기와 수필에 대한 담론이 급속도로 환산되었다는 사실[14)과 연관되는 것이다. 그러나 『무서록』에 수록된 이태준의 수필이 이러한 신변잡기만으로 이루어진 것은 아니다. 수필장르에 대한 이태준의 표면적인 주장과는 별도로, 그의 수필에는 문학과 글쓰기에 대한 대단히 진지하고도 근본적인 사유가 내장되어 있다는 사실을 주목해야 할 것이다. 또한 "수필은 논문과 다름없이 늘 비평정신이 따르고 있는 것이다"(『문장강화』)라는 주장에서 보다시피, 이태준은 수필의 비판적이며 성찰적 기능을 강조하기도 했다. 『무서록』에 수록된 수필들을 통해, 소설에서는 간접적으로 감지할 수밖에 없었던 이태준의 문학관과 예술관을 명료하게 인식할 수 있다.

이태준은 수필이 지니고 있는 또 하나의 중요한 특성으로 다음과 같이 글 쓰는 주체의 드러냄을 들고 있다.

> 근리(近理)한 비유이거니와 단적이요 소야(疎野)해서 필자의 면목이 첫마디부터 드러나는 글이 이 수필이다. 그 사람의 자연관, 인생관, 그 사람의 습성, 취미, 그 사람의 지식과 이상, 이런 모든 '그 사람의 것'이 직접 재료가 되어 나오기 때문이다. 누구에게 있어서나 수필은 자기의 심적 나체다.[15)

위의 예문에서 인식할 수 있듯이 이태준은 수필의 중요한 특성으로 글 쓰는 주체의 직접적인 노출을 들고 있다. 이 대목은 또한 "수필처럼 작자를 체온에서부터 영혼까지 드러내는 글이 없고"[16)라는 표현과 일

---

13) 김신정, 「정지용 산문 연구」, 『근대문학과 이태준』, 깊은샘, 2000, 252면.
14) 김현주, 앞의 논문, 220면.
15) 이태준, 『문장강화』, 깊은샘, 1997, 191면.

맥상통한다. 수필의 특성에 대한 이러한 인식은 사실 동서고금을 막론하고 보편적으로 수용되는 견해에 가깝다.[17] 어떤 글보다도 자유롭지만, 동시에 어떤 글보다도 자신의 체험과 인생 연륜에 의해 결판나는 수필의 묘한 특성이 이태준으로 하여금 "수필처럼 쉬워 보이면서 어려운 글은 없을 것이다", "수필이란 그렇게 쉽게 써지지는 않는다",[18] "수필처럼 생활이 아직 익지 못한 풋 인생으로는 살 수 없는 글은 없을 것이다"[19]라는 표현을 낳게 했다. 이태준은 수필이라는 장르가 다른 장르보다도 삶의 체험과 인생의 연륜에 의해 글쓰기의 밀도가 결정된다고 생각했던 것이다. 이러한 의미에서 이태준의 문학관은 경험주의적 문학관에 가깝다.

사실 인생의 연륜과 체험의 중요성을 강조하는 대목은 수필뿐만 아니라, 이태준이 문학을 바라보는 근본적인 성향에 가깝다. 말하자면 글 쓰는 주체의 인생 체험과 연륜이 그대로 글에 배어들어 있다는 인식이 '글'과 '삶' 사이를 조망하는 이태준의 근본적인 태도인 것이다. 바로 이러한 문학적 태도가 이태준으로 하여금 당대의 어떤 문인들보다도 수필에 대한 각별한 관심과 애정을 지니게 만들었던 것이리라.

그렇다면, 이태준의 대표적인 수필이 수록된 『무서록』에는 어떠한 세계가 담겨 있는가. 수필집 『무서록』을 관류하는 세계는 다음과 같이 몇 가지 항목으로 분류될 수 있을 것이다.

---

16) 이태준, 「노방초(路傍草)를 읽고」, 『상허문학 독본』, 서음사, 1988, 257면.

17) 루카치, 김윤식을 비롯한 많은 논자들에 의해 지적되었지만, 수필(에세이)이 다른 어떤 글쓰기보다 글 쓰는 주체의 인식과 세계관, 내면을 가장 직접적인 형태로 노출하고 있다는 사실은 주지의 사실이다. 김윤식에 의하면 다만 에세이만이 "장르적 성격을 초월한 것으로서의 직접성인 만큼 간접성의 형식보다 훨씬 날카"로운데, 그 날카로움은 "알몸으로, 무방비 상태로 세계 속에 노출되어 있음"에서 연유한다는 것이다. 김윤식, 「애청, 이양하, 루카치―김현론」, 『작가와 내면 풍경』, 동서문학사, 1991 참조.

18) 이태준, 「노방초를 읽고」, 『상허문학 독본』, 서음사, 1988, 257면.

19) 위의 글, 257면.

① 일상과 자연을 주제로 한 가벼운 잡문

② 유년시절과 가족에 대한 회상

③ 소설과 문학(글쓰기)에 대한 사유

④ 고전과 전통, 동양적 미의식에 대한 관심, 고완미(古婉美)

⑤「만주기행」을 비롯한 여행기, 기행문

위의 항목 중에서, 첫 번째 항목과 두 번째 항목은 이태준 개인사의 풍경과 실존적 내면을 드러내고 있다는 점에서 이태준의 삶과 전기적 연구에 그 나름대로 소중한 보탬이 될 수 있을 것이다. 그러나 이러한 항목들이 이태준 문학에 대한 기존의 해석에 새로운 빛을 던져줄 여지는 제한되어 있다. 그리고 다섯 번째 항목에 대해서는 1947년에 발표된 단행본『소련기행』등의 여타 기행문들과 더불어 별도의 고찰이 필요할 것이다.[20] 그렇기에 이 논문은 세 번째 항목과 네 번째 항목을 중심으로 이태준 수필에 나타난 문학관과 상고주의를 분석하되, 그 과정에서 주로『문장강화』와의 연관성을 염두에 두면서 논의를 수행할 것이다. 왜냐하면, 이태준이『문장강화』에서 밝힌 수필과 문학에 대한 사유가『무서록』의 문학론에 가까운 수필과 밀접한 인식론적 연관성을 맺고 있기 때문이다.

무엇보다도 그의 소설에서는 은폐되거나 간접적으로 드러낼 수밖에 없었던 문학과 글쓰기에 대한 생각들이 바로『무서록』이나『문장강화』같은 산문에서 뚜렷하게 명료하게 드러나고 있다는 사실을 주목해야 할 것이다. 그렇다면 그의 수필과 산문에서 집중적으로 드러나고 있는 이태준 문학관의 실체는 무엇인가?

---

20) 이 책에 수록된「이태준 기행문의 현실 인식」을 참조할 것.

3. 문학과 체험과 장인정신

이태준은 『무서록』에서 글쓰기의 자세와 연관된 수필을 다수 발표하고 있다. 이러한 글들 중에서 상당수는 글쓰기에 있어서 체험과 인생 연륜의 중요성을 지속적으로 강조하고 있다. 다음의 예문들을 보자.

① 오래 살고 싶다. 좋은 글을 써보려면 공부도 공부려니와 오래 살아야 될 것 같다.[21]

② 그런데 작가 자신도 소설의 재료인 사람이요 또 생활 그 속에 묻혀 있다. 자신이며 묻혀 있으며 초월해 인생과 생활을 요리하기는 근본적으로 어려울 일이다. 그래 소설은 적어도 40대부터 쓰라는 말도 있다.[22]

③ 작문이란 글을 짓는 것인 동시에 **인격**을 짓는 것이다. 작문은 다른 공부와 같이 모르는 지식을 새로 습득하는 것이 아니라 자기가 이미 아는 것, 자기의 생활 경험 속에서 무엇을 찾아내어 강조하는 것이다.[23] (강조는 인용자)

위의 예문들은 한결같이 글쓰기와 삶, 혹은 글쓰기와 인격의 관계를 강조하고 있다. 이러한 문학관은 문학적 테크닉이나 재능, 감수성보다, 문학적 자세와 도, 연륜 등을 강조하는 이른바 재도지기(載道之器)의 세계에 가깝다. 그러므로 이태준의 문학관은 형식과 테크닉을 강조하는 모더니즘 및 근대적 문학관과는 일정한 거리를 두고 있는 동양적 문학관과 친연성을 지니고 있다. 바로 이러한 모습으로 인해 이태준의 글쓰기에서 동양적 선비의 초상이나 고결하고 자존심 센 처사(處士)의 모습을 발견하게 되는 것이다.

---

21) 이태준, 「조숙」, 『무서록』, 깊은샘, 1994, 19면.
22) 이태준, 「조선의 소설들」, 위의 책, 72면.
23) 이태준, 「글 짓는 법 A · B · C」, 『상허문학 독본』, 서음사, 1988, 212면.

이태준의 이와 같은 문학적 태도는 자연스럽게 문학적 장인정신 혹은 선비정신으로 연결된다. 이태준은 무엇보다도 성실하게 씌어지지 않은 날림의 문학을 경멸했다. 이 점은 유달리 퇴고(推敲)와 조탁(彫琢)을 강조하는 이태준의 문장관과도 연관된다. 이태준은 『문장강화』의 제5장에서, 「퇴고의 이론과 실제」라는 제목 하에 퇴고의 중요성을 각별하게 강조하고 있다. 예를 들어, "명문이나 명화치고 일필휘지(一筆揮之)해서 되는 것은 자고로 하나도 없을 것이다",[24] "고칠수록 좋아지는 것은 문장의 진리다. 이 진리를 버리거나 숨기는 것은 어리석다"[25] 등의 구절에는 철저한 퇴고를 통해 글쓰기의 완성도에 커다란 비중을 두는 이태준의 목소리가 스며들어 있다.

지금까지 탐색해온 이태준의 문장관과 예술가상은 철저한 수공업적 인식에 기반한 예술가적 장인정신의 세계라고 할 수 있다. 이태준의 예술관은 물론 근대적 합리성과 기술복제시대의 예술이 도래하기 이전의 수공업적인 예술가상에 닿아 있다. 이러한 예술적 입장에서 보면, 퇴고에 커다란 노력을 기울일 수밖에 없는 것이다. 다음의 발언은 이태준의 문장관이 담보한 핵심을 간명하게 표현하고 있다.

> 아무튼 두 번 고친 글은 한번 고친 글보다 낫고, 세 번 고친 글은 두 번 고친 글보다 나은 것은 진리다. 고금에 명문장가치고 퇴고에 애쓴 일화가 없는 사람이 없다.[26]

이토록 문학적 장인정신과 철저한 퇴고를 강조했던 이태준이었기에, 그는 날림으로 작성된 작품이나 불성실한 글쓰기가 횡행하는 당시 문단에 대해서 비판적일 수밖에 없었다. 다음의 예문은 몇 가지 측면에서 이태준의 문학관과 당대 문단에 대한 태도를 인상적으로 보여준다.

---

24) 이태준, 「퇴고라는 것」, 『문장강화』, 깊은샘, 1997, 222면.
25) 위의 책, 224면.
26) 위의 책, 225면

소설만으로 전업을 못 삼는 것은 슬픈 일이다. 충분히 퇴고할 시간을 얻지 못한다. 이것은 시간에만 미룰 것이 아니라 자신의 성의 문제가 될 것도 물론이다. 시간이 없다는 것으로 책임을 피하자는 것은 아니다.

아마 조선 문단 전체로도 이대로 3년이면 3년을 나가는 것보다는 지금의 작품만 가지고라도 3년 동안 퇴고를 해놓는다면 그냥 나간 3년보다 훨씬 수준 높은 문단이 될 것이라 믿는다.[27]

위의 언급은 두 가지 점에서 문제적이다. 우선, 소설에 모든 에너지를 투여하고 싶지만, 그렇게 하지 못하고 생활 방편과 소설 창작을 겸해야 하는 소설가 이태준의 고단한 심경과 안타까움이 위의 예문에 인상적으로 드러나 있다는 점을 주목하지 않을 수 없다. 이와 연관하여, 이태준은 자신이 대중적인 신문연재소설을 쓰는 것에 대해서 항상 비애를 느끼곤 했다는 사실을 참조할 수 있을 것이다.

그리고 두 번째로 당시 문단에 대한 이태준의 예민한 비판적 시선이 위의 예문에 드러나 있다는 점에서 흥미롭다. 지난 3년간에 씌어진 모든 문학작품에 대한 모독 혹은 경멸이 될 수 있는 이태준의 이러한 발언은 역설적으로 자신의 글쓰기에 대한 자부심[28]의 변형된 표현일 것이다. 그렇기에 이태준은 기꺼이 "문단의 자리는 임자가 없다. 좋은 작품을 쓰는 이의 자리다"[29]라고 말할 수 있는 것이다. 그러니 "1년에 단편 하나를 내더라도 정말 예술가 노릇을 해야겠다는 결심을 이번 반 70이란 나이를 헤이며 새삼스럽게 먹은 것이다"[30]라는 이태준의 다짐은 스스로가 던진 엄청난 비판에 대한 최소한의 책임감의 발로일 것이다.

---

27) 이태준, 「명제 기타」, 『무서록』, 깊은샘, 1994. 64면.
28) 이태준은 「참다운 예술가 노릇」이라는 산문에서, 자신의 문장에 대해서 언급하며 "문장이 좀 나은 편이라고 말하나 아직 나는 습작기의 문장이다"(강조는 인용자)라고 말하고 있다. 이 대목은 이태준의 겸손과 문학적 염결성을 역력히 보여주고 있다. 그러나 한편, 강조한 대목에서 짐작할 수 있듯이, 이러한 겸손은 자신의 글쓰기에 대한 자부심의 또 다른 모습일 것이다.
29) 이태준, 「누구를 위해 쓸 것인가」, 『무서록』, 깊은샘, 1994, 49면.
30) 이태준, 「참다운 예술가 노릇」, 『상허문학 독본』, 서음사, 1988, 260면.

이태준은 누구보다도 많은 작품을 창작했지만, 동시에 누구보다도 글쓰기에 대해서 일종의 염결성을 지니고 있던 일면 모순적인 예술가였다. 철저한 장인정신과 문학적 선비정신을 고수하고 싶지만 생활과 현실의 논리에 밀려, 수많은 신문 연재소설을 쓸 수밖에 없었던 이태준의 딜레마는 바로 훼손된 근대에 작가생활을 영위하면서도, 궁극적인 예술적 가치를 동경하는 장인적인 예술가의 이중성과 비애를 표상한다.

한편, 여기서 주목해야 할 사실은 수필에서 드러난 이태준의 문학적 장인정신이 몇몇 자전적 소설의 주인공의 입을 빌려 유사하게 피력되고 있다는 사실이다. 가령, 자전적 소설인 「토끼 이야기」의 주인공 현은 "현의 야심인즉 신문소설에 있지 않았다. 단편 하나라도 자기 예술욕을 채울 수 있는 창작에 자기를 기르며 자기를 소모시키고 싶었다", "십 년에 한 편이 되더라도 저 쓰고 싶은 소설에 착수할 여력도 있을 것 같았다"31)고 얘기하고 있다. 바로 이 대목은 『무서록』의 수필에서 이태준이 강조해마지 않았던 예술가의 자세가 아닌가.

또한 이태준판 「소설가 구보씨의 일일」에 해당되는 「장마」라는 작품에서 주인공은 "이러고 언제 신문소설이 아닌 본격 장편을 한 편이라도 써보나 생각하면 병신처럼 슬퍼진다"32)고 탄식하고 있는데, 이는 곧바로 소설가 이태준 자신의 목소리이기도 한 것이다. 이러한 고찰을 통해 이태준의 수필과 자전적 소설은 내용적 상동관계에 있다는 사실을 확인할 수 있다.

지금까지 살펴온 이태준의 장인적 예술관은 궁극적으로 플로베르식의 일물일어설(一物一語說)에 적극적으로 공감하는 단계에까지 나아간다. 그래서 "문장가 쁘로─벨은 말하기를 '한 가지 생각을 표현하는 데는 오직 한 가지 말밖에 없을 것이다. 우리는 그 한 가지 말을 찾어 내야

---

31) 이태준, 「토끼 이야기」, 『이태준』(한국소설문학대계 20), 동아출판사, 1995, 197~199면.
32) 이태준, 「장마」, 위의 책, 108면.

한다"33)는 주장이 도출되는 것이다. 이러한 대목은 이태준이 "말 한 마디, 한줄 글에도 조탁(彫琢)을 게을리 하지 않는"34)작가이자, 조사 하나하나에 대하여도 세심하게 신경을 기울인 작가라는 평35)과도 일맥상통한다.

이토록 철저하게 글쓰기(문장)의 완성도를 강조해 마지않았던 완고한 미학주의자 이태준이 역사의 변화에 따라 계몽적 요구를 글쓰기에 능동적으로 수용하여 당시 삼팔선 이북의 토지개혁을 긍정적으로 묘사한 「농토」, 소련의 사회주의적 문화를 노골적으로 찬양하는 『소련기행』의 세계로 나아간 대목은 한국 근대지성사가 한 작가에게 드리운 일종의 '역사의 심연'을 상징한다. 이태준의 변모에는 철저한 미학적 장인성조차도 역사적 계몽의 무게에 압도당할 수밖에 없는 한국 근대문학의 상처와 굴곡이 깊게 배어 있다고 하겠다.

그러나 이러한 변모에도 불구하고, 적어도 식민지 시대까지는 이태준이 당대의 어떤 소설가보다도 '미적 자율성'을 굳건하게 옹호한 작가였다는 점, 아울러 당시 문단에 횡행했던 날림의 글쓰기에 대한 비판적 시선을 견지하며 글쓰기의 장인성을 유달리 강조했다는 점, 그 자신의 예술적 소망에도 불구하고 이태준 자신은 신문소설을 지속적으로 창작했다는 사실 등은 분명히 기억되어야 할 것이다.

---

33) 이태준, 「글 짓는 법 A·B·C」, 『상허문학 독본』, 서음사, 1988, 233면.
34) 김동석, 앞의 글, 281면.
35) 안회남, 「현역 작가들의 기량 3」, 『조선일보』, 1936.9.5.

4. 감각과 스타일, 이태준 문학의 복합성

이태준의 문학관이 단일한 지평으로 해석되지 않는다는 점은 그가 단순히 문학적 장인정신이나 체험만을 강조한 작가가 아니라는 사실을 의미한다. 문학적 퇴고와 철저한 '장인정신'을 강조하는 한편, 이태준은 문학적 감각과 감식안, 스타일의 중요성을 지속적으로 강조한 바 있다.[36] 예를 들어 다음과 같은 예문들을 보자.

> 감식은 모든 비평의 기초일 것이다. 문학도 감식에 어두워선 작자여작품(作者與作品)의 정체를 포착치 못할 것이다.[37]

> 문예작품에서는 사상보다는 먼저 감정이다. 사상으로 명문화하기 이전의 사상, 즉 사고를 거친 감정이라야 할 것이다.[38]

> 문장을 맛나게 하는 것은 허턱 미사여구가 아니다. 날카로운 감각으로 대상에서 무엇이고 신(新)발견, 신(新)적발해 내는 것이 있어야 한다.[39]

이렇게 문학적 감각과 감성, 표현을 강조하는 견해는 이태준의 산문과 수필 곳곳에서 발견된다. 어떤 면에서는 문학적 감각과 직관에 대한 강조는 앞에서 살펴보았던 체험의 강조나 장인정신, 철저한 퇴고 등의

---

36) 이태준의 이러한 특징은 김기림의 글 「스타일리스트 이태준씨를 논함」에서도 확인된다. 김기림은 이 글에서 이태준을 "가장 우수 스타일리스트"라고 칭하고 있다. 또한 이태준의 이러한 면모는 그가 '9인회'의 멤버로 활동하였다는 사실과 중요한 연관관계가 존재한다. 주지하다시피, 9인회는 한국 근대문학사에서, '미적인 자율성'의 이념, '완미한 형식', 모더니즘에 대한 예술적 자각을 거의 최초로 집단적으로 공유한 문인 집단이었다. 이에 대해서는 김민정의 「구인회의 존립방식에 대한 고찰」(『한국현대문학의 근대성 탐구』, 새미, 2000)을 참조할 수 있다.
37) 이태준, 「모방」, 『무서록』, 깊은샘, 1994, 95면.
38) 이태준, 「명제 기타」, 위의 책, 63면.
39) 이태준, 「감각과 문장미」, 『문장강화』, 깊은샘, 1997, 253면.

문학적 덕목과는 거리가 있는 개념이다. 장인정신에 근거한 문학적 수련을 통해 문학적 감각과 스타일이 자동적으로 확보될 수 있는 것은 아닐 것이다. 이러한 측면을 통해, 체험의 치열성이나, 문학적 장인정신은 단지 탁월한 문인의 필요조건이지, 충분조건이 아니라는 이태준의 문학적 주장을 감지할 수 있다. 흥미로운 점은 장인정신／직관적 감각, 체험／스타일이라는 상반되는 문학적 덕목들이 이태준의 문학관에서는 다소 혼란스럽게 배치(配置)되어, 서로 공존하고 있다는 사실이다.

문학적 스타일과 감각을 강조하는 이태준이 누구보다도 문장과 문체에 대해서 깊은 관심을 기울이는 것은 당연한 이치이다. 예를 들어 이태준은 "프롤레타리아 작가도 가치 있는 작품을 쓸 수 있는 사람은 먼저 가치 있는 문장부터 소유한 것을 나는 고리키에게서 느끼었다"[40]라고 언급하고 있는데, 이 대목은 문학적 내용이나 사상보다도 문체와 형식에 중점을 두는 이태준의 탈내용적 문학관을 잘 보여주고 있다. 또한 "표현에 무관심하고는 그 소설에서 작가가 가장 애쓴 것의 하나를 완전히 모르고 나갈 수밖에 없을 것이다"[41]는 이태준의 언급은 모더니스트이자 형식주의자로서의 이태준의 면모를 여실히 보여준다. 이와 같은 이태준의 관점은 글쓰기에 있어서 체험의 핍진성과 인격을 강조했던 그 자신의 문학적 주장과 배치된다. 근대적 분화의 논리에서 보자면, 예술에 있어서 인격과 윤리적 가치를 거론하는 행위 자체가 '미적 자율성'의 가치를 제대로 이해하지 못한 미분화된 주장일 따름이다.[42] 그러나 이태준은 모더니즘적 기교 및 스타일과 전근대적 장인정신 및 인격을 동시에 강조하고 있는 것이다.

이태준의 산문과 수필을 검토하다 보면, 바로 이러한 균열과 상호모

---

40) 이태준, 「그의 고난 앞에 경례한다」, 『조선중앙일보』, 1936.6.19.
41) 이태준, 「소설의 맛」, 『무서록』, 깊은샘, 1994, 71면.
42) 근대적 분화의 논리와 근대성의 경험에 대해서는 J. Habermas, *The Philosophical Discourse of Modernity*, Polity Press, 1987, pp.18~20 참조.

순이 자주 발견된다. 이 점은 물론 이태준에게만 해당되는 특징은 아니다. 근대 일본이라는 지성사적 창문으로 다양한 문학서와 문학이론, 문학평론 등을 동시다발적으로 수용했던 식민지 지식인의 지적 식민성과 잡종성이 이러한 사태의 지적 배경일 터이다. 근대적인 세련된 문학형식과 감각에 누구보다도 문학적 매력을 느끼면서도, 동시에 수공업적인 장인정신과 체험을 강조하는 이태준은 단순한 형식주의자도 아니고, 완고한 예술지상주의자도 아니었다. 이태준의 글쓰기는 경험주의, 모더니즘, 상고주의, 스타일, 예술지상주의, 문학적 장인성 등이 서로 복잡하게 융합된 상호모순적인 형태에 가깝다.

5. 고완미와 근대성의 길항

이태준의 이러한 복합성은 고전과 현대를 조망하는 이태준의 이중적 시선에서도 뚜렷하게 드러난다. 이태준이 옛것에 대한 특별한 애착과 향수를 느끼고 있었음은 분명하다. 『무서록』에는 이러한 이태준의 정서를 대변하고 있는 수필들이 다수 수록되어 있다. 예를 들어, 「고완」, 「고완품과 생활」, 「고전」, 「묵죽과 신부」 등의 수필들이 이에 해당한다. 실제로 그는 「고완」이라는 수필에서 "고인(古人)과 고락(苦樂)을 같이한 것이 어찌 내 선친의 한 개 문방구뿐이리오 나는 차츰 모든 옛 사람들 물건을 존경하게 되었다"[43]라고 고백하고 있으며, 「고완품과 생활」에서는 "요즘 '신식'에 멀미난 사람들이 청년층에도 늘어간다. 이 일종 고전열(古典熱)은 고완품 가(街)에도 나타난다"[44]고 언급하고 있다. 또한 난

---

43) 이태준, 「고완」, 『무서록』, 깊은샘, 1994, 138면.
44) 이태준, 「고완품과 생활」, 위의 책, 141면.

초, 서화 등등의 동양적인 완상품에 대한 이태준의 글을 읽다 보면, 근대적 문명에 휩쓸리지 않는 처사적(處士的) 삶이 전달하는 묘한 기품과 향기를 느낄 수 있다.

이러한 이태준 문학의 소재로 인해, 이태준의 소설과 산문을 논하면서, 그의 복고적 향수와 전근대적인 것에 대한 동경을 거론하는 독법은 거의 일반화되어 있다. 가령, 이남호는 "『무서록』의 제일 인상적인 면모는 옛것에 대한 상허의 가치 부여이다"[45]라고 주장하고 있으며, 강진호는 "이태준이 남다른 상고주의적 성향을 갖고 있었다는 것은 이미 여러 논자들에 의해서 지적된 사실이다"[46]라고 서술하고 있다.

그러나 이태준의 수필과 산문을 꼼꼼하게 검토해보면, 위의 견해들이 다소 일면적이라는 사실을 분명히 인식할 수 있다. 물론 이태준이 도자기나 옛 그림 등의 고완품에 대한 특별한 애호를 보이는 것은 사실이다. 그리고 상당수의 소설 속에서도 전통적 가치를 수호하는 인물과 현대의 부박한 현실에 적응하지 못하는 낙오자들이 등장한다. 그러나 이태준의 이러한 면모를 그대로 전근대적인 것에 대한 향수나 동경으로 연계시키는 것은 단순한 견해에 가깝다.

예를 들어 이태준은 "고전이라거나, 전통이란 것이 오직 보관되는 것만으로 그친다면 그것은 '주검'이요 '무덤'일 것이다"[47]라고 말하고 있는데, 이러한 대목은 이태준의 세계관이 단순한 복고주의와 분명하게 구별된다는 사실을 웅변한다. 그리고 다음의 예문을 보자.

청년층 지식인들이 도자(陶磁)를 수집하는 것은, 고서적을 수집하는 것과 같은 의미를 나타내야 할 것이다. 완상이나 소장욕에 그치지 않고, 미술품으로, 공예품으로 정당한 현대적 해석을 발견해서 고물(古物) 그것이 주검의 면

---

45) 이남호, 앞의 글, 327면.
46) 강진호, 「1930년대 후반기 소설의 전통지향성 연구」, 『근대문학과 이태준』, 깊은샘, 2000, 173면.
47) 이태준, 「고완품과 생활」, 『무서록』, 깊은샘, 1994, 143면.

지를 털고 새로운 미와 새로운 생명의 불사조가 되게 해주어야 할 것이다. 거기에 정말 고완의 생활화가 있는 줄 안다.48) (강조는 인용자)

위의 예문에서 볼 수 있다시피, 이태준은 고완품과 고전의 '현대적' 수용을 강조하고 있다. 그러므로 이태준의 고전 탐구욕은 화석화된 취미가 아니라 온고지신(溫故知新)에 해당되는 자세에서 비롯된 것으로 해석될 수 있다. 실제로 이태준의 수필을 면밀하게 검토해보면, 그가 이른바 '현대', '현대성', '현대적인 습속'에도 끊임없이 관심을 기울여 왔으며, 화석화된 고전에 대한 비판적 시선을 견지해왔다는 사실을 인식할 수 있다. 가령 고전소설의 고리타분함을 비판하는 「조선의 소설들」 같은 평문에서는 "「장화홍련전」, 「흥부전」, 「춘향전」 같은 작품들이 우리의 고전문학으로 재음미되고 있기는 하나 현대인의 소설 관념에서는 극히 먼 거리에 떨어져 있는 것이다"49)라면서 고전소설의 비현실성과 퇴행성을 비판하고 있다.

그리고 "나는 다른 방면엔 박하더라도 만년필에만은 제법 흥청거렸다. 그리고 고급은 아니지만 '콩클린'이나 '무아'나 아무튼 서양제가 아니면 사기를 싫어하였다"50)는 구절은 얼핏 사소하게 보이지만, 상고주의라는 틀로 이태준의 문학관과 인생관을 설명하는 논리에 분명히 빈틈과 균열이 있다는 사실을 일러준다.

또한 이태준은 『문장강화』에서 "새 말을 만들고, 새 말을 쓰는 것은 유행이 아니라 유행 이상으로 엄숙하게 생활에 필요하니까 나타나는 사실임을 이해해야 할 것이다"51)라고 주창한 바 있다. 이 대목은 이태

---

48) 위의 글, 143면.
49) 이태준, 「조선의 소설들」, 『무서록』, 깊은샘, 1994, 65면.
50) 이태준, 「만년필」, 위의 책, 233면.
51) 이태준, 『문장강화』, 깊은샘, 1994, 31면. 이 대목에서 보여준 새로운 말과 언어에 대한 이태준의 적극적인 수용태도가 해방 후에 씌어진 『농토』에서 "이 토지개혁은 알구 보면 이 세상을 새로 만드는 거요"라고 언급되는 새로운 세상의 형성과 어떤 연관성을 띠고 있는가를 규명하는 것은 앞으로의 과제라고 생각된다. 이는 한 작가의 세계관과

준이 대단히 진보적인 언어관을 수용하고 있다는 사실을 입증하고 있
다. 이렇게 볼 때, "그에게서는, 적어도 식민지시대의 그에게서는, 문명
개화, 더 정확히는 자본주의적 근대화에 경도된 이념적 입장이 두드러
지게 나타난다"[52]고 언급한 황종연의 견해는 기존의 이태준 연구가 놓
친 이태준 문학의 또 다른 핵심에 가까이 다가서고 있다.

한편 이태준이 '태극선'이라는 제목의 수필에서, "소박하나 호화한
것으로 다시 호화하나 소박한 것으로 태극선은 **고전이면서도 영원한 모
던미(味)를 가진 것이라 하겠다**"[53](강조는 인용자)고 말하는 대목도 문제적
이다. 이러한 표현은 고전과 현대를 조화롭게 아우르고자 하는 이태준
의 양가적 태도를 흥미롭게 보여준다.

지금까지 살펴온 바와 같이, 이태준은 옛 것에 대한 애착만큼 새로운
것에 대한 호기심과 흥미를 지닌 복합적인 시선을 지닌 존재였다.

나는 바로 이러한 이태준의 근대주의에 대한 복합적 인식[54]이 해방
후의 「해방전후」라는 자전적 소설에서 주인공 현으로 하여금 복고주의
자 김직원과 거리를 두면서 혼란스러우면서도 새로운 진보적 세계로
기꺼이 발을 내딛게 한 중요한 단초라고 본다. 이태준이 단순한 복고주
의자였다면, 그는 「해방전후」의 김직원의 세계에 친화감을 느끼며 머물
러 있었을 것이다.

그러므로 이태준이 해방 직후에 보여준 문학적·정치적 변모과정을
불연속적으로 파악하는 견해는 이태준의 수필이나 소설에 나타나 있는
옛것에 대한 동경과 애착을 단순하게 파악하고 있는 것이다. 식민지 시

언어관, 작품 사이의 관계에 대한 대단히 섬세한 의미론적 고찰을 필요로 할 것이다.
52) 황종연, 「한국문학의 근대와 반근대—1930년대 후반기 문학의 전통주의 연구」, 동국
　　대 박사논문, 1992.
53) 이태준, 「태극선」, 『무서록』, 깊은샘, 1994, 237면.
54) 이러한 입장에서 보자면, "『무서록』에서 상허가 아름답게 그려냈던 그 미학과 정취
　　와 기품들을 다 읽어버리고 물질적 풍요만 누리면 사람사는 것인가?"라고 반문한 이
　　남호의 논지(이남호, 「오래된 것의 아름다움」)는 이태준의 세계관과 문화적 취향을 다
　　소 단순하게 일반화시킨 견해에 가깝다.

대에 발표된 자전적 소설이자 「해방전후」의 전작이라고 할 수 있는 「토끼 이야기」의 주인공 현은 이미 그 당시에 "지나가 버린 낡은 사조의 유물들"이라고 퇴영적 과거에 대해 혹독하게 비판하고 있다. 그러므로 이태준이 해방 이후에 보여준 「해방전후」나 「농토」의 세계는 급작스러운 단절의 결과가 아니라, 이태준의 심성과 세계관 그 자체에 이미 징후와 습속으로 내장되어 있던 잠재적인 자질의 표출이었던 것이다.

물론 이태준이 해방 후에 보여준 이러한 문학적 변모가 그가 지닌 문학적 재능의 최대치를 발휘하게 만들었느냐는 물음 앞에서는 여러 가지 이견이 있을 수 있겠다. 그러나 분명한 점은 이태준의 문학적 기질과 세계관 속에 옛것에 대한 동경 못지않게 '현대성'과 새로운 세계에 대한 친화감이 깊숙이 자리 잡고 있었다는 사실이다. 그의 수필에 피력되어 있는 다양한 문학적 견해의 상호배치(背馳)는 바로 이러한 이태준의 새로운 면모를 발견하는데 풍부한 암시를 제공하고 있다.

6. 산문, 그 역동적인 텍스트의 세계

이태준은 여러 가지 면에서 양가적이며 복합적인 문학관과 현실인식을 보여준 존재였다. 그렇기에 이태준을 단순히 복고주의자, 상고주의, 전통, 귀족취미, 문학적 장인정신 등의 기호로 해석하는 것도 일면적이지만 동시에 이태준을 현대·진보·민중·감각·스타일 등의 지평으로 해석하는 것도 역시 일면적이라 하지 않을 수 없다. 이태준은 끊임없이, 보수와 진보, 고전과 현대, 문학적 장인성과 감각적 스타일, 딜레탕티즘과 민중성 사이의 경계에서 끊임없이 방황하고 모색했던 존재였다. 어떤 면에서는 상반되는 가치들 사이에서 일종의 줄타기처럼 이루어지는 방황과 모색 그 자체가 이태준의 특성이라고 볼 수 있다. 이러한 이태준의 면모는 바로 『무서록』을 비롯한 그의 수필들에서 인상적으로 드러나 있다. 그러므로 이태준의 글쓰기는 그의 문학과 글쓰기를 단일한 테두리에 가두고자 하는 시도에 끊임없이 균열을 내면서 배반하는 역동적인 텍스트라고 할 수 있는 것이다. 이런 역동적인 텍스트를 총체적으로 파악하기 위해서는 소설 중심의 독법에서 탈피하여, 이태준의 다양한 산문과 변두리 장르를 섬세하게 고찰하는 것이 필요하다. 이 논문은 바로 그러한 노력의 일환으로 씌어졌다.

지금까지 살펴온 이태준 수필의 특징 외에도, 이태준의 수필에는 세밀한 검토와 탐색이 요청되는 다양한 연구사적 테마를 지니고 있다. 이를테면 이태준의 수필에서 주창된 문학적 논리가 그의 작품에서 어떠한 방식으로 구현되고 있는지를 검증해보는 것도 필요할 것이다. 또한 이태준의 기행문과 소설의 관계에 대한 연구도 요청된다.[55]

지금 읽어도 그의 수필과 문학적 에세이들은 깊은 울림을 전해준다. 아울러 그가 강조한 철저한 장인정신이나 소설가적 자세는 지금 이 시대의 문단이나 소설가들에게도 여전히 적용될 수 있는 현재적이며 현실적인 문제의식을 담보하고 있다. 이러한 사실은 이태준의 수필과 산문이 특정한 시대를 뛰어넘는 문학적 보편성과 초역사성에 뿌리내리고 있다는 사실을 입증하는 대목이 아닐 수 없다.

이태준의 수필과 산문에 관한 연구는 이태준의 문학관의 기원과 맥락을 구성하고 있는 당대 일본 문인 및 문예이론가들의 저작이나 산문과의 면밀한 비교문학적 연구를 통해, 한층 구체적인 성과를 거둘 수 있을 것으로 기대된다.

---

55) 이태준의 기행문과 소설 사이에는 밀접한 상동성이 존재한다. 예를 들어, 소설 「농군」과 기행문 「만주기행」, 그리고 소설 「농토」와 『소련기행』 사이에는 각각 모티프와 구조적 자질의 유사성이 발견된다.

제3장

김남천, 에세이, 허무주의

1. 문제제기

장르 구분이 초역사적이며 선험적인 것이 아니라, 일종의 문학적 관습이자 제도라는 사실을 인정한다면, 상당수의 근대문학사 연구는 시·소설·희곡·비평 등의 기본형 장르를 중심으로 한 학문적 관행과 습속(習俗)에 완강하게 매여 있다고 판단된다. 이러한 문제제기의 연장선상에서, 이 글은 김남천·임화를 비롯한 카프비평가들의 문학세계에 대한 연구가 좀더 복합적인 시각과 간(間) 장르적인 관점에 의해서 정교하게 진전되어야 한다는 문제의식에 기반을 두어 수행된다. 가령, 김남천(金南天)의 에세이(수필)와 문화담론을 검토해보면, 그의 에세이에는 정론적(政論的)인 비평 텍스트나 소설들이 보여주지 못한 폭넓은 관심과 독특한 감수성이 포함되어 있다는 사실을 발견하게 된다. 이러한 맥락에서 김남천의 정론적인 비평 텍스트에서 표출되는 세계관과, 에세이를 비롯한 비정론적(非政論的) 텍스트에서 드러나는 현실 인식 사이에는 커다란 낙차와 균열이 존재한다고 할 수 있다. 그렇다면 이와 같은 낙차와 균열이 함축하고 있는 의미와 맥락은 무엇이며, 그것을 어떻게 해석할 것인가? 이 글은 바로 이러한 문제들에 대해서 탐구하기 위해서 씌어진다.

근대문학사에서 김남천은 대체로 비평가 및 소설가라는 위상에서 연구되어 왔다. 실제로 김남천은 누구보다도 열성적으로 카프 운동을 주도하면서 다양한 문학논쟁에 참여한 식민지 시대의 핵심적인 비평가이자 「경영」·「맥」·「대하」 등의 문제작을 발표한 중요한 소설가이다.1)

이러한 인식에 따라, 지금까지 이루어진 김남천 연구는 거의 예외가 없이, 소설과 비평에 대한 연구로 한정되어 있다. 그러나 다시금 시, 소설, 비평, 수필 등의 글쓰기 장르의 구분이 선험적으로 존재하는 것이 아니라, 당대의 문학장(文學場)과 관습의 압력 아래 역사적으로 규정되어 왔다는 점을 인식한다면, 김남천이 남긴 다채로운 글쓰기 중에서 소설이나 비평에 해당되는 않는 이른바 '변두리장르'2)에 대해서 주목하지 않을 수 없다. 특히 김남천의 경우 에세이는 문인 김남천의 글쓰기를 총체적이며 역동적으로 이해하는 작업에 중요한 시사를 던지는 글쓰기 형식이다. 다음의 예문은 김남천에게 있어서, 에세이(수필)3)라는 장르가

---

1) 또 다른 한편, 김남천은 1931년 『조선지광』의 '카프작가 7인집'에 희곡 「파업 조정안」, 해방공간에 희곡 「3·1운동」을 발표한 바 있는 희곡작가라는 사실도 기억되어야 한다.

2) 유종호는 시·소설 등의 주요장르에 포괄되지 않는 자서전·일기·에세이·평전 등의 장르를 '변두리장르'라고 칭하고 있다. 유종호의 「변두리 형식의 주류화」(『사회 역사적 상상력』, 민음사, 1995) 참조

3) 일단 수필이나 에세이에 대한 엄밀한 개념규정이 필요한 것으로 보인다. 이 논문에서는 에세이라는 사용하기로 한다. 수필이라는 용어는 대체로 "일정한 형식을 따르지 않고 인생이나 자연 또는 일상생활에서의 느낌이나 체험을 생각나는 대로 쓴 산문 형식의 글"로 규정된다. 그러나 이러한 규정은 대체로 경수필(miscellany)에 해당되는 정의라고 할 수 있다. 그러나 김남천의 산문들은 '경수필'에 한정되지 않는다. 그의 상당 수 수필 및 산문들은 문학과 세상에 대한 진지한 사유가 포함된 '에세이'에 해당된다.

지닌 중요성을 간명하게 지적하고 있다.

> 김남천의 비평 옆에는 수필이 나란히 놓여 있다. 비평가·소설가로 알려져 왔지만 김남천은 뛰어난 수필가이기도 하였다. 섬세하면서도 남성적인 문체가 특징적인 그의 수필은 한갓 여기로 씌어진 잡문이 아니다. 그것은 그의 소설·비평과 함께 글로써 자신을 실현하고자 했던 한 성실하고 열정적인 정신의 삶을 구성하는 세 요소 가운데 하나였다.[4]

위의 발언은 일종의 에세이스트로서의 김남천의 문제적 역할에 주목하고 있다. 이러한 논리에 따른다면, 문인 김남천을 총체적으로, 다면적으로 이해하기 위해서는 그의 에세이(수필) 및 기타 다양한 글쓰기 형식에 대한 면밀한 탐구와 검토가 필수적이라는 전제에 동의하지 않을 수 없을 것이다. 이러한 의미에서, 김남천이 남긴 다양한 변두리장르들, 가령 에세이·경수필·연극·영화평 등의 문화담론, 회고문, 칼럼, 서평, 좌담회 등등에 대한 깊이 있는 연구가 진척되어야 할 것이다. 이러한 작업이 면밀하게 수행된다면 지금보다 한층 다면적이며 복합적인 인식을 담은 김남천 평전이나 전기가 작성될 수 있을 것이다.

김남천의 에세이(수필)가 지닌 이러한 연구사적 맥락과 문학적 의미에도 불구하고, 김남천의 에세이에 대한 연구는 거의 전무한 실정이다. 왜 이러한 사태가 발생했을까. 무엇보다도 한국 현대문학 연구는 관행적으

이 논문에서는 '수필'보다 포괄적인 범주인 에세이를 사용하는 것이 김남천의 글쓰기를 해명하는 데 실제적인 도움이 된다고 판단하여 에세이라는 용어를 사용하되, 필요에 따라서는 당시에 통용되던 용어 '수필'을 병행하여 사용할 것이다. 김남천의 경우 거의 비슷한 세대의 이태준의 비해 수필보다는 에세이에 가까운 산문들이 다수 존재한다. 이 글에서 에세이는 결국 경수필(미셀러니)과 중수필(에세이)을 포괄하는 개념이다. 김남천의 에세이는 정호웅·손정수가 편집한 『김남천 전집』 2(박이정, 2000)에 대부분 수록되어 있다. 경우에 따라서는 비평과 에세이의 구분이 명료하지 않은 형식의 글도 존재한다. 그러한 경우, 『김남천 전집』 편자의 의견을 따랐다.

4) 정호웅·손정수 편, 「『김남천 전집』 I·II를 펴내며」, 『김남천 전집』 2, 박이정, 2000 (이하 『김남천 전집』에서 인용하는 경우는 『전집』 1, 혹은 『전집』 2로 약칭하고 글의 제목과 해당 인용 면수를 표기한다).

로 시·소설·희곡·비평이라는 4대 장르 중심으로 이루어져 왔다는 사실이 지적되어야 한다. 이러한 연구사적 전통은 이른바 에세이나 산문에 해당되는 글들을 주변적인 것으로 간주해온 완강한 학문적 관행과 습속에서 연유한다. 그 관행은 김남천의 다채로운 글쓰기 중에서 주로 카프 출신 비평가로서의 정론적 비평이나 소설에만 학문적인 접근을 수행하게 만든 결정적 요소일 것이다. 이에 따라, 김남천은 근대문학사에서, 카프 사건으로 인해 감옥체험을 지니고 있으며 임화와 '물 논쟁'을 펼친 카프비평가, 혹은 「경영」·「맥」·「대하」 등의 소설을 창작한 카프 소설작가, 전향작가라는 다소 이념 편향적 관점에서 이해·수용되고 있다.

그러나 에세이나 대담·회고문 등의 변두리장르를 포괄하는 김남천의 글쓰기를 검토해보면, 김남천은 알려진 것보다 대단히 다양하고 미묘한 문제의식을 지녔던 문인이었다. 무엇보다도 그의 비정론적인 변두리 담론에는 비평이나 소설에 드러나지 않았던 김남천의 무의식적 언표가 풍성하게 배치되어 있다는 사실을 주목해야 한다.

이 글은 기존의 비평과 소설 중심의 김남천 연구가 무의식적으로 배제, 탈락시켰던 에세이들을 비롯한 문화담론 등의 변두리 장르에 대한 적극적 해석과 복원을 통해, 김남천의 글쓰기를 한층 다양한 맥락에서 재구성하고자 하는 의도에 의해 전개된다.

지금까지 언급한 전제에 따라서 이 글은 다음과 같은 테마들을 탐색하는 데 그 목적을 두고 있다.

①김남천의 에세이와 문화담론은 어떠한 현실 인식과 풍경을 보여주고 있는가?

②김남천의 에세이에서 개진된 사유와 정론적 비평에서 표출된 입장 사이에는 어떠한 차이가 있는가?

③그 차이가 생성되게 만든 김남천의 복잡한 내면은 무엇이며, 동시에 그

것은 어떠한 맥락을 지니고 있는가?

④ 풍속, 문화에 대한 김남천의 에세이가 담보하고 있는 문화사적 맥락은 무엇인가?

2. 에세이에 대한 김남천의 사유

김남천은 이태준·김진섭·임화 등과 더불어 식민지 시대의 문인들 중에서 에세이(수필)에 대한 뚜렷한 자의식을 지녔던 문인으로 평가될 수 있다.

김남천이 1938년에 발표한 「몽상의 순결성」은 당시 에세이(수필)에 대한 김남천의 관점을 확인할 수 있다는 점에서, 각별한 주목의 대상이 될 수 있다. 이 글에서 김남천은 다음과 같이 언급하고 있다.

> 나는 본시 수필을 쓸 기회를 일부러 멀리하는 버릇이 있었다. 내 생각으론 수필은 상당한 연령을 거듭하여 인생에 대하는 태도가 확고 불변해지고 세계에 관한 만반의 지식이 어떤 커다란 줄거리 위에 정비되어 장난삼아 하는 한 마디 농담이나 좌담에도 휘일 수 없고 버릴 수 없는 높은 견식이 나타 나오는 때에야 가히 근접할 수 있는 문학적 형식으로 생각하고 있었던 때문이다.[5]

위의 언급은 에세이(수필)에 대한 김남천의 근본적인 태도를 잘 보여주고 있다. 간단하게 말해서, 자신의 뚜렷한 주관과 입장을 지닌 대가들이나 에세이를 쓸 수 있다는 것이다. 이러한 김남천의 인식은 다음과 같은 두 가지 점에서 문제적이다. 우선, 위의 언급은 김남천이 수필을 가벼운 미셀러니 개념보다는 중수필, 즉 어원 그대로의 에세이 개념으

---

5) 「몽상의 순결성」, 『전집』 2, 56면.

로 생각하고 있다는 점을 드러낸다. 이러한 김남천의 관점은 루카치의 에세이론과도 연계된다. 그리고 김남천의 수필관이 당시 김진섭 등이 주장하던 수필을 손이가는 대로 씌어지는 가벼운 글쓰기 양식으로 인식하는 관점과는 커다란 차이가 있다는 점이 주목되어야 할 것이다.

두 번째는 에세이에 대한 김남천의 이러한 견해와 문학적 부담감에도 불구하고, 김남천은 지속적으로 에세이를 발표해왔다는 사실이다.6) 이 점은 김남천이 자신의 수필(에세이)이 진정한 수필에 미달된다는 자의식을 지니고 있었다는 사실을 입증한다. 그러나 김남천의 언급을 곧이곧대로 수용할 필요는 없을 것이다. 누구보다도 치열한 정론성 비평을 줄곧 써왔으며 카프의 핵심이었던 김남천의 공적 입장은 자연스럽게 에세이나 잡문보다는 정론적 평론이나 소설에 더 높은 문학적 비중을 두게 만들었을 것이다. 오히려, 김남천의 에세이나 잡문은 거의 무의식적 차원에서 자신의 감추고자 하는 언표를 드러내고 있다. 그러한 언표들은 정론적 비평에서 주장되어온 김남천의 인식과 비교하면 대단히 은밀하고 섬세한 부분에 해당된다.

이 대목에서, 에세이의 중요성을 환기한 동구의 비평가 루카치를 떠올릴 수 있을 것이다. 게오르그 루카치7)는 그의 초기 저작인 『영혼과 형식』에서 에세이장르에 대한 각별한 관심을 보여준 바 있다. 루카치의 에세이론에 대해서는 다음과 같은 평가를 참조할 수 있을 것이다.

> 루카치에 의하면, 에세이라는 글쓰기 형식은 다른 어떤 문학 형식에 의해서도 표현될 수 없는 특정한 삶의 문제와 체험을 표현하는 형식이다. 에세이가 다루는 이러한 삶의 체험이란 삶의 근원적이고도 직접적인 문제에 대한 물음

---

6) 정호웅과 손정수의 분류에 따르면 김남천의 경우 수필, 회고, 기타 잡문 등의 변두리장르에 해당되는 글쓰기의 양이 비평문의 약 70%에 달한다. 『김남천 전집』 참조
7) 흥미로운 사실은 1930년대 말에 김남천이 루카치 이론의 일역판을 수용했다는 점이다. 루카치 이론의 수용이 김남천의 글쓰기 형식과 내용에 미친 영향을 검토하는 것이 앞으로의 과제가 될 것이다.

이고 또 좀처럼 붙잡기 힘든 영혼의 가장 은밀한 곳에 자리 잡고 있는 마음 상태와 동경을 표현하려는 욕구이다.8)

물론 이러한 루카치의 에세이론을 1930년대의 식민지 조선에서 발표된 수필이나 변두리 장르에 기계적으로 대입시킬 수는 없을 것이다. 그럼에도 불구하고, 에세이가 "다른 어떤 문학 형식에 의해서도 표현될 수 없는 특정한 삶의 문제와 체험을 표현하는 형식"이라는 언급은 에세이라는 장르의 보편적 특질에 대한 적확한 의미부여라고 볼 수 있다. 이러한 에세이에 대한 인식에 기대어, 김남천의 에세이는 그의 소설이나 비평에서는 찾아볼 수 없는 독특한 체험과 삶의 문제가 풍성하게 드러나 있다고 정리할 수 있는 것이다. 이제 그 구체적인 실상에 대해 검토해보기로 한다.

3. 예술의 자율성에 대한 인식과 계급적 지평의 탈피

카프비평가 김남천이 당시 카프의 계급이론에 따라 누구보다도 치열하게 리얼리즘과 카프문학의 대의에 대해서 찬동하고 있었다는 점은 주지하는 바이다. 물론 김남천은 인식주체의 실천적 주관성을 강조할 것인가 아니면 객관적인 현실을 강조할 것인가의 여부를 두고 임화와 '물 논쟁'을 전개한 바 있지만, 이러한 논쟁은 기본적으로 리얼리즘과 문학의 계급성, 당파성을 전제한 차원의 논의였다. 김남천이 '물 논쟁' 이후에 주창한 관찰문학론, 고발문학론 역시 이러한 원칙에서 크게 벗어나지 않았다. 대체로 정론적인 비평문에서 드러나는 김남천의 세계관

---

8) 반성완, 「역자 해설」, 『영혼과 형식』(게오르크 루카치, 반성완 역), 심설당, 1988.

과 문학관은 시종일관 리얼리스트와 객관적 리얼리즘의 길에서 크게 벗어나지 않는다.

그러나 이러한 정론적인 입장의 틈새에 존재하는 김남천의 에세이나 잡문에는 간헐적으로 '예술의 자율성'에 대한 인식과 허무주의의 편린이 자리 잡고 있다. 예를 들어, 「몽상의 순결성」(1938)은 카프 출신 비평가로서의 김남천의 정체성과 길항하는 '예술적 자율성'에 대한 섬세한 인식을 확인할 수 있다는 점에서 주목할 만한 텍스트이다. 가령 다음과 같은 대목은 예술적 가치를 둘러싼 김남천의 은밀한 속마음을 해명하는 데 중요한 시사점을 던지고 있다.

> 특히 문학을 애호하는 학생들 간에는 '괴테가 훌륭하냐 프로 작가가 훌륭하냐'하는 류의 의문이 퍽 많이 유행하였고 그것은 그대로 흘러서 '괴테가 위대하냐 내가 위대하냐' 하는 의문을 스스로의 마음에 은근히 묻게 하는 결과를 낳았다. 물론 대답은 직선적이다. '괴테보다 우리가 위대하다!' 그러나 이렇게 서슴지 않고 대답해버리는 열 오른 눈동자가 어떠한 '갭'을 자기의 마음속에 메워버리려는 거짓 없는 격렬한 호흡으로 질식할 듯할 때에 홀로 자기가 하나의 높은 허위의 위에 서 있다는 것을 인정하는 마음이 불쑥 치밀어 오르는 것을 느끼고 있었던 것은 어찌 나 혼자만의 일일 것이냐.9)

이러한 김남천의 고백에는 프로 비평가로서의 김남천의 무의식에 존재하는 예술적 입장이 인상적으로 부조되어 있다. 김남천이 느낀 '갭'은 정치적 가치를 우선적으로 앞세우는 프로비평가와 예술의 고전적 가치를 섬세하게 고려하는 자유로운 문필가 사이의 거리라고 할 수 있다. "하나의 높은 허위"라는 구절은 김남천이 지나치게 정치적 입지를 준거로 하여 작품을 평가하는 시각에 대한 근본적인 성찰을 보여주고 있다는 사실을 의미하는 상징적 표현이다. 바로 이러한 대목이 정론적 비평 텍스트에는 제대로 드러나지 않는 김남천의 또 다른 모습에 가깝다. 그

---

9) 「몽상의 순결성」, 『전집』 2, 58면.

러므로 프로 비평가와 자유로운 문필가 사이의 갭을 이해하는 것이 김남천을 이해하는 소중한 통로가 될 수 있다.

또한 「산이 깨트린 로맨스」(1938.3)라는 수필에서, 김남천은 "예술은 상상력의 소산이다. 그러므로 사실에 지나치게 의거하는 것은 사도(邪道)라 했다"고 언급하고 있다. 이러한 대목은 김남천이 「비평의 기준」(1937.7)과 같은 공식적인 비평에서 주장한 바, "객관적 진리를 얼마나 정확하게 혹은 왜곡하여 반영하였는가. 이것이 작가와 작품을 결정하는 궁극의 과학적 기준이다"10)라는 관점과는 상이하다. 위의 두 언급은 채 일 년도 안 되는 시차를 지니고 있지만, 그 세계관이나 문학적 입장은 판이한 성격을 지니고 있다. 그렇다면 이 같은 관점의 균열과 인식의 편차가 지니는 의미는 무엇인가?

「산이 깨트린 로맨스」에서 김남천이 "지나치게 사실에 의거하는 것인 사도(邪道)"라고 표현하는 대목은 당시 그가 '편협한 사실주의'를 경계하고 있음을 드러낸다. 적어도 이 대목만 보아서는 김남천이 리얼리즘의 길을 포기했다고 볼 수는 없다. 그러나 "예술은 상상력의 소산이다"라는 표현은 이러한 김남천의 발언은 단지 잘못된 리얼리즘에 대한 견제 차원에서 수행된 것이 아니라, 예술에 대한 자신의 입장을 자유롭게 표출하는 과정에서 도출되었다. 그렇다면, 예술의 자율성에 대한 김남천의 입장과 '편협한 사실주의'를 견제하는 김남천의 입장 사이의 거리가 지니는 맥락은 무엇인가.

당시 발표된 김남천의 일련의 비평문에서 여전히 사실과 관찰에 대한 각별한 강조가 표출되어 있다는 점을 고려해보면, 그 거리의 맥락은 한편으로는 조직인 김남천(비평가 김남천)과 자유로운 문인 김남천(일상인 김남천) 사이의 길항과 균열에서 비롯되는 것이며, 또 다른 한편으로는 에세이장르(비정론적 텍스트)와 비평장르(정론적 텍스트)라는 장르의 속성에

---

10) 「비평의 기준」, 『전집』 2, 269면.

따른 차이에서 연유하는 것이다. 이러한 김남천의 인식상의 균열은 니힐리즘에 대한 다음과 같은 언급에도 인상적으로 드러난다. 김남천은 채만식의 니힐리즘에 대한 관심에 기대어 다음과 같이 얘기하고 있다.

> 채만식 군이 어느 잡지 설문에서 자기는 자꾸 니힐리즘에 대하여 매혹을 느낀다느니 보다 알지 못하는 동안에 그리로 밀려가는 것 같아서 퍽 마음이 쓰인다는 탁상 일기의 일절을 말한 것을 보고 적지 않은 흥미를 느끼었는데 실상인즉 이러한 심경은 아마 누구나가 크고 적고 간 느끼는 일일 것이다.11)

위의 예문은 소설가 채만식과 마찬가지로 허무주의에 친화감을 느끼는 김남천의 내면을 흥미롭게 보여준다. 문제적인 것은 사실적 인식과 역사적 책무를 강조하는 정론적인 비평문에서는 결코 이러한 내용이 등장하지 않는다는 사실이다. 1930년대 후반에도 현실에 대한 집요한 관찰에서 결코 떠나지 않았던 카프 출신 비평가의 현실 인식과 허무주의는 쉽게 양립하기 힘든 이질적인 감수성에 해당된다.

실상 철학적인 견지에서 보자면, 마르크스주의와 니힐리즘은 대체적으로 상반되는 정서라고 할 수 있다. "모든 니힐리즘은 자본주의 사회가 야기시킨 위기의식에서 생겨났으며, 새로운 시대·사회의 출현을 통해서 극복하려고 하는 마르크스주의의 방향과는 달리, 공상적인 상태 속으로(키에르케고르, 야스퍼스), 또는 반동적 정치의 방향으로(니체, 하이데거) 사람들을 몰아 넣는다"12)는 지적은 니힐리즘이 처한 사상사적 위상을 간명하게 정리하고 있다. 카프 출신 비평가로서 허무주의로 끌리는 내면을 표출한다는 것, 그것은 어떤 의미에서는 자신의 다층적이며 복잡한 내면을 스스로 인정한다는 사실을 의미한다. 이러한 김남천의 이념적·내면적 균열은 "자기기만을 두려워한 나머지 허무주의자가 된"13)

---

11) 「활빙당(滑氷黨)」, 『전집』 2, 133면.
12) 임석진 외, 『철학사전』, 중원문화, 1987, 107면.
13) 아르놀트 하우저, 백낙청·염무웅 역, 『문학과 예술의 사회사 4－자연주의와 인상주

사실주의자 플로베르의 정서와도 접맥된다.

여기서 중요한 사실은 비평가의 자리에서는 한 번도 진솔하게 표출해보지 못한 '허무주의'에 대한 관심이 수필이라는 글쓰기 제도 속에서는 자유롭게 드러나 있다는 점이다. 요컨대 카프 출신 비평가라는 공적인 위치에서 상대적으로 자유로운 에세이 형식을 통해 김남천은 자신의 비평문이 담보할 수 없었던 다양한 인식의 표정을 보여주고 있는 것이다.

물론 이러한 입론의 정당한 해석을 위해서는 이 글이 발표되었던 시기(1939년)를 전후한 역사적 맥락을 면밀하게 고려해야 한다. 우선, 당시 가와카미 데쓰타로[河上徹太郎]와 아베 로쿠로[阿部六郎]가 번역한 망명철학자 셰스토프의 『비극의 철학』이 번역되면서 도스토예프스키와 니체의 허무주의와 실존주의에 대한 관심이 증폭되어 일종의 '셰스토프 붐'으로 불릴 수 있는 사회적 현상이 존재했다는 사실을 각별히 주목해야 한다.14) 또한 셰스토프에 이어 키에르케고르나 베르자예프가 당시 일본 문단에 이식·소개되면서 실존주의적 경향은 젊은 문학 세대들 사이에 만연되었다.15) 이러한 점이 당시 식민지 조선의 문인과 예술가들에게 허무주의에 대한 미학적 관심을 유도했을 것이다. 특히 셰스토프를 적극적으로 수용했던 가메이 가쓰이치로[龜井勝一郎]가 말했던 바, "순교는 배교(背敎)의 찰나와 종이 한 장 차이에 지나지 않는다"는 식의 허무주의는 당시 일제의 군국주의 파시즘의 문화적 압력과 대면하고 있는 카프 비평가를 비롯한 진보적인 마르크스주의자에게는 숙명적인 화두였을 것이다. 이러한 시대적 흐름에서 김남천 역시 예외가 아니었다.

두 번째로 당시 김남천이 보여준 '허무주의'에 대한 침윤(浸潤)이 당시 중일전쟁 이후 광범위하게 몰아닥친 사회주의자의 전향과 밀접한

의·영화의 시대」, 창작과비평사, 1999, 96면.

14) 히라노 겐, 고재석·김환기 역, 『일본 쇼와문학사』, 동국대 출판부, 182~184면.

15) 위의 책, 186면.

연관성이 있다는 사실은 분명하다. 말하자면 마르크스주의적 세계인식을 지속적으로 유지할 수 없는 상태에서 "일제가 제시한 '東亞新秩序' 구상은 대외적인 제국주의적 정책의 포기와 대내적인 반자본주의적 혁신정책의 추진을 담고 있어 많은 사회주의자들에게 새로운 희망으로 비춰졌다"16)는 발언은 당시의 진보적 지식인의 복잡한 정체성을 환기시킨다. 일제가 구상한 새로운 질서에 편승할 것인가? 아니면 지하운동으로 잠적할 것인가? 그것도 아니라면 시대를 관조하는 허무주의자가 될 것인가? 당시 김남천에게 가능한 선택은 이러한 세 가지 차원이었다고 판단된다.

지하로 잠적하여 마르크스주의를 지속적으로 유지하기에는 커다란 어려움이 따르고, 당시 제국 일본의 신질서를 그대로 수용하기에는 양심이 허락지 않는 상황에서 김남천의 내면은 분명히 '허무주의'에 얼마간 경도되어 있었다. 당시 김남천의 내면이 관조적 허무주의와 연관되어 있음은 그의 소설 「경영」과 「맥」을 통해서도 확인할 수 있다. 가령, 「맥」의 주인공인 이관형은 기본적으로 허무주의적인 세계관을 지니고 있다. 1940년을 전후하여 득세하던 일본의 동양담론에 회귀하는 전향지식인 오시형의 속물성과 대비되는 이관형의 '보리의 사상'이 당시 김남천이 포지(抱持)하고 있던 내면의 일정한 표출이라는 점은 분명하다. 그러나 이러한 이관형의 허무주의를 그대로 김남천의 세계관으로 등치시킬 수는 없을 것이다. 일종의 미학적 형상화가 이루어진 소설 속의 인물과 작가의 세계관을 기계적으로 연관시킬 수는 없기 때문이다.

그럼에도 불구하고, 그의 수필 속에서 허무주의의 편린이 간혹 발견된다는 점을 고려해보면, 그러한 허무주의적 정서가 김남천 자신의 실제 태도라고 보아도 커다란 무리가 없을 것이다. 에세이나 수필은 글쓰는 주체의 직접성이 가장 명료하게 표출되어 있는 장르이기 때문이

---

16) 홍종욱, 「중일전쟁기(1937~1941) 사회주의자들의 전향과 그 논리」, 서울대 국사학과 석사논문, 2000, ii면.

다.17) 임화의 경우도 그러하지만, 김남천 역시 이념과 삶을 그대로 일치시키는 단순한 마르크스주의자는 아니었다. 그들은 한편으로는 강렬한 이념으로부터 비롯된 정론적 입장을 견지하면서도, 또 다른 한편으로 그러한 이념의 자장으로부터 자유로운 한 개인적 실존의 자리에서는 허무주의의 그림자를 응시하고 있었던 것이다.

다음의 예문 역시, 정론적인 비평 텍스트에서는 쉽게 찾아볼 수 없는 김남천의 무의식적 내면을 인상적으로 보여주고 있다.

> 필자와 같은 자는 이 시기에 비로소 초년병을 경험한 자로서, '연애보다도 중한 것이 얼마든지 우리의 생활에 있다'는 등의 당돌하나 편파(偏頗)한 구설을 농하여 득의로 하였다. (1939.8)18)

물론 연애보다 중한 것은 당시의 감각에서는 카프운동이나 문학적 실천이었을 것이다. 그러나 이제 김남천은 그러한 원칙적 입장을 '편파'적이라고 몰아세우고 있다. 이러한 김남천의 언급에서, 어떤 일상사보다도 사회적 대의를 앞세웠던 카프 출신 비평가의 인식과는 커다란 거리를 발견할 수 있다. 물론 카프가 해산되기 이전과 이후, 그리고 중일전쟁으로 인한 일제의 혹독한 사상검열이 혹독해지기 이전과 1938년 이후는 그 시대사적 조건이나 검열의 측면에서 무시할 수 없는 차이가 존재하는 것이 사실이다. 김남천의 에세이가 대체로 1935년 이후에 씌어졌다는 점을 감안하면, 치열한 정론적 비평이나 이념적 글쓰기를 소신 있게 수행하기에는 분명한 한계가 존재했던 시대사적 분위기가 김남천으로 하여금 다소 연성적인 글쓰기와 에세이를 비롯한 변두리장르로 이끈 원인일 수 있다.

이와 연관하여, 1930년대 중반 이후부터 수필문학에 대한 이론적 관

---

17) 김윤식, 「애청, 이양하, 루카치 : 김현론」, 『작가와 내면풍경』, 동서문학사, 1991.
18) 「조선문학과 연애 문제」, 『전집』 2, 154면.

심이 증폭되기 시작했다는 사실을 주목해야 할 것이다.[19] 말하자면 김남천의 글쓰기 중에서 유독 1930년대 후반부터 수필의 비중이 증가하고 있는 현상은 장르 자체의 고유한 속성에서 연유한다기보다는, 정론적 비평과 사회의식을 담은 사실주의 소설의 형상화가 제한될 수밖에 없었던 당시의 사회적 정황에서 비롯된다고 해석될 수 있다.[20] 즉 김남천의 수필은 그의 첨예한 정론적 비평이 퇴화되기 시작하면서 집중적으로 발표되었다는 사실을 확인할 수 있다. 그러나 비슷한 시기에 발표된 정론적 텍스트와 에세이 사이에도 선명한 균열과 이중성을 발견할 수 있다는 점을 주목해야 한다.

김남천의 에세이와 정론적 비평을 둘러싼 장르 선택의 문제에는 분명 시대사적, 사회사적 요인이 개입되어 있다. 그러나 시대적, 사회적 요인만으로 김남천의 에세이와 정론적 비평 사이에 존재하는 모순과 균열, 이중성 등을 합리적으로 설명할 수는 없을 것이다. 보다 본질적으로 그것은 에세이라는 장르의 특성과 연관된다. 정론적 비평이나 소설과는 달리 글 쓰는 주체의 내면과 자유로운 생각, 복잡한 심리를 가장 직접적으로 드러내는 에세이의 특성이 진보적·정론적 비평(카프비평)이 미치지 못하는 빈 터에 섬세하게 스며들어 그곳 곳곳에 구멍을 만들었던 것이다.

---

19) 김현주, 「1930년대 '수필' 개념의 구축 과정」, 『민족문학사연구』 22호, 민족문학사학회, 2003 참조.

20) 특히 1937년부터 시작된 중일전쟁은 당시 사회주의에 대한 전망을 그나마 간직하고 있었던 상당수 진보적 학자와 문인들의 전망을 상실케 한 중대한 모티프였다. 1937년 10월 중국의 무한이 함락되면서 상당수 지식인들은 일본 제국주의 파시즘의 논리에 동화되기 시작했다(홍종욱, 앞의 논문 참조). 1930년대 중반 이후의 수필의 범람 현상이 이러한 시대사적 변모와 어떠한 장르적 연관성이 있는지를 규명하는 문제가 앞으로의 학술적 과제라고 판단된다.

4. 풍속에 대한 관심과 문화에 대한 인식

김남천의 에세이들을 관류하는 또 하나의 중요한 소재는 풍속과 문화에 대한 폭넓은 관심이다. 「뒷골목─평양 잡기첩」, 「풍속 시평」, 「풍속 수감」, 「하와이 사투리─풍속시감」 등의 에세이들은 풍속과 세태에 관한 김남천의 각별한 관심을 여실히 보여주고 있다. 이러한 풍속과 세태에 대한 관심이 김남천으로 하여금, 이른바 '관찰문학론'을 제기하게 한 이론적 젖줄일 것이다. 김남천은 「풍속시평」에서 풍속의 의미에 대해서 다음과 같이 언급하고 있다.

> 우선 광의로 풍속을 말해 보자면, 한 나라, 한 사회, 한 계층의 정치나 의식주, 그리고 이것과 부수되는 혼인, 예술, 예의, 직업, 신앙, 사상, 그리고는 이것을 전파하는 교통이나 다시 뻗어서는 풍토와 산업까지를 고려해야 하는 것이니, 풍속 시평이 사회 시평의 성격을 갖추게 되는 것도 이 때문이고, 풍속사의 과제가 사회경제사나 예술의 역사와 밀접한 관련을 가짐이 모두 이 탓이라 하겠다.[21]

이러한 관심에 따라 김남천은 풍속에 대한 다양한 글쓰기를 보여주었다. 이 중에서 고현학적(考現學的) 관찰이 돋보이는 글은 「뒷골목─평양 잡기첩」이다. 학창시절을 비롯하여 자신의 인생에서 대부분의 시간을 보낸 평양이라는 근대도시의 뒷골목 풍속에 대해 김남천은 특유의 정감어린 관찰자적 시점으로 묘사하고 있다. 평양의 골목, 냉면, 만수대, 날파람 등에 대한 글을 읽다보면, 김남천의 평양과 고향 평안도에 대한 곡진한 애정을 거듭 확인할 수 있다. 가령 "속이 클클한 때라든가 화가 치밀어오를 때 화풀이로 담배를 피운다든가 술을 마신다든가 하는 일

---

21) 「풍속 시평」, 『전집』 2, 139면.

은 흔히 있는 일이지만 이런 때에 국수를 먹는 사람의 심리는 평안도 태생이 아니고는 좀처럼 이해하기 힘들 것이다"[22]라는 김남천의 주장에서 고향을 그리워하는 평범한 일상인의 면모를 만날 수 있는 것이다.

여기서 주목해야 할 사실은 김남천은 평문에서도 '풍속'의 역할을 대단히 적극적으로 평가하고 있다는 점이다. 김남천은 "이곳에 임화 씨와 나와의 분기점이 있다. 임씨의 세태묘사의 전체적 부정에 대(代)하여, 나는 세태를 풍속에까지 높이자는 것이다. 사실을 사실 이상으로, 세태를 세태 이상으로, 현상을 현상 이상으로 파악함으로써 풍속은 비로소 문학적 관념으로 된다. 이렇게 된 풍속은 정황 정세 묘출의 대상이고 풍속에 대한 고현학 이상의 연구 관찰은 능히 '디테일의 진실성'을 확보할 수 있을 것이다"[23]라고 주장하면서 문학에 있어서 '풍속'의 중요성을 강조하고 있는 것이다. 이러한 풍속에 대한 이론적 강조가 일종의 구체적인 실감으로 발전한 것이 바로 수필에서 묘사된 평양 및 경성 풍속[24]에 대한 묘사라고 할 수 있다.

한편, 다른 어떤 소설가나 비평가보다도 김남천이 당대의 풍속과 세태를 적극적으로 수용할 수 있었던 점은 다음과 같은 열린 자세에서 비롯되는 것으로 보인다.

사실 저의 완고한 취미와 협착(狹窄)한 심미안에 맞지 않는다고 헛되이 '꼴불견'이니 '세상이 말세야' 하는 등의 말을 중얼거리며 눈살을 찌푸리다 가는 그 자신이 어느 배에다 제 문학을 실고 흘러갈는지도 종잡을 길 없는 그런 시대이다. 어디 세상이 독재천하가 아닌 바에야 작가의 취미에 맞도록 일률적으로 제복을 입을 수야 없는 일이며 시민들도 모형이나 유형이 아닌 바에야 각자의 생활환경과 교양 취미에 따라 옷이나 차림차림이 다색다채할 것이 정한

---

22) 「뒷골목―평양 잡기첩」, 『전집』 2, 71면.
23) 김남천, 「세태와 풍속」, 『동아일보』, 1938.10.25.
24) 「귀로(歸路)―내 마음의 가을」, 「버스」 등의 수필에는 당시 경성 거리의 교통과 풍속이 밀도 깊게 묘사되어 있다.

이치이며, 또 그래야 바라보는 눈도 단조로워 피곤하지 않고 다색다채할 것이
아니냐.25)

위의 예문을 통해, 자신의 미적 감수성과 다른 유행이나 심미안에 대
한 김남천의 열린 태도를 확인할 수 있다. 이러한 태도는 자신의 비평
적 자기동일성, 즉 마르크스주의를 기준으로 '타자'(부르주아 문학을 비롯
한 다양한 문학적 조류)의 논리를 제압하고자 했던 비평가로서의 태도와는
사뭇 다르다. 비평에서의 타자는 제압해야 할 대상에 가까운 데 반해,
에세이에서의 타자는 융통성 있게 수용해야 할 대상이다. 이 점은 논리
를 강조하는 비평과 상대적으로 감성, 풍속이 강조되는 에세이의 장르
적 특성에서 연유할 것이다. 자신과는 다른 관점, 즉 타자성에 대한 열
린 이해야말로 당대의 풍속을 어떠한 선입견 없이 그 자체로 이해할 수
있는 김남천 글쓰기의 미덕으로 작용하고 있다는 사실을 이 대목을 통
해 확인할 수 있다.

김남천의 에세이를 관류하는 또 하나의 주요한 소재는 영화를 비롯
한 문화 전반에 대한 폭넓은 관심26)이다. 예를 들어, 「영화인에게 보내
는 글」(1940), 「일반문화」(1938), 「신극은 어디로 갔나? 영화 조선의 새출
발」(1940, 좌담) 등의 문화에 관한 담론들이 이에 해당된다. 이러한 대목
은 김남천이 문학에 한정되지 않은 다양한 문화적 관심을 기울이고 있
었음을 입증한다. 그중 「영화인에게 보내는 글」에서 김남천이 "왕왕이
영화는 대자본가적 기업과 불리(不離)의 관계에 있는 탓에 그 곳에서 자
신의 존재를 상실할 우려가 크다"고 언급하는 대목은 이미 그 당시에
영화와 자본과의 관계에 대한 비판적 인식이 이미 존재하고 있었음을
드러내고 있다. 이러한 선구적 인식은 특히 「일반문화」(1938)라는 제목

---

25) 「풍속 시평」, 『전집』 2, 140면.
26) 이 점은 임화에도 유사하게 나타나는 현상인 바, 당시의 문인들은 문학에 한정되지
  않는 일종의 계몽적인 문화인 역할을 감당했다.

의 에세이에서 다음과 같이 명료하게 표현되어 있다.

> 문화를 위한 사업이 타방에 있어서는 가일층 상업적 영합주의로 기울어지는 것은 이 또한 기업화의 과정을 밟고 있다. 이 곳의 경제사태로 보아 당연한 일이겠다. 희생적인 각오 밑에서 기획된다는 모든 문화활동이 점점 기업의 지배하에 선다. 영화열이 상당하다고 하나 지금 제작되는 영화로서 예술적 기대를 붙일 만한 것이 하나도 없음은 단적으로 발견할 수 있는 눈에 띄는 현상이며 출판기관 전체가 상업적 영합주의로 기울어지는 속도를 일층 급히 하고 있는 것은 맹안자에게도 뚜렷하게 되어졌다. 문화는 이미 장사 이외에 다른 것이 아니었다.[27]

위의 예문은 당시 '식민지 자본주의'라는 경제적 본질이 이미 영화와 출판 등의 문화 전반을 광범위하게 규정하고 있다는 점을 보여주고 있다. 이러한 대목에는 상업주의의 파고(波高)에 휘둘리고 있는 당대의 문화적 현실을 안타까워하는 순문학자 김남천의 목소리가 배어들어 있다. 김남천은 이미 이 당시에 상업주의의 위력 및 그 상업주의를 근본적으로 규정하는 자본주의적 기업화의 실체를 정확하게 인식하면서, 그 부정적 실태에 대해서 질타하고 있는 것이다.

또한 「풍속수감(隨感)」(1940)이라는 글에서 김남천이 "여하한 문학도 그것이 출판을 통한 표현 보도 현상인 이상 저널리즘과 무연(無緣)인 것은 없기 때문이다"라고 언급한 대목은 이미 그 당시부터 출판과 문학장(文學場) 사이에 존재하는 권력의 속성을 김남천이 갈파하고 있었음을 확인시켜주고 있다. 즉 김남천은 그즈음 문학장이 언론과 맺고 있는 구조적 연관성에 대해서 주목하고 있었던 것이다. 지금까지 살펴온 김남천의 견해들은 지금 이 시점의 문화적 인식에 비추어도 정확하고 예리한 관점을 담보하고 있다. 이러한 의미에서 영화나 출판, 상업주의에 대한 김남천의 문화담론은 소중한 문화사적 맥락을 지니고 있다.

---

27) 「일반문화」, 『전집』 2, 83~84면.

5. 가족, 고향, 센티멘탈리즘

당시의 대표적인 카프 소설가이자 카프비평가였던 김남천도 가족과 고향에 대한 그리움 앞에서는 한낱 센티멘탈리스트였다. 이념과 계급의 논리도 핏줄과 인연, 감성의 세계에서 전혀 자유롭지 않은 법인데, 김남천 역시 이 점에서는 예외가 아니었다. 일종의 수기라고 할 수 있는 「어린 두 딸에게」(1934), 그리고 「그 뒤의 어린 두 딸」, 「교육, 아이」, 「얼마나 자랐을까 내 고향의 라일락」 등의 수필 등이 바로 이러한 김남천의 감성을 인상적으로 보여주고 있다.

「어린 두 딸에게」는 아이를 낳은 과정에서 먼저 세상을 떠난 아내로 인해 험난한 인생을 겪고 있는 두 딸에 대한 애틋한 마음을 곡진하게 표출하고 있는 일종의 수기에 해당된다. 이러한 글들을 지배하는 감성은 "나의 어린것들이여! 이리하여 구름 한 점 없는 코발트색의 창공과 붉은 땅을 희게 줄그은 일직선의 라인 위에서 가을 하늘 속에 떠오르는 볼을 향하여 명쾌한 웃음을 던지던 너의 엄마는 어린 비둘기 같은 가슴 속에 인생의 적막을 안게 되고 드디어 이것은 인생의 가장 깊은 곳을 향하여 쏘아지는 힘있는 화살로 되었던 것이다"[28]라는 문장에서 볼 수 있듯이, 기본적으로 감상주의에 가깝다. 이와 연관하여 다음과 같은 일화는 흥미롭다. 김남천은 「산이 깨뜨린 로맨스」라는 제목의 수필에서, 자신이 평양고보 5학년 때 가을 추석 무렵에 누군가에게 들은 에피소드를 소설로 창작하면서 「저 산을 넘으면」이라는 제목을 붙였다고 한다. 그런데 그 습작에 대해 "지나친 애상은 문학을 연약하게 만들 두려움이 많을 터이다"라는 평을 받았다고 한다. 김남천의 기질과 정서의 한 축을 파악할 수 있는 대목이다.

---

28) 「어린 두 딸에게」, 『전집』 2, 8면.

또한 「몽상의 순결성」(1938)에서는 자신의 필명 남천(南天)과 연관하여, "그때 내가 새로 지은 이름은 몹시 섬세하고 문약(文弱)하다 하여 말썽까지는 안 일으켰으나 면대해서 '센티하다'느니 '문청(文靑)답다'느니 하는 조롱은 수없이 많이 받았었다"[29]고 고백하고 있다. 남천이라는 필명은 그 즈음 유행하던 "'철(鐵)', '철(哲)', '맹(猛)', '악(岳)', '민(民)', '건(健)', '권(拳)' 등등의 굿세고 씩씩하고 쇳덩어리 같은 글자를 쓴" 필명에 비해서는 당시에 상당히 섬세하고 센티멘탈한 이름으로 수용되었던 것이다. 이 점은 이념이라는 휘장에 가려져, 잘 드러나지 않았던 김남천의 무의식을 일면 보여주는 문제적인 대목이다. 요컨대, 그의 정론적인 텍스트나 소설에서는 제대로 드러나지 않았던 김남천의 숨겨진 문학적 정서가 몇몇 에세이(수필)에서 섬세하게 표출되어 있는 것이다.

이렇게 보면, 김남천의 에세이에 대한 탐구를 통해 임화의 파토스와 강렬한 주관성에 비해서 상대적으로 객관적인 세태 관찰을 통해 냉철한 문학세계를 보여준 김남천도 근본적으로 센티멘탈리즘의 자장으로부터 자유롭지 않았다는 사실을 인식할 수 있다. 이러한 김남천의 또 다른 정체성까지 포괄하는 심화된 연구가 진행될 때, 김남천의 글쓰기와 문학에 대한 한층 다면적인 이해와 도달할 수 있을 것이다.

지금까지 살펴온 바에 따르면, 김남천에게 있어서 비평-소설-수필이라는 세 가지 차원의 글쓰기는 다음과 같은 도식으로 정리될 수 있을 것이다.

비평	공식적, 정론적 세계	카프비평가의 자리
소설	미적, 이상적 세계	소설가의 자리
수필	일상적, 실존적 세계	자유로운 문필가의 자리

---

29) 「몽상의 순결성」, 『전집』 2, 58면.

위의 구분에서 볼 수 있듯이, 김남천에게 있어서 '수필'의 자리는 자신의 사유를 가장 진솔하고 편하게 드러낼 수 있는 글쓰기의 장(場)에 해당된다. 이러한 수필의 자리는 정치적 담론을 논리적으로 보여주던 정론적 비평의 자리와는 그 현실 인식이나 입지의 면에서 현격하게 다르다.

6. 맺는 말—장르의 경계를 횡단하기

임화의 경우에도 유사하지만, 김남천 글쓰기의 특이성은 자신이 주창한 기존의 명제와 주장, 문학적 자의식까지도 끊임없이 위반하고 뒤집는다는 사실에 있다. 이러한 복합적인 자의식, 이중성, 균열의 모습은 그만큼 김남천의 텍스트가 다양한 지평과 해석적 틀을 지니고 있다는 것으로 수용될 수 있을 것이다. 사실 그 모든 것이 김남천의 모습일 것이다. 이 글에서는 특히 김남천의 수필적 글쓰기에 주목하면서 그의 에세이(수필)에 드러난 다채로운 인식에 대한 고찰을 시도했다. 그 결과, 김남천은 그의 정론적인 비평 텍스트와는 사뭇 다른 현실 인식과 문학적 입장을 에세이에서 보여주었다는 사실을 확인할 수 있었다. 이러한 점은 에세이(수필)라는 장르가 비평과는 달리, 김남천으로 하여금 카프 출신 비평가라는 이념적 부담감으로부터 한층 자유로운 상태에서 발언하는 것을 가능하게 했기 때문일 것이다.

김남천의 전반적인 글쓰기를 분석해보면, 대체로 카프 출신 비평가라는 공적인 자리에서 발표된 글은 비평의 형태로 제출되었으며, 한 사람의 고독한 소설가 내지 일상인이라는 사적인 자리에서 작성된 글은 에세이의 형태로 제출되었다는 사실을 인식할 수 있다. 요컨대 김남천의 비평과 에세이라는 두 가지 글쓰기의 비교과정은 공적인 김남천/사적인 김남천, 비평가 김남천/소설가 김남천, 조직 속의 김남천/고독한 김남천, 감옥에도 다녀온 강철 같은 투사 김남천/감상적이며 다정다감한 김남천 등등의 이중성 속에서 끊임없이 고민하고 모색했던 김남천의 모순을 전체적으로 이해하는 과정이기도 할 것이다.

지금까지의 논의를 간단히 정리하면 다음과 같다.

①김남천의 에세이와 정론적 비평 사이에는 커다란 인식상의 균열과 이질적인 관점이 존재한다.

②공식적인 담론의 장에서 상대적으로 자유로운 에세이의 장르적 특성이 김남천으로 하여금 정론적인 비평문에서 미처 담을 수 없었던 다양한 주장과 얘기들을 가능하게 한 중요한 요소이다.

③김남천의 에세이에는 카프비평가로서 그가 보여주었던 정론적 입장과는 달리 예술의 자율성에 대한 풍부한 인식이 스며들어 있다. 아울러, 그의 에세이에는 풍속 및 문화 전반에 대한 열린 관심이 표출되어 있다. 특히 김남천이 상업주의의 규정력 및, 언론과 문학장의 관계에 대해 성찰하는 대목은 현재 이 시점에도 여전히 유효하다고 판단될 정도로 예리한 인식을 담보하고 있다.

④가족에 대한 절절한 사랑, 고향에 대한 그리움, 센티멘탈리즘, 허무주의의 편린을 김남천의 에세이에서 풍성하게 찾아볼 수 있다. 이는 임화의 파토스와 감상주의에 비해 상대적으로 객관적 세태 관찰에 강점을 보여준 김남천 역시 에세이(수필) 장르에서는 자신의 주관적 감상과 진솔한 마음을 그대로 드러내고 있음을 보여주고 있다. 이러한 대목을 보더라도, 한 문인의 감성과 면모를 총체적으로 파악하기 위해서는 에세이를 비롯한 변두리장르에 대한 고찰이 필수적으로 요청된다는 사실을 분명하게 인식할 수 있다. 바로 김남천의 경우가 그 전형적인 실례에 해당된다.

앞으로 김남천을 포함한 식민지 시대의 다양한 문인들의 에세이나 잡문·대담·서간문 등에 대한 좀더 심화된 연구가 진행되어야 할 것이다. 무엇보다도 시·소설을 중심으로 한 기존의 연구가 무의식적으로

간과한 다양한 변두리장르에 대한 깊이 있는 연구가 전개될 때, 기존의
해석과 문학적 상식에 생산적인 균열을 낼 수 있는 새로운 관점을 확보
할 수 있을 것이다.

제3부
비평의 역사와 이론의 운명

제1장

1920년대 내용 · 형식 논쟁의 재해석

1. 문제제기 – 근대비평 연구의 딜레마

1920년대 비평사를 연구하다 보면, 근본적인 절망감과 대면하지 않을 수 없다. 그 절망감의 실체는 무엇보다 '당시 일본 근대비평의 막대한 영향을 받은 한국 근대비평사의 독자성은 과연 존재하는가?'라는 물음과 연관된다. 식민지 시대 내내 우리 근대문학사가 일종의 문학적 기원(起源)이자 창구라고 할 수 있는 식민지 모국 즉, 일본 근대문학의 압도적인 영향을 받아왔음은 의심할 나위 없는 주지의 사실이다. 더구나 당대 사회의 구체적 현실에 착목하고 있는 창작과는 달리 관념적이며 이론적인 분야를 주로 취급하는 비평 분야는 더더욱 이러한 문화적 풍토와 습속으로부터 자유롭지 않았다. 아울러 마르크스주의를 비롯한 모더니즘, 민족주의 등의 다양한 사상, 문예사조가 동시다발적으로 수용 · 전파되었던 1920년대 비평문학의 장(場)에서, 일본 근대비평의 흔적과 영향은 대개의 연구자가 상상하는 것보다 월등 본질적인 고려사항이라고 할 수 있을 것이다. 당시의 비평가와 논객들은 거의 무의식적인 차원에서, 식민지 모국인 근대 일본 평단의 논의구도를 염두에 두면서 여러 첨예한 논쟁을 수행해나갔던 것이다. 그러므로 1920년대 비평문학의 총체적 연구를 위해 면밀한 비교문학적 검토가 요청된다는 사실은 자연스러운 학문적 수순일 것이다.

최근 몇 년간 일본 근대문학이 우리 근대문학에 미친 영향력을 다각도로 검증할 수 있는 번역물들과 학문적 성과들이 활발하게 제출되었다. 예를 들어 미시사나 일상사의 문제의식에서 수혈 받은 식민지 시대의 일상사 및 문화사를 문학 연구와 연계시키는 최근의 연구들은 일정한 한계에도 불구하고 근대문학 연구의 새로운 지평을 열어 제친 것으로 평가될 수 있다.1) 아울러 국가주의나 근대어, 식민주의, 번역, 오리엔탈리즘 등의 개념, 백화점이나 박람회 등의 근대적 문화제도 등이 일본 근대문학, 근대문화에서 차지하고 있는 역할을 탐구하고 있는 저서들의 왕성한 번역은 우리 근대문학 연구에도 대단히 소중한 참조사항이 될 수 있을 것이다. 이제 우리 근대문학 연구를 단지 문학에 한정되지 않는 정밀한 문화사적 탐구로 끌어올리기 위해서는 우리 근대문학의 토양이자 원천에 해당하는 일본 근대문학과 문화사적 감각에 대한 면밀한 이해 및 검토가 필요하다는 사실은 학술적 상식이 되었다.

이러한 문제의식의 연장선상에서 볼 때, 우리 근대비평이 식민주의의 그늘에서 얼마나 자유롭지 않는가를 냉철하게 확인하는 과정은 당위적인 차원에서 전개되는 민족주의적 연구의 신기루를 탈피하여 학문

---

1) 그 대표적인 연구성과로는 이경훈의 『오빠의 탄생―한국 근대문학의 풍속사』(문학과지성사, 2003), 천정환의 『근대의 책읽기』(푸른역사, 2003), 권보드래의 『연애의 시대』(현실문화연구, 2003) 등을 들 수 있다. 아울러, 이러한 풍속사적 연구동향에 대한 유의미한 비판으로는 하정일의 「'개인'의 이데올로기를 넘어서―90년대 한국 근대문학비평과 연구에 대한 한 반성」(『비평과 전망』 8, 2004)과 이명원의 「절름발이의 시대상」(『마음은 소금밭인데 오래간만에 도서관에 갔다』, 새움, 2004)이 있다.

적 성숙을 도모하는 유의미한 학문적 여정일 수 있다. 이러한 측면에서 보면 일본의 어느 비평가나 사상가의 이론을 식민지 조선의 특정한 비평가가 어떠한 방식으로 수용하고 모방했는가를 따지는 것은 가능하고 필요한 연구방법일 것이다.

물론 이같이 문학적 기원(起源)을 상정한 비교문학적 연구가 자칫 학문적 식민성을 재확인하는 허무주의로 귀결될 수도 있다는 우려에 대해 직시해야 할 필요가 있다. 자생적 근대성의 지형에 대한 탐색 없이, 이러한 단계의 연구에 매몰될 경우 우리 근대 비평의 독자성과 창조적 굴곡은 실종되어 버린다. 널리 알려진 대로, 어떠한 기원도 그 자체 원형 그대로 전파되지 않는다. 문화의 전파과정에는 무수한 굴절과 균열, 왜곡, 토착화의 계기들이 존재한다. 그러므로 식민지 모국의 원전이 우리 사회에 도입되면서 탈구되는 틈에 대한 심화된 연구들이, 우리 근대 비평이 지니고 있는 최소한의 독자성과 특수성—설사 그것이 근본적인 관점에서 이식된 근대성에서 자유롭지 않더라도—을 확인시켜줄 수도 있을 것이다. 이러한 연구는 궁극적으로 탈식민주의적 문제의식을 담보하게 될 것이다.

현재의 근대문학 연구 동향을 전반적으로 고려해볼 때, 학문적 식민성과 그 구조적 한계를 통렬하게 인식하는 연구는 비평이론의 자생성과 민족문학적 의미의 주체성을 강조하는 연구만큼이나 절실하게 필요하다고 생각된다. 역설적으로 말해서, 이론적 식민성에 대한 철저한 자각이야말로 탈식민성을 향한 소중한 계기를 열어놓을 수 있을 것이다. 한국 근대비평을 연구하는 한 사람의 학인으로서, 항상 이러한 근본적인 딜레마로부터 자유롭지 않았다는 사실을 고백하는 것으로 이 글을 시작하도록 하자.

지금까지 서술한 문제의식을 바탕에 두고, 이 글이 밝히고자 하는 것은 1920년대 내용·형식 논쟁에 참여한 주요 비평가들이 보여주는 담론의 유형학이다. 1920년대 중반부터 회월(懷月) 박영희(朴英熙)와 팔봉(八

峰) 김기진(金基鎭), 무애(無涯) 양주동(梁柱東), 권구현 등의 비평가들 사이에 진행된 내용·형식 논쟁은 다음과 같은 몇 가지 측면에서 새로운 해석의 대상이 될 수 있는 문제적인 논쟁이라고 생각된다.

우선 이 논쟁은 마르크스주의에 착목한 '문학적 계몽주의'의 전면적 요청 앞에서, '문학의 자율성'이 어떠한 방식으로 제기될 수 있는가 하는 문제의 시금석(試金石)과 같은 역할을 수행한다. 두 번째, 이 논쟁에 참여한 논자들이 논쟁과정에서 보여준 담론의 전략과 외국 이론의 수용 태도에 대한 탐색을 통해 근대비평 논쟁담론의 구조적 특성을 확인할 수 있을 것으로 기대된다. 세 번째, 궁극적으로 이 논쟁을 통해 '우리 비평사의 독자성과 주체성을 과연 어느 정도로 인정할 수 있으며, 비평이론의 탈식민주의적인 지평을 발견할 수 있는가?'에 대한 논의과정을 거쳐, 근대비평사에 드리운 식민성의 거대한 그림자를 인식함과 동시에 희미하지만 분명히 존재하는 탈식민주의 비평의 단초를 확인할 수 있을 것이다.

지금까지 진행된 카프비평 논쟁에 대한 연구는 주로 마르크스주의 비평의 인식론적 틀을 수용하면서 그 전개과정 및 논쟁의 비평사적 의의 등을 효과적으로 정리하고 있다. 김윤식, 김영민 등의 연구들이 이러한 대표적 성과에 포함된다.2) 이들의 기존 연구는 주로 마르크스주의 미학이론에 기대어, 박영희와 김팔봉을 중심으로 내용·형식 논쟁을 조망하고 있으며, 대체로 당시 카프 조직의 논리에 따라 박영희의 이론적 승리라는 결론을 내리고 있다. 그러나 이제 이러한 결론은 '이론 구사의 식민성'이라는 문제의식 하에 근본적으로 다시 검토될 필요가 있다.

이 연구가 궁극적으로 관심을 두고 있는 것은 논쟁의 전개 과정이나

---

2) '내용·형식 논쟁'에 대한 대표적인 연구 성과로 다음과 같은 논저들을 들 수 있다. 김윤식, 『한국근대문예비평사 연구』, 일지사, 1978; 김윤식, 「정치 우위론의 사상사적 살핌—20년대 우리문학의 이해와 관련하여」, 『문예중앙』, 1984년 겨울; 김영민, 『한국근대문학비평사』, 소명출판, 1999; 역사문제연구소 문학사연구모임, 『카프문학운동 연구』, 역사비평사, 1989.

 횡단과 경계—근대문학 연구와 비평의 대화

그 이념적 구도가 아니다. 내용·형식 논쟁을 비롯한 카프 논쟁에 대한 연구는 표면적인 주장의 옳고 그름이나 이념적 대립구도에 대한 천착보다는 담론을 구사하는 방식 및 이론적 전거의 제시방법이라는 잣대로 재검토되어야 한다는 것이 내 생각이다. 당시 내용·형식 논쟁의 과정에서 회월 박영희가 표면적으로 승리했고, 당시 KAPF 조직이 처하고 있던 정황상 회월 박영희의 논리가 채택될 수밖에 없었다는 것은 이미 공인된 비평사적 사실이다.3) 그러나 이러한 서술만으로 내용·형식 논쟁이 포괄하고 있는 복잡한 맥락을 제대로 담보할 수 있을까. 이념적 지평을 괄호치고, 담론의 구사 방식이나 논지전개의 전략이라는 측면에서 이 논쟁을 조망하면, 기존의 연구와는 조금 다른 시선으로 이 논쟁을 바라볼 수 있는 '해석의 틈새'가 보일 것이다. 말하자면 담론의 전략이나 (탈)식민주의의 지평으로 내용·형식 논쟁을 조망할 경우, 기존의 연구결과와 조금이라도 변별되는 인식을 얻을 수 있지 않겠느냐는 문제의식을 가져볼 수 있겠다.

때로 글의 전개방식, 혹은 담론의 전략은 그 담론의 내용보다 논자의 무의식과 은폐된 세계관을 한층 정확하게 드러내기도 한다. 표면적으로는 진보적이지만, 글의 구조나 형식적인 측면에서는 대단히 권위적이며 억압적인 글들이 존재할 수 있다. 혹은 표면적으로는 급진적인 마르크스주의적인 비평 행로를 쫓고 있지만, 정작 그 밑바닥을 관통하는 정서는 고질적인 식민주의 이데올로기에 해당되는 담론들이 있을 것이다. 문학비평 연구가 텍스트의 표면을 가로질러 담론 전개방식의 무의식이나 비평적 욕망까지 검토해야 할 필요성이 바로 여기에 있는 것이다. 1920년대의 내용·형식 논쟁 역시 이러한 담론의 책략까지 검토했을

---

3) 예컨대 김윤식은 내용·형식 논쟁과 연관하여, "팔봉은 지극히 초보적인 차원에서 발언한 것임을 알 수 있다. (…중략…) 이에 비하면 회월의 내용·형식 논쟁에 대한 究明은 훨씬 프로문학의 본질적 차원에 접근하려는 노력을 보인 것이라 할 수 있고, 이 점에서 팔봉보다 회월이 본래적 의미의 프로이론가라 할 수 있다"(『한국근대문예비평사 연구』, 일지사, 1978, 59면)면서 팔봉에 비해 회월에 대해 고평하고 있다.

때, 비로소 그 논쟁의 공과와 구도가 한층 투명하게 인식될 수 있을 것이다. 그러나 현재까지 진행된 대개의 근대비평사 연구는 다소 내용 중심적 편향을 지니고 있다.

지금까지 언급한 전제에 따라 이 글은 내용·형식 논쟁에 참여한 논자들을 대상으로, 다음과 같은 몇 가지 질문에 비추어 각자의 논리와 비평관을 검증하게 될 것이다.

① 당시 논쟁의 과정에서 당대 식민지 조선의 문학적 현실과 민족문제에 대한 인식이 얼마나 면밀하게 검토되고 있는가?
② 당대를 이끌어간 중심 담론, 말하자면 그즈음의 일본 근대비평이라는 담론의 권력과 구조를 얼마나 투명하게 인식하고 있는가?
③ 논쟁의 과정에서 논지를 전개하는 담론의 전략은 어떠한 식으로 드러나고 있는가?
④ 박영희, 양주동 등 내용·형식 논쟁에 참여한 주요논자들이 식민주의적 담론의 자장에서 얼마나 자유로운가?

이러한 몇 가지 논점에 주안점을 두고서, 이 연구는 내용·형식 논쟁에서 박영희·김팔봉·양주동 등의 논객들이 구사한 논리 전개를, 식민주의의 문제의식을 바탕에 깔고, 담론의 전략이라는 차원에서 재검토해보고자 한다. 특히 지금까지의 연구에서 상대적으로 간과되었던 양주동의 비평 논리를 본격적으로 재평가하고자 하는 것이 이 글의 심층적인 의도이다.

2. 인용의 정치학과 식민주의적 비평담론—박영희

자신의 소설 「철야」에 대한 김팔봉의 혹평, 즉 "소설이란 한 개의 건축이다. 기둥도 없이, 서까래도 없이, 붉은 지붕만 입히어놓은 건축이 있는가?"4)라는 주장에 맞서, 회월 박영희가 적극적인 반론을 펼치면서 이른바 내용·형식 논쟁이 본격적으로 전개된다. 팔봉의 비판에 대해 회월은 「투쟁기에 있는 문예비평가의 태도—동무 김기진 군의 평론을 읽고」(1927.1)라는 평론으로 화답하며, 이에 대해 다시 팔봉은 「무산문예 작품과 무산문예비평—회월 동무에게」(1927.2)라는 글로 자신의 입장을 정리한다. 회월은 다시 「문학비평의 형식파와 맑스주의」(1927.3)라는 글로 내용·형식 논쟁에 대한 이론적 점검을 시도하며, 팔봉은 「내용과 표현」(1927.4)이라는 글로 화답한다. 또한 그 과정에서 이른바 절충파에 해당되는 권구현의 평문 「계급문학과 그 비판적 요소」(1927.2)와 양주동의 「문예비평가의 태도, 기타」(1927.2), 「문단의 삼(三) 분야(分野)」(1927.5), 「다시 문예비평의 태도에 대하여」(1927.7) 등이 발표된다. 이 내용·형식 논쟁은 2년여 후에 다시 불거져, 양주동의 「문예상의 내용과 형식문제」(1929.6)와 박영희의 「예술의 형식과 내용의 합목적성」(1930. 12) 등의 글이 발표된다.

이상의 과정에서, 박영희는 시종일관 내용·형식 논쟁을 주도하며 자신과 대비되는 김팔봉의 관점에 대한 혹독한 비판을 전개한다. 그렇다면 회월이 내용·형식 논쟁을 주도하면서 상대방(타자)을 비판하는 담론의 전략은 무엇인가? 회월이 내용·형식 논쟁에 참여하면서 발표한 평론들은 외부의 전거에 기댄 이론의 권력적 효과를 극대화하고 있다는 점에서 동일한 담론의 구조를 지니고 있다. 예컨대, 「투쟁기에 있는

---

4) 김팔봉, 「문예월평」, 『조선지광』, 1926.12, 94면.

문예비평가의 태도」의 경우, 회월은 팔봉의 주장을 반론하는 과정에서
레닌과 마르크스주의 이론 및 아오노 스에키치[靑野季吉][5)의 외재적 비
평론을 시종일관 제시하고 있다. 회월은 "그러므로 「아당(我黨)의 기관
지와 문학」이라는 논문에 ×××[레닌은] 이렇게 말하였다"[6)고 언급하면
서 레닌의 주장을 다음과 같이 인용하고 있다.

> 문학의 활동은 "프로레타리아의 모든 일의 한 부분이 되어야 한다. 노동계
> 급의 ××[전위]로 하여금 발동할 기계 안에 한 작은 치륜(齒輪)이 되어야 한
> 다. 문학은 조직되고 안출(案出)하며 통일되며 ×××× 아당(我黨)의 모든 일
> 가운데의 한 부분이 되어야 한다"고 하였다.

이러한 레닌의 기능적 문학관은 회월 박영희에게 김팔봉의 주장을
제압할 수 있는 절대적인 원칙으로 작동하고 있다. 회월의 「문학비평의
형식파와 맑스주의」는 이론적 전거를 인용하는 경향이 훨씬 더 극심해
진 경우에 해당된다. 이 글 내용의 70%는 러시아 형식주의 이론가 빅토
르 쉬클로프스키와 마르크스주의 비평가 트로츠키의 논쟁을 그대로 소
개하고 있는 형식으로 구성되어 있다. 회월은 쉬클로프스키에 대한 트
로츠키의 비판을 형식파, 즉 김팔봉에 대한 자신의 비판이 정당하다는
척도로 소개하고 있는 것이다. 이러한 과정에는 쉬클로프스키나 트로츠
키의 이론이 당시 카프문학의 해석에 어떠한 지침과 맥락이 될 수 있는
지에 대한 사유가 실종되어 있다. "다만 이 논문은 필자의 주관보다도
이러한 시기의 한 참고로서 이 것 저 것을 종합해서 소개한 것에 불과
하다"[7)라는 회월의 고백이 이를 입증한다.

---

5) 우스이 요시미[臼井吉見], 고재석 역의 『일본 다이쇼 문학사』(동국대 출판부, 2001)
   에 따르면 아오노 스에키치는 당대 일본 프로 문단의 비평담론을 주도하는 가장 유력
   한 마르크스주의 비평가였다고 한다.
6) 박영희, 「투쟁기에 있는 문예비평가의 태도」, 『카프비평자료총서』 3(임규찬 · 한기형
   편), 태학사, 1989, 32면.
7) 박영희, 「문학비평의 형식파와 맑스주의」, 위의 책, 99면.

회월의 평론 「예술의 형식과 내용의 합목적성」은 원전 인용의 정치학이 가장 노골적으로 표출되어 있는 글이다. 회월은 이 글에서, 시종일관 "루나찰스키는 예증하였다", "플레하노프에 의하면", "플레하노프의 소론에서 보면", "그러므로 루나찰스키는 말하였다", "'플레하노프'의 인용구로서 말하였거니와" 등의 표현을 구사하고 있다. 회월은 이 글에서 플레하노프와 루나찰스키의 이론을 소개하면서 형식이 근본적으로 내용적인 차원의 요청에서 존재하는 것임을 주장한다. 이는 결국 형식을 앞세우는 부르주아 비평가들을 제압하기 위해서 회월이 선택한 담론의 전략이다. 그것은 요컨대 '인용의 정치학'이라고 할 수 있다. 그러므로 이 평문 역시 회월의 독자적인 비평적 사유가 내장된 글이라기보다는 일종의 독서노트에 가까운 글이다. 이러한 사실은 내용·형식 논쟁의 전개과정에서 회월이 보여준 비평적 궤적이 기본적으로 당시 일본 비평계의 기계적 추수(追隨)에 불과하다는 점을 의미한다. 내용·형식 논쟁의 과정에서 지속적으로 인용의 정치학을 활용하면서 타자를 배제시키는 회월의 모습은 식민지 담론의 주요한 특징 중의 하나인 '고착성'을 연상시킨다. 호미 바바에 의하면 "고착성은 엄격성과 불변의 질서라는 의미뿐만 아니라, 무질서·퇴화·악마적 반복이라는 함의를 지닌다."[8]

회월 비평의 논리 구조는 기본적으로 '누구는 이렇게 말하였다. 그러니, 김팔봉을 비롯한 부르주아 형식주의 비평가들의 주장은 틀렸다'라는 단순명제의 '악마적 반복'에 가깝다. 그 누구에 레닌이나 마르크스, 플레하노프, 트로츠키, 루나찰스키 등의 마르크스주의 이론가들과 아오노 스에키치 등의 당대에 활동한 일본 비평가가 해당되는 것이다. 이 모든 지식과 정보가 일본 번역본으로 익힌 사회과학 학습에서 싹튼 것임은 주지의 사실이다. 여기서 주목해야 할 사실은 이러한 단순한 이론

---

8) 호미 바바, 나병철 역, 『문화의 위치』, 소명출판, 2002, 145~146면.

적 전개과정 속에서 당시 식민지 문학계의 현실은 상대적으로 약화된 채, 선험적인 외국 이론가의 주장이 앙상하게 돌출되어 있다는 점이다. 이러한 의미에서, 내용·형식 논쟁에서 박영희가 보여준 이론적 태도는 외국 문예이론의 번안에 가깝다. 식민주의 번역이론에 따르면 이 같은 박영희의 태도는 표면적인 진보성에도 불구하고 결과적인 맥락에서 '식민화의 도구'[9]로 기능할 수도 있는 것이다.

또 다른 한편, 당시 KAPF를 중심으로 한 프로문예가 그야말로 미숙한 초창기였다는 사실을 감안해볼 때, 레닌의 「당조직과 당문학」 이론을 비롯한 다양한 마르크스주의 문예이론들이 카프문학에 전일적으로 적용되기에는 분명한 한계와 낙차가 존재했다고 할 수 있다. 이처럼 구체적인 현실에 대한 조회 없이, 곧바로 마르크스주의 비평의 일반론으로 달려가는 박영희의 비평은 기본적으로 관념론자의 조급한 선취(先取)에 해당된다.

물론 내용·형식 논쟁을 평가하는 기준은 여러 가지가 있을 수 있다. 가령 다음과 같은 세 가지 기준을 설정할 수 있을 것이다.

① 카프 조직운동의 관점
② 카프문학의 전반적인 활성화라는 관점
③ 당시 우리 문학 전반의 융성이라는 관점

위의 세 가지 기준 중에서 회월은 오로지 첫 번째 기준을 중심으로 내용·형식 논쟁에 참여한 것이다(이에 비해 김팔봉은 두 번째 기준을 염두에 두고 논쟁에 참여했으며 양주동은 세 번째 기준을 고려하여 논쟁에 참여하였다). 즉

---

9) 더글러스 로빈슨, 정혜욱 역, 『번역과 제국─포스트식민주의 이론 해설』, 동문선, 2002. 더글러스 로빈슨에 의하면 번역은 '식민화의 도구'일 수도 있고, '탈식민의 촉진제'일 수도 있다. 박영희가 내용·형식 논쟁에서 보여준 태도나 누구보다도 친일문학에 적극적으로 복무한 그의 비평적 이력을 검토해볼 때, 박영희의 경우 번역은 '식민화의 도구'로 작용한 면이 다분하다고 판단된다. Ⅳ장 '번역과 식민주의의 영향' 참조.

카프 조직운동에 방해가 될 수 있는 여러 경향에 대한 단호한 투쟁의 맥락에 회월의 비평이 자리 잡고 있는 것이다. 회월의 논리는 카프의 선명성을 내세우고 조직적 효과를 극대화시키는 데는 유효했지만 정작 카프문학의 활성화에는 역작용을 불러왔다. 무엇보다도 회월이 창작을 포기하고 비평으로 나아간 대목은, 스스로가 설정한 비평의 기준을 창작자로서 감당할 수 없었기 때문이리라. 회월의 관점은 단기적인 카프 조직의 안정화에는 기여했을 수 있다. 그러나 이론을 수용하는 과정이나 그 이론을 활용하는 담론의 전략이라는 측면에서 본다면 회월의 논리에는 커다란 모순이 존재한다.

이론의 식민주의 담론이 식민지 모국의 이론을 수입하여 더욱 생경하고 기계적으로 전화시키는 '부적절한 모방'10)의 과정을 포괄한다고 한다면, 내용·형식 논쟁에서 박영희가 보여준 논리는 식민주의 담론이 비평적으로 표출된 전형적인 예에 해당한다. 실제로 회월이 내용·형식 논쟁의 과정에서 소개한 트로츠키, 쉬클로프스키, 아오노 스에키치 등 상당수의 외국 이론이 오독이나 왜곡에 가깝다는 점11)을 염두에 두면, 회월의 편의적 이론 수용은 그야말로 '부적절한 모방'에 해당되는 것이다. 호미 바바는 모방을 통해 혼성성을 생성하는 과정이 탈식민의 가능성과 연계되어 있다고 언급하고 있지만, 박영희의 경우는 그것이 왜곡

---

10) 호미 바바는 "식민지화된 사람들이 종주국의 문화나 담론에 대해 '적절한 모방'을 강요받고, 결과적으로 종주국의 논리에 '점유'되고 마는 과정에 대해 '부적절한 모방'이라는 표현"을 사용했다. 이에 대해서는 다음의 책들을 참조할 것. 호미 바바, 나병철 역, 「모방과 인간—식민지 담론의 양가성」, 『문화의 위치—탈식민주의 문화이론』, 소명출판, 2002; 강상중, 『포스트콜로니얼—식민지적 무의식과 식민주의적 의식』, 삼인, 2002.

11) 한계전, 「회월 박영희의 트로츠키 수용과 형태주의」, 『한국현대시론 연구』, 일지사, 1983; 김영민, 「프로문학의 발생과 내용·형식 논쟁」, 『한국근대문학비평사』, 소명출판, 1999, 64면. 한계전은 앞의 논문에서 "그런데 의아스러운 것은 회월의 글이 트로츠키의 「문학과 혁명」(1923) 제5장 「형태주의 詩派와 마르크스주의」의 내용을 거의 완벽하게 번역 및 번안하고 있음에도 불구하고, 그것이 한국 프로문학 연구에서는 단 한 번도 본격적으로 논의된 바가 없다는 사실이다"라고 지적하고 있다.

된 모방이나 오독이라는 점에서 탈식민의 길과는 거리가 멀다. 오히려 식민 모국의 이론을 더욱 기계적으로 추수하거나 주관적으로 과장하는 박영희의 이론적 태도를 고려하면, 그는 차라리 식민자를 닮은 '순응적인 주체'12)에 가깝다. 이런 의미에서, "한국에 있어서의 계급문학의 문예비평이 플레하노프나 루나챠르스키의 원론적인 이론을 일본을 통해 받아들였음은 사실이지만 한국적인 특수 사정에 대비 적응하는 데 대부분의 노력을 집중하였다"13)는 박영희의 비평에 대한 평가는 지금 이 시점에서 보면 다소 논리적 비약에 해당된다. 대체로 보아, 당시 회월이 외국 이론을 수입하여 인용하는 과정에는 그 이론의 기원 및 공과(功過)·파장 등에 대한 자의식 대신, 수입된 이론을 선험적으로 자신의 주장으로 내면화하는 일종의 '가면의 정치학'이 지배하고 있다.

회월이 끊임없이 염두에 두었던 비평적 구도는 러시아·일본의 마르크스주의 비평=선진적 비평, 당시 식민지 조선의 비평=후진적 부르주아 비평의 이분법이다. 이는 근본적으로 서브 오리엔탈리즘(sub-orientalism)의 혐의로부터 자유롭지 않다.14) 그러니 표면적으로는 식민지 이데올로기에 강력히 저항하는 마르크스주의 문예이론을 가장 급진적인 형태로 수용한 회월이, 그 이론의 수용 및 유통 방식에 있어서는 가장 식민주의적인 습속(習俗)을 내면화하고 있었다는 점은 우리 근대비평의 치명적인 아이러니였다고 생각된다.

정리하자면, 회월의 이론적 주장은 그 표면적 급진성에도 불구하고 식민주의적 담론의 회로에 포섭된 전형적인 예라고 할 수 있다. 무엇보

---

12) 나병철, 『탈식민주의와 근대문학』, 문예출판사, 2000, 119면.
13) 김윤식, 『한국 근대문예비평사 연구』, 일지사, 1978, 46면.
14) 서양의 오리엔탈리즘의 대상이었던 일본이 역설적으로 식민지 조선이나 홋카이도, 대만 등을 오리엔탈리즘이 시선으로 바라보았다는 점은 흥미롭다. 이런 측면에서 보면, 당시 박영희를 비롯한 상당수의 카프비평가와 마르크스주의자들조차도 이른바 문명개화의 논리에 근거한 식민지적 무의식에서 자유롭지 못했다고 판단된다. 이에 대해서는 강상중, 『포스트콜로니얼―식민지적 무의식과 식민주의적 의식』(삼인, 2002)의 「'문명 개화'와 식민지적 무의식」 참조

다도 회월의 비평에는 우리 문학과 비평계의 현실, 즉 당시 카프문학의
현황에 대한 구체적 검토와 민족문제에 대한 진단이 결여되어 있다. 대
신 그의 글을 지배하고 있는 것은 식민지 본국을 지배하던 비평의 논리
및 수입된 마르크스—레닌주의 문예이론이다. 일반적으로 식민지 시대
에 수용된 마르크스주의는 식민주의를 극복하기 위한 진보적 이론으로
인식되어 왔다. 그러나 내용·형식 논쟁의 과정에서 비평가 박영희가
구사한 비평 텍스트는 표면적으로는 진보적이지만, 이론의 수용이나 구
사방식 면에서는 식민주의적 담론의 그늘에 포섭되는 대표적인 실례에
해당된다.

지금까지 서술한 문제의식의 연장선상에서, '담론의 식민성'이라는
프리즘으로 여타 카프비평가들의 비평 텍스트를 조망한다면, 단순한 이
념적 구도로는 제대로 포착할 수 없는 카프비평가들의 이론 수용 행태
에 대한 새로운 학문적 접근을 수행할 수 있을 것으로 기대된다.

일제 말 박영희의 행적은 그가 누구보다도 식민주의의 그림자로부터
자유롭지 않은 이론가였음을 인식시켜주고 있다. 어느 누구보다도 급진
적인 마르크스주의 문예이론을 재빨리 수용했다가, 제3전선파에 의해
이론적 헤게모니를 상실한 박영희는 일제 말 대동아공영권이라는 새로
운 신(神)에게 다른 어떤 비평가보다도 급속도로, 노골적으로 흡수되었
다. 마치 급진적 마르크스주의에 누구보다도 재빨리 흡수되었던 것처
럼. 그의 관념적 성향을 여실히 보여주는 대목이다.

요컨대 박영희의 곡예에 가까운 비평적 편력은 자기 동일성을 안정
적으로 유지하지 못했기에 '타자'를 지극히 전략적으로 제압하려 했던
한 불안하고 과격한 비평 정신이, 결국에는 가장 거대하고 권력적이며
집요한 '타자'에 의해 거꾸로 자신의 자기 동일성이, 가장 전략적이고
급진적인 방식으로, 완전히 해체되어가는 과정을 비극적으로 입증하는
한국 근대 문예비평사의 살아 있는 실례이자 영원히 지울 수 없는 상처
라고 할 수 있겠다.15)

3. 이중적 담론의 모순과 조직의 논리 – 김기진

팔봉 김기진은 내용·형식 논쟁의 과정에서 박영희처럼 수미일관된 주장이나 명확한 견해를 제출하기보다는 곳곳에서 모순과 균열, 빈틈을 보여주고 있다. 예를 들어, 「내용과 표현」에서 팔봉의 "문학은 언어의 발달과 이에 의한 표현이 없고서는 구성되지 못한다",16) "소설이 소설되려면 제재를 쓸 현상이 필요하고, 현상을 예술화함에는 작가의 사상과 취미와 감정이 필요하고, 그리고는 그것을 요리하는 수완이 필요하다"17)라는 언급에서 볼 수 있듯이 기본적으로 표현과 형식의 중요성을 강조하고 있다. 팔봉은 단지 카프 조직 차원의 문제제기를 하는 것이 아니라, 카프문학의 전반적인 활성화를 꾀하고 있는 것이다. 즉 계급 사상의 문제가 아니라 어떻게 작품화할 것이냐는 차원의 문제제기에 해당된다. 그러나 김기진은 이 글의 말미에 카프 조직 차원의 내용환원론으로 회귀하면서 사실상 자신의 주장을 스스로 부인하는 모순을 보여주고 있다.

팔봉은 "인류의 사회 생활은 사회적 제관계의 조직에 있다. 프롤레타리아의 문학은 사회 문학—이 말은, 부르주아 이데올로기 속에서 성장한 개인주의 문학에 대항하여서 쓴 말이다—인 동시에, 새로운 생활의 조직으로서의 문학이다. 왜 그러냐 하면 프롤레타리아는 조직이 없고서는 현금의 사회적 질곡에서 탈각할 수 없는 동시에 미래에 있어서도 새로운 사회 질서를 유지할 수 없으니까"라고 언급하면서, "내가 소설이란 건축이다 운운한 것은 조직이라는 말의 동의어로 사용한 것이다"라

---

15) 권성우, 「근대 문학비평과 '타자의 현상학'」, 『모더니티와 타자의 현상학』, 솔, 1999, 148면.
16) 김기진, 「내용과 표현」, 『김팔봉 문학전집 1—이론과 비평』, 문학과지성사, 1988, 112면.
17) 위의 글, 114면.

고 주장하고 있다. 그러나 이러한 표현은 문학작품에 있어서 표현과 형식의 중요성을 강조한 팔봉의 입론을 스스로 무너뜨리고 있는 대목에 해당된다. 상식적으로 말해서, '건축'이라는 용어와 '조직'이라는 용어는 결코 동일한 지평에서 사용할 수 있는 유의어가 아니다. 김팔봉은 문학작품을 완성하는 과정에서 표현과 수완이 중요하다는 주장을 무리하게 카프 조직 차원의 논리로 변모시키고 있는 것이다. 팔봉 자신은 이러한 주장이 무리라는 것을 분명히 자각하고 있었다. 그래서 "다만 지금 나는 건축이라는 말이 조직이라는 말의 동의어로 사용하기에는 해석에 의하여 불충실한 말이었음을 느낀다"고 말하고 있는 것이다. 그러나 이러한 팔봉의 고백은 역설적으로 '조직'이라는 표현이 팔봉의 진심에서 우러난 주장이 아니라는 사실을 암시하고 있다.

「내용과 표현」에 앞서 발표된 「무산 문예 작품과 무산 문예 비평」 역시 비슷한 담론의 구조를 띠고 있다. 회월의 「투쟁기에 있는 문예비평가의 태도—동무 김기진 군의 평론을 읽고」에 대한 반론으로 발표된 이 평문 역시 조직의 요구의 자신의 주장 사이에서 흔들리는 팔봉의 모습을 그대로 보여준다. 가령 "동지 회월이 신년 벽두에 김기진군에게 與함이라 부기한 「투쟁기에 在한 문예비평가의 태도」의 일문은 경청할 만한 것이 있었고 비록 나 일개인으로서 불복할 점은 허다하였으나 그러나 그것이 생성기에 있는 신흥 프롤레타리아 문예에 유익을 끼치었음은 적지 않은 것이었다고 생각하는 바이다"[18]라는 문장을 보자. 팔봉의 진심이 실상 "비록 나 일개인으로서 불복할 점은 허다하였으나"에 있음은 명백하다(만약 팔봉이 좀더 카프 조직의 논리에 충실한 비평가였다면 이러한 내심을 직설적으로 드러내지 않았을 것이다). 또한 "그것이 생성기에 있는 신흥 프롤레타리아 문예에 유익을 끼치었음은 적지 않은 것이었다고 생각하는 바이다"라는 팔봉의 고백이 의례적인 차원의 표현이라는 점

---

18) 김기진, 「무산 문예 작품과 무산 문예 비평—동무 회월에게」, 『김팔봉 문학전집 1—이론과 비평』, 문학과지성사, 1988, 99면.

도 분명하다. 왜냐하면, 실제로 이 글의 대부분이 회월의 논리를 반박하
는 작업으로 채워져 있기 때문이다.

팔봉은 이 평문을 통해서, 회월의 엉성한 소설과 내용-우위론을 여러
가지 측면에서 비판하고 있다. "프롤레타리아 문학은 어디까지든지 문
학이다", "개념의 추상적 설명만으로 시종하는 것은 소설이 아니다",
"그러나 나는 단언한다. 절망의 폭발이 골자로 된 소설 또는 복수가 곧
투쟁으로 된 소설 등은 진정한 프로레타리아 문학은 아니라고" 등의 표
현들이 팔봉의 확고한 입장을 선명하게 전달하고 있다. 그런데 기이하
게도, 팔봉은 이 평문의 끝을 자신의 비평가적 태도에 "불선명한 점이
있는 것이 사실이라면, 공인하는 사실이라면 마땅히 나는 동지들 앞에
서 고개를 숙이고 사죄하고 앞날을 맹서하겠다"는 문장으로 맺고 있다.
이 대목은 그야말로 공식적인 차원의 발언일 뿐이다. 이러한 사죄의 모
습은 회월의 공식주의와 내용 편향을 내내 비판한 전체 평문의 논리에
비추어 볼 때 무척이나 부자연스러운 끝맺음에 해당된다.

그렇다면 왜 이러한 사태가 발생했을까? 그것은 카프 조직 차원의 요
구와 김팔봉 개인의 비평적 견해 사이의 낙차에서 연유하는 것이다. 말
하자면 비평가로서의 팔봉 개인의 내적 진실과 카프 조직의 공식적 논
리 사이에 존재하는 '거리'가 그러한 사태를 가져왔던 것이다. 다음과
같은 김팔봉의 고백은 이 논쟁과 연관된 정치적 차원의 구도를 여실히
보여주고 있다.

> 그때 이성태와 나의 형님(김복진을 의미함—인용자)은 따로따로 나를 보고,
> "이번 회월과의 논쟁에 있어서는 네가 무조건하고 사과를 해라! 그래야만 되
> 겠다. 전체 무산계급 전선에 너의 주장이 해롭다!" 이 같은 말로 권고하는 것
> 이었다. 전체 전선에 해롭다는 말 때문에 나는 하는 수 없이 그 다음 날 「문
> 예시평」에서 회월에게 "만일 나의 주장이 우리들 전체의 운동에 좋지 못한 영
> 향을 주는 것이라면 나는 잘못했다. 용서를 빈다." 이렇게 사과를 하고 말았
> 다. 사과하기 싫은 것을 억지로 사과한 셈이다. 그런데 이같이 나에게 억지로

사과를 시키도록 한 힘이 당시의 공산당이었다는 사실을 그 후 10여 년 만에 내 형님한테서 들었다. 그때 형님은 이미 공산청년동맹의 간부였고, 또 공산 당의 경기도 조직의 간부였다는 것이다.19)

이러한 김기진의 고백은 내용·형식 논쟁의 성격과 연관하여, 논쟁의 향방을 근본적으로 규정지은 요인, 말하자면 팔봉의 비평담론이 지닌 기묘한 이중성을 낳은 요인과 연관된 중대한 정보를 제공하고 있다.

내용·형식 논쟁에서 김기진은 내적인 개인의 입장과 집단적인 조직의 입장 사이에 존재했던 균열 그 자체를 그대로 보여주는 비평담론을 제출했다. 평문의 대부분을 형식의 중요성을 강조하는 얘기를 하다가 마지막에 그것을 부정하거나 사과하는 담론의 전략이 김기진이 마지못해 선택할 수밖에 없었던 글쓰기의 운명이었다. 결국 김기진의 비평 담론을 규정하는 동력은 카프 조직의 논리였다. 김기진은 한편으로는 그 조직의 논리에 저항하면서, 또 다른 한편으로는 조직의 논리에 기묘하게 순응하는 이중적 어법을 내용·형식 논쟁의 과정에서 보여주었다. 궁극적으로 내용·형식 논쟁에서 팔봉이 보여준 일련의 비평은 조직의 논리가 그 조직에 소속된 비평가의 글쓰기를 어떤 방식으로 규정하고 있는가 하는 점을 입증하는 시금석과 같다. 아울러 팔봉의 이러한 태도는 근대적 의미의 비평적 주체성이 공동체나 조직의 논리에 의해 포섭당하는 형국이라고 할 수 있는데, 이러한 비평적 풍경은 식민주의적 비평의 그늘을 상징한다고 할 수 있다.

생각해보면, 이러한 이중적 태도는 팔봉의 삶 자체였다고 할 수 있다. 한국전쟁 때 팔봉이 체험한 그 참담한 상징적 모습이 바로 이러한 팔봉의 인생 그 자체의 불확실성·이중성에서 연유한 것으로 해석될 수 있다. 누구보다도 혼란에 대해서 뜨겁게 반응하면서 비평가로서 방황한

---

19) 김기진, 「나의 회고록」, 『카프 시대에 대한 회고와 문학사』(카프비평자료총서 1), 태학사, 1989, 435면.

팔봉의 태도가 그의 문학뿐만 아니라 인생을 그만큼 기구하게 만들었
던 것이다.

4. 논쟁의 기원 및 민족문제에 대한 객관적 인식-양주동

내용·형식 논쟁이 주로 회월과 팔봉의 구도 중심으로 조망되었기
때문에, 상대적으로 양주동이 내용·형식 논쟁에서 보여준 관점은 단지
'절충파'라는 모호한 용어로 규정되어 왔다. 그러나 양주동이 논쟁에서
보여준 관점은 몇 가지 측면에서 주목할 필요가 있다. 양주동은 김기진
의 「무산문예작품과 무산문예비평」에 대한 비평을 겸하여 「문예비평가
의 태도에 대하여, 기타」를 발표하면서 내용·형식 논쟁에 적극적으로
개입하고 있다. 아울러, 「문단의 삼(三) 분야」(『신민』, 1927.5), 「다시 문예
비평의 태도에 대하여」(『동아일보』, 1927.10.12), 「정유평논단총관(丁酉評論壇
總觀)」(『동아일보』, 1928.1.16) 등의 문건도 내용·형식 논쟁과 연관하여 발
표한 양주동의 평문 중에서 검토할 가치가 있다.

「문예비평가의 태도에 대하여」에서 우선 인상적인 사실은 양주동이
당시 내용·형식 논쟁이 일본 문단의 영향으로부터 자유롭지 않다는
점을 다음과 같이 밝히고 있는 대목이다.

> 나는 위선(爲先) 그들의 주장하는─혹은 그들의 사조를 일본에 거쳐서 받아
> 온 우리 프로문예 제사(諸士)의 주장하는 이론에 대하여 다만 한 가지 It may
> be라는 조건하에서 찬의를 표하고 싶다. 관점에 의하야서는 분명히 문학은 사
> 회현상의 일발견일뿐더러 그것이 또한 사회에 미치는 동력을 가졌다. 그런데
> 조선의 현재 현상은 如許한 계급투쟁적 시기에 있음으로써 如許한 문예가 발

생됨도 거의 필연적일 것은 명백한 사실이다. 왜 그러냐하면 熖熖한 시대사조 혹은 내지 급박한 생활환경에 있어서 민중의 요구도 요구려니와 문예가부터가 여간한 범부인바에 초시대적 되기는 거의 바랄 수 없는 까닭이다. 나는 이러한 견해 밑에서 조선의 당래문학 중 프로문예가 자못 殷盛할 것을 斟酌한다. 또한 프로문학 자체에 들어서도 屢屢히 언급한 바와 같이 그 근본적 사상과 정신에 대하여 만은 존경과 동감을 가지게 된다.[20] (강조는 인용자)

이러한 양주동의 발언은 두 가지 점에서 인상적이다. 우선, "일본에 거쳐서 받아온 우리 프로 문예"라는 표현에서 인식할 수 있듯이, 당시 프로 문예의 이론적 기원이 일본에 있다는 사실을 양주동은 공개적으로 밝히고 있다. 명문 와세다 대학에서 불문학과 영문학을 전공하여 6년간의 유학시절을 거쳐 정식으로 졸업까지 한 양주동이 보기에는 동경의 세이소쿠[正則] 영어학교에서 잠시 수학한 경력이 있는 박영희나 릿쿄대[立教大] 영문학부에서 수학한 경력이 있는 김기진의 지적 스펙트럼은 상당히 제한적인 것으로 보였을 것이다. 말하자면 '너희들이 하는 애기는 이미 일본 평단에서 다 언급된 것 아닌가'식의 관점이 양주동이 박영희와 김기진의 논쟁을 바라보는 근본적인 시각인 것이다. 아울러 위의 인용문은 카프비평 논쟁을 "조선의 현재 현상"이라는 구체적 현실에 비추어 수용하고 있다는 점에서 주목된다. 양주동은 당대의 조선의 현실이 카프문학의 대두와 구체적인 연관성이 있다는 점을 인정하고 있는 것이다.

이와 같은 발언으로부터 2년 후에 양주동은 다시 내용·형식 논쟁에 대해 다음과 같이 언급하고 있다.

둘째의 영향은 일본문단의 영향이다. 현금 우리의 문단이 직접으로 일본문단사조에 私淑하고 있는바 많음은 여기 長提할 필요가 없으려니와 하여간 이 형식문제와 같은 것은 확실히 일본문단의 직접 영향이다. 적어도 프로레 문예

---

20) 양주동, 「문예비평가의 태도 기타」, 『동아일보』, 1927.2.28.

진영내에서 안심하고 형식적 문학론을 제출한 것은 일본 평단상의 이론(수개월전 일본평단상에는 신감각주의 일파의 餘黨이 대거하야 형식주의문학론을 제창하였고, 大小評家가 이에 가담하여 상당한 세력을 발휘하였다. 그에 대한 贊否가 구구한 중, 프로레 비평가들 중에서도 형식을 인정하는 평자가 대다수이었다. 최근 수개월간 일본평단은 전혀 이 형식주의 문학론으로 風靡된 觀이 있다)이 그 背景을 지은 듯하고 더구나 그 제시된 이론에 대하여 재래와는 다르게 도무지 비난을 하지 않은 것은, 일본평가의 이론을 권위로 인정하는 선입견이 있기 때문인가 한다. 長提하기를 그만두고 하여간 우리는 최근 문단의 형식론적 재인식이 첫째로 프로레 문예 자체의 내적, 필연적 이유와 둘째로 일본 평단에 미친 외적, 일시적 영향으로 말미암아 시작된 것임을 지적해두고자 한다. 특히 후자에 관하여는 언급하고 싶은 것이 많으나 우리는 우선 프로레 문예의 새로운 출발을 경하하기에 바빠서 일절 야유적 언사를 쓰지 않기로 한다.21) (강조는 인용자)

위의 예문에서 일본 문단에 대한 언급은 한층 구체적으로 전개된다. 이러한 언급을 통해서, 첫째 양주동이 당시 내용·형식 논쟁의 구도를 규정하는 식민지 모국 일본 평단의 커다란 영향력을 투명하게 인정하고 있다는 사실, 둘째 "프로레 문예 자체의 내적, 필연적 이유"라는 표현에서 볼 수 잇듯이, 내용·형식 논쟁의 발생 이유를 당시의 구체적인 문단 정황과 연관하여 인식하고 있다는 점을 확인할 수 있다. 이와 같은 양주동의 태도는 외적 이론의 권위에 힘에 의존하여 상대방을 비판하는 박영희의 태도와 비교해볼 때 사뭇 다르다. 회월 박영희는 식민지 모국의 평단에서 배운 지식의 실체에 대한 정확한 인식과 구조적 파악에 앞서 그것을 단지 전략적으로 활용하고 있을 뿐이다. 그러나 양주동은 무엇보다도 당시 논쟁 판을 규정하는 정보의 원천을 제대로 파악하고 있는 것이다. 말하자면 외부의 이론적 전거에 대해 얼마나 거리감을

---

21) 양주동, 「문예상의 내용과 형식 문제」, 『문예공론』 2, 1929.6; 권영민 편, 『한국현대문학비평사』 III, 단국대 출판부, 1982, 114~115면.

확보하느냐의 문제에 있어서, 양주동은 박영희에 비해서 비교적 냉철했던 것이다. "일본평가의 이론을 권위로 인정하는 선입견"과 같은 표현이 바로 식민지 모국에서 배태된 이론적 권위에 대한 양주동의 문제제기를 보여준다. 문제의 정확한 인식이 식민주의를 극복하기 위한 근본적인 고려사항이라면, 바로 이 대목에서 양주동 이론의 탈식민주의적 가능성을 확인할 수 있는 것이다.

지금까지 살펴본 양주동의 문학적 입장은 내용·형식 논쟁에 본격적으로 개입하기 전에 발표된 평문에도 뚜렷하게 개진되어 있다. 예컨대, 양주동은 1926년 11월에 발표된 「문예잡설－신기(新奇)문학과 프로문학」이라는 평문에서 다음과 같이 언급한 바 있다.

> 조선의 프로문학 기원이, 역시 타문학 방식과 같이, 일본 문단의 영향에 있음은 췌언할 필요가 없다. 물론 그 내적 동기로는 자발적임을 인정할 수 있으되, 그 외적 원인은 **일본문단 추세의 일 모방**이라 할 수 있다. 그것은 문단인들이 일본 현 문단 이외의 타국문학을 직접으로 소화할 만한 소양이 없었다는 一件으로 족히 證左할 것이다. (…중략…) 여기는 조선 현재의 프로문학을 몇 마디 논란함을 그치고자 한다. 첫째로 내가 불만을 느끼는 것은 그들의 작품에 남의 것 모방이 많은 것이다. 일일이 예시치는 않는다. 다만 그들이 쉽게 **일본인의 작품 취재**를 흔히 빌어오는 것만 기록하고자 한다.22) (강조는 인용자)

위의 예문에서도 거듭 확인할 수 있듯이, 양주동은 비평 활동 초기부터 당시 어떤 비평가보다도 식민지 모국 일본 문단의 영향과 파장에 대해서 민감하게 인식하고 있었다. 위의 예문 외에도 이와 유사한 인식은 양주동의 당시 평문 곳곳에서 산발적인 형태로 개진되어 있다. 물론 당시의 문인들이 일본 문단의 정보나 비평의 영향력을 인식하지 못한 것은 아니었을 것이다. 그것은 당시 지식의 유통 구조상 누구나 인식할

---

22) 양주동, 「문예잡설－新奇문학과 프로문학」, 『양주동 전집』 11, 동국대 출판부, 1998, 109~111면.

수밖에 없고, 너무나 자연스럽게 수용할 수밖에 없는 문학적 지식 전파의 근본적인 구조였다고 판단된다. 그런데 여기서 양주동의 태도가 인상적인 것은, 카프비평가를 비롯한 상당수의 문인들이 분명히 인식하고 있으면서도 무의식적으로 은폐하는 일본 문단(비평)의 영향력과 파장을 있는 그대로 직접적으로 서술하고 있다는 사실에 있다. 너무나 자연스럽기에 그 누구도 언급하지 않는 문제에 대한 양주동의 예민한 인식, 바로 이러한 점이 그로 하여금 내용·형식 논쟁에서 중요한 역할을 수행하게 만든 양주동의 문학적(비평적) 정체성일 것이다.

지금까지 살펴온 바와 같이, 양주동은 내용·형식 논쟁을 근본적으로 규정하는 당시 문학장(文學場)의 구조를 체득했다고 볼 수 있다. 즉, 양주동은 당시 식민지 조선의 문학적 기원으로서의 일본 문학의 정보와 역할에 대한 정확하고도 진솔한 인식을 보여주었는데, 이러한 양주동의 문학적 태도는 그로 하여금 '내용·형식' 논쟁에서 박영희나 김팔봉에 비해서 예리한 발언을 가능케 한 요소라고 판단된다. 물론 근본적으로 양주동의 「문예상의 내용과 형식문제」도 일본 평단의 논리에서 자유롭지 않은 것이 사실이지만,23) 염두에 두어야 할 것은 그 이론을 수용하는 과정에서 보여주는 양주동의 태도는 상대적으로 구체적이며 성찰적이라는 점이다. 바로 그 구체적 인식과 성찰의 힘이 우리 근대비평의 독자성을 가늠하는 바로미터일 것이다. 이러한 양주동의 논리에서 우리는 탈식민주의적 논리의 단초를 확인할 수 있는 것이다.

당시 일본 근대 문단(비평)의 영향력이 우리 비평과 문단에 미친 파장

---

23) 김윤식은 양주동의 「문예상의 내용과 형식 문제」에 대해 언급하면서, "실상 무애의 이론은 谷川徹三의 「형식주의재론」(『新潮』, 1927.7)을 그대로 옮겨놓은 것이라 할 수 있다"고 말하고 있다. 김윤식, 『한국근대문예비평사 연구』, 일지사, 1978, 63면 참조. 앞으로 근대비평 연구는 특정한 논쟁의 과정에서 일본 근대비평과 우리의 비평 텍스트가 어떠한 관계를 맺고 있는지를 분석하는 섬세한 텍스트 해독과정이 필요하다. 이러한 작업이 면밀하게 이루어졌을 때, 비로소 우리 근대비평의 독자성과 특수성을 언급할 수 있을 것이다.

에 대한 투명한 인식은 양주동으로 하여금 자연스럽게 민족문제에 대한 심화된 관심으로 이끈 대목이다. 일본 근대비평의 압도적인 영향력을 인식했을 때, 정직한 비평가라면 일종의 지적인 절망에 빠지거나 민족 문제에 대한 본질적인 고민으로 나아가는 것이 자연스러운 수순일 것이다. 양주동은 후자를 선택했다. 가령, 내용·형식 논쟁의 와중에서 발표된 「문단의 삼(三) 분야」라는 글에서 "現今 문인들은 흔히 일본어문의 교육을 받았기 때문에 조선말보다도 일본 글을 잘 보고 잘 쓰고 하는 괴상한 상태에 있다. (…중략…) 조선 말은 있어도 모르고 아는 것이 일본 문자니 그대로 쓴다고 할 것 같으면 이는 우선 조선민족의 一人으로서 수치라 할 것이다"24)라고 그가 언급한 대목은 민족어 및 민족 문제에 대한 양주동의 태도를 인상적으로 표출하고 있다. 특히 "조선민족의 一人으로서 수치"라는 표현은 양주동의 민족어 및 민족에 대한 각별한 애정과 관심을 여실히 드러내고 있다.

이러한 인식의 연장선상에서 양주동은 당시 계급적 지평을 중시하여 민족문제에 대해서는 상대적으로 둔감했던 카프 논객 박영희나 김팔봉과는 달리 민족 문제의 중요성에 대해 지속적으로 언급했으며 카프비평가들이 민족문제에 소홀하다는 사실을 반복해서 지적한 바 있다. 예를 들어, 양주동은 「정유평논단총관(丁酉評論壇總觀)」(『동아일보』, 1928.1.16)이라는 제목의 글에서, 계급 문학 주창자들에 대해서 다음과 같이 비판하고 있다.

> 그들은 민족주의 내지 국민문학 사상을 대하되 마치 종교나 종교문학과 같이 생각함을 볼 수 있으니 그것은 애국심을 우상이나 마취제나 간판으로 보는 점에서 증좌된다, 물론 幾多의 민족주의 중에서(특히 부르주와 계급에 있어서) 계급사상의 반동적 수단으로 민족의식을 내어거는 자가 있을 것이로되 그렇다고 일부로써 전반을 律할 수는 없다.25)

---

24) 양주동, 「文壇의 三 分野」, 『양주동 전집』 11, 동국대 출판부, 1998, 215면.

위의 예문을 통해, 양주동은 흔히 카프비평가들이 비판하는 부르주아 민족주의와는 거리를 두고 있다는 점, 그러나 카프 논객들의 민족주의 비판에 대해서는 동의하지 않았다는 점을 확인할 수 있다. 그렇다면 양주동이 주창하는 민족주의, 혹은 민족문학의 구체적인 실체는 무엇인가?

1929년 10월 20일부터 11월 9일 사이에 『중외일보』에 연재된 「속(續) 문제(問題)의 소재(所在)와 이동점(異同點) − 형식문제(形式問題)와 민족문학(民族文學) 문제에 대하여」라는 제목의 평문에는 양주동의 민족문제에 대한 사유가 구체적으로 드러나 있다. 실상 이 평문은 내용·형식 논쟁에 대한 양주동의 입장을 총결산하는 평문이자, 카프의 논객 김팔봉의 계급 우선 논리에 대한 정면 비판에 해당한다. 그러나 기존의 내용·형식 논쟁에 대한 연구들은 이 평문을 간과한 채 논의를 전개하고 있다.

양주동은 이 글에서 다른 어떤 평문보다도 '민족' 문제와 문학의 '형식' 문제에 대한 심화된 의견을 제출하고 있다. 이 글에서 개진되는 양주동의 관점은 "현 계단의 조선운동은 민족의식과 무산계급 의식의 병행 혹은 교차를 토대로 하고 출발하여야 하겠으나"26)라는 표현에서 볼 수 있듯이, 계급문제와 민족문제의 복합적 인식에 바탕하고 있다. "민족의식의 원칙적 존재는 아무런 粗暴한 맑스주의자라도 부인치는 않으리라 생각한다"27)는 언급은 국제주의에 기반을 둔 마르크스주의자라 할지라도 민족문제에서 자유로울 수 없다는 양주동의 관점을 적절하게 보여준다. 그래서 "예컨대 우리가 현재 일본서 쫓겨 나오는 우리 노동자를 작품화하는 경우에 그것을 온전히 무산계급 의식만으로서 표현할 수 있을까?"28)라는 근본적인 물음이 제기되는 것이다. 이러한 문제제기

---

25) 양주동, 「丁酉評論壇總觀」, 『동아일보』, 1928.1.16; 『양주동 전집』 11, 동국대 출판부, 352~353면.
26) 양주동, 「續 問題의 所在와 異同點 − 形式問題와 民族文學 문제에 대하여」, 『양주동 전집』 11, 동국대 출판부, 504면.
27) 위의 글, 506면.
28) 위의 글, 507면.

는 당시 민족문제에 소홀한 인식을 보여주던 상당수 프로문학 논자들의 아킬레스건을 정확히 짚어내고 있다.

양주동의 민족문제에 대한 인식은 다음과 같은 예문들에서 한층 구체적이며 예리하게 표출되어 있다.

① 모든 현상을 자본주의 기구로만 설명하기에는 그들의 ××주의적 의도가 너무나 복잡치 않으냐? 물론 자본주의 국가와 피××계급에 속한 식민지 간에 존재하는 경제적 관계를 중시치 않음이 아니다. 아니 문제는 물론 그 방면에 다분히 존재한다. 그러나 우리는 잊지 말자. 거기에는 민족적 문제가 필연적으로 附帶됨을![29]

② 나의 본 바에 의하건대 현 계급의 조선운동은 섣불리 민족의식을 거부하여서 완전한 성과를 얻을 만한 것이 아니다. 여기서 민족의식은 도도해 무산계급 의식을 강조하고 濃化할지언정 결코 저해할 만한 요소가 아니다.[30]

③ 현대제국주의 의도의 목표는 언제나 국제적 착취 사실을 떠나서는 설명할 수가 없다. 그러나 우리는 현 계급에서 그 문제되는 제국주의 의도가 一方으로 민족대 민족의 지배형태를 기초로 하였으리라 본다. 과연 국내적 자본주의와 제국주의와의 상이점은 오로지 민족문제 유무에 걸려 있는 것이니, 즉 전자는 단순한 경제문제에서 유래된 계급적 문제로되, 후자는 그위에 다시 일 민족 문제를 결합한 것이다. 나의 본 바에 과연 틀림이 없다면 이 민족적 지배관계 중에서 필연적으로 산출될 민족의식이 없을 수 있을까.[31]

④ 이와 같이 말한다고 해서 결코 민족의식이 계급문제를 떠나 존재할 수 없다 함이 아니다. 양자는 현 계급에 있어서 교묘히 交叉되어 있을 뿐이요, 결코 동일한 개념도 아니요, 사실도 아니다. 민족적 자존심과 자×의식은 다만 경제적 사실로서 설명되고 만족될 것은 아니다. 만일 八峰 등의 운위하는

---

29) 위의 글, 507면.
30) 위의 글, 510면.
31) 위의 글, 511면.

맑스주의가 민족적 자존심과 자X의식을 부인하고서 출발하는 경제적 만의 계급운동이라 할진댄 나는 여기서 단연코 그러한 오해된 주의와 기로에 서지 않을 수가 없다. 대개 맑스주의는 현실에 눈을 감는 현상주의는 아니리라 생각한다.32)

우선, 예문 ①과 ②를 통해 양주동의 민족문제에 대한 인식이 계급문제와 절연된 부르주아 민족주의와는 거리가 멀다는 사실이 분명히 드러난다. 양주동은 단순히 민족적 시야만으로 당시의 정국을 돌파할 수 없으며, 또한 계급적 지평만으로도 당시의 복잡한 정국을 해결할 수 없다는 사실을 분명히 인식하고 있는 것이다. 예문 ③은 제국주의의 지배 형태가 민족 문제와 결합되어 있음을 양주동이 정확하게 인식하고 있다는 사실을 보여주고 있으며, 예문 ④는 팔봉 등의 계급지상주의자가 진정한 맑스주의와는 거리가 멀다는 양주동의 현실인식을 보여준다. 물론 이러한 양주동의 맑스주의 해석은 당시 상황에서 논란의 여지가 있는 것은 사실이지만, 확실한 것은 양주동이 획일적인 경제적 환원론에서 돌파하여 민족문제에 대해서 정확하게 사유하고 있다는 점이다.

요컨대, 양주동은 민족문제와 계급문제가 복합적으로 결합되어 있는 당시 식민지 조선의 현실을 오히려 카프 논자에 비해 정확하게 이해했다고 보아야 할 것이다. 이 점은 박영희·김팔봉을 비롯한 상당수의 카프 논객들이 일본 비평계에서 수입한 마르크스이론을 전가의 보도(傳家의 寶刀)처럼 활용하면서 거의 모든 문학논의를 계급주의적 지평 속에서 바라본 것과는 선명하게 대비된다.

여기서 박영희 등의 카프 논객들이 내용·형식 논쟁에서 구사하는 담론이 일본의 비평담론을 모방한 것에 불과하다는 논리를 왜 양주동이 지속적으로 주창했는지를 확인할 수 있다. 그것은 무엇보다도 양주동의 민족문제에 대한 복합적 인식에서 연유한 것이다. 말하자면 양주

---

32) 위의 글, 512면.

동은 당시 민족과 민족문학의 구체적 정세와 지형에 대한 구체적인 고민이 결여된 식민지 모국의 이론 수입은 한낱 관념론에 불과하다고 판단했던 것이다. "조선운동은 조선의식을 토대로 하기 때문에 언제나 민족적 특수를 잊어버릴 수가 없다"[33]는 양주동의 팔봉에 대한 비판적 발언이 바로 이러한 점을 입증한다. 또한 계급적 논리의 보편성에 근거한 국제주의적 시각에 함몰되어, 민족문제에 대한 시선이 결여된 카프 문인이 결과적으로는 친일 협력에 이르렀다는 최근의 한 연구[34]도 양주동이 담보한 관점의 중요성을 새삼 환기시킨다. 이렇게 본다면, 내용·형식 논쟁의 과정에서 양주동의 입장과 대척적인 위치에 있었던 박영희와 김팔봉이 노골적으로 친일에 가담한 사실에 비추어 볼 때, 양주동이 친일의 혐의에서 비껴간 사실은 바로 그의 민족 문제에 대한 정확한 판단과 밀접한 연관성을 지닌다.

양주동의 민족문제에 대한 인식은 궁극적으로 민족문제를 소재로 한 시창작과 향가 연구를 통한 민족시사의 정체성 확립으로 나아간다. 실제로 양주동은 「문예상의 내용과 형식 문제」를 발표할 당시에, 「조선의 맥박」[35]이라는 시를 발표하면서 민족적 주체성에 대한 도저한 관심을

---

33) 양주동, 「민족의식이란 유령적 현상인가」, 『양주동 전집』 11, 동국대 출판부, 519면.
34) 김재용, 『협력과 저항』, 소명출판, 2004. 이 책의 제7장 「송영―왜곡된 국제주의」의 4절 「민족문제 결여로서의 친일 협력」 참조.
35) 1929년 5월에 간행된 『문예공론』 창간호에 수록된 이 시의 일부를 소개하면 다음과 같다.

한밤에 불꺼진 재와 같이
나의 정열이 두 눈을 감고 잠잠할 때에
나는 조선의 힘 없는 맥박을 짚어 보노라.
나는 임의 모세관(毛細管), 그의 맥박이로다.

이윽고 새벽이 되어 훤한 동녘 하늘 밑에서
나의 희망과 용기가 두 팔을 뽐내일 때면
나는 조선의 소생(甦生)된 긴 한숨을 듣노라.
나는 임의 기관(氣管)이요 그의 숨결이로다.

시적으로 형상화한 바 있다. 그리고 「조선의 맥박」을 발표한 몇 개월 후(1929년 11월 3일)에 광주학생운동이 발생했으며, 이 사건을 통해 양주동은 커다란 충격을 받으면서 민족의식에 대한 문제의식을 한층 명료하게 정립하게 된다.36) 이러한 시대적 정황들이 양주동으로 하여금 고전시가 연구로 나아가게 만든 소중한 계기일 것이다. 1930년대 중반부터 양주동이 문학비평에서 손을 떼고 국학 연구에 매진하여, 결국 일인 학자 오구라 신페이[小倉進平]의 향가 해석을 예리하게 비판하면서 독자적인 향가해석을 보여준 것이 바로 이러한 양주동의 탈식민주의적 문제의식이 소기의 성과를 거둔 대목이라고 할 수 있다.

내용·형식 논쟁의 과정에서 양주동이 보여준 관점을 주목해야 하는 또 하나의 이유는 그의 이론이 담보하고 있는 합리적 균형감각 때문이다. 실제로 양주동은 내용·형식 논쟁에 참여하는 논자들을 〈'내용'만을 주장하는 일파〉, 〈'형식'만을 주장하는 일파〉, 〈'내용과 형식의 조사'를 말하며 절충설을 취한 자〉 등의 세 가지로 구분하면서 자신을 절충론자로 자리매김하고 있다. 그에 따라 내용·형식 논쟁에 관한 기존의 연구들은 양주동의 입지를 중간파, 혹은 절충파로 명명하면서 다소 부정적인 입장에서 평가하고 있다. 그러나 기회주의적 양비론이 아닌 성실하고 온당한 균형감각은 논쟁에서 대단히 소중한 덕목이다. 내용·형식 논쟁에서 양주동이 취한 입장은 엄밀히 말하면 합리적인 균형감각에 가깝다. 예를 들어, "계급문학일수록, 맑스주의적 문예일수록, 우리는 더한층 명철한 이론과 과학적 견해를 가져야 할 것이요",37) "선전문학

---

36) 『양주동 전집』의 간행사에서 무애의 민족의식과 연관하여, "어떤 분야에서든 항상 戰必勝하고 攻必取하는 常勝將軍의 기세로 군림했던 것은 日帝에 대한 민족적 抗爭心의 발로였던 것이다"라고 언급하고 있다. 그리고 일종의 자서전이라고 할 수 있는 「나의 이력서」에는 광주학생의거에 이어 일어난 평양학생 시위를 접하고서 일제에 대한 분노와 자신에 대한 부끄러움을 느끼는 민족주의적 지식인 양주동의 내면이 잘 드러나 있다.

37) 양주동, 「文壇如是我觀」, 『양주동 전집』 11, 동국대 출판부, 1998, 195면.

일수록 더한층 기교를 요하는 것이다"[38]라는 양주동의 발언은 그가 계급 문학이나 선전 문학의 당위성을 부정하는 것이 아니라는 사실을 환기시킨다. 양주동은 이 대목에서 계급 문학 역시 예술성이라는 면에서 자유로울 수 없다는 인식, 즉 계급성과 예술성의 결합을 주창하고 있는 것이다. 물론 이러한 양주동의 관점은 당시의 첨예한 논쟁 구도 하에서는 순진한 이상론으로 비판받을 여지가 있다. 하지만, 프로 문예의 성숙과 질적인 상승을 위해서라도 양주동의 조언이 적극적으로 수용될 필요가 있었다고 생각된다.

그리고 "현금 문단상에서 무산문학을 덮어놓고 반대하는 자는 없을 것이요, 그와 반하여 정당한 프로문학을 누구나 지지코자 할 것이다"[39]라는 대목이나 "순예술파에서 계급문학을 부인하는 것이나 또는 계급문학파에서 순예술파를 매도하는 것은 彼此 극단에 빠진 錯誤라 할 것이다. '먼저 이해하라' 이것은 評者가 마땅히 書信할만한 金言이다. 그러나 남을 이해하려면 自家의 척도가 먼저 커야 하겠고 또한 정확하여야 할 것이다"[40]라는 발언은 양주동이 열린 대화를 지향하고 있었다는 점을 분명히 보여주고 있다. 이 점은 카프비평가들이 '배제의 논리'에 기대여 프로문학에 미달되는 다양한 경향에 대한 단호한 비판을 전개한 사실[41]과 인상적으로 대비된다. 이러한 양주동의 문학적 융통성과 합리적 균형 감각이 당시의 치열한 논쟁적 구도 하에서 생산적으로 스며들지 못했다는 점은 카프문학의 풍요로운 개화를 위해서는 대단히 아쉬운 대목이다.

지금까지의 고찰 결과, 내용·형식 논쟁에서 당대 문단의 문제점에 대해서 가장 구체적으로 접근하면서 그 시대비평계를 지배하고 있던

---

38) 양주동, 「文壇의 三 分野」, 위의 책, 200면.
39) 양주동, 「丁酉評論壇總觀」, 『동아일보』, 1928.1.16; 양주동, 앞의 책, 1998, 357면.
40) 양주동, 「다시 문예비평의 태도에 대하여」, 위의 책, 245면.
41) 권성우, 『모더니티와 타자의 현상학』, 솔, 1999, 93면.

구조적 힘(일본 비평계의 영향)에 대한 의식적 성찰을 보여주었다는 점에서, 그리고 내용·형식 논쟁을 둘러싼 실제 식민지 조선의 현실과 민족문제에 대한 정확한 인식을 보여주었다는 점에서, 실제 내용·형식 논쟁에서 가장 주목할 만한 견해를 제출한 자는 양주동이다. 물론 양주동의 논리에는 여러 가지 약점이 존재한다. 카프 논객들의 일본 비평 모방에 대해 지적한 그의 문학적 주장 역시 그 무렵의 일본 비평의 영향력에서 자유롭지 않았다는 점, 내용·형식 논쟁에서 그가 보여준 균형감각은 당시의 비평적 구도에서는 현실화되기 힘든 문학적 이상주의에 해당된다는 점 등을 우선 지적할 수 있을 것이다. 그럼에도 불구하고 내용·형식 논쟁을 비롯하여 1920년대 비평사에서 양주동이 보여준 비평적 역할에 대한 전반적인 재평가가 필요하다는 사실은 부인될 수 없을 것이다.

5. 맺음말―내용·형식 논쟁의 의의

이 글은 박영희의 내용우위론이 이론적 헤게모니를 얻었다고 평가되는 1920년대의 내용·형식 논쟁에 대한 재평가를 시도하기 위해서 씌어졌다. 카프 조직의 보위라는 논리에서 보자면 박영희의 논리가 수용될 수밖에 없지만, '문예이론의 식민성 극복'이라는 문제의식을 지니고 내용·형식 논쟁을 조망하면, 기존의 연구사와는 변별되는 새로운 시각이 형성될 수 있다. 박영희가 내용·형식 논쟁의 과정에서 보여준 담론의 전략은 레닌, 트로츠키 등의 마르크스주의 이론가나 일본의 마르크스주의 비평가들의 권위를 최대한 활용하면서 그들의 논리를 그대로 인용·번역하여 소개하는 방식이었다. 이러한 박영희의 태도는 표면적으로는 진보적인 마르크스주의의 적극적인 수용으로 해석될 수 있지만, 이론 수용의 심층적인 논리 차원에서는 전형적인 식민주의의 논리에 매몰되어 있었다. 그에 반해 김기진은 내용·형식 논쟁 과정에서 이론적 분열상을 노정했는데, 이는 카프 조직의 공식적인 요구와 자신의 내발적인 견해 사이의 커다란 거리에서 연유하는 것이다. 이는 근대적인 의미의 비평적 주체성의 결핍이라는 문제와 연계된다.

한편 양주동은 내용·형식 논쟁에 접근하면서 그 논쟁을 규정하는 기원이자 정보 창구인 일본 비평계의 영향력과 파장을 투명하게 인식하고 있다. 또한 양주동은 당시 민족문제에 대해서도 본격적인 이론적 성찰을 보여주고 있다. 이러한 인식의 결과가 양주동으로 하여금 다른 논자에 비해서 내용·형식 논쟁에 대한 균형감각을 지니게 만들었던 것이다. 아울러 양주동은 누구보다도 내용·형식 논쟁을 당대 조선 문단의 구체적인 현실과 연관하여 사유하고 있다. 이러한 대목은 일본을 비롯한 외국 이론가의 권위에 편승하여, 타자를 제압해나가는 박영희의 그것과 분명히 변별되는 지점이다. 바로 이러한 양주동의 자세에서 이론의 식민성을 극복하고자 하는 탈식민주의적 노력의 단초를 찾을 수 있는 것이다.

결론적으로 말해서 1920년대에 전개된 내용·형식 논쟁은 한국 근대 비평사에 짙게 드리운 이론의 식민성과 그 극복의 문제를 근본적으로 검증해볼 수 있는 바로미터라고 생각된다. 앞으로 내용·형식 논쟁을 비롯한 일제 식민지 시기의 다양한 문학논쟁들에 대한 좀더 심층적인 해석을 위해서는 당시 일본 비평가들의 논리가 우리 비평가들에게 어떠한 영향을 미쳤는가를 섬세한 텍스트 비평을 통해 검증하는 작업이 요청된다.

제2장

한국 현대비평사의 기원

1960년대 비평의 성과와 의미

1. 60년대 비평을 바라보는 시선에 대하여

문학사는 필연적으로 '선택'과 '배제'라는 권력의 욕망이 작동하는 공간이다. 말하자면 그 어떤 문학사도 당대의 모든 작품과 작가를 총체적으로 포괄하여 서술할 수 없는 것이다. 이는 문학사의 필연적인 운명이며, 더 넓게 보면 모든 비평의 운명이기도 하다. 1960년대 비평에 대해 사유하는 이 글의 운명 역시 이와 같은 전제에서 전혀 벗어나지 못할 것이다. 권영민이 작성한 『한국현대비평사 연표』(II)에 의하면 1960년대에 발표된 문학비평문은 모두 1,500여 편에 이른다.[1] 그리고 1960년대에 문학비평이라는 문자행위에 참여한 비평가나 문인들의 숫자도 100여 명을 상회한다.[2] 이러한 방대한 비평적 자료 더미 중에서 가장

---

1) 권영민 편저, 『한국현대문학사연표』(II), 서울대 출판부, 1987.
2) 김윤식에 의하면 "60년대엔 새로운 비평가가 많이 배출됐고, 강단비평도 각 대학 문

문제적인 평문들과 유의미한 비평적 논의를 선택하여, 그 비평사적 의미를 기술하는 것이 이 글의 궁극적인 과제이다.

제한된 지면을 통해 1960년대 문학비평의 지형도를 요령 있게 정리하고 해석하는 작업은 당연히 논자의 문학적 입장에 따른 가치 판단을 동반하게 될 터이다. 그렇다고 해서, 논자의 편향과 주관이 마냥 옹호될 수 있는 것은 아닐 것이다. 기본적으로 이 글은 60년대 비평문학에 대한 객관적인 정리를 목표로 하기 때문이다. 그럼에도 불구하고 이 글이 60년대에 존재했던 모든 비평적 경향과 논쟁, 테마를 전부 포괄하여 논의할 수 없다는 사실 역시 자명하다. 과거를 조망하는 현재적 주체의 시선은 근원적으로 해석학적 지평의 간섭을 받을 수밖에 없으며, 따라서 기본적으로 순수한 객관적 정리라는 관념 자체가 불가능하기 때문이다. 그렇다면, 60년대라는 시대적 공간에서 진행되었던 비평문학을 조망하는 유력한 방법은 무엇인가? 그리하여 이 글은 어떤 비평문, 비평 논쟁, 비평 논의들을 중심으로 60년대 비평을 조감하게 될 것인가?

무엇보다도 이 글은 기존의 비평사와 비평 연구에서 적극적으로 평가되었던 비평가나 비평적 논의를 세밀하게 참고하면서도, 동시에 기존의 논의에서 배제되거나 상대적으로 경시되었던 비평적 그룹과 비평적 주제에 대한 온당한 평가를 포함하는 입장을 보여주고자 한다. 아울러 기존의 정설화된 비평적 견해에 대한 최근의 비판적 연구를 최대한 참조하여, 비평사의 새로운 관점을 적극 소개하게 될 것이다. 요컨대 필자의 주관이 지닌 인식론적 한계를 인정하면서도, 그 한계 속에서 최대한의 지적·실증적 공정성과 엄밀성을 확보하는 것이 이 글의 목표이다.

이 글에서는 주로 다음과 같은 주제와 테마를 중심으로 60년대 비평을 조망하게 될 것이다.

과의 정비와 함께 상당한 세력을 형성하"는 등, 비평가와 비평 행위가 그 전대에 비해서 아연 활발하게 증가되기 시작하던 시기라고 한다. 김윤식, 『한국현대문학사』, 일지사, 1985, 273면.

① 4·19혁명과 60년대 문학비평의 인식론적 조건
② 민족문학비평의 성장과 분화
③ 근대적 개인주의와 자율성에 근거한 심미적 비평의 대두
④ 세대론적 인정투쟁의 욕망과 비평의 자기 성찰
⑤ 순수·참여 논쟁과 내면화된 이념의 맥락

서술 방법론적 차원에서 이 글은 60년대 비평에 대한 실증사적 정리에서 한 발 더 나아가, 비평 행위를 상징권력의 투쟁이라는 맥락3)으로 조망하고자 하는 의도를 지니고 있다. 피에르 부르디외(Pierre Bourdieu)에 의하면 "문학의 장, 예술의 장이란 문학적, 예술적 헤게모니를 쟁취하기 위해 행위자들 간에 치열한 대립과 경쟁, 전략, 협력이 전개되는 공간이다. 이런 투쟁은 작품, 이념, 가치, 선언들을 생산, 재생산을 통하여 상징적으로 표출된다"4)고 한다. 바로 이러한 시각이 부르디외가 말했던 '상징투쟁'의 맥락이다. 특히나 어떠한 장르보다도 권력과 민감한 비평5)이라는 문학장르는 참으로 예민한 상징투쟁의 전략이 가장 적극적으로 나타나는 지적 공간이다. 이러한 측면과 연관하여, 60년대 비평에 대한 최근의 학술적 연구는 문학사나 비평사를 객관적이며 순수한 논리대로만 설명하는 것이 한계가 있다는 사실을 여실히 보여주고 있다.6)

---

3) 상징투쟁에 대해서는 피에르 부르디외의 『구별짓기─문화와 취향의 사회학』上(최종철 역, 새물결, 1995)의 제2부 4장 '상징투쟁'을 참조할 수 있다.
4) 현택수, 「피에르 부르디외의 문예이론」, 『문화예술』, 문예진흥원, 2001.7, 145면.
5) 권성우, 「비평과 권력」, 『비평과 권력』, 소명출판, 2001, 211~214면.
6) 가령, 이명원의 『타는 혀』(새움, 2000)나 임영봉의 『한국 현대문학 비평사론』(역락, 2000)은 피에르 부르디외나 푸코의 권력이론을 60년대 비평사에 비교적 유연하게 적용하면서 비평사를 문학적 권력이 작동하는 '상징투쟁의 장'이라는 시각으로 고찰하고 있다. 예를 들어 임영봉은 "비평담론은 자주 어떤 특정집단의 다른 집단에 대한 힘의 행사로 나타나는데 여기서 특정한 비평집단의 담론은 자신을 유지·관철시키고자 하는 권력성을 분명하게 드러낸다"고 말하고 있다(임영봉, 앞의 책, 23면). 이러한 관점은 기존의 비평사 연구가 무의식적으로 간과한 비평의 권력적 측면과 주류 비평권력의 한계를 예리하게 적발하는 작업을 가능케 했다고 평가된다. 아울러 이러한 시각은 상징투쟁에서 담론의 우위를 확보한 에콜이나 '비평적 해석공동체'에 의해서 주목받지 못했던 변두리 비평적 흐름에 대한 적극적인 재평가와 재해석을 가능케 하는 측

물론 이러한 시각은 60년대의 문학비평을 단순히 문학적 인정투쟁의 욕망이 충돌하는 공간이라는 관점에 의해 정리하는 것을 의미하지 않는다. 문학비평은 권력적 역학관계의 영향을 받으면서도, 그러한 제도적 그물망으로부터 탈주하고자 하는 지난한 자율적 노력의 과정이기도 하다. 그러므로 이러한 복합적인 탐색을 위해서는, 60년대 문학비평 행위에 영향을 미친 권력적 맥락에 대해서 치밀하게 접근하면서도, 상징투쟁이나 인정투쟁이라는 맥락만으로 접근할 수 없는 문학비평의 다양한 자율적 지형에 대한 섬세한 탐사가 동시에 요청되는 것이다.

이러한 문제의식에 따라, 이 글은 비평 담론 그 자체뿐만 아니라, 그 담론이 표출되는 문학 매체나 문학 에콜의 맥락에 대한 탐색과 문제의식을 보여주게 될 것이다. 문학 매체는 다양한 문학적 담론을 담아내는 단순한 그릇이 아니다. 문학에서, 매체는 "메시지와 권력을 생산해내는 상징 생산의 장"7)인 것이다. 요컨대 이 글은 60년대의 비평사를 엄밀하게 정리하되, 경우에 따라서 그 비평적 글쓰기의 저변에 놓인 문학적 권력의 역학관계를 세심하게 고려하는 문제의식에 의해서 씌어질 것이다.

2. 4·19혁명과 60년대 문학비평의 인식론적 조건

1960년대는 4·19와 더불어 시작되었다고 할 수 있을 만큼, 60년대 지성사는 4·19라는 역사적 사건과 긴밀히 연계되어 있다. 이러한 논리는 실상 60년대 문학비평이라는 연구대상에 가장 전형적으로 적용될 수 있다. 가령, 4·19가 자신의 비평에 미친 압도적인 영향력에 대하여 세상

면도 포함하고 있다.
7) 이명원, 「문학 매체도 반성의 대상이다」, 『해독』, 새움, 2001, 144면.

을 뜬 대표적인 4·19세대 비평가 김현은 다음과 같이 얘기하고 있다.

> 내 육체적 나이는 늙었지만, 내 정신의 나이는 언제나 1960년의 18세에 멈
> 춰 있었다. 나는 거의 언제나 사일구 세대로서 사유하고 분석하고 해석한다.
> 내 나이는 1960년 이후 한 살도 더 먹지 않았다. 그것은 씁쓸한 인식이지만
> 즐거운 인식이기도 하다.8)

이와 같은 김현의 언급은 4·19라는 역사적 사건이 그 세대 비평가의 내면에 깊이 새겨진 중대한 실존적 체험이라는 사실을 웅변하고 있다. 아울러 이 대목은 김현 자신이 속해 있는 4·19세대에 대한 주관적 애착을 절묘하게 표현한 구절이기도 하다. 상당수의 4·19세대 비평가들이 이러한 김현의 진술을 공유하고 있는 것으로 여겨진다. 예컨대, 김병익 역시 4·19체험과 4·19세대라는 자부심이 자신의 성장과정과 글쓰기에 미친 영향력에 대해서 적극적으로 인정하고 있다.9) 이른바 4·19세대로 불리는 비평가들이 한국 현대비평사에서 가장 인상적인 비평적 성취를 보여주었으며, 한국 비평의 진정한 '현대성'의 풍경이 바로 이 세대의 비평가들에게서 본격적으로 가능했다는 비평적 통설이 전혀 근거 없는 주장10)이 아니라면, 우리는 4·19세대 비평가들의 글쓰기를 규정지은 중요한 요건 중의 하나인 4·19정신의 실체에 대해서 좀더 분석적으로 탐문할 필요성을 느끼게 된다. 그리하여, 4·19라는 정신사적·역사적 가치가 60년대 비평에 어떠한 영향을 미쳤는가 하는 점을 구체적으로 탐색하는 과정이 필요하다고 하겠다.

---

8) 김현, 「책머리에」, 『분석과 해석』, 문학과지성사, 1988, 서문 참조.
9) 김병익·김동식 대담, 「4·19세대의 문학이 걸어온 길」, 『작가연구』 9호, 새미, 2000.4 참조.
10) 예를 들어 정과리는 한국 현대비평사에서 4·19세대 비평가들의 비평적 활동이 그 이후 세대에 결정적인 영향을 미친 한국 현대비평의 기원이라는 식으로 '4·19세대 비평가'들의 성취와 역량을 높이 평가하고 있다. 정과리, 「특이한 생존, 한국 비평의 현상학」, 『문학과사회』, 1994년 봄.

물론 4·19가 1960년대 문학을 전면적으로 규정하는 전일적인 심급 요인이라고 볼 수는 없을 것이다. 그것은 두 가지 이유에서 그러하다. 그 하나는 통상적인 지적대로 4·19가 완성된 시민혁명이 아니라, 5·16쿠데타에 의해서 정치적으로 좌절될 수밖에 없었던 '미완의 혁명'이라는 엄연한 한계에서 비롯된다. 또 다른 하나의 이유는 문학비평 역시 자율적인 구조물이기에, 정치·사회적 논리에 의해서 환원적으로 재단될 수 없다는 문학원론적인 이유에서 그러하다. 그러나 문학비평을 정치·사회적 요소와는 변별되는 자율성을 지닌 제도라고 판단하더라도, 근원적인 의미에서 4·19혁명이라는 역사적·정치적 사건이 1960년대 문학비평에 미친 다양한 지성사적, 실존적 영향은 도저히 무시할 수 없을 만큼 지대하다고 판단된다. 항용 정치·사회적 요인으로 문학사를 평가하는 환원주의적 발상이 지닌 문제점은 지적되어야겠지만, 이러한 사실이 문학이나 문학비평이 진공 속에 놓인 존재라는 사실을 의미하는 것은 아닐 것이다. 4·19혁명이 60년대 문학비평에 미친 지성사적 영향은 다음과 같이 다양한 측면에서 언급될 수 있다.

우선 첫 번째로는 4·19로 인해 자유와 민주주의, 합리성의 정신이 우리 지식인사회에 정착되면서 '합리적인 성찰의 서사'가 60년대 비평 문학에 싹텄다는 사실을 들 수 있다.[11] 이 대목은 논쟁과 비판, 성찰을 통한 합리적인 의사소통의 대표적인 양식인 비평의 활성화에 더없이 호조건으로 작용했다. 이러한 이유 때문에, 60년대 비평은, "처음 몇 년간의 비평이 욕설과 정실로 뒤범벅이 되는 것"[12]이라고 평가받았던 1950년대 비평의 양상과 비교할 때 한층 성숙하고 대화적인 면모를 보여준다고 평가되기도 했다. 이와 같은 지적 분위기의 전환에 따라서 60년대 비평은 그 이전 시기의 비평과 대조해볼 때, 자기 성찰과 자기비

---

11) 하정일, 「구체성의 복원과 성찰의 서사」, 『1960년대 문학 연구』, 깊은샘, 1998, 16면.
12) 박헌호, 「50년대 비평의 성격과 민족문학론으로의 도정」, 『한국 전후문학 연구』, 성균관대 출판부, 1998, 17면.

판의 풍경을 적극적으로 보여주고 있다. 자기성찰 혹은 자기비판이라는 개념이 '근대성'의 중요한 인식론적 특징이라는 사실에 착목[13]하면, 이 점은 60년대 비평의 근대적 특성을 해명해주는 중요한 대목이라고 할 수 있다.

두 번째는 주체에 대한 새로운 자각과 개성의 발견을 들 수 있다. 4·19는 한국 현대사에서 근대적인 의미의 주체를 자각한 최초의 시민 혁명이었다. 이에 따라서 전근대적인 공동체주의 및 집단주의와 변별되는 근대적 주체에 대한 자각이 집단적으로 태동되었던 시기가 바로 60년대라고 할 수 있는 것이다. 상당수의 4·19세대 비평가들이 50년대 문학과 변별되는 60년대 문학의 특성으로 '개인 의지의 발견', '주체의 각성', '새로운 개인의 인식' 등의 항목들을 들고 있는 것도 바로 60년대의 문화사적 의미를 상징적으로 보여주고 있다. 이러한 현상은 비평뿐만 아니라, 60년대 문학 전반에서 발견되는 현상이다.

한 연구자는 60년대 문학의 이러한 특성과 연관하여, "60년대 문학에 나타나는 주체의 복원이라는 현상은 아무리 강조해도 지나치지 않는다"[14]고 평가한 바 있다. 성숙한 근대성의 발견이라는 척도에서 보자면, 특히나 비평 분야는 1960년대에 들어와서 본격적인 근대성(현대성)의 시대로 접어들었다고 할 수 있다. 어느 시기의 비평보다도 60년대 비평에 이르러 본격적인 자기 성찰과 미적 자율성에 대한 인식이 진전되었다는 사실이 그러한 인식을 입증한다. 그리고 비평적 인식론의 변모에는 무엇보다도 '주체'에 대한 자각과 개성의 발견이라는 당대의 문화사적 감각이 자리 잡고 있었던 것이다.

---

13) 앤서니 기든스는 '성찰'이라는 개념을 근대성의 가장 대표적인 특징이라고 파악하고 있다. 그에 따르면, '성찰'이란 계몽적 작업과 근대적 경험에 대한 지속적인 자기 비판적 요소를 의미하는 것이다. 아울러 기든스는 자문(自問)과 성찰이 애초부터 근대성에 내재해 있다고 보기도 한다. 조흡, 「21세기 사회학의 비전을 제시한 앤서니 기든스」, 『인물과사상』 제10호, 개마고원, 1999, 321~342면.

14) 하정일, 「주체성의 복원과 성찰의 서사」, 『1960년대 문학 연구』, 깊은샘, 1998, 41면.

세 번째로는 4·19세대의 언어 및 교육과 연관된 존재론적 특성을 언급하지 않을 수 없다. 이른바 4·19세대는 실질적인 의미에서 한국어로 교육받고 한국어로 본격적으로 사유하기 시작한 최초의 세대라고 할 수 있다.[15] 이 점에 대해서 4·19세대 비평가인 김병익은 스스로 다음과 같이 말하고 있다.

> 4·19의 주역들이 해방되면서부터 초등학교에 입학하여 한글을 배우기 시작한 첫 세대라는 점은 겉보기보다 훨씬 큰 문화사적 함의를 지니고 있다. 그들은 자국어로 사물을 익히고 공부했으며, 모국어로 사고하고 느끼고 책을 읽었고, 조국의 언어로 역사와 현실을 인식하고 표현하여 전달한 최초의 세대이다.[16]

이러한 사실은 비평의 세대론을 언급할 때, 생각보다 대단히 본질적인 요소이다. 글쓰기 습관, 사유의 방식, 언어적인 감각의 차이는 비평가들에게 대단히 근원적인 영향을 미친다. 예를 들어 유년기부터 한국어로 쓰고 사유한 4·19세대의 비평가들이 그 전대의 비평가들에 비해서 상대적으로 자연스럽고 유려한 우리말을 구사하는 것은 바로 이와 같은 언어적 감각의 차이에서 연유하는 것이다. 앞에서 인용한 비평가 김현의 4·19세대로서의 실존적 고백 역시 이러한 문화사적 감각과 지성사적 습속에 대한 언급에 해당된다. 이 대목과 연관하여, 정과리는 '4·19세대의 현재성'에 대해 "4·19세대가 언어와 사유와 행동의 일치를 통해서 자기의 모순을 스스로 해결할 수 있는 능력을 가질 수 있었다는 데서 온다. 바로 그 점에서 4·19세대의 문학은 현대문학의 뿌리를 이룬다"[17]고 주장하고 있다.

네 번째로는 근대적인 의미의 대학제도가 1950년대 이후 본격적으로 정비되었다는 사실이 60년대 비평에 미친 영향을 들 수 있다. 1950년

---

15) 정과리, 「김현비평의 현재성」, 『문학과사회』 2000년 여름, 423면.
16) 김병익, 「4·19세대와 한글세대의 문화」, 『열림과 일굼』, 문학과지성사, 1998, 94~95면.
17) 정과리, 앞의 글, 432면.

무렵부터 우후죽순 격으로 설립되기 시작한 대학들은 십여 년의 정비와 시행착오 기간을 거쳐, 1960년대 무렵부터는 이른바 '아카데미즘'이라고 부를 수 있는 학술적 기반을 다져가기 시작했다. 이러한 측면은 아카데미즘과 대학제도에 근거한 강단비평의 괄목할 성장을 가져온다. 외국문학이론의 적극적 수용과 국문과를 중심으로 한 근대문학사에 대한 실증적 정리 등의 성과 역시 근대적인 아카데미즘의 정비와 밀접한 연관성을 맺고 있다.[18] 그중에서도 강단비평의 성장은 60년대 비평사의 성격에 중대한 변화를 가져온 요인으로 주목되어야 마땅하다. 이에 대해서 임영봉은 "60년대는 강단비평과 문단비평이 처음으로 대등한 차원에서 긴장 관계를 띠고 대두되는 시점으로 볼 수 있으며 이로부터 문학비평의 원리와 이데올로기성에 대한 인식이 자연스럽게 싹트기 시작하는 단계이다"[19]라고 규정한 바 있다. 요컨대, 4·19 이후 재정비된 근대적 대학제도의 변화가 당대 비평과 문학 연구의 향배에도 중대한 영향을 미쳤다고 할 수 있을 것이다.

지금까지 이 글은 4·19혁명이라는 정치사적·문화사적 사건이 1960년대에 전개된 문학비평과 맺고 있는 인식론적 연관성에 대해서 살펴보았다. 그런데 1960년대 비평의 인식론적 전모를 살펴보기 위해서는 4·19라는 특정한 사건과 별도로, 1960년대라는 역사적 공간이 함축하고 있는 시대사적 특성에 대해서 고찰할 필요성이 있다. 당대의 문학비평에 중대한 영향을 미쳤다고 생각되는 1960년대의 역사적 성격에 대해서는 다음과 같이 정리할 수 있다.

무엇보다도 1960년대가 본격적인 의미의 근대화와 도시화가 전개되었던 시점이라는 사실이 인식되어야 한다. 1960년대는 이른바 근대적인 경제개발 프로젝트가 기획되어 그 실천에 옮겨지던 문제적인 시기였다. 구체적으로, 5·16쿠데타 직후 '경제개발 장기계획'이 책정되어, 1962년

---

18) 김윤식, 앞의 책, 67~69면.
19) 임영봉, 앞의 책, 42면.

에는 '제1차 경제개발 5개년 계획'이 발표되었으며, 1966년에는 '제2차 경제개발 5개년 계획'이 착수되었다. 그리고 1967년에는 경부고속도로의 건설이 시작되어, 1969년에 개통되었다. 그런가 하면, 1969년에는 『선데이 서울』, 『월간중앙』, 『주간조선』 등의 시사지와 대중연예잡지들이 발간되기 시작했다. 이러한 풍속사적·문화사적 감각의 변모는 1960년대에 활동한 비평가들에게 산업화 시대의 개인의 문제와 대중문화의 문제에 대해서 본격적인 성찰을 진행케 만든 중요한 요인이었다. 이러한 의미에서 "60년대 문학은 바로 '자본주의 시대의 문학'이라는 문학사의 새로운 단계로 들어가는 문턱이었다"[20]는 평가가 가능해지는 것이다. 실상 1960년대에 유달리 활발하게 수행되었던 '순수·참여문학 논쟁'의 저변에는 바로 전일적으로 산업화와 자본주의의 논리에 휩쓸리기 시작했던 한국사회를 조망하는 시각의 편차가 자리 잡고 있었던 것이다. 그리고 김현의 「무협소설은 왜 읽히는가─허무주의의 부정적 표출」이라는 평문이 1969년 『세대』지에 발표한 것을 통해서도 인식할 수 있듯이, 이른바 대중문화의 새로운 가능성에 대해서 문학비평가들이 최초로 주목한 시대가 바로 1960년대였던 것이다.[21]

지금까지 언급한 바와 같이 4·19혁명으로 인한 다양한 문화적 에피스테메의 변모, 그리고 1960년대의 사회사적·문화사적 성격 등은 60년대 비평의 인식론적 성격에 지대한 영향을 미쳤다. 이제, 60년대에 전개된 문학비평의 다양한 양상 중에서, 가장 핵심적이며 의미 깊은 대목들에 대해서 검토해보기로 하자.

---

20) 하정일, 앞의 글, 40면.
21) 김현의 대중문화비평에 대해서는 권성우의 「매혹과 비판 사이─김현의 대중문화비평에 대하여」(『한국현대비평가 연구』, 강, 1996)를 참조할 것.

3. 민족문학비평의 성장과 분화

KAPF의 진보적 비평은 한국전쟁을 거치면서 거의 단절된 상태에 놓여 있었다. 휴전 이후의 남한 문단은 강력한 메카시즘과 반공이데올로기의 유산으로부터 자유롭지 못했다. 그러다 보니, 한국전쟁 이후에 전개된 1950년대의 남한 문학은 어떤 면에서는 순수문학의 외피를 둘러싼 반공문학이라는 호칭으로부터 탈피하지 못했다. 50년대의 문학비평 역시 이와 같은 이념적 지형과 사회사적 조건으로부터 자유롭지 않았다. 『현대문학』을 위시하여, 50년대에 발간된 대부분의 문예지는 순수문학이나 탈이념적인 문학의 자장으로부터 멀지 않았다. 이러한 상태는 일제강점기의 진보적 문학의 전통이 한국전쟁 이후에 십여 년 간 단절되어 있었다는 사실을 의미한다.

이와 같은 단절은 1960년대에 이르러서야 조금씩 극복되기 시작했다. 이러한 점과 연관하여, 종합지 성격의 『사상계』의 창간은 지성사적으로 획기적인 의미를 지닌다. 물론 『사상계』는 1953년에 창간되었지만, 1970년 김지하의 「오적」을 수록하여 폐간될 때까지 1960년대의 지식인들에게 커다란 영향력을 미치면서 비판적 저널의 기능을 충실하게 수행하였다. 이념적 지형의 면에서 볼 때, 『사상계』가 진보적인 성향을 담보하고 있다고 볼 수는 없다. 그러나 『사상계』는 그 전대까지 획일적인 반공주의가 지배하던 당대 지식인사회의 풍토에 의미 있는 전복과 균열을 생성시키며, 양심적인 지성과 합리적인 인식의 단초를 제공했다. 종합지 성격의 『사상계』를 제외하면, 『한양』, 『청맥』 등의 잡지들이 진보적인 문학비평의 주요한 매체 역할을 담당했다고 할 수 있다. 이러한 잡지들은 순수문예지 일색이던 1960년대 초반까지의 문단에 민족문학의 목소리를 전한 소중한 매체였다. 참여문학론을 제창했던 상당수의 비평가들이 이 잡지들을 통해 자신의 문학적 이념을 전달했던 것이다.

비평사적인 면에서 보았을 때, 60년대의 비평문학에서 진보적인 민족문학론은『한양』지를 중심으로 활약했던 장일우·김순남 등의 활약, 그리고『비평작업』지를 중심으로 전개된 조동일·임중빈·주섭일 등의 활약에 크게 기대고 있다. 이들의 작업은 사실상『창작과비평』진영 비평가들이 수행한 민족문학론 정초작업의 선편에 해당된다고 할 수 있다. 또한 이들의 비평적 글쓰기는 1950년대에 활발하게 진행된 최일수의 민족문학론을 계승하는 연장선상에 놓여 있다고 평가된다. 60년대의 척박한 이념적 지형 속에서도 이들의 비평은 민족문학(론)의 진로와 역할에 대해서 참으로 진지한 모색과 남다른 사유를 보여주었다.

우선 일본에서 간행되던『한양』지가 60년대 초반에 참여문학론의 입장을 가진 문학평론가들의 중요한 텃밭이었다는 사실이 주목되어야 한다. 1962년 3월에 창간된『한양』은 1973년에 폐간되기까지 장일우·김순남·장백일·김우종·임중빈·정태용 등의 민족문학 및 참여문학 진영에 해당되는 평론가들의 평문을 다수 수록하였다. 그들의 문학적 입장은 논자에 따른 차이가 있지만, 주로 역사성과 전통성의 의미를 강조하면서 당대 한국문학에 대한 강도 높은 비판을 시도하고 있다는 점에서 공통적이다. 가령, 장일우의 경우「현대시와 시인」(『한양』, 1963.4)이라는 평문에서 시의 난해성을 시대의 요구를 묵살한 채 시를 한갓 주관적인 유희로 수용한 결과에서 조성되었다고 비판하였다. 아울러「한국 현대시의 반성」(1963.9)에서는 전후 현대시에 대한 전면적인 비판을 시도하였다.22) 김순남의 평문「설화문학의 재음미」(1962.7)는 한국 전통문학의 현재적 의미를 강조한 평문으로 주목될 수 있을 것이다. 순수·참여논쟁에서 회자되는 김우종의 기념비적인 평문「순수의 자기기만」이『한양』(1965.7)에 수록되었다는 점도 인상적이다. 김우종은 이 글을 통해, 순수문학의 이데올로기를 격렬하게 비판한 바 있다. "순수를 거부하면 대

---

22) 허윤회,「역사의 격동을 헤쳐 온 신세대 비평가들의 자기모색」,『문화예술』, 2001.7, 158면.

번에 유물론자의 '당의 문학'으로 몰아세우는 이 '순수지당파(純粹至當派)', 이들의 사고방식이 오히려 얼마나 소아병적 유물론을 닮고 있는지는 이런 것을 보면 알 수 있지 않을까?"라면서 순수문학의 폐쇄성을 비판하고 있다. 이외에도 상당수의 참여문학론을 주창하는 평문들이 『한양』지에 게재되었다. 그러나 민족문학비평과 참여문학론에서, 『한양』이 지닌 중대한 의의에도 불구하고 이 잡지가 일본에서 발행되었기 때문에 당대 한국문학에 대한 순발력 있는 대응을 하기에는 명백한 한계를 지니고 있었다는 점이 인식되어야 할 것이다.

한편, 『비평작업』 동인들은 4 · 19정신의 직접적인 영향 아래 생성되어, 기성문단에 대한 격렬한 비판을 전개하였다.[23] 조동일 · 주섭일 · 임중빈 · 이광훈 등이 『비평작업』 동인의 멤버이다. 물론 『비평작업』은 창간호로 그쳤고, 이 창간호가 발간될 당시 『비평작업』 동인들은 대학에 재학 중인 학생이었다.

그들이 펼쳐 보인 비평적 주장에는 당시의 비평적 주류에 해당되는 이어령 · 조연현 · 백철 등의 비평가와 김동리 · 황순원 · 장용학 · 선우휘 등의 소설가에 대한 다소 신랄한 비판이 담겨 있다. 이러한 의욕적인 비판을 가능케 한 동인은 무엇보다도 그들의 젊음이었다. 기성 질서의 거부를 모토로 한 이들의 비평관은 「새 시대의 가치창조를 위하여」라는 제목의 권두선언에서 선명하게 드러난다. 그들은 권두선언에서 "역사와 싸워야 할 필연성 앞에서 우리는 기성의 질서와 관념에 대한 일대 수술을 시행한다. (…중략…) 새로운 가치창조가 우리의 지상과업이다. 이 값진 문화건설은 새 인간의 탄생에서라고 신앙하면서 우리는 그 산파의 직책에 있음을 밝힌다. (…중략…) 문학의 창조와 비평을 위하여, 오늘 비평공화국을 사수하는 파수꾼으로 새로운 현실을 모색하기 위하여 우리는 이렇게 형제로서 함께 손잡고 있다"고 적고 있다.

---

23) 위의 글, 152면.

 횡단과 경계−근대문학 연구와 비평의 대화

이러한 선언은 『비평작업』 동인들이 당대의 기성제도와 현실에 대해서 명확하게 비판적인 태도를 취했음을 상징적으로 보여주고 있다. 한 연구자는 "이들의 세대론과 참여론은 기성세대에 대한 비판을 통한 새로운 비평영역의 확보라는 입장과 함께 전후 불구가 된 문학의 전통 복원이라는 측면에서의 조심스러운 첫발이라고 할 수 있다"[24]고 평가하고 있다. 중요한 것은 이들의 비평작업이 이후에도 생산적으로 갱신되었다는 사실이다. 이를테면 조동일은 자신의 역사와 전통에 대한 거시적인 문제의식을 학술적인 영역을 통해 열정적으로 보여주었으며, 이광훈은 언론계에서 현실 비판의 정교한 논리를 보여주었다. 그런가 하면, 임중빈은 이후에 『상황』 동인으로도 참여하면서 참여문학 논의에서 중요한 논객으로 활동하였다.

『비평작업』 동인들의 성과와 함께 1964년 11월에 창간호에 발간된 『청맥』지를 중심으로 한 민족문학비평의 성과도 주목되어야 한다. 조동일·주섭일 등의 『비평작업』 등의 동인들과 구중서·백낙청 등이 『청맥』지의 주요필진으로 등장하여, 민족문학론의 단초가 되는 중요한 글들을 발표하였다. 특히 조동일의 「한국적 리얼리즘의 형성과정」은 문학사의 내재적 발전론의 관점에서 참여문학의 입론을 세운 중요한 평문이라고 할 수 있다. 조동일은 이 글에서 사회경제사적인 입장의 도움을 받아, 조선후기 문학의 양상을 리얼리즘의 시각으로 천착하고 있다. 이러한 의미에서 이 글은 조동일이 불문학 연구에서 국문학 연구로 나아가는 문제적 맥락을 보여주는 평문에 해당된다.

지금까지 언급한 평론가들의 참여비평은 최근에까지 정당한 조명을 받지 못한 채, 음지에 묻혀 있었다. 대체로 참여론과 전통론의 결합을 주장했던 이들의 비평은 시급하게 그 전모가 연구되어 적극적으로 재평가되어야 할 것이다.[25]

---

24) 위의 글, 154면.
25) 이 점은 『청맥』을 간행하던 김진환과 김질락이 이념적인 문제에서 사형당한 사실에

지성사적인 연속성의 측면에서 보자면, 1966년『창작과비평』이 창간되어 민족문학비평과 진보적 비평이 획기적인 발전을 보여주게 된 것도, 바로 이들의 선구적인 문제의식으로 인해 비로소 가능했다. 이러한 계보학적 논리에도 불구하고, 비평사적인 의미에서 볼 때,『창작과비평』의 창간은 민족문학론과 진보적인 비평사에 커다란 획을 그은 중대한 계기가 되었다는 사실을 부인할 수 없을 것이다. 1966년 창간된『창작과비평』은 당시 미국유학생이던 백낙청이 귀국하여, 약관 28세의 나이에 주도적으로 창간한 문예계간지이다.『창작과비평』은 백낙청·염무웅 등 진보적인 비평가들의 입장과 비평적 기획을 적극적으로 수용하였다.[26] 예를 들어, 창간호에 수록된 백낙청의「새로운 창작과 비평의 자세」는 1960년대 민족문학비평의 새로운 지평 및 그 한계를 전형적으로 보여주는 기념비적 평문이라고 할 수 있다.

백낙청은 이 평문을 통해, 순수문학론이 지배하던 기성평단에 대한 치열한 전복적 목소리를 의욕적으로 표출하고 있다. 이 글을 통해 백낙청은 순수문학 이데올로기의 허상을 효과적으로 깨트리면서, 동시에 예술의 자율성을 충분히 고려하는 유연한 비평적 입장을 보여주고 있다. 이를테면, "문학이 역사적 현실과 이데올로기를 초월한 그 자신만의 영역을 지켜야 한다는 주장은, 문학이 질적으로 우수해야 하고 그런 의미에서 순수해야겠다는 말과는 매우 다르다. 후자가 이데올로기와 상관없이 통용될 수 있는 상식인데 반해 앞의 것이야말로 어떤 특정한 이데올로기의 산물이며 삶에 대한 특정한 태도를 나타낸 것이다"[27]라는 백낙

서도 인식할 수 있듯이, 반공이데올로기라는 지식사회학적 조건이 이들에 대한 적극적인 평가를 유보하게 만들었던 것으로 판단된다.

26)『창작과비평』의 창간 무렵은 진보적인 성격과 민족문학론에 대한 지향이 확고한 형태로 드러나지 않았다고 판단된다. 창간호만 하더라도, 김승옥 등『문학과지성』계열의 문인들의 작품이 다수 수록되어 있었다.『창작과비평』의 지향성이 선명하게 드러나게 된 것은 1960년대 후반부터라고 할 수 있으며, 1970년『문학과지성』의 창간으로 인해,『창작과비평』과『문학과지성』의 문학적 입장은 한층 명료한 차별성을 띠게 되었다.

청의 주장은 순수문학론의 이념적 뿌리를 예리하게 짚어내고 있다. 이와 같은 백낙청의 민족문학론은 최근의 한 연구가에 의해서 다음과 같은 평가를 받고 있다.

> 백낙청의 인식과 논리는 전후세대 비평가의 참여문학 논의 수준과 분명하게 구분될 뿐만 아니라, 비평사적인 측면에서 추상적인 수준에 놓여 있던 당대의 참여론을 한 단계 끌어올리는 역할을 했다는 점에서 그 의미를 찾을 수 있다.[28]

이러한 의미에서 백낙청의 순수문학 비판은 이전의 다소 단순한 참여문학론에서 탈피하고 진일보한 비평적 논리에 해당된다. 그런데 백낙청의 「새로운 창작과 비평의 자세」는 이미 지적되었던 바, 한국 문화의 연속성과 전통에 대한 대단히 취약한 관점을 노정하고 있다는 점에서 근원적인 한계를 지니고 있다고 평가된다. 예컨대, 다음과 같은 예문을 보자.

> 무엇보다 앞서야 할 인식은 우리가 부모의 피와 살을 받았듯이 이어받은 문학전통이 태무하다는 것이다. 우리의 동양적·한국적 전통은 그 명맥이 끊어졌고 이를 뜻있게 되살릴 길은 아직 열리지 않았으며 고대 그리스나 근대 서구의 고전문학을 모체로 삼기에도 우리의 언어와 풍습과 제반사정이 너무나 동떨어진 것이다. 1960년대의 한국에서, 문학의 기능은 건전한 오락을 제공하는 것이다, 라고 담담히 말해 넘길 수 없는 이유가 여기에 있다.[29]

이러한 시각은 이미 조동일 등에 의해서 한국 고전문학과 현대문학의 연속성에 대한 깊이 있는 연구가 진척되고 있던 당시의 지식사회학

---

27) 백낙청, 「새로운 창작과 비평의 자세」, 『민족문학과 세계문학』, 창작과비평사, 1978, 319면.
28) 임영봉, 『한국현대비평사론』, 역락, 2000, 198면.
29) 백낙청, 앞의 글, 332면.

적 정황30)에 비추어보면 대단히 퇴행적인 주장에 해당된다. 이와 같은 대목은 한국 고전문학에 대해서 깊이 있는 지식을 지니고 있지 않았던 영문학자 백낙청의 한계를 여실히 보여주고 있다. 물론 백낙청은 이 글을 발표한 지 3년 후에 「시민문학론」(1969)에서, 자신이 노정한 한계를 치열하게 자기비판하고 있다.31) 아울러 백낙청은 「새로운 창작과 비평의 자세」를 발표한 연후에, 지속적으로 성실한 자기 갱신을 보여주면서 자신의 비평적 한계를 돌파하려는 노력을 보여주었다.

특히 「시민문학론」은 백낙청의 비평이 당대 한국사회의 현실과 성공적으로 접맥되면서 민족문학론의 초기단계에 해당되는 중대한 비평적 기획을 심화시켜나가고 있다는 사실을 입증하고 있는 평문이다. 이 평문에서 백낙청은 당대에 이루어진 소시민 논의를 비판적으로 검토하면서, 리얼리즘 미학과 연관된 시민문학론을 정립하고 있다. 그는 "리얼리즘과 시민문학 사이의 한 가지 유대를 발견한다"고 주장하면서 "시민사회·시민문학을 형성하는 일이 하나의 지속되는 과업으로서 기존 현실에 대한 끊임없는 비판을 요구한다는 점에서도 리얼리즘의 그러한 면이 중요시되는 것이다"라고 적고 있다. 「시민문학론」은 한 마디로 말해 백낙청의 평문이 본격적인 민족문학론의 단계로 나아가기 직전의 비평적 기획에 해당되는 것이다.

한편 1967년부터 『창작과비평』에 합류한 염무웅은 애초에 김현, 김승옥이 중심이 된 『산문시대』 동인으로 활동했다. 『산문시대』에 발표한 「현대성 논고」와 같은 평문은 염무웅의 초기 비평의 관심사가 미학적인 근대성(현대성)의 규명에 있다는 사실을 보여주고 있다. 그러나 염무웅은 점차 사회적 상상력, 역사적 상상력에 깊은 관심을 표명하면서 이

---

30) 예컨대 조동일은 백낙청이 「새로운 창작과 비평의 자세」를 발표하던 1966년 『창작과비평』 여름호에 「전통의 퇴화와 계승의 방향」이라는 제목의 논문을 발표하면서, '민족적 근대문학'의 중요한 원천으로 '중세평민문학'을 들고 있다. 이러한 관점은 백낙청의 관점보다 확연히 진일보한 논리를 보여주고 있다.
31) 권성우, 「1960년대 비평에 나타난 '현대성' 연구」, 『한국학보』, 1999년 가을, 12면.

른바『문학과지성』쪽의 비평가들과는 다른 비평적 입장을 개척해나간
다.『청맥』에 발표한 「현실과 허위의식」(1966)이라는 글이 바로 그러한
변모의 단초가 되는 글로 평가되고 있다.[32] 염무웅은 이 글에서 최인훈
소설『광장』의 주인공 이명준의 개인주의적 성격을 비판하면서 문학에
있어서 사회성·역사성과 정치성을 강조하고 있다. 이후로 염무웅은 전
후세대 문학의 한계를 지적하고 역사의식의 중요성을 강조하는 평문을
지속적으로 발표하였다. 백낙청과 염무웅의 진보적 비평이 서구 진보주
의의 교양적 세례로부터 많은 영향을 받은 사실은 분명해보인다. 가령,
염무웅 자신의 고백대로 아놀드 하우저와의 만남이 그의 비평적 입장
의 정립에 커다란 도움을 주었던 것이다.[33]

1960년대 평단에 커다란 영향력을 미친,『창작과비평』과 백낙청, 염
무웅 등의 소중한 기여에도 불구하고, 1960년대의 진보적 문학비평과
민족문학론을 그들의 업적으로 제한하는 것은 비평사의 실상과는 거리
가 있는 편협한 입장에 가깝다.

현대문학비평사에서『창작과비평』이나『문학과지성』과 같은 4·19
세대 비평가들이 중심이 된 비평적 에콜이 현대비평사에 미친 확고한
영향력과 폭넓은 기여는 도저히 무시될 수 없을 것이다. 그러나 상당수
의 비평사적 진술이나 문학사적 관찰에서 이 두 비평적 에콜에 지나치
게 커다란 비중을 두고 있다는 점 역시 공정하고 객관적인 비평사적 관
점이라고 볼 수는 없을 것이다. 어떤 면에서는, 이 두 비평적 에콜이 대
표적인 상징권력으로 인지되고 주류 이데올로기로 추인되면서, 비평사
에 대한 섬세하고 구체적인 이해에 기반하지 않은 연구들은 관성적으
로 이 두 에콜의 비평적 입장을 중심에 두고 비평사를 서술하는 경향이
존재했던 것이다. 그러나 최근의 비평사 연구는 이러한 관행과 학술적

---

32) 임영봉, 앞의 책, 206~207면.
33) 염무웅·김윤태 대담, 「1960년대와 한국문학」,『작가연구』제3호, 새미, 1997.3, 220
　　~221면; 임영봉, 앞의 책, 208면 참조.

타성에 대한 의미 있는 전복을 시도하고 있다. 이른바 4·19세대 비평가들의 한계와 검은 심연에 대한 냉철한 응시[34]는 1960년대 비평과 4·19세대 비평가들의 성취와 한계를 객관적으로 파악하는 데 커다란 도움을 주고 있다.

이러한 시각에서 보면 앞에서 언급한 『비평작업』 동인이나 『청맥』, 『한양』지를 중심으로 한 참여문학 및 민족문학을 주창했던 비평가들의 활약과 더불어, 임헌영·구중서·임중빈 등의 『상황』 동인은 대단히 중요한 비평사적 의미를 지니고 있다. 1969년에 창간호를 발간한 『상황』은 일종의 비평전문지이다. 『상황』 동인에 참여한 비평가들은 전통에 기반을 둔 민족문학론을 주창했다는 점에서 『창작과비평』의 입장과 명백한 차별성을 보이고 있다.

이 점은 『상황』 동인들 대부분이 국문학을 전공했다는 사실, 그리고 그들이 『창작과비평』이 지니고 있던 모종의 한계를 냉철하게 투시했다는 사실에서 비롯되는 것이다. 사실 그때까지만 해도, 『창작과비평』의 비평사적 입장은 서구적 진보주의의 한계로부터 자유롭지 않았다. 이를테면 『창작과비평』의 창간호 특집으로 사르트르가 주관하던 프랑스의 『현대』지 창간사가 수록되어 있는 점에서도 인식할 수 있듯이, 지식인의 양심을 강조하는 『창작과비평』의 입장은 서구적 태도의 번안에 가깝다. 그러나 『상황』 동인들의 민족문학론은 무엇보다도 전통에 대한 주체적 인식을 동반하고 있다는 점에서 그 중대한 의미를 적극적으로 인정할 수 있을 것이다.[35] 요컨대, 한국문학의 전통에 입각한 참여문학론

---

34) 이에 대해서는 다음과 같은 논저들을 참고할 수 있다. 이명원, 『타는 혀』, 새움, 2000; 이명원, 「4·19세대 비평 '역사적 기념비'아니다」, 『해독』, 새움, 2001; 이명원, 「'신비화'와 '특권화'가 김현 비평 죽인다」, 『해독』, 새움, 2001; 권성우, 「4·19세대 비평의 성과와 한계」, 『문학과사회』 2000년 여름; 권성우, 『비평과 권력』, 소명출판, 2001; 임영봉, 『한국 현대문학 비평사론』, 역락, 2000.

35) 임영봉은 『비평작업』 동인 및 『상황』 동인의 비평사적 의의에 대해서 다음과 같이 언급하고 있다. "1960년대 한국 평단에서 그들이 차지하고 있는 위상은 해방 이후 거의 단절되어온 진보적 문학론의 맥락을 서구적 논리가 아닌 한국문학의 전통 속에서

이냐, 아니면 서구적인 맥락의 진보적 지성에 입각한 참여문학론이냐의 구분이 『상황』과 『비평작법』 동인들의 참여문학론과 『창작과비평』의 참여문학론을 가르는 중요한 기준인 것이다. 이러한 문제의식은 『상황』의 대표적인 비평가라고 할 수 있는 구중서와 임헌영을 통해서 명료하게 확인된다.

우선 구중서는 그 어떤 비평가보다도 투철한 역사의식을 강조한 비평가이다. 데뷔작인 「한국 문화인 기질의 비판」이나 「서정주와 현실도피」 같은 평문을 통해서 구중서는 지속적으로 역사의식의 중요성을 강조하고 있다. 그는 서정주의 역사의식 부재를 비판하면서 "서정주 씨의 신라관(新羅觀)에는 역사의식이나 전통의식 같은 것은 없고, 다만 단층적인 신라의 하늘에로 향하는 복고주의가 있을 뿐이다. 이것은 적어도 역사를 취재하는 문학인의 태도로는 근본적으로 불가(不可)한 것이다"[36] 라고 언급했는데, 이는 역사와 전통을 강조하는 『상황』 동인의 비평적 입지를 간명하게 보여준다. 한편 임헌영은 초기에 자유와 니힐리즘에 대한 관심을 보이다가, 「보수와 전통」(1967), 「도전의 문학」(1969) 같은 평문에서는 한국문학의 전통에 대한 깊은 이론적 관심을 기울인다. 이러한 의미에서 「도전의 문학」은 중요한 평문이라고 할 수 있다. 이 평문을 통해 임헌영은 이른바 '가짜 전통 옹호론자'들과 '전통 부정론자'들에 대한 비판을 전개하고 있다.[37] 예를 들어, 신동엽의 「금강」이 지닌 전통적인 맥락을 얘기하면서, "친서구적인 한 평자는 신동엽의 「금강」에서 동학과 4·19의 전통적 연관성을 모순된 것이라고 지적했다. 물론 이것은 충분히 친서구적인 안목이다"라면서, 김현 비평의 서구편향성을 지적하고 있는 대목이 이러한 실례에 해당된다.

이끌어내고자 했던 데에 놓여 있다."(임영봉, 앞의 책, 221면 참조)

36) 구중서, 「서정주와 현실도피—역사관의 본령과 서씨의 경우」, 『청맥』, 1965.6, 117면 (임영봉, 앞의 책, 211면에서 재인용).

37) 임영봉, 앞의 책, 219면.

지금까지『상황』동인들의 비평적 입지에 대해서 살펴보았거니와, 이 대목에서『상황』이나『비평작업』동인들이『창작과비평』이나『문학과 지성』과 같이 커다란 주목을 받지 못한 이유에 대해서 성찰할 필요가 있을 것이다. 그것은 그들이 명시적으로 자신들의 문학적 입장을 주장하지 않았으며, 인맥과 학맥을 의식적으로 관리하지 않았다는 사실에서 연유하는 것으로 판단된다. 이러한 대목은 이른바 주류 비평적 에콜의 성과 및 미덕과는 별도로 그들의 문화권력이 문학장에 미친 영향에 대해서 심층적인 고찰이 필요하다는 사실을 환기시켜준다.

4. 근대적 개인주의와 심미적 비평의 대두

당겨 말해서, 한국 현대비평사는 문학과 사회의 긴밀한 연관성에 의거한 사회학적 비평, 혹은 정치적 비평이 상대적인 우위를 점했던 과정이다. 1920년대 이전의 계몽적 언설에 가까운 비평, 그리고 1920년대 중반부터 마르크스주의의 도래와 함께 시작되는 KAPF비평, 그리고 해방 공간의 정치적 비평, 1950년대 중반부터 최일수·정태용 등에 의해서 다시 점화되었던 사회적 비평, 그리고 1966년 창간된『창작과비평』을 중심으로 한 진보적 비평과 민족문학론, 지속적으로 제기되었던 순수·참여 논쟁, 1970년대의 민족문학비평의 성장과 제3세계문학론의 대두, 1980년대의 노동문학비평, 민족문학비평의 전성시대 등등의 흐름을 통시적으로 조망해보면, 문학과 사회와의 긴밀한 연관성을 강조하는 계몽적 비평의 흐름이 압도적으로 존재해왔다고 할 수 있다.

이러한 한국 현대비평의 사회적 편향성 가운데서도, '문학적 자율성'의 이념에 기반을 둔 심미적 비평과 미학적 근대성에 젖줄을 댄 새로운 비평적 경향이 본격적으로 태동된 시기가 바로 1960년대였다. 이와 같은 새로운 비평적 흐름에 선편을 잡은 비평가는 역시 김현이다. 김현은 1962년 『자유문학』지에 「나르시스 시론―시와 악의 문제」를 발표하면서 등단하였다. 이 글이 주목되는 이유는 비평의 계몽적 요청에서 벗어나, 이른바 윤리의 세계와 변별되는 시문학의 독자성에 대해서 천착하고 있기 때문이다.

김현은 이 글에서, 시 즉 아름다움이 진리 및 선함과 서로 일치했던 전근대적인 예술관에서 탈피하여, 아름다움과 선함이 서로 일치하지 않을 수 있다는 논리를 나르시스 신화에 기대어 개진하고 있다.[38] 실지로 김현은 이 평문에서 "시인은 악이 자기 존재의 초석이라는 것을 의식하는 것이다", "시인이란 결국 천국 대신에 지옥을, 하늘 대신에 땅을, 안락 대신에 고통을 택한 광인이다"라고 언급하고 있다. 이러한 논리에서 보면 예술과 문학은 도덕과 윤리의 지평을 탈피한 또 다른 차원으로 존재한다. 그것은 말하자면 '심미적 차원'이다.

김현은 이 데뷔평문의 첫머리에서 "시란 무엇인가? 그 목적하는 바는 무엇인가? 선한 것과 악한 것의 판연한 구별―악 속에서의 미가 아닌가?"[39]라는 보들레르의 표현을 인용하고 있다. 이러한 대목은 도덕이나 철학과 구별되는 시의 자율성에 대한 인식을 통해 '미학적 근대성'의 불꽃을 지폈던 보들레르의 문학과 김현 비평의 친연성을 설명해 주는 중요한 표지에 해당된다.[40] 말하자면, 김현은 데뷔시절부터, 윤리나 도덕적 지평 너머의 예술의 악마성에 대한 인식을 통해 심미적 비평의 새로운 불꽃을 지피고 있는 것이다.

아울러 김현의 60년대 비평은 무엇보다도 '언어' 자체에 대해서 미

---

38) 권성우, 「1960년대 비평에 나타난 '현대성' 연구」, 『한국학보』, 1999년 가을, 13면.
39) 김현, 「나르시스 시론」, 『존재와 언어 / 현대 프랑스문학을 찾아서』, 김현문학전집 12권, 문학과지성사, 1992, 11면.
40) 권성우, 「1960년대 비평에 나타난 '현대성' 연구」, 『한국학보』, 1999년 가을, 15면.

시적 관심을 기울인 소중한 실례에 해당된다. 이를테면, 『존재와 언어』(1964)라는 첫 비평집 제목 자체가 언어에 대한 남다른 관심을 드러내고 있다. 또한 "비평가의 임무란 그가 살고 있는 시대의 여러 작품에서 어떤 언어의 틀, 보다 포괄적인 말을 사용한다면 구조를 찾아내는 일이라고 생각한다"[41]는 표현 역시 언어에 대한 미시적 관심을 표명하고 있다는 점에서 문학비평에 있어서 미학적 자율성의 의미망을 깊이 있게 천착한 실례로 인정될 수 있다.

김현의 비평과 더불어 4·19세대로서 미학적 자율성에 근거한 심미적 비평을 뚜렷하게 보여준 비평가로 김주연을 들 수 있다. 김주연은 실제비평을 통해 동세대 작가와 시인들의 문학세계를 적극적으로 평가했거니와, 이러한 논리의 바탕에는 60년대 문학이 지닌 미학적 새로움이 자리 잡고 있다. 동인지 『68문학』에 수록된 「새 시대 문학의 성립」은 이러한 김주연의 비평적 전략이 명료하게 표출되어 있는 평문이다.

이 비평문에서, 김승옥·이청준·정현종·마종기·김현 등의 60년대 문학은 50년대 문학이 제대로 보여주지 못했던 개인의식과 주체성을 치밀하게 보여주고 있다고 평가된다. 그리하여 이들의 문학은 온전한 주체로서의 한 개인의 실존에 대한 미시적 형상화에 성공하고 있다는 것이다. 한 마디로 말해 '온전한 개인의 발견'이야말로 김주연이 60년대 문학의 새로움을 해석해내는 가장 중요한 비평적 잣대이다. 이러한 비평적 관점은 철저하게 개인의식을 앞세운다는 점에서 근본적으로 근대적이다. 아울러 김주연은 이 평문의 끝 부분에서 "사물에 대한 보편 인식이란 바로 개성의 여부를 말한다. 개성의 창조—아름다운 개성의 창조다. 아름다운 것은 위대한 것이다"라고 언급하고 있다. 이 대목은 자율적인 미학적 가치라는 척도로 문학작품을 평가하는 『문학과지성』 고유의 비평적 해석학의 단초가 형성되어 가는 과정을 보여준다.

---

41) 김현, 「한국문학과 전통의 확립」, 『세대』, 1966.2, 252면.

　한편, 정치학을 전공한 김병익은 김현과의 인연으로 인해『68문학』에 합류하면서 비평가로서의 활동을 시작하게 된다. 당시 신문기자였던 그는 특유의 순발력으로 문학현장과 문단에 대한 보고서 형식의 평문들을 작성하였으며, 동시에 김승옥·최인훈 등의 당대 작가들을 비평적으로 지원하면서 60년대 문학의 의미에 대해서 천착하였다. 김병익은 1967년 10월『사상계』지에「문단의 세대 연대론」을 발표하면서 비평가로 등단했다. 이 글에서 김병익은 이른바 4·19세대와 전후세대의 조화로운 연대를 주장하고 있다. 이 점은 김현과 김주연의 세대론적 인정투쟁의 논리에 비추어서 홍미로운 대목이다. 그 후에 김병익은 60년대 작가들의 문학성을 적극 옹호하면서 그들의 미학적 가치에 대한 적극적인 해석과 평가를 시도하게 된다.

　김치수는 1966년 중앙일보 신춘문예에 입선되면서 비평가로 등단한다. 1960년대에 발표된 김치수의 비평 중에서「한국소설의 과제」(『68문학』창간호)는 문제적인 평문이다. 김치수는 이 평문에서 김승옥·서정인 등의 60년대 작가들의 작품에서 엿볼 수 있는 개인의 발견과 자기 인식의 노력을 높이 평가하고 있다. 김승옥의 문학세계를 "개인의 삶과, 현실 속에 던져진 자기 존재의 파악"으로 해석하는 김치수의 비평미학은 김현이나 김주연의 비평이 그러했듯이, '근대적 주체주의'에서 그다지 멀지 않다. 김치수는 또한 "우리 문학에서 이처럼 한 시대에 많은 작가들의 관심이 방법을 달리하면서 개인으로 돌아온 예는 없다"면서 60년대 작가들의 투철한 개인의식을 높이 평가하고 있다. 이러한 개인의식에 대한 강조와 더불어, "문학이 항상 새로운 현실을 추구해야 한다면, 그러기 위해서 투철한 자기인식을 전제로 한다. 이것이 바로 문학의 근대화이며 그렇지 않고는 문학이 지향하는바 인간의 구원을 추구할 수 없다"는 김치수의 전언은 새로운 근대 소설미학을 정립해나가는 4·19세대 비평가의 공통적인 목소리이기도 한 것이다.

　지금까지 살펴온 미학적 자율성과 근대적 개인주의에 근거한 비평가들의 계보는 비평사적으로는 『산문시대』(1962)에서 발원하여, 『사계』(1966), 『68문학』(1969), 『문학과지성』(1970)으로 이어진다고 정리할 수 있다. 이른 바 '4K', 혹은 『문학과지성』 창간 이후에 '문지 사단'으로 통칭되는 김병익·김치수·김주연·김현 등의 비평가들이 김승옥·이청준·김원일·황동규·오규원·정현종·최하림 등의 동세대 소설가 및 시인들의 문학적 정체성을 적극적으로 옹호하면서 자연스럽게 형성된 비평적 해석공동체는 한국 현대비평사에서 문학의 자율성과 심미적 상상력, 문학적 다양성 등을 가장 의식적으로 추구해왔다. 이들의 비평이 주로 섬세한 실제비평을 통해서 전개될 수 있었던 것은 이른바 4·19세대 비평가와 4·19세대 창작자의 행복한 만남에서 연유한다고 할 수 있다.

김현을 비롯하여 김승옥·최하림 등이 참여한 1962년 『산문시대』 창간호에는 다음과 같은 구절이 적혀 있다.

> 태초와 같은 어둠 속에 우리는 서 있다. 그 숱한 언어의 난무 속에서 우리의 전신은 이렇게 초라한 모습으로 서 있다. 이 천년을 갈 것 같은 어두움, 그 속에서 우리는 신이 느낀 권태를 반추하며 여기 이렇게 서 있다. 참 오랜 세월을 끈덕진 인내로 이 어두움을 감내하며 우리 여기 서 있다. 그러나 이제 우리는 안다. 이 어두움이 신의 인간창조와 동시에 제거된 것처럼 우리들 주변에서도 새로운 언어의 창조로 제거되어야 함을 우리는 안다. (…중략…) 얼어붙은 권위와 구역질나는 모든 화법을 우리는 저주한다. 뼈를 가는 어두움이 없었던 모든 자들의 안이함에서 우리는 기꺼이 탈출한다.[42]

이러한 창간선언은 전시대의 문학과 확고한 변별점을 찾고자 하는 김현을 비롯한 4·19세대 문인들의 정신적 지향성을 선명하게 보여주고 있다. 말하자면, 당시의 문단과 지식인 사회를 '태초와 같은 어두움'으로 인식하면서 그들의 신선한 열정에 의해 그 어두움을 창조적으로 제거하겠다는 젊은 문인들의 욕망이 위의 예문에 강렬한 수사적 언어

---

42) 김현, 「창간 선언」, 『산문시대』 창간호, 1962.6.

로 드러나 있는 것이다. 훗날『문학과지성』그룹으로 실체화되는 이들의 비평적 지향점은『사계』와『68문학』을 거쳐서 그 이론적·문학적 지반을 다지게 된다. 대개 외국문학을 전공했다는 점, 현실에 대한 역사적 관심보다는 자유로운 상상력을 중시했다는 점, 문학의 실천적 가치보다는 심미적 가치에 상대적으로 중점을 둔다는 점에서 참여문학을 신봉하는 비평가나 이전 세대의 비평가들과 구별된다.

이들 새로운 비평가들이 본격적으로 등단하기 시작하던 1960년대 중반 이전의 평단은 백철이나 조연현과 같은 구세대 비평가들이 평단에 커다란 지배력을 형성하고 있었다. 특히 조연현의 경우는『현대문학』지를 중심으로 막강한 문학적 권위를 획득하여, 문단의 실제적인 지배력을 행사했다.43) 그러나 60년대에 들어와서 이러한 구세대 비평가들의 권위는 새로운 신인들의 의욕적인 비평 활동에 의해 현저하게 약화하기 시작했다. 한 연구자는 "비평가 조연현은 해방 이후 60년대에 이르는 기간 동안 자신이 확보한 위치―'권위'의 자리에 머물게 된다. (…중략…) 새로운 세대 앞에서 그의 존재는 어느덧 적극적인 극복의 대상이 되고만 셈이다"44)라고 지적하고 있다. 이 점은『창작과비평』을 비롯한 새로운 문학매체의 탄생과 밀접한 연관성을 지니고 있다. 특히 순수문학론 쪽에 근접했던 조연현을 비롯한『현대문학』진영 구세대 비평가들의 입지는 훗날『문학과지성』계열로 분화되는 김현·김치수·김병익 등의 집단적인 등장에 의해서 비평적 상징권력을 결정적으로 상실하게 되었다. 물론 이러한 과정은 좀더 분석적인 이론과 새로운 지성으로 무장한 4·19세대 비평가들의 비평적 열정과 재능에 의한 것이라고 해석될 수도 있다.

말하자면 4·19 이후 본격적으로 정비된 대학제도의 아카데미즘으로

---

43) 한형구,「편집자―비평가로서의 조연현의 생애와 문예지『현대문학』」,『한국현대문학연구』9집, 월인, 2001.6.
44) 임영봉, 앞의 책, 83~84면.

인해, 문학이론과 문학지식의 측면에서 이전 세대의 비평가들보다 한층 심화된 지식과 정확한 정보를 지니고 있었던 4·19세대 비평가들의 비평적 논리가 확고한 현실 정합성을 획득하기 시작하면서, 냉전의식과 재래적인 문학관념에서 자유롭지 않은 구세대 비평가들이 밀려나기 시작했던 것이다. 김현을 비롯한 4·19세대 비평가들이 구사한 세대론적 인정투쟁의 기획은 바로 이러한 비평사적 권력 교체를 상징한다. 사실 이러한 권력 이동의 과정은 좀더 면밀한 분석을 필요로 한다. 어떤 면에서는 김현·백낙청을 비롯한 4·19세대 비평가들의 상징적 지위가 공고해짐에 따라서, 그 두 그룹에 해당되지 않았던『현대문학』진영의 비평가들의 60년대 비평45)이 상대적으로 평가절하 되었던 과정이 존재하기 때문이다. 그러나 동시에 이 부분은 이른바 4·19세대 비평가들의 문학론이 이전 세대에 비해서 그만큼 합리성과 과학성, 현실적 적합성을 갖추고 있었다는 사실을 의미하는 증거이기도 할 것이다. 요컨대, 조연현 중심의 문협정통파 비평가들의 활약이 상대적으로 저조해지면서, 새로운 세대의 비평가들이 전면에 부상하는 과정은 비평적 상징권력의 교체라는 문학사적 과정의 엄혹함을 여실히 보여주고 있다.

　백낙청을 비롯한『창작과비평』계열 비평가들의 비평이 '사회적 근대성'을 중시하는 비평적 실천이라면, 김현·김주연 등『문학과지성』계열의 비평가들은 상대적으로 '미학적 근대성'에 커다란 관심을 두는 비평적 기획으로 볼 수 있다. 그래서 앞에서 언급된 언어미학에 대한 미시적 관심을 비롯한 몇 가지 비평적 장점과 덕목을 최대한 발휘한 이들 비평가들은 한국 현대비평사에서 가장 성공적인 비평 에콜로 평가되면서 유의미한 문화적 상징권력을 획득하게 되었다. 이러한 사실은 단지 그들의 비평적 재능으로만 설명될 수 있는 것은 아닐 터이다. 말하자면, 그들이 어떤 세대의 비평가들보다 자신들의 비평적 관점과 이

---

45) 이러한 측면에서 김윤식·박동규·이재선 등의 국문학을 전공한 강단비평가들의 60년대 비평이 연구사적인 측면에서 시급한 탐구대상이라고 생각된다.

론을 적절하게 설명해줄 수 있는 탁월한 소설가와 시인들을 만났다는
사실—가령, 이청준·김승옥·서정인·김원일·황동규·오규원·정
현종·최하림 등의 소설가와 시인들이 이에 해당된다—이 그들의 비
평적 개화와 기획에 중대한 영향을 미쳤던 것이다. 궁극적으로 그들은
세대론적 기획과 인정투쟁의 욕망을 유의미한 비평적 실천으로 성공적
으로 현실화시킬 수 있었다.[46]

비평미학의 차원에서 볼 때, 이들의 비평에 의해서 한국 현대비평사
는 비로소 진정한 의미의 비평적 다양성과 미학적 자율성을 획득하게
되었다. 『산문시대』→『사계』→『68문학』으로 이어지는 미학적 근대성
을 중시하는 비평 그룹은 1970년 『문학과지성』의 창간으로 자신들의
비평적 기획을 지속적으로 추진시킬 수 있는 제도적인 매체를 가지게
되었다.

5. 세대론적 인정투쟁의 욕망과 비평의 자기 성찰

60년대 비평가들의 공과(功過)를 얘기할 때 먼저 무엇이 얘기될 수 있
을까. 우선 60년대 비평가들의 한계를 얘기할 때, 자주 언급되었던 사항
은 4·19세대 비평가들의 세대론적 인정투쟁의 전략이 지닌 문제점이
다. 어느 시대의 신진비평가들도 전대의 선배비평가들에 대한 전복과
비판을 통해 자신들의 비평적 욕망과 입지를 드러내곤 한다. 이른바 세
대론적 인정투쟁으로 불릴 수 있는 이러한 비평적 욕망과 기획은 한국
현대비평사에서도 수시로 등장하곤 했다. 그런데 이러한 세대론적 인정

---

46) 권성우, 「4·19세대 비평가의 성과와 한계―인정투쟁의 논리를 중심으로」, 『문학과
사회』 2000년 여름 참조.

투쟁의 욕망이 그 어느 시기의 비평가들보다도 선명하게 드러나는 것이 바로 4·19세대의 비평가들이었다. 특히 그중에서도 이른바 『문학과 지성』 계열에 해당되는 비평가들이 이러한 모습을 전형적으로 보여주었다. 1969년 간행된 『68문학』에 발표된 김현의 「한국 비평의 가능성」과 김주연의 「새 시대 문학의 성립」과 같은 평문들은 그들의 비평적 전략이 가장 뚜렷하게 표출된 예에 해당된다.

김현은 「한국 비평의 가능성」에서 주로 이어령·이철범·유종호 등의 50년대 비평가들을 비판하면서 이른바 60년대 비평가들의 새로운 가능성을 언급하고 있다. 이 평문의 모두에서 김현은 다음과 같이 주장하고 있다.

> 어느 시대에나, 명석한 사람들은 자기의 시대를 위기의 시대라고 주장하고, 그 위기의 양태와 치유책을 강구한다. (…중략…) 그렇다면 오늘날의 비평가들은 과연 그런 위기를 느끼고 있는가. 아니 그런 위기를 극복하려는 힘들고 고통스러운 과정을 감내하고 있는가, 아니 보다 더 정직한 말로 그런 평론가들이 있느냐라는 것을 밝히려는 것이 이 소고의 목적이다.

이러한 김현의 언급은 실상 자신이 속한 세대의 비평가들에 대한 본격적인 의미부여를 하겠다는 의미로 해석된다. 그리하여 위의 예문에는 "자신이 속한 새로운 세대의 비평가들이야말로 지금 이 시대의 위기를 제대로 꿰뚫어보면서, 새로운 미학적 상상체계를 보여주고 있다는 김현의 입장이 명료하게 드러나 있다"[47]고 평가되고 있다. 이 같은 문제의식에 따라 김현은 '55년대 비평가'와 '65년대 비평가'라는 구분을 활용하면서, 이어령·유종호·이철범 등의 55년대 비평가들을 냉철하게 비판하는 동시에, 백낙청·염무웅·김주연·김치수·조동일 등의 동 세대 비평가들의 가능성과 재능에 대해서 높이 평가하고 있다.

---

47) 권성우, 「1960년대 비평에 나타난 '현대성' 연구」, 『한국학보』, 1999년 가을, 17면.

이러한 비평적 전략을 관류하는 정서는 김현 자신이 속한 4·19세대
에 대한 주관적 자부심이다. 가령, 4·19세대를 "우리가 아는 한 역사상
가장 진보적인 세대이다"라고 표현하는 대목이나, "65년대 비평가들이
짊어지지 않을 수 없었던 과제란 문제 해결의 과정에서 제기된 숱한 난
관들을 포기해 버리는 '그 악순환을 저지하려는 진지한 노력'이다"[48]라
는 주장은 충분하게 검증된 객관적 논리라고 볼 수 없을 것이다. 다른
세대가 지닌 진보성과 비교해볼 것도 없이, 이후에 전개된 역사에서 흔
히 발견되는 4·19세대의 정치적 변절을 감안해보면, 이러한 주장은 명
백히 일면적이다. 아울러, 뒤의 발언 역시 진지한 비평가라면 어느 시
대, 어느 세대의 비평가나 필연적으로 마주칠 수밖에 없는 보편적인 과
제에 해당된다는 점에서, 세대적인 편향이 스며든 공정하지 못한 논리
에 해당된다.

한편, 김주연의 「새 시대 문학의 성립—인식의 출발로서의 60년대」라
는 평문 역시, 주관적인 세대론적 욕망이 뚜렷하게 개입되어 있다. 이
글에서 김주연은 50년대 문학의 한계를 지적하면서 김승옥·서정인·
이청준·마종기·정현종 등의 작품을 전거로 하여 60년대 문학의 새로
움에 대해서 적극적인 의미부여를 시도하고 있다. 김주연이 김승옥과
서정인을 비롯한 60년대 문인들이 추구한 문학세계가 50년대 문인들의
그것과 비교하여 미학적으로 진일보한 것으로 평가하는 논리는 무엇인
가? 그것은 4장에서 설명되었지만, 그들의 작품에서 발견되는 '개인의
발견' 및 '한 개인의 주체적인 성립' 등이 전시대와는 대별되는 문화사
적 의미를 지니고 있다는 사실 때문이다. 그러나 이러한 논리는 50년대
작품과 60년대 작품에 대한 구체적인 분석과 면밀한 비교가 동반되지
않는다면, 동세대 문학에 대한 주관적인 애정에서 비롯된 성급한 일반
론으로 해석될 여지가 있다.

---

48) 김현, 「한국비평의 가능성」, 『현대한국문학의 이론』, 민음사, 1972, 194~195면.

주로 문지 계열의 4·19세대 비평가들이 보여준 이러한 세대론적 인정투쟁의 맥락은 최근에 집중적인 검토와 논의의 대상으로 부각되고 있다.49) 무엇보다도 이들의 비평적 전략으로 인해서, 1950년대 문학에 대한 일면적 이해와 상대적 평가절하가 이후에 보편적으로 진행되어 일종의 정설로 수용되었기 때문이다. 그리하여 "50년대 비평에 대한 나의(혹은 우리의) 오랜 선입관은 4·19 이후의 문학 세대들에 의해, 의도적이든 그렇지 않든, 이 시기의 비평이 사실 이상으로 폄하되고 평가 절하되었던 결과에 기인한다는 사실을 알게 되었다"50)는 지적이 최근에 나오고 있는 것이다. 또한, 김구용 시집의 문학사적 의미를 논하면서 개진된 김사인의 "성년으로 6·25의 참상을 치러냈던 세대들, 그 50년대 시인들(시인뿐만이 아니다!)이 처했던 심신의 극한 상황과 고투를 '어설픈 서구풍의 흉내'로 치부해온 그 간의 통념들은, 4·19를 후광으로 한 또 하나의 근시안적인 편향, 말 그대로 '통념'일 따름일 소지가 많아 보인다. 50년대의 삶과 의식이 어찌 이후의 시대에 비해 '어설프고 유치할' 수 있겠는가"51)라는 언급 역시 이러한 4·19세대 비평의 세대론적 비평 담론에 대한 비판적 대화로도 수용될 수 있을 것이다.

여기서 이러한 세대론적 인정투쟁에 대한 문제제기가 4·19세대 비평가의 한 사람이었던 백낙청에 의해서 그 당대에도 이루어졌다는 사실을 인식할 필요가 있다. 백낙청은 동세대에 대한 애정에 입각한 세대론이 동시대 문학의 특징적 국면에 대한 지나친 부각으로 나아가게 되고, 결과적으로 그러한 논리는 "동시대 작가간의 보다 중대한 질적 차이를 소홀히 했다는 점에서 적지 않은 해독마저 끼쳤다"52)라고 비판한다. 그러므로 세대론적 비평의 문맥은 "이전 세대와의 차별성에 골몰하

---

49) 권성우, 「4·19세대 비평의 성과와 한계─비평적 인정투쟁의 논리를 중심으로」, 『문학과사회』, 2000년 여름; 이명원, 『타는 혀』, 새움, 2000.
50) 한수영, 「최일수 연구」, 『민족문학사연구』 10호, 민족문학사학회, 1997, 137면.
51) 김사인, 「김구용 문학전집 서평」, 『한겨레신문』, 2000.7.3.
52) 백낙청, 「시민문학론」, 『민족문학과 세계문학』, 창작과비평사, 1978, 60면.

다 보니 자연히 단절론의 함정에 빠지게 되는 우려를 안고 있다"[53]고 해석될 수 있는 것이다.

문제는 이러한 4·19세대의 비평적 관점이 1960년대 이후 불과 1~2년 전에 이르기까지 근원적인 성찰이나 본격적인 문제제기 없이 일종의 비평적 상징권력으로 우리 문학계에 폭넓게 수용되었다는 점이다. 그리하여, 현재까지도 4·19세대의 주요한 비평가들은 한국 비평계에서 상대적으로 가장 신뢰받는 비평가 집단으로 공인받고 있으며, 그들의 비평이 한국 현대비평사에서 가장 소중한 성취를 이룬 것으로 평가받고 있기도 하다.[54] 물론 이러한 점들을 단지 상징권력이라는 측면에서 비판하는 것은 다소 공허한 공정성의 논리에 매몰될 가능성이 있다. 4·19세대 비평가들의 중요한 비평적 성취와 광범한 업적, 비평적 재능은 충분히 인정되어야 한다. 그러나 동시에 4·19세대 비평가들의 업적과 성과와는 별도로, 그들의 비평에 대한 지나친 확대해석은 경계해야 할 것이다.

지금까지 언급한 다소 전략적인 세대론적 인정투쟁의 욕망과 그에 따른 비평적 기획이 60년대 비평가들이 주로 보여주었던 비평담론의 특징이자 한계라면, 몇몇 60년대 비평가들에 의해서 비평의 자기 성찰과 자기반성 작업이 본격적으로 진행되었다는 점은 60년대 비평문학의 소중한 결실로 주목받을 수 있을 것이다. 이러한 사실은 1960년대가 비평문학이 스스로에 대해서 성찰하기 시작한 본격적인 연대였음을 의미한다. 근대성(모더니티)의 중요한 요소로 무엇보다도 '성찰'과 자기 부정을 들 수 있다면, 이러한 의미에서 1960년대 비평은 거의 최초로 본격적인 근대적인 비평의 모습을 보여주었다.

1960년대에 활발하게 활동한 비평가들 중에서 자기 성찰의 풍경을

---

53) 한강희, 앞의 책, 157면.
54) 예컨대 정과리의 평문 「김현 비평의 현재성」(『문학과사회』, 2000년 여름)이 전형적으로 이러한 관점을 취하고 있다.

인상적으로 보여준 비평가로는 유종호·백낙청·김현을 들 수 있다. 유종호는 1950년대 말에 등단하여, 1960년대에 본격적인 비평 활동을 전개한 비평가라고 할 수 있는데, 다른 어떤 비평가보다도 비평에 대한 자의식과 비평의 역할에 대한 치밀한 성찰을 보여주었다. 아울러 유종호는 김승옥을 비롯한 구체적인 작품 분석을 통해서 새로운 문학의 감수성을 적극적으로 옹호하였으며, 모더니티와 전통의 연관성에 대한 성실한 탐색을 보여주었다.[55]

백낙청의 경우에는 60년대 비평사에서 가장 극적인 자기 성찰을 보여준 경우에 해당된다. 백낙청은 1969년 발표된 「시민문학론」에서 『창작과비평』 창간호에 발표된 자신의 평론 「새로운 창작과 비평의 자세」에 대한 준엄한 자기비판을 수행하고 있다. 가령, "도대체 문학전통을 '부모의 피와 살을 이어받았듯이' 이어받는다는 것은 무슨 말이며 아무리 쇠잔한 전통이라도 그 존재 자체를 부인하는 것이 아니라면 '명맥이 끊어졌다'고 말하는 것은 위험한 레토릭이 아닌가?"[56]라고 언급하는 대목이 이에 해당된다. 이러한 자기비판의 풍경은 1930년대 중반에 「사실주의의 재인식」에서 임화가 보여준 자기비판[57]과 함께 "한국현대비평사에서 유례가 드문 치열한 자기성찰의 풍경을 보여 준다"[58]고 할 수 있다. 자기비판과 자기 갱신이야말로 백낙청으로 하여금 지금 이 시대에 이르기까지 지속적으로 민족문학비평의 거장으로 평가받을 수 있게 만든 소중한 덕목일 것이다.

김현의 경우에는 이미 60년대 후반에 자신이 외국 문학의 매혹에 선험적으로 매몰되었다는 그 자신의 존재론적 성격과 연관된 냉철한 자기 성찰의 모습을 보여준다. 이를테면, 김현은 「한 외국문학도의 고백」

---

55) 권성우, 「1960년대 비평에 나타난 '현대성' 연구」, 『한국학보』, 1999년 가을, 24~27면.
56) 백낙청, 「시민문학론」, 『민족문학과 세계문학』, 창작과비평사, 1978, 37면.
57) 권성우, 『모더니티와 타자의 현상학』, 솔, 1999, 179~180면.
58) 권성우, 「1960년대 비평에 나타난 '현대성' 연구」, 『한국학보』, 1999년 가을, 12면.

(1967)에서 서구적인 실존적 감수성에 무비판적으로 심취되어 있던 자신의 편향에 대해서 비판하고 있다. 그리하여 "이 착란된 문학 풍토 속에서 나의 정신이 불구화되리라는 것은 쉽게 이해할 수 있으리라. 나는 새로운 것, 외국의 것을 우리 문학의 속성인 것처럼 파악하고 있었던 것이다"라는 김현의 고백을 통해 자신의 한계를 투명하게 응시하는 자기 성찰의 풍경을 확인할 수 있다. 요컨대, 외국의 문화와 외국의 문학을 우리 문학의 속성으로 파악하는 자신의 관점이 '정신의 불구'에 해당된다는 것이다. 이후에도 지속적인 자기 성찰을 보여주었던 김현의 비평적 여정은 자신이 도취되어 있었던 프랑스 문학의 성과와 한계를 구체적으로 인식하는 과정이기도 했다. 한 마디로 말해서, 김현은 한국 현대비평사에서 비평가의 '자기 성찰'의 중요성을 본격적으로 환기시킨 비평가이다.

6. 순수·참여 논쟁과 내면화된 이념의 맥락

1960년대에 진행된 문학논쟁들 중에서 가장 대표적인 논쟁은 이른바 '순수·참여 논쟁'이라고 할 수 있다. 이러한 순수·참여 논쟁의 활성화는 1950년대 사회와 대비되는 1960년대 사회의 이념적 지형의 분화에서 그 역사적 맥락을 찾을 수 있다. 말하자면, 반공이데올로기가 전일적으로 지배하던 1950년대 사회에 비해서 4·19혁명의 영향을 받은 1960년대는 한층 다양한 이념적 지형도를 보이고 있었던 것이다. 최일수와 정태용의 민족문학비평을 제외하면 모더니즘과 실존주의, 순수문학비평이 지배하던 1950년대의 비평의 양상과 비교하여, 1960년대 비평은 상대적으로 참여문학과 민족문학비평, 현실 비판적 비평이 활성화되었다는 점에서 그 특징을 찾을 수 있다.

이러한 측면에서, 1960년대에 본격적으로 전개된 활발한 순수·참여 논쟁의 맥락도 지성사적 측면에서 고찰될 수 있다. 순수문학의 입지와 대별되는 참여문학의 활성화는 진보적인 이념의 내면적인 활성화라고 해석될 수 있다. 말하자면 마르크스주의를 비롯한 진보적 사상과 정치가 공식적으로 허용되지 않았던 1960년대의 정황에서, 참여문학은 진보적인 정치적 입장을 간접적으로 표출하는 유력한 방법이었던 것이다.

1960년대에 전개된 순수·참여 논쟁은 대체로 세 가지 차원에서 논의되고 있다. 그것들은 다음과 같다.

① 비평가 김우종과 시인 이형기 사이에 진행된 순수·참여 논쟁
② 불문학자 김붕구의 논문 「작가와 사회」를 둘러싼 김붕구, 임중빈, 선우희, 김현 등에 의해서 진행된 참여문학 논쟁
③ 비평가 이어령과 시인 김수영 사이에 진행된 불온시 논쟁59)

첫 번째 논쟁은 평론가 김우종이 「파산의 순수문학」(『동아일보』, 1963.8.7)이라는 평문을 통해 순수문학을 공박하면서 시작되었다. 이 과정에서 이형기는 「문학의 기능에 대한 반성」(『현대문학』, 1964.2)이라는 평문을 통해 순수문학을 옹호하였으며, 다시 김우종은 「저 땅위에 도표를 세우라」(『현대문학』, 1964.5)라는 평문을 통해 이형기의 주장을 재반박하는 과정으로 논쟁이 전개되었다.

---

59) 이 논쟁들에 대한 소개로는 다음과 같은 논문들을 참조할 수 있다.
 • 조남현, 「순수·참여 논쟁」, 『한국근현대문학 연구 입문』, 한길사, 1990.
 • 허윤회, 「1960년대 '순수'비평의 의미와 한계」, 『1960년대 문학 연구』, 깊은샘, 1998.
 • 한강희, 「순수─참여논쟁의 그 전말과 비평사적 의미」, 『한국 현대비평의 인식과 논리』, 태학사, 1998.
 • 전승주, 「1960년대 순수·참여 논쟁의 전개과정과 그 문학사적 의의」, 『한국현대비평가 연구』, 강, 1996.

김우종은 이형기에 대한 반론에서 "어느 누가 이제 와서 문학을 도구로 만든다고 나섰기에 그처럼 낡은 투구를 끌어내고 원정준비를 하는 것인가? 문학의 현실적인 참여라든가 창조동기로서의 목적의식 선행 등은 문학의 도구화로밖에는 해석할 수 없단 말인가?"60)라고 되묻고 있다. 지금의 관점에서 보면 이러한 김우종의 발언은 대체로 정당하고 상식적인 반문으로 보인다. 그러나 반공이데올로기가 강력하게 엄존하고 있었던 1960년대의 정황에서 이러한 김우종의 발언은 높이 평가되어야 할 것이다. 이러한 점과 연관하여, 한 연구자는 "이형기-김우종의 논쟁은 당대의 전체 사회공간에서 작동하던 이데올로기적인 금기가 '문학의 장'에서 작동하는 방식을 보여주고 있다. 이데올로기적인 금제는 서정주의 참여문학 비판이 그러했던바 타자를 배제하는 순수문학 담론의 주요한 차별화 전략으로 기능한다"61)고 이 논쟁의 내밀한 정치적 맥락에 대해서 서술한 바 있다.

두 번째 논쟁은 1967년 '작가와 사회'라는 주제로 열린 〈세계문화자유회의 한국본부 주최 원탁토론〉 세미나를 계기로 전개되었다. 이 토론에서 불문학자 김붕구는 '창조적 자아'와 '사회적 자아' 개념을 대비시키면서 '창조적 자아'의 우월성을 주장하게 된다. 이러한 논리는 참여문학에 대한 간접적인 비판에 해당된다. 김붕구는 작가의 이데올로기나 역사적 시각보다는 작품에 투여하는 개인적 성실성과 개성을 중요시하고 있다. 이러한 김붕구의 주장에 대해서는 찬반양론이 치열하게 전개되었다. 그 반대의 논리 중에서는 임중빈의 논리가 주목되는데, 임중빈은 창조적 자아도 근원적으로 사회적 관계로부터 자유로울 수 없다는 논리를 통해 참여문학을 옹호하였다. 선우휘·이철범·김양수·원형갑·임헌영·김현 등이 참여한 이 논쟁은 기본적으로 당시 사회주의에 대해서 기본적으로 지지하던 사르트르의 '앙가주망'이라는 참여의 논리

---

60) 김우종, 「저 땅위에 도표(道標)를 세우라」, 『현대문학』, 1964.5, 84면.
61) 임영봉, 앞의 책, 146면.

가 반공이데올로기가 지배하던 1960년대 우리 사회의 수용되면서 '참여'의 개념의 묘하게 굴절될 수밖에 없었던 지성사적 특수성을 보여준다고 하겠다.

한편 세 번째 논쟁은 이어령과 김수영이 시의 불온성이라는 화두를 중심으로 문학의 근본적인 자유와 문학과 정치와의 관계에 대해서 수차례 치열하게 전개된 논쟁을 의미한다. 이 논쟁 역시 문학과 정치, 문학과 자유라는 대단히 근본적인 쟁점을 생산적으로 다룰 수 있는 기회였음에도 불구하고, 당시 한국사회의 이념적 제약으로 인해 서로에 대한 입장차만 확인한 채 마무리되고 만다.

대체로 이렇게 세 가지 차원에서 전개된 순수·참여 논쟁은 당대 이념적 지형의 근본적인 한계와 서로에 대한 다소 감정적인 발언으로 전개되면서 생산적인 성과를 거두지 못한 것으로 평가되고 있다.62) 그럼에도 불구하고 1960년대에 진행된 순수·참여 논쟁은 지난 연대가 보여주던 순수문학의 헤게모니와 모더니즘 편향의 평단에 의미 있는 자극과 문제제기를 시도한 것으로 평가될 수 있다. 순수·참여 논쟁이 이념적 제약으로부터 탈피하여 문학과 정치의 근원적인 관계에 대한 탐구로 이행하는 시기는 1980년대에 전개된 민중문학론에 이르러서이다.

7. 새로운 논의를 기대하며

문학비평 영역에 있어서 1960년대는 4·19의 정신적 영향으로 인해,

---

62) 예를 들어 김윤식은 "60년대를 지배한 것으로 보이는 중요 이슈가 순수·참여의 단선적 쳇 바퀴 도는 논리의 악순환(Zirkus Vitious)이었음"이라는 표현을 하고 있다. 김윤식, 『한국현대문학사』, 일지사, 1983, 67면.

비평의 근대성과 다원성·자율성이 본격적으로 표출되기 시작하던 문제적인 시기이다. 아울러 이 시기는 반공 이데올로기와 번역 이입된 모더니즘 미학이 득세하던 1950년대와 달리, 한국사회에 대한 자생적인 문제의식에서 비롯된 사회적 비평과 참여비평이 정당한 목소리를 내기 시작하던 시기라고 할 수 있다. 그러므로 적어도 비평사에 한정한다면, 한국 현대비평사에서 1960년대는 진정한 의미의 비평적 모더니티가 본격적으로 형성되던 시기였다. 이 시기에 이르러 문학비평은 어떤 시기보다도 근원적인 도약과 비평적 진전, 비평적 입장의 다양성을 성취해 냈다.

지금까지 이 글은 중요한 문학적 쟁점과 비평적 테마를 중심으로 하여, 60년대에 전개되었던 문학비평에 대해서 탐색해보았다. 주로, 60년대 비평에서 선명하고 특징적으로 드러난 새로운 흐름과 논점을 중심으로 서술되다 보니, 상대적으로 주요하게 취급되지 않은 부분들이 존재할 수밖에 없었으리라.63) 그러나 이러한 한계는 역사에 대한 모든 해석과 정리가 필연적으로 부딪칠 수밖에 없는 딜레마일 것이다.

2000년을 전후한 시기에 논쟁적 형태로 제기된 4·19세대 비평가들의 한계에 대한 지적에도 별도로, 1960년대에 새롭게 등장한 상당수의 4·19세대 비평가들이 그 이후의 전개된 비평사의 현장에서 각기 자신의 비평적 입장에 따라, 비교적 깊이 있고 내실 있는 비평적 업적을 이루었다는 점에서, 아울러 이들의 비평이 후대의 비평가들에게 커다란 영향력을 행사했다는 점에서, 1960년대의 비평사는 한국 현대비평사의 실질적인 기원으로 불릴 수 있을 것이다. 1960년대 이후 등장한 대부분의 비평가들은 바로 이 4·19세대 비평가와 치열하게 대결하고 배우면

---

63) 가령, 김윤식·박동규·이재선 등 국문학 전공의 강단비평가들이 60년대에 보여준 비평 활동, 그리고 백철과 조연현·최일수 등의 원로급 비평가들이 60년대에 지속적으로 보여준 비평 활동이 이 글에서 상대적으로 경시될 수밖에 없었다. 앞으로 후속적인 논의를 통해서 이 글에서 상대적으로 소홀하게 취급된 비평적 주제와 비평가에 대해서 심화된 연구를 진행할 수 있기를 희망한다.

서 자신들의 새로운 비평적 영토를 만들어 갔던 것이다. 이 한 가지만 보더라도, 60년대 비평의 비평사적 의의는 지대하다고 하겠다. 1960년대 비평문학에 대한 심화된 연구가 절실하게 요청되는 이유가 바로 여기에 있는 것이다.

【보유】 이 글이 발표된 지 6년의 세월이 흘렀다. 그 사이에 60년대 비평에 대한 연구는 괄목할 정도로 진척되었다. 1960년대의 주요한 비평매체였던 『한양』·『청맥』지를 둘러싼 비평사적 맥락을 탐구한 고명철의 논문(「민족의 주체적 근대화를 향한 『한양』의 진보적 비평정신」, 『한민족문화연구』 19호, 한민족문화학회, 2006)과 하상일의 논문(「1960년대 『청맥』의 이데올로기와 비평사적 의미」, 『한국문학이론과 비평』 33호, 2006), 비평가 최일수의 비평세계를 탐구한 이명원의 연구서 『종언 이후―최일수와 전후비평』(새움, 2006), 60년대 비평 전반을 '모더니티' 개념을 통해 탐색한 강소연의 연구서 『1960년대 사회와 비평문학의 모더니티』(역락, 2006) 등의 성과에 의해 1960년대 비평문학에 대한 학술적 탐색은 한층 깊이 있게, 구체적으로 진행되고 있다.

제3장

실증적 정리에서 해석학적 지평으로
해방 이후 현대문학비평 연구사에 대하여

1. 머리말―비평 연구의 특성과 난제

8·15해방 이후, 한국 근대비평사에 대한 연구가 시작된 지도 현재까지 어언 61년에 이르는 세월이 흘렀다. 단순한 서발비평이나 소박한 감상문을 넘어 선, 전문직 비평가에 의한 본격적인 의미의 근대적인 비평은 1920년대 중반부터 전개되었다.[1] 이러한 사실로 인해, 실제로 식민지 시대에는 비평사 연구라고 칭할 만한 연구나 저작들이 거의 존재하

---

[1] 이에 대해서는 권성우, 「1920·30년대 문학비평에 나타난 '타자성' 연구」(서울대 박사논문, 1994)의 제Ⅱ장 〈마르크스주의의 등장과 '타자성'의 기원〉을 참조할 수 있다. 아울러 조남현은 "이식문화론의 극복, 자주사관의 확립을 아무리 소리 높여 외친다 하더라도 1900년대와 1910년대는 전문적인 평론가의 존재는 거의 눈에 뜨이지 않았고 문단에 능동적·개방적으로 참여한 비평행위나 작업도 드문 편이었음을 인정치 않을 수 없다"고 설명한 바 있다.
  조남현, 「근대 비평의 자취를 찾아」, 『풀이에서 매김으로』, 고려원, 1991, 291면.

지 않았다. KAPF라는 문예조직 및 근대적인 저널리즘 제도의 확장과 더불어 탄생한 전문직 비평가들의 활약과 논쟁이나 잡담은 있었으되, 기본적으로 식민지 시대에는 비평에 대한 학술적 연구라는 메타적 글쓰기에 대한 관념이 미약했던 것이다. 이러한 점은 당대(식민지 시대)를 살았던 비평가나 학자들에게 그 당대에 전개된 문학행위에 대해서 객관적 시야에서 조망하거나 성찰할 수 있는 지적 거리감이 충분히 존재하지 않았음을 의미한다. 여기서, 당시 근대문학에 대한 학술적 성과로는 드문 업적이라고 할 수 있는 임화의 신문학사 연구도 당대문학을 포괄하지 못한 채 개화기 문학만을 대상으로 하고 있다는 사실을 참조할 수 있다. 이러한 점은 메타적 글쓰기나 학문적 글쓰기는 일정한 시대적 거리감이 필요하다는 사실을 시사한다.

지금까지 설명한 의미에서, 한국 현대지성사에서 '해방'이라는 원체험은 근대문학사에 메타적·학술적 연구를 탄생시킨 소중한 지성사적 계기라고 할 수 있다. 해방이라는 혁명적이며 근대적인 체험은 식민지 시대로 대변되는 과거의 문화유산을 객관적으로 정리하고 성찰할 필요성을 제기했기 때문이다. 한국 현대문학사에서 최초의 체계적인 비평사 연구로 평가받고 있는 백철의 『신문학사조사(현대편)』가 해방 직후인 1949년에 간행되었다는 사실, 아울러 해방 직후의 변모된 역사적 조건이 백철로 하여금 문학사(비평사) 서술로 이끌었다는 사실은 '해방'이 문학사(비평사) 연구의 새로운 지평을 열어 제친 중요한 요소라는 점을 암시하고 있다.

백철의 저작 이후 50여 년이 넘는 세월 동안 한국 현대비평사는 참으로 다양한 '비평의 성좌'를 보여주었으며, 이에 따라 비평, 비평사, 비평가에 대한 연구도 활발하게 진행되어 왔다. 김영민의 정리2)에 따르면, 2000년 4월을 기준으로, 근대(현대)문학비평사에 대한 연구자료목록은

---

2) 김영민, 「한국 근대 및 현대 문학비평사 관련 연구 자료 목록」, 『한국현대문학비평사』, 소명출판, 2000, 447~500면.

거의 1,500편에 육박한다. 이 논문목록의 80퍼센트 이상이 1980년대부터 현재까지 발표된 연구성과들이다. 그러니, 분명 비평사 연구는 최근 20여 년 동안 질적으로나 양적으로나 엄청나게 풍부해지고 확대되었다.

그러나 이러한 사실에도 불구하고 현재까지 진행된 비평사 연구는, 근대시나 근대소설에 대한 다채로운 연구성과에 비해볼 때, 아직 상대적으로 영성(零星)한 상태에 놓여 있으며 새롭게 개척될 여지가 많다. 이 점은 근대문학에 대한 연구가 일반적으로 시와 소설에 대한 연구를 중심으로 전개되어 왔다는 사실과 연관된다. 예를 들어, 다소 보수적인 국문학 연구 풍토에서 산문과 시가, 혹은 소설과 시를 연구의 중심에 두는 것은 대단히 완강한 연구사적 관행이자 추세이다. 그리하여, 근대문학의 유산 중에서 근대시와 근대소설에 대한 학술적 연구는, 그동안 다양한 연구방법론과 해석학적(解釋學的) 접근의 도움을 받아, 이제 연구사 검토만으로도 엄청난 분량의 작업과 노력이 요구될 정도로 수 십 년에 걸친 연구사적 성과와 학술적 역량이 풍성하게 축적되어 있다.[3]

이에 비해볼 때 근대(현대)문학비평에 대한 본격적인 학술적 연구는 상대적으로 풍요롭지 못한 상태에 놓여 있으며, 이에 따라 비평사 연구는 아직 다양한 연구사적 지형도를 그리기에는 엄연한 한계가 있다. 이 점은 '비평'이라는 장르 자체가 본질적으로 '메타'적인 성격을 지니고 있다는 점, 아울러 비평문에 대한 독해가 창작품에 비해 비교적 난해하고 까다롭다는 점에서 연유하는 것으로 보인다. 그러니, 비평사의 현장을 다시 학술적으로 메타적으로 접근하는 것은 이중적인 메타적 접근에 해당되어 그만큼 어렵다고 할 수 있을 것이다. 바로 이러한 사실로 인해 비평에 대한 학술적인 연구는 시나 소설에 대한 연구보다도 이중의 노력과 각별한 학문적 정열이 요청되는 것이다. 가령, 한 편의 비평

---

3) 국어국문학 각 분야의 연구목록이 체계적으로 정리되고 그것이 단행본으로 발간되어야 할 것이다. 이러했을 때, 선행 연구사의 장악을 통한 좀더 합리적인 연구가 가능해질 것이다.

텍스트에 대한 연구는 그 비평문 자체에 대한 정교한 미시적(微視的) 독서와 더불어 그 비평문이 대상으로 하고 있는 작품에 대한 인식이 동시에 요청된다. 그러므로 비평에 대한 메타적 연구는 이론적 감각과 함께 섬세한 텍스트 독해력이 동반되어야 하는 것이다.

지금까지 언급한 비평사 연구의 딜레마에도 불구하고, 1980년대 후반부터 근대(현대)문학비평에 대한 본격적이며 체계적인 연구가 활발하게 진행되면서, 이제 비평사 연구의 성과물들을 일목요연하게 정리·조감할 필요성이 대두되고 있다. 비평사 연구의 전체적인 지형도를 정확하게 파악했을 때, 비평사 연구의 현황과 새로운 지평이 열릴 수 있기 때문이다.

그렇다면, 비평과 문학론에 대한 탐사는 인문학 분야에서 어떠한 의미를 지니고 있는 것인가? 비평사 연구의 의의와 연관하여 다음과 같은 점을 참조해야 할 것이다. 즉, 최근의 서구문학이나 문예학에서는 비평장르나 문학이론이 지니고 있는 독자적인 의의 및 중요성이 뚜렷하게 부각되고 있다는 사실이다. 물론 이러한 추세를 탈식민주의적 지평이 부각되고 있는 우리 학계의 현황과 기계적으로 연계시킬 수는 없을 것이다. 그러나 서구에서 문학비평이나 문학이론 분야는 이미 가장 개성적이고 풍요로운 학술분야로 부각되고 있다는 사실과 메타과학에 대한 관심이 폭증하고 있는 현대학문의 동향을 감안해볼 때, 새로운 관점에 의거한 비평에 대한 체계적인 학술적 연구는 문학 연구의 어느 분야 못지않게 절실하게 요구된다.

이 글은 지금까지 서술한 문제의식에 근거하여, 우선 해방 이후 현재까지 진행되어온 60여 년에 걸친 한국 근현대 문학비평연구사를 종합적으로 고찰하면서 그 성취와 한계, 연구사적 전망 등을 짚어보기로 하겠다. 이에 따라 이 글에서는 한국 현대비평 연구사를 ① 초보적 실증주의에 기반한 연구, ② 비평사 연구의 사적 체계화, ③ 근대성에 관한 '비평담론'과 해석학적 연구 등의 세 단계로 나누어 일목요연하게 정리하고자 한다.

2. 초보적 실증주의에 기반한 비평사 연구

한국 근대(현대) 문학비평에 대한 학술적 연구를 통시적으로 구분하면, 대체로 '초보적 실증주의' 단계와 '사적 연구의 체계화' 단계, 그리고 정신사적 탐색을 비롯한 '정밀한 해석학적 접근' 단계 등의 세 가지 단계로 나눌 수 있을 것이다. 대개의 학술연구 분야처럼 한국 현대비평사 연구 역시 실증주의적 단계는 학문의 기초공사라 칭할 수 있는 핵심적인 과정이다. 현재, 한국 근대문학비평에 대한 학술적 연구는 해석학적 연구단계의 초입에 들어선 것으로 판단되는데, 모든 연구가 그러하듯이 바람직한 쪽은 이 세 가지 단계가 상호작용을 주고받으면서 동시에 진척되는 것일 터이다. 다양한 해석학적 연구가 제대로 진행되기 위해서라도 실증주의적 연구가 확보한 연구사적 의의는 엄밀하게 확인되고 강조되어야 할 것이다.

실증주의 단계의 대표적인 업적으로는 백철의 『조선신문학사조사』(현대편, 1949)와 『신문학사조사』(1954), 김윤식의 『한국 근대문예비평사 연구』(1973), 『근대 한국문학 연구』(1973), 신동욱의 『한국현대비평사』(1975), 이선영의 「한국 근대문학비평 연구—초창기를 중심으로」(1981), 김영민의 「1920년대 한국문학비평 연구」(1985) 등의 성과를 거론할 수 있을 것이다. 이러한 단계의 연구들은 비로소 근대문학비평에 대한 연구를 학문의 수준으로 끌어올리면서 근대비평사 연구의 초석(礎石)이 되었다.

1) 백철과 김윤식의 비평사 정리

1949년에 발간된 백철의 『조선신문학사조사』(현대편)는 해방 이후 최초로 간행된 비평사 연관 저작이다. 백철은 이 책을 수정·보완하여

『신문학사조사』(1954)를 출간하였다. 이 저작들은 목차에서 볼 수 있듯이 주로 프로문학을 중심으로 식민시 시대 문학사를 정리하고 있다. 이를테면『조선신문학사조사』(현대편)의 제1장 제목은 「조선신문학의 재출발기—신경향파문학의 등장」이며 제2장의 제목은 「프로레타리아문학 10년간의 제패와 민족파·절충파 등 문단춘추시대」인데, 이러한 백철의 시각은 그가 근대적 비평문학의 적자(嫡子)로 신경향파를 비롯한 카프문학을 들고 있음을 암시하고 있다. 이러한 백철의 인식은 해방공간이라는 과도기의 역사적 산물이며, 동시에 친일경력을 지닌 비평가의 자기 성찰에 해당된다.

그러나 백철의 이 저서들은 엄밀한 학술적 논의보다는 자신도 일원으로 참여하였던 문학사적 흐름에 대한 회고와 정리에 해당된다는 점에서 분명한 한계를 지니고 있다. 아울러 백철의 비평사 연구는 비평사를 문예사조나 사회운동의 종속물로 취급했기 때문에, 비평사 분야나 비평이론 분야의 미학적 특수성 내지 자율적인 논리를 적절하게 해명하지 못하고 다분히 '속류사회학주의'에 매몰되었다는 점, 그리고 신경향파 문학이나 KAPF의 문학운동에 과도한 비중을 둠으로 인해서 비평사 전개과정의 다양한 양상을 탄력적으로 조망하지 못했다는 점 등등의 한계를 지니고 있다. 그래서 "그것을 통해서 한국 현대문학을 체계화하게 된 거의 모든 독자들은, 무의식적으로, 외국의 선진한 문학 사조를 받아들이는 것은 훌륭한 일이며 한국문학은 외국 문학에 비해 질적으로 훨씬 떨어진다는 고질적인 고정관념을 갖게 되었다. 문학 연구가들의 상당수가 외국 문학에 달라붙게 된 것에는 그의 영향이 꽤 깊게 작용하였다"[4]는 비판적 발언이 나올 수밖에 없었던 것이다. 그러나 해방 직후라는 격동기의 정황 속에서 식민지 시대의 비평사적 흐름을 성실하게 정리하고 의미부여한 백철의 학문적 성과는 결코 과소평가될

---

4) 김현, 「비평의 유형학을 향하여」, 『분석과 해석』, 문학과지성사, 1988, 235면.

수 없을 것이다. 또한 KAPF 비평을 문학사의 중심에 위치시킨 백철의 관점은 이후에 씌어진 비평사 연구에 커다란 파장을 미쳤다는 점만으로도 일정한 연구사적 의미를 지니고 있다고 하겠다.

한편 김윤식의 『한국 근대문예비평사 연구』(1973)와 『근대 한국문학 연구』(1973)는 식민지시대에 진행된 KAPF 비평의 성과를 체계적으로 정리한 최초의 학술적 성과에 해당된다. 김윤식은 1960년대 후반부터 당시의 정황에서는 카프비평사 연구에 선구적으로 천착해온 바 있다. 예컨대, 김윤식은 「한국 문예비평사에 대한 연구—1923년에서 1935년까지」(1968), 「회월 박영희 연구」(1968) 등의 논문들을 발표하면서, 본격적인 프로문학 연구를 위한 학문적 기반을 꾸준하게 마련해왔던 것이다. 이러한 논문들에서 보여준 문제의식을 한층 체계적으로 집대성한 『한국 근대문예비평사 연구』는 현대비평사 연구의 분기점을 이루는 기념비적 저작이다. 이 저술은 "이 책에서의 저자의 근본 태도는 사실자체를 가능한 한도에서 정리하고 분류하여 기술하는 것에 그치고, 비판이나 해석은 될 수 있는 한 보류해 두는 입장을 취하였다. 일본측 자료를 많이 취급한 것도 이 사실과 무관하지 않다"5)는 저자의 '머리말'에서 볼 수 있다시피, 기본적으로 실증주의적 태도에 입각한 중요한 연구성과에 해당된다. 이 책의 큰 목차는 다음과 같다.

> 제I부: 프로문학운동을 중심으로 한 문예비평
> 제II부: 전형기의 비평
> 제III부: 비평의 내용론과 형식론
> 부록: 「임화연구」, 「평론연보」

이 저작을 통해, 1920년대 초반부터 1930년대 말에 이르는 카프비평사의 전개과정과 비평의 유형학이 일목요연하게 정리되었다. 이 저서가

---

5) 김윤식, 『한국 근대문예비평사 연구』 증보판, 일지사, 1976, 1면.

발간된 이후 현재에 이르기까지 현대비평사 연구의 지침서 역할을 수행하고 있다는 사실은 바로 이 책의 학술사적 의미를 여실히 보여주고 있다. 아울러 이 책에 수록된 「임화 연구」 역시 비평가 임화의 문제성을 한국 근대사의 굴곡과 섬세하게 연계시킨 문제적인 연구라고 판단된다.

한편 『근대 한국문학 연구』의 경우는 일관된 문제의식을 확보한 체계적인 저서라기보다는, 11편의 독립적인 논문을 묶은 연구서에 가깝다. 그러나 이 저서는 「한국 문예비평사 연구의 방법론」, 「초창기의 문학론과 비평의 양상」, 「한국문학 연구 방법론—뉴 크리티시즘에 대하여」 등의 근대비평사 연구의 맥점과 화두를 다룬 소중한 논문들과 「순수문학의 의미—눌인(訥人) 김환태 연구」, 「프롤레타리아 문학의 한국적 양상—회월(懷月) 박영희 연구」 등의 중요한 비평가론이 수록되어 있다. 그러므로 『근대 한국문학 연구』는 『한국 근대문예비평사 연구』와 더불어, 근대비평사 연구의 골조를 구축하여 후속 연구를 위한 소중한 지반을 구축한 문제적 저작이다. 복사기도 없던 시절에 여러 도서관을 전전하면서 곰팡이 냄새가 나는 식민지 시대의 신문과 잡지를 섭렵하는 과정을 통해 이른바 '발로 쓴' 김윤식의 비평사 연구는 한 개인의 출중한 연구역량이 학문의 발전에 얼마나 중요한 계기가 될 수 있는가 하는 점을 인상적으로 보여주고 있다.

그러나 이러한 커다란 학술적 의의에도 불구하고, 실증주의 정신을 기반으로 한 김윤식의 비평사 연구는 다음과 같은 점에서 몇 가지 한계를 지니고 있다. 김윤식의 『한국 근대문예비평사 연구』는 일본 근대문학비평과의 정밀한 비교문학적 연구를 통해, 백철의 업적에다가 실증적 엄밀성과 사적 체계성을 획기적으로 보강한 한층 진전된 연구라고 평가된다. 그렇지만, 김윤식의 비평사 연구 역시 KAPF를 중심으로 한 논쟁사의 전개과정으로 비평사를 재구성했다는 점에서 백철의 틀을 탈피하지 못하고 있다. 이러한 대목은 필자 자신이 비평사 연구방법론으로 천명한 엄밀한 실증주의적 정신과는 배치된다고 하겠다. 바로 이 점 때문에 김윤식의 비평사 연구는, 당대의 비평사에 대한 객관적인 지형도를 포괄적으로 그렸다고는 볼 수 없을 것이다. 지금의 시점에서 볼 때, 김윤식 비평사 연구의 이러한 한계는 엄연히 비판과 극복의 대상이다. 특히 개별 장르에 대한 최초의 체계적인 연구서라고 할 수 있는[6] 김윤식의 『한국 근대문예비평사 연구』에서 경향파 비평이 주로 취급된 사실은 강력한 메카시즘과 반공 이데올로기가 횡행했던 1970년대 초반의 지식사회학적 정황이 저자로 하여금 역설적인 의미에서 KAPF 비평과 경향파 비평을 집중적으로 평가하게 만든 것이 아닐까?[7]라는 의문을 던지게 만든다. 김윤식이 『한국 근대문예비평사 연구』를 집필하던 당시의 지식사회는 KAPF 비평을 연구대상으로 선정했다는 사실 자체만으로 당대사회에 대한 비판의 역할을 감당할 수 있었다는 점을 여기서 충분히 감안해야 할 것이다. 연구 주제의 선택 자체가 이미 연구자의 가치 판단과 전혀 무관할 수는 없는 것이다. 이러한 의미에서 김윤식의 비평사 연구에서 상대적으로 소홀하게 취급된 부분을 보강한 새로운 시각의 비평사가 절실하게 요청된다.

한편 김윤식의 『한국 근대문예비평사 연구』가 간행된 지 2년 후에는 신동욱의 『한국현대비평사』(1975)가 발간되었다. 저자의 학위논문을 정리하고 보완한 이 저술은 한국현대비평사를 ① 고전문학의 비평과 근대문학의 성격 제시, ② 사회의식과 작품해석(1930년대 전후), ③ 서구파의 논리와 전통문학의 재평가(1940년대 전후), ④ 광복 후의 이념대립과 비평 양상, ⑤ 형식주의 비평과 민족주의적 및 실존적 비평(1950년대 전후) 등의

---

6) 참고삼아 말하자면, 이 책은 최초의 체계적인 소설사인 이재선의 『한국현대소설사』(1979)나 최초의 체계적인 시사인 김용직의 『한국근대시사』(1982)에 앞서서 발간되었다.
7) 실제로 김윤식은 비평가 한기와의 대담(「김윤식 선생과의 대화」, 『오늘의 문예비평』, 1994년 여름)에서 당시의 카프 중심의 근대 문예비평 연구의 분위기와 연관하여 "연구자로서는 일종의 지하운동가적 환상조차 가질 수 있었던 것입니다"(73면)라고 고백하고 있다.

모두 다섯 가지의 테마를 중심으로 고찰하고 있다. 이 저술은 고전문학 비평과 근대문학비평의 연관성을 추적하고 있으며, 해방 이후부터 1950년대에 이르는 다양한 비평가들의 성과에 대해서 탐구하고 있다는 점에서 일정한 의의가 인정된다. 그러나 체계적인 연구방법이나 심층적 탐색보다는 비평가들의 비평문들을 소개·나열하는데 머무르고 있다는 점에서, 신동욱의 연구는 본격적인 의미의 학술적인 성과에 미달되는 것으로 판단된다.

실증적 차원의 비평사 연구는 KAPF 비평에 대한 적극적인 재해석 분위기에 말미암아 1980년대에도 꾸준하게 전개되었다. 그중에서 주목할 만한 성과로는 이선영·강은교·최유찬·김영민이 함께 집필한 『한국 근대문학비평사 연구』(1989)를 들 수 있다. 이 책은 이선영의 「구한말· 1910년대 한국문학비평 연구」, 김영민의 「1920년대 한국문학비평 연구」, 최유찬의 「1930년대 한국리얼리즘론 연구」, 강은교의 「1930년대 김기림의 모더니즘 연구」 등 네 편의 논문을 묶은 것이다. 이 저술은 각 시대별로 존재했던 비평적 양상을 다양하게 검토했다는 점에 그 연구 사적 의의를 인정할 수 있다. 특히 최유찬의 「1930년대 한국 리얼리즘 론 연구」는 1930년대 비평문학에서 핵심적인 미학적 준거로 작용했던 '리얼리즘 이론'을 중심으로 1930년대 비평문학의 지형도를 세밀하게 탐사하고 있으며, 이선영의 논문은 구한말과 1910년대에 전개된 비평에 대한 최초의 체계적인 연구라고 생각된다. 이러한 의미에서 이 저술은 식민지 시대비평사 연구의 활성화를 가져온 소중한 문제의식을 지니고 있다. 그러나 『한국 근대문학비평사 연구』는 저자들의 학위논문을 함께 편집한 책이라는 사실에서 연유하는 분명한 한계도 존재한다. 예를 들어 강은교의 논문은 근본적으로 비평사 연구보다는 김기림 연구에 가깝다. 또한, 각 필자들의 관점과 논지 역시 섬세하게 조율되지 못한 채, 각자 따로 존재하고 있다는 점도 이 공동저서가 지닌 엄연한 한계이다.

지금까지 살펴온 실증주의적 단계의 연구들은 초기의 실증주의적 접근이 지닐 수밖에 없는 성과와 한계를 동시에 구비하고 있다. 그러나 분명한 사실은 이러한 실증주의적 비평사 연구에 의해서 그 이후에 전개될 다양한 비평사 연구의 디딤돌이 마련되었다는 점이다. 이러한 의미에서 백철·김윤식·신동욱·이선영 등이 비평사 연구의 초기단계에서 보여준 엄밀한 실증정신은 높이 평가되어야 할 것이다.

2) 논쟁을 중심으로 한 비평사 정리

「1920년대 한국문학비평 연구」(1985)라는 박사학위논문을 작성하는 등, 1980년대 초반부터 근대비평사 연구에 매달려온 김영민은 10여 년에 걸친 장기간의 연구 끝에『한국문학비평논쟁사』(1992)라는 방대한 저술을 발간하였다. 김영민은 이 저서를 통해 주로 식민지 시대 비평사를 논쟁사 중심으로 정리하였다. 이 책은 부분적으로 수정되어, 1999년『한국 근대문학비평사』라는 제목의 저서로 증보판이 간행되었다. 이 저술은 1980년대에 진행된 근대비평사 연구의 성과를 종합한 연구성과에 해당된다.『한국근대문학비평사』는 다음과 같은 12장으로 이루어져 있다.

> 제1장 : 비평의 공정성과 범주·역할 논쟁
> 제2장 : 프로문학의 발생과 내용·형식 논쟁
> 제3장 : 프로문학 운동 노선의 분화와 아나키즘 이론 논쟁
> 제4장 : '카프'의 조직개편과 방향전환 논쟁
> 제5장 : 볼세비키 이론의 대두와 문학대중화 논쟁
> 제6장 : 계급문학, 국민문학, 절충문학파 논쟁
> 제7장 : 식민지 농촌의 계급 분화와 농민문학 이론 논쟁
> 제8장 : 문예운동 연합전선과 동반자작가 논쟁
> 제9장 : 창작방법론과 사실주의 이론 논쟁
> 제10장 : 해외문학 수용문제와 조직 성격 논쟁

이상의 논의들은 1920년대 중반 이후부터 일제 말에 이르는 비평사의 중요한 쟁점들을 대체로 적절하게 포괄하고 있다. 비평사 정리에 남다른 관심과 커다란 열정을 지닌 김영민의 노고에 의해서, 식민지 시대의 비평적 쟁점들이 일목요연하게 정리되었던 것이다. 다른 문학 장르와는 달리, 비평사에서 논쟁이 차지하고 있는 중대한 역할을 감안해보면, 근대비평사를 논쟁사 중심으로 서술한 김영민의 비평사 서술전략은 충분한 근거가 있으며, 학술적 가치가 분명하게 인정된다. 그러나 논쟁사 중심의 서술은 비평사적 전개과정의 내적인 실체를 섬세하게 규명하는 데 한계가 있으며 다양한 비평담론의 성과에 대한 면밀한 파악에 도달하기 힘들다는 점을 인식할 필요가 있다. 이러한 의미에서 김영민의 『한국근대문학비평사』는 커다란 의의와 더불어 일정한 한계를 지니고 있는 저작이다. 논쟁 중심의 비평사 연구의 의미와 한계에 대해서는 다음과 같은 서준섭의 발언을 주목할 수 있다.

> 논쟁은 비평가의 문학관과 비평에 대한 견해가 생생하게 드러나면서 한 시대의 문학적 힘들이 유출, 충돌하는 역동적인 비평 담론의 장(場)이지만, 논쟁 위주의 비평사에서는 특정 비평가의 비평 활동의 전체성이 실종되고 대신 쟁점과 논쟁의 논리가 전면적으로 부각되기 때문에 논쟁 바깥의 비평가들의 논의의 지속이라든가 이론적으로 중요한 비평가와 그렇지 못한 비평가의 식별이 어렵게 된다.[8]

식민지 시대의 비평사를 논쟁사적으로 정리한 김영민은 이의 후속작업으로 『한국현대문학비평사』(2000)를 간행하였다. 이 저서는 해방 이후

---

8) 서준섭, 「한국 근대문학비평 연구의 새로운 과제」, 『한국 근대문학과 사회』, 월인, 2000, 26면.

의 비평사부터 1980년대 말에 이르는 광범위한 비평적 주제에 대해서 탐사하고 있다. 김영민은 주제사와 연대기적 편년사가 서로 맞물리는 방식으로 비평사를 서술하고 있는데, 이 책의 목차는 다음과 같다.

제1장 : 해방 직후 민족문학론
제2장 : 1950년대 민족문학론
제3장 : 1950년대 신세대론
제4장 : 1950년대 모더니즘문학론
제5장 : 1950년대 실존주의 문학론
제6장 : 1960년대 순수 · 참여 문학론
제7장 : 1960~1970년대 리얼리즘문학론
제8장 : 1970~1980년대 민족 · 민중문학론
부록 : 한국 근대 및 현대 문학비평사 관련 연구자료 목록

이와 같은 『한국현대문학비평사』의 목차는 『한국근대문학비평사』와는 달리, 이 책이 단지 논쟁사 중심으로 서술된 것이 아니라, 비평 이론의 전개사를 중심으로 서술되었다는 사실을 인식할 수 있다. 김영민의 이 저서에 의해서, 해방 직후부터 1980년대에 이르는 비평사와 문학이론사의 전개과정의 큰 줄기가 정리되었다. 아마도 이 저작은 해방 이후 80년대 비평에 이르는 시기를 탐구한 가장 종합적이며 체계적인 비평사 저술에 해당될 것이다. 그러나 이 저술은 1950년대 비평사에 대한 상세하고 균형 있는 정리와 비해볼 때, 1960년대 이후에 전개된 비평사의 전개과정이 거대담론을 중심으로 다소 단순하게 취급되고 있다는 점에서 한계를 지니고 있다. 가령, 최근 다양한 관점에서 연구가 진척되고 있는 1960년대 비평사에 대한 연구가 단지 '순수 · 참여 문학론'과 '리얼리즘문학론'이라는 상식적인 논의 구도에 의해서 전개되다보니, 기존 연구 성과의 면밀한 정리에 미달되는 대목이 존재한다.

김영민의 『한국근대문학비평사』와 『한국현대문학비평사』가 함유한

그 방대한 스케일과 학문적 공력은 적극적으로 평가되어야 할 것이나, 동시에 이 저작에서 기존의 비평사 연구의 체계적인 정리에서 크게 진전된 대목을 발견하기 쉽지 않다는 것도 사실이다. 이러한 대목은 연구자 개인의 한계라기보다는, 실증적인 차원의 비평사 연구가 지닐 수밖에 없는 필연적인 과정일 것이다. 그러나 기존의 실증적 연구를 체계적으로 통합하여, 1920년대의 프로문학에서 1980년대의 민족문학론에 이르는 비평사의 전개과정을 일목요연하게 정리한 김영민의 비평사 연구는 뚜렷한 학술사적 의의를 지니고 있다.

이밖에도 임헌영과 홍정선이 편집한『한국 근대비평사의 쟁점』(1986)은 근대비평사의 논쟁적 테마에 속하는 해당 문건들을 정리·복원하고 있다는 점에서 논쟁 중심의 근대비평사 정리에 기여하고 있다. 그러나 이 책은 본격적인 연구성과라기보다는 일종의 자료집에 가깝다.

3. 비평사 연구의 사적 체계화

식민지 시대 비평사에 대한 초보적인 실증적 검토가 이루어진 연후에 필요한 작업은 다양한 관점에 의한 비평사의 재구성, 해방 이후 비평사에 대한 객관적 정리와 복원, 북한문학비평사에 대한 탐색 등의 과제를 수행하는 연구이다. 이러한 비평사 연구의 사적 체계화 작업은 주로 1980년대 중반부터 본격적으로 전개되었다. 특히 1988년 무렵부터 이루어진 월북문인에 대한 해금, 진보적인 문예사회학 연구의 활성화 등의 시대사적 분위기에 기대어, 기존의 실증주의적 연구성과에서 충분하게 다루어지지 않았던 비평적 테마와 해방 이후의 비평사 전개과정에 대한 활발한 연구가 진행되었다. 비평사 연구의 사적 체계화 작업은

① 카프 연구를 통한 온전한 비평사의 복원, ② 해방 이후 비평사의 정리, ③ 개별비평가론의 진척, ④ 북한의 현대문학비평에 대한 연구 등으로 나뉠 수 있다.

1) 카프(KAPF) 연구를 통한 온전한 비평사의 복원

1980년대 중반부터 본격적으로 진행된 비평사 연구나 근대비평 연구는, 실증주의에 기반을 둔 전대 연구의 성과를 딛고, '이념적인 금기' 때문에 한국 근대비평사에서 정당한 대우를 받지 못했던 프로 문예비평사에 대한 본격적인 복원과 체계적인 정리를 시도했다. 이러한 과정은 근대비평사의 온당한 사적 체계화작업에 결정적인 기여를 수행했다. 동시에 '당파성'이나 '전형' '세계관' '총체성' '사회주의 리얼리즘' '이론과 실천' '창작방법론' '미학적 특수성' 등등 진보적인 미학분야에서 정립된 중요한 미학적 범주들을 비평사연구에 적용하여 상당한 성과를 본 시기가 바로 이 무렵이었다. 이 시기에 적극적으로 소개된 마르크스 레닌주의 문예이론과 문예사회학 논저들은 바로 KAPF의 성과를 해석하고 평가하는 데 중요한 이론적 전거로 활용되었다.

이 단계의 비평사 연구의 구체적인 성과로는 다음과 같은 작업들을 열거할 수 있을 것이다. 우선 카프문학을 둘러싼 중요한 비평사적 쟁점과 테마들—예컨대, 리얼리즘론,[9] 문예대중화론, 내용 형식론, 창작방법론, 농민문학론, 휴머니즘론, 카프해소론, 리얼리즘—모더니즘 논쟁 등을 둘러싼 다채로운 논의가 이에 해당된다—에 대한 활발한 연구들[10]을 그 성과로 들 수 있다. 특히 이 중에서도 리얼리즘의 개념과 내

---

9) 카프를 비롯한 근대비평의 리얼리즘론에 대해서는 장사선의 『한국 리얼리즘문학론』(새문사, 1988), 최유찬의 「1930년대 한국 리얼리즘론 연구」(연세대 박사논문, 1986) 등의 연구를 주목할 수 있다.

용을 둘러싼 정교한 연구와 다양한 미학적 범주들의 이론적 활용은 비평사 연구수준을 실증주의적 단계에서 한 단계 상승시킨 원동력이었다.

카프나 계급문학비평은 『카프문학운동연구』(1989), 권영민의 『한국 계급문학 운동사』(1998) 등의 단행본 저작에서 한층 체계적으로 규명되었다. 우선 역사문제연구소 문학사연구 모임에서 공동저작의 형태로 저술한 『카프문학운동연구』는 프로문학론의 전개양상을 역사적으로 추적하고 있는 연구서이다. 특히 이 책의 1부 「프로문학론의 전개양상」은 프로문학비평에 대한 한층 진전된 정보를 담고 있는바, 그 목차는 다음과 같다.

제1장 : 프로문학론의 형성과정
제2장 : 프로문학론의 전개
  1절 작가의 태도와 목적의식성
  2절 문학예술의 대중화
  3절 농민문학론의 전개양상
  4절 동반자작가에 관한 논의
제3장 : 리얼리즘의 성과

위의 목차에서 볼 수 있듯이 『카프문학운동 연구』는 프로문학론의 전개과정과 다양한 논의를 포괄하고 있다. 특히 ①리얼리즘론의 핵심범주로서의 당파성과 객관성, ②리얼리즘에 대한 인식의 출발과 프롤레타리아 리얼리즘의 정립, ③사회주의 리얼리즘을 둘러싼 논쟁과 그 공과 등의 항목으로 이루어진 제3장 「리얼리즘의 성과」는 당시 카프비평의 핵심적 화두였던 리얼리즘론의 다양한 맥락에 대해서 명쾌하게

---

10) 카프문학비평의 진행과정에서 벌어졌던 다양한 논쟁과 논점에 대한 종합적 연구로는 앞장에서 살펴본 김영민의 『한국근대문학비평사』(소명출판, 1999)를 참조할 수 있다. 김영민의 이 연구는 1980년대 후반부터 활발하게 전개된 카프문학 연구로 인해 비로소 가능했다.

정리하고 있다. 한편, 권영민의 『한국 계급문학운동사』는 다음과 같이 모두 6개의 장으로 이루어져 있다.

> Ⅰ. 서론─식민지 시대의 민족 운동과 계급문학 운동
> Ⅱ. 계급문학 운동의 성립 과정
> Ⅲ. 계급문예 운동의 방향전환과 이념 노선
> Ⅳ. 계급문학 운동의 정치적 진출
> Ⅴ. 계급문학 운동의 분열과 조직 해체
> Ⅵ. 계급문학 운동의 역사적 의미

이상의 목차에서 볼 수 있듯이 권영민의 저서는 식민지 시대의 계급문학운동 전반에 대해서 포괄적인 접근을 시도하고 있다. 물론 이 저작은 순수한 비평사 연구보다는 문예운동 및 그 조직에 대한 통시적 연구에 가깝다. 그러나 문예운동과 그 조직에 대한 자료에 근거한 철저한 탐색은 계급 문학비평의 기원과 통시적 맥락의 규명에 커다란 기여를 수행하고 있다.

그밖에도 카프비평의 전개와 그 미학적 이념, 창작방법론에 관한 주목할 만한 연구성과로는, 김윤식의 「한국문학에 있어서의 마르크스주의의 충격─프로문학에 관하여」(1986), 김시태의 「마르크스주의 비평의 한국적 양상」(1986), 권영민의 「카프의 조직과 해체」(1988), 김성수의 「1930년대의 초의 리얼리즘론과 프로문학」(1988), 김재용의 「카프문학논쟁」(1990), 「중일전쟁과 카프 해소·비해소파」(1991), 유문선의 「1930년대 창작방법 논쟁 연구」(1988), 임규찬의 「카프 해산 문제에 대하여」(1990), 「'카프'의 이념과 문학양식을 둘러싼 논쟁」(1999), 임헌영의 「카프문학을 어떻게 이해할 것인가」(1989) 등을 열거할 수 있을 것이다.

또한 일종의 자료집 성격의 저작들도 카프 연구의 대중화 및 카프 자료의 복원 및 정리에 커다란 기여를 수행했다. 이를테면, 권영민이 엮은 『한국 현대문학비평사』(1982), 김윤식이 엮은 『한국 근대리얼리즘 비평

선집』(1988), 김재용이 엮은 『카프비평의 이해』(1989)와 임규찬·한기형이 엮은 『카프비평자료총서』 I~IX(1989)가 이러한 자료집에 해당된다. 이 책들은 카프 논쟁사에서 중요한 획을 그었던 비평문과 리얼리즘 관계 평문 중에서 상당수를 현대적 표현에 가깝게 복원하여 편자의 간단한 해설을 덧붙이면서 소개하고 있다. 특히 『카프비평자료총서』 I~IX는 카프의 탄생부터 카프 해산 이후에 발표된 카프비평의 주요한 성과들을 폭넓게 수용함으로써, 카프비평사 연구의 대중화에 소중한 초석으로 작용했다.

지금까지 언급한 카프비평사에 대한 연구성과들은 이념적 금기 때문에 정당하게 조명 받지 못했던 비평사적 흐름을 본격적으로 발굴하고 복원함으로써 근대비평사의 온당한 사적 체계화에 결정적인 기여를 했다는 중대한 의미를 지니고 있다. 하지만 비평사 연구방법론을 지나치게 마르크스레닌주의의 문예과학에 의거한 특정한 방법론으로 한정하는 경향이 팽배했다는 점은 그러한 연구 경향의 분명한 한계로 지적될 수 있다. 이와 연관하여, 진보적인 학술단체인 〈민족문학연구소〉의 기관지인 『민족문학사연구』 창간호에서 국문학 연구방법론의 상대주의적 입장에 대한 적극적인 비판을 전개했다는 사실은 방법론의 가치중립성이라는 주제와 연관하여 대단히 시사적인 대목이다. 예컨대 신승엽은 다음과 같이 주장하고 있다.

> '국문학 연구방법론'을 분야별로 검토해온 민족문학사연구소의 지난 월례발표회에서 간간이 '방법론이란 상대적인 것'이라는 주장이 제기된 사실은 다시금 따져지지 않으면 안 된다. 이러한 견해는 나아가 그간의 변증법적 방법으로는 문학의 특수성과 문학사의 독자적인 발전과정을 충분히 과학적으로 구명하기가 어려우므로 그 외의 다른 방법론까지도 수용해야 된다는 견해로 이어졌다. 필자는 이 견해에 반대한다. 이러한 관점은 다른 방법론에 입각한 이론들을 실용주의적으로 이용하려는 자세에 불과하며, 결코 올바른 방법론의 모색과는 거리가 멀다.11)

물론 이와 같은 주장의 사회적 맥락과 선의는 충분히 이해될 수 있다. 위의 발언은 그 타당성 여부는 괄호 속에 넣더라도, 일단 진보적인 연구자들의 방법론에 대한 고민과 관점을 흥미롭게 보여주고 있다. 그러나 카프비평과 같이 특정한 이념을 전제하고 있는 연구대상에 대해서는 연구방법론을 변증법적 방법으로 제한해야 한다는 논리는 기본적으로 방법론의 가치중립성과 그 다양한 적용가능성을 경시하고 있는 것이 아닐까 싶다. 예를 들어, 마르크스주의에 입각한 카프비평도 해체주의적 관점의 접근과 해석이 충분히 가능한 것이다.

이러한 의미에서, 1980년대에 이루어진 카프문학 연구는 그 소중한 성과에도 불구하고, 비판적 문예사회학 이론에 기댄 일부 논문들이 학문의 대사회적 실천이라는 의미에 과도한 비중을 부여함으로써 다소 편협한 학문적 당파성을 드러냈다는 점, 문학비평의 형식적이며 미학적인 측면에 대한 탐색이 부족했다는 점, 문학비평 텍스트를 사회과학적 담론 분석의 차원으로 축소시켰다는 점에서 일정한 한계를 지니고 있다. 그러나 한편 이러한 한계들은 카프비평이 열정적으로 연구되던 당시의 시대사적 분위기를 감안하면, 온전한 비평사 연구를 위한 통과제의의 과정으로 충분히 이해될 수 있을 것이다. 말하자면, 한국 현대문학사에서 오랜 시간 동안 잊혀져 버린 카프비평의 실체를 제대로 복원하고 적극적으로 해석하고자 하는 연구주체들의 열망이 그토록 강렬했다는 사실을 이러한 카프 연구의 풍토가 분명히 설명해주고 있다고 하겠다.

2) 해방 이후 비평사의 정리

식민지 시대를 비롯한 근대비평사의 실증적 정리 이후에 시급하게

---

11) 신승엽, 「비평사 연구의 새로운 방향 모색을 위하여」, 『민족문학사연구』 창간호, 창작과비평사, 1991 참조.

필요한 작업은 무엇보다도 해방 이후의 현대비평사의 실상을 객관적으로 정리하고 의미부여하는 일이다. 그런데 여기서 주목해야 할 사실은 문학사 연구에서 관행적으로 작동하고 있는 '학술적 거리감'으로 인해 이러한 작업이 시차를 두고 진행될 수밖에 없었다는 사실이다. 1980년대에 해방공간과 1950년대 비평에 대한 연구가 본격적으로 시작되었고, 1990년대에 들어와서 1960년대 비평문학에 대한 연구가 전개되었다는 사실, 아울러 1990년대 말부터 1970년대 비평에 대한 연구가 조금씩 수행되고 있다는 점은 이러한 연구사적 정황을 그대로 입증하고 있다. 말하자면, 연구대상과 약 30년에 이르는 거리감이 확보된 연후에 그 연구대상과 해당 시기에 대한 객관적인 학술적 연구가 수행될 수 있다고 간주하는 것이 비평사 연구의 완강한 제도적 관행인 것이다.

이러한 연구사적 관행에 비추어볼 때, 1983년에 출간된 김윤식의 『한국현대문학사』(증보판)[12]는 다소 이례적인 학술서이다. 이 연구서는 1983년에 출간되었음에도 불구하고, 해방 이후부터 1970년대에 이르는 비평사를 다음과 같이 정리하고 있다.[13]

 ① 1940년대-해방공간의 비평
 ② 1950년대-전후세대의 비평
 ③ 1960년대-순수·참여 논의
 ④ 1970년대-민족문학의 시각

물론 이와 같이 10년 단위로 비평사를 구분하여 조망하는 시각은 전혀 새로운 것이 아니다. 그러나 김윤식의 비평사 정리는 당시의 비평적

---

12) 이 저서의 초판은 1976년에 발행되었다. 그러나 이 초판에는 증보판에 수록된 「8·15 이후의 비평」이 제외되어 있다.
13) 이 점은 김윤식이 현장비평가와 현대문학 연구자를 겸하고 있다는 사실과 밀접한 연관성이 있다. 김윤식은 현장비평가의 시선으로 바로 전대의 비평사적 공간에 대해서 탐사하고 있는 것이다.

쟁점과 그 한계를 일목요연하게 제시함으로써, 후대에 이루어질 비평사 연구를 위한 유의미한 지반을 다졌다. 가령, 1960년대에 진행되었던 순수·참여 논쟁과 연관하여, "특정시대의 역사적 제약성을 염두에 두지 않는다면 순수·참여 논의는 꼭두와의 싸움이 되고 말 것이다"14)라는 김윤식의 언급은 순수·참여 논쟁의 한계에 대한 예리한 지적을 담고 있다.

한편 비교적 최근에 간행된 김윤식의 『한국현대문학비평사론』(2000) 역시 현대문학비평 연구의 사적 체계화에 커다란 도움을 주고 있는 중요한 연구사적 성과이다. 이 책의 I부에 수록된 두 편의 논문 「1930년 대 비평의 자립적 근거에 대하여」와 「해방공간 비평의 유형학」, 그리고 II부에 수록된 네 편의 논문 「1950년대 한국문예비평의 세 가지 양상」, 「고석규의 정신적 소묘」, 「어떤 4·19세대의 내면풍경」, 「김현 비평의 표정」 등은 1930년대에서 1960년대에 이르는 비평사의 인식론적 지형도를 효과적으로 해명해내고 있다.

김윤식의 선구적 연구가 존재하기는 했지만, 해방 직후의 문학비평 이나 한국전쟁 직후의 50년대 비평에 대한 활발한 연구들은 1980년대 후반부터 본격적으로 진행되었다. 앞에서도 설명했듯이, 이는 객관적인 학술 연구를 위해서는 최소한 30년의 시간이 필요하다는 연구사적 관행에서 연유하는 것이다.

우선 해방 직후의 비평문학에 대한 중요한 연구성과로는 임헌영의 「8·15 직후의 민족문학관」(1987), 김윤식의 『해방공간의 문학사론』(1989), 장사선의 「해방문단의 비평사」(1989), 신형기의 「해방 직후의 문학운동 연구」(1987), 송희복의 『해방기 문학비평 연구』(1993), 하정일의 「해방기 민족문학론 연구」(1992), 김재용의 「8·15 직후 민족문학론」(1992), 김영진의 『해방기의 민족현실과 문학비평』(1994), 김외곤의 「해방공간의 민족문학

---

14) 김윤식, 『한국현대문학사―1945~1980』, 일지사, 1983, 277면.

논쟁과 카프의 문학이념」(1995) 등의 업적들을 주목할 수 있다. 이러한 연구들은 주로 해방 직후에 격렬하게 전개되었던 좌우익 논쟁이 비평문학에서 어떠한 방식으로 드러나 있는지를 세밀하게 검토하고 있으며, 동시에 '조선문학가동맹'과 '청년문학가협회' 등의 문학단체를 중심으로 전개된 문단조직론에 대한 실증적 검토를 수행하고 있다. 이 연구들은 진보적 문학이론이나 사회주의적 비평론에 대한 선입관 없이, 당대의 논쟁구도를 객관적으로 복원했다는 점에서 그 연구사적 의의를 인정받을 수 있을 것이다.

해방 직후의 비평에 대한 연구를 통해, 현대문학비평사 중에서 가장 치열한 이념적 대결이 벌어졌던 문제적 공간에 대한 객관적 응시가 가능해지게 되었다. 다만 해방 직후라는 특수한 정치적 환경으로 인해 정치적 노선이 문예이론이나 문예조직에 엄청난 영향력을 미쳤다는 사실에 입각하여 비평현장을 조감함에 따라서, 그 당시에 전개된 비평문학의 내적인 논리나 자율성에 대한 천착이 부족하다는 점이 해방 직후 비평에 대한 연구의 한계라고 할 수 있다.

해방 직후 비평에 대한 연구가 활발하게 진행됨에 따라서 1990년대부터는 1950년대 비평에 대한 연구가 본격적으로 전개되기 시작했다. 1950년대 비평에 대한 연구는 한국전쟁 이후에 남한사회에 풍미했던 보수주의와 전후문화에 의해 당시 평단이 보수적인 입장으로 재편되었다는 점, 이에 따라 뉴 크리티시즘(New Criticism)에 근거한 형식주의 비평과 서구적 실존주의 비평 및 모더니즘 비평이 풍미하였다는 점, 그럼에도 불구하고 최일수·정태용 등의 비평가들에 의해 민족문학론의 단초가 태동되기 시작했다는 점 등등의 사실에 대한 학문적 탐구가 주조를 이루고 있다.

1950년대 비평에 대한 중요한 연구성과로는 강경화의 「1950년대 비평인식과 실현화 연구」(1998), 『한국문학비평의 인식과 담론의 실현화 연구』(1999), 한수영의 「1950년대 한국 문예비평론 연구」(1995), 『한국 현대비평의 이념과 성격』(2000), 이명원의 『종언 이후—최일수와 전후비평』(2006), 전기철의 「한국 전후 문예비평의 전개양상에 대한 고찰」(1992), 『한국 전후 문예비평 연구』(1994), 박헌호의 「1950년대 비평의 성격과 민족문학론으로의 도정」(1993), 최유찬의 「1950년대 비평연구(I)」(1991) 등을 주목할 수 있다. 이 중에서 강경화·한수영·이명원의 연구들은 1950년대의 비평의 다양한 실상을 각기 개성적인 관점을 통해 조망한 소중한 연구성과에 해당된다.

우선 강경화의 연구는 담론의 실현화 전략이라는 푸코적인 개념을 통해, 1950년대 비평사의 지형도를 종합적으로 그려 보이고 있다. 강경화의 관점에 의하면 "비평 담론의 실현화란 하나의 비평 담론이 텍스트로서 구성되는 방식과 비평 인식의 구체화 과정 그리고 내포 독자를 향한 담론적 힘의 행사라고 할 수 있다"15)고 한다. 이러한 문제의식에 기반하여 강경화는 1950년대 비평 담론의 "문체적 투영, 지식의 활용성, 글쓰기의 욕망, 비평적 전략, 비평의 기대 지평 및 지향성 등을"16) 연구 범주로 삼고 있는 것이다. 비평을 바라보는 이러한 관점은 비평 행위의 자율성과 순수성에 대한 환상을 해체시키고 있는바, 그것은 궁극적으로 비평 담론의 생성과 기원에 대한 계보학적 탐사와 연결된다. 이러한 방법론에 의거하여 강경화의 연구는 이어령·유종호·고석규·최일수·김우종·윤병로 등의 중요한 1950년대 비평가들의 담론의 전개 양상을 정밀하게 해명하고 있다. 한편 이명원의 연구는 그동안 평단에서 제대로 평가받지 못했던 진보적 민족문학 진영의 비평가 최일수의 비평적 여정을 '근대의 종언'이라는 관점에서 꼼꼼하게 복원하면서, 이 시기의 비평사 이해의 관행에 대한 근본적인 비판을 시도하고 있다는 점에서 소중한 의미를 지니고 있다.

한수영의 연구는 흔히 1950년대 비평의 세 가지 축이라고 할 수 있는

---

15) 강경화, 『한국문학비평의 인식과 담론의 실현화 연구』, 태학사, 1999, 32면.
16) 위의 책, 33면.

민족문학론, 실존주의 문학론, 모더니즘론을 당대 문학사와의 전체적인 연관 속에서 입체적으로 조망하고 있다. 특히 한수영의 연구는 1970년대 민족문학론의 전사(前史)이자 역사적 기원이라고 할 수 있는 1950년대의 민족문학비평을 최일수·정태용을 중심으로 정밀하게 복원하고 있다. 한편 전기철의 연구는 주로 모더니즘론과 전통론, 실존주의 비평을 중심으로 전후세대 비평을 실증적으로 검토하고 있다. 이러한 50년대 비평에 대한 본격적인 연구는 몇 년 뒤 자연스럽게 1960년대 비평에 대한 연구로 이행되었다.

그래서, 1990년대 중반부터는 1960년대의 비평적 성과에 대한 활발한 연구와 논의가 진행되고 있다. 1950년대 비평에 대한 연구가 1980년대 후반부터 이미 이루어졌다는 사실을 감안하면, 1950년대 비평 연구와 1960년대 비평 연구 사이에는 약 7~8년의 시차가 존재하고 있는 셈이다. 이 점 역시 학술 연구의 객관성 확보를 위한 학문적 거리라고 이해될 수 있다. 1960년대 문학비평에 대한 연구는 주로 다음과 같은 주제에 대해서 집중적으로 이루어졌다.

①4·19혁명과 4·19세대론이 60년대 문학비평에 미친 영향에 대한 고찰
②『창작과비평』의 탄생과 민족문학론의 성장 및 분화
③근대적 자율성에 근거한 심미적 비평의 대두
④4·19세대 비평가들의 세대론적 인정투쟁의 공과
⑤1960년대의 순수·참여 논쟁의 맥락과 성과

이러한 주제들에 대한 탐색을 중심으로 한 1960년대 비평에 대한 주목할 만한 연구로는 임영봉의 『한국 현대문학비평사론』(2000), 한강희의 『한국 현대비평의 인식과 논리』(1998), 이상갑의 「문화주의와 역사주의의 상승 작용」(1998), 허윤회의 「1960년대 순수비평의 의미와 한계」(1998), 「역사의 격동을 헤쳐온 신세대 비평가들의 자기모색」(2001), 권성우의

「문학론—1960년대」(2001),[17] 「60년대 비평문학의 세대론적 전략과 새로운 목소리」(1993), 「4·19세대 비평의 성과와 한계」(2000) 등을 들 수 있다.

여기서 임영봉과 한강희의 연구는 해당 필자들의 박사학위논문을 보완한 것으로, 60년대 비평문학의 성과와 한계를 전체적으로 냉철하게 조망하고 있다는 점에서 소중한 연구성과라 할 수 있다. 이 중에서 임영봉의 연구는 푸코의 권력이론과 부르디외의 장(場) 이론 등을 한국현대비평 연구에 창조적으로 적용시키면서, 60년대 비평의 복잡다단한 역학관계를 역동적으로 해명하는 데 커다란 성과를 발휘하고 있다. 특히 임영봉의 저서는 1960년대 비평을 백철, 조연현의 '구세대', 이형기·이어령·이철범·김우종·유종호 등의 '전후세대', 김현·김치수·김주연·김병익·백낙청, 염무웅·구중서·임헌영 등의 '4·19세대' 등의 세 가지 세대로 합리적으로 구분하여 그들 간의 미학적 입장 및 비평적 관점의 차이에 대해서 성실하게 정리하고 있다.

한강희의 연구는 1960년대 비평사를 4·19의 문학적 파장과 순수·참여 논쟁을 중심으로 통시적으로 조망하고 있다. 그리고 허윤회의 논문 「역사의 격동을 헤쳐 온 신세대 비평가들의 자기모색」(2001)은 당시 비주류 계열의 잡지에 속했던 『한양』, 『청맥』 등의 잡지들을 중심으로 전개되었던 진보적인 민족문학론과 조동일·임중빈·주섭일 등의 '비평작업' 동인의 비평 활동에 대한 탐구를 보여주고 있다는 점에서 참신한 연구사적 의의를 지니고 있다. 한편, 김현의 초기 비평을 중요하게 취급한 이명원의 「김현 문학비평 연구」(서울시립대 석사논문, 1999)는 비평가 김현에 대한 종합적이며 논쟁적 연구로 주목받을만한 성과라고 할 수 있는데, 김현에 대한 연구과정에서 1960년대 비평에 대한 심화된 이해를 보여주고 있다.

1960년대는 현재 우리 비평문단의 중추를 이루고 있는 중진급 비평가

---

17) 이 글은 「한국현대비평사의 기원—1960년대 비평의 성과와 의미」라는 제목으로 이 책에 수록되었다.

들이 비평 활동을 시작한 연대이다. 백낙청·김우창·염무웅·김현·김병익·김치수·김주연·구중서·임헌영 등의 비평가들이 바로 1960년대에 등장하여 본격적인 비평 활동을 전개했던 것이다. 또한 비평적 현대성이 가장 선명하게 표출되기 시작한 연대가 바로 1960년대이다.[18] 그러므로 현재 비평사 연구 분야에서, 1960년대 비평은 한국 현대문학비평사의 가장 문제적이며 중요한 연구대상으로 부각되고 있다.

최근에는 1970년대의 문학비평에 대한 본격적인 학술적 연구들의 조금씩 수행되고 있다. 그 대표적인 성과로는 고명철의 「1970년대 민족문학론의 쟁점 연구」(2002)를 들 수 있다. 이 논문은 1970년대 비평문학의 가장 중요한 쟁점이라고 할 수 있는 리얼리즘론, 농민문학론, 제3세계 문학론 등을 민족문학론의 입장에서 정리하고 있다. 이제 2000년대에 접어들면서, 1970년대에 전개된 문학 행위를 연구하기 위한 최소한의 학술적 거리감이 어느 정도 확보되었다는 사실은 주목을 요한다. 앞으로 현대비평사 연구 분야에서 1970년대 비평은 집중적인 탐색 대상으로 떠오르게 될 것이다.

한편 여기서, 한국 현대문학비평의 대표적 성과들을 유형학적으로 범주화한 연구성과들을 눈여겨 볼 필요가 있다. 김현의 「비평의 유형학을 향하여」(1985), 유종호의 「비평 50년」(『한국현대문학 50년』, 민음사, 1995)이 바로 이러한 성격을 지닌 평문들이다. 우선 김현의 평문 「비평의 유형학」은 해방 이후부터 1980년대 중반까지의 한국 현대비평사의 흐름을 거시적인 시각으로 조망하고 있다. 그 결과 김현은 "문학비평의 종류도 다양해지고 섬세해졌다. 그래서 문학비평을 그 대상으로 하는, 비평학 혹은 비평의 유형학이라고 불러야 할 학문이 생길 수 있을 정도"[19]라는 진단을 제출하고 있다. 그 진단을 바탕으로 김현은 "① 모든 비평은 비평가의 문학관의 개진이다; ② 비평가의 문학관은 그의 세계관의 표현

---

18) 권성우, 「1960년대 비평에 나타난 '현대성' 연구」, 『한국학보』, 1999년 가을 참조.
19) 김현, 「비평의 유형학을 향하여」, 『분석과 해석』, 문학과지성사, 1988, 244면.

이다"라는 전제에 입각하여 한국 현대비평의 유형학을 '문화적 초월주의', '민중적 전망주의', '분석적 해체주의'의 세 가지로 제시하고 있다.

김현에 따르면, '문화적 초월주의'란 "문학이 현실 세계를 초월하는 가치를 갖고 있다라고 믿는 세계관"을 의미하는데, 유종호·천이두·신동욱·송재영·김용직·김우창·김윤식·김병익·김주연·김준오·최동호·오생근·김인환·권영민·송상일·조남현, 이경수 등의 비평가들이 문화적 초월주의에 해당된다. 한편 민중적 전망주의란 "문학이란 민중에 의한 세계 개조의 실천의 자리이며 도구이다라고 믿는 세계관을 뜻하며" 김병걸·백낙청·이선영·구중서·염무웅·임헌영·김종철·최원식·김영무·김흥규 등의 비평가들이 그에 해당된다. 그리고 '분석적 해체주의'란 "문학이 우리가 익히 아는 경험적 현실의 구조 뒤에 숨어 있는, 안 보이는 현실의 구조를 밝히는 자리이다라고 믿는 세계관"을 의미하며 이상섭·김치수·김현 등의 비평가들이 이에 해당된다. 이러한 김현의 유형학은 한국 현대비평이라는 다양한 성좌를 지나치게 단순하게 분류했다는 점에서 분명한 한계를 지니고 있지만, 한국 현대비평의 유형학을 그 나름의 개성적인 방식으로 제시했다는 점에서 소중한 시도로 평가받을 수 있을 것이다.

유종호의 「비평 50년」은 해방 이후 한국 비평이 마주쳐야 했던 문제들을 김동석과 김동리의 논쟁을 통해 살펴보면서, 또한 1960년대 이후에 전개된 한국 현대비평의 대표적 범주를 백낙청의 '입법 비평', 김현의 '기술 비평'(실제 비평), 김우창의 '자기 충족적 비평'(고전 에세이)의 세 가지로 분류하여 고찰하고 있다. 유종호의 글은 앞으로 전개될 한국 비평에 대한 비관적 전망을 덧붙이는 것으로 종결된다는 점에서 인상적이다. 그는 비평의 중간화·잡담화·가십화가 가속화되는 동시에 비평이 논문 쪽으로 다가가면서, 학술논문적 성격의 비평이 양산될 것으로 전망하고 있다. 김현과 유종호의 글들은 한국 현대비평사라는 거대한 영역을 적절한 미학적 범주를 통해 효과적으로 유형화했다는 점에서 비평문학의 사적 체계화작업에 커다란 기여를 했다.

3) 개별비평가론의 진척

비평가 연구의 최종단계는 개별비평가에 대한 심화된 논의를 통해서 일종의 상세한 비평가 평전에 도달하는 연구일 것이다. 한 비평가의 생애와 사상, 글쓰기, 개인사 등을 집대성한 연구는 단지 한 사람의 비평가에 대한 심층적인 탐색이라는 차원을 넘어, 그 비평가의 생애와 문학을 총체적으로 복원한 전기적 연구 단계에 도달한다. 김윤식의 『임화 연구』(1990)는 바로 이러한 경지에 이른 비평가 연구의 기념비적 성과이다. 이 저서에서 김윤식은 뤼시엥 골드만(Lucien Goldmann)의 '두 사람이 책상 들기'의 방법론을 원용하여 임화가 대면하였던 다양한 타자와 임화의 관계를 치밀하게 해명하는 방법을 통해 비평가 임화의 문학적 생애와 비평가로서의 삶을 정밀하게 복원하고 있다. 김윤식은 『임화 연구』가 출간되기 이전에 이미, 「임화와 김팔봉」, 「임화와 박영희」, 「임화와 이북만」, 「임화와 백철」 등의 논문들을 발표한 바 있다. 이러한 연구들을 취합하고 보완하여 김윤식은 임화의 파란만장한 삶의 궤적과 문학적 역정(歷程), 그리고 그 섬세한 내면풍경을 『임화 연구』에서 상세하게 복원하고 있다. 전기문학의 대표적인 성과라고 할 수 있는 『이광수와 그의 시대』에서 시도한 작가의 섬세한 내면 읽기의 방법론을 계승한 『임화 연구』는 한 비평가에 대한 전기적 연구가 얼마나 풍요로워질 수 있는가 하는 점을 여실히 보여주고 있는 저술이다. 다만, 임화의 다양한 면모가 충분히 드러나지 않은 대목들이 존재한다는 점, 임화의 전기와 내면에 대한 다소 주관적인 해석이 간혹 발견된다는 점이 이 저작의 한계이다.

한편, 『임화 연구』보다 일 년 전에 발간된 김윤식의 『박영희 연구』(1989) 역시 비평가론을 섬세한 전기적 연구의 지평으로 상승시킨 소중한 연구로『임화 연구』의 초석이 되었던 연구사적 성과에 해당한다. 아울러 김윤식의『임화 연구』나『박영희 연구』외에도 한 비평가의 비평세계에 대해서 집중적으로 고찰한 개별 논문도 다수 발표되었는데, 대표적인 성과로 김홍규의「최재서 연구」(1972), 이덕화의『김남천 연구』(1991), 김명인의『조연현, 비극적 세계관과 파시즘 사이』(2004), 이명원의『종언 이후―최일수와 전후비평』(2006) 등을 들 수 있다. 이명원은 또한 김윤식과 백낙청에 대한 해석을 묶은『타는 혀』(2000)라는 비평 연구서를 간행하기도 했다. 김윤식·김현·백낙청 등의 한국 현대문학비평사에서 기념비적 역할을 수행한 대가급 비평가들에 대한 탐색으로 이루어져 있는 이명원의 저서는 무엇보다도 대상 비평가에 대한 정치한 비판적 분석이 돋보인다는 점에서 주목할 만한 연구라고 생각된다. 그러나 이명원의 비판은 간혹 한 비평가의 미시적인 차원을 확대해석하고 있다는 점에서 한계를 지니고 있다.

지금까지 언급한 개별비평가들에 대한 연구성과 외에도 임화·김기진·박영희·김남천·김환태·최재서·백철·안함광·한효·이원조·김동석·이헌구·고석규·조연현 등의 우리 근대비평사를 화려하게 수놓아왔던 중요한 비평가들에 대한 다양한 개별비평가론의 진척도 중요한 연구사적 성과들이다. 이들에 대해서는 비평가 당 많게는 수십 편, 적게는 서너 편의 논문들이 발표되어 있다.[20] 식민지 시대 비평가들 중에서 최근에 집중적인 조명을 받는 비평가로는 임화를 들 수 있다. 하정일·이현식·권성우는 최근 임화에 대한 일련의 연구논문[21]들을 통

---

20) 김영민의『한국현대문학비평사』(소명출판, 2000)의 부록「한국 근대 및 현대 문학비평사 관련 연구 자료 목록」에 이러한 논문들의 목록이 상세하게 정리되어 있다. 이러한 개별비평가론의 연구사를 검토하는 작업만으로도 장문의 논문이 작성될 수 있을 것이다.

21) 이 책에 수록된 임화에 대한 세 편의 글「문학미디어 비판과 문화산업에 대한 성찰―임화의 경우」,「임화, 혹은 세 가지 저항의 방식」,「임화의 메타비평과 비평적 자의식」참조. 그리고 하정일의「'사실' 논쟁과 1930년대 후반 문학의 성격」(『임화문학의 재인식』, 2004, 소명출판)과「일제 말기 임화의 생산문학론과 근대극복론」(『민족문학

해 임화의 비평과 산문에 대한 새로운 의미부여를 시도하고 있다. 이제 임화를 비롯한 개별비평가들에 대한 중복된 연구에서 탈피하여 각 비평가에 대한 상세한 전기적 연구와 면밀한 평전이 요청되는 시점에 이르렀다.

한편, 이어령·유종호·김윤식·김우창·백낙청·김병익·김현·김주연·김치수·오생근 등 고(故) 김현을 제외하면 현재도 정력적으로 활동하고 있는 대가급 현역비평가들에 대한 연구와 비평도 활발하게 이루어지고 있다. 이 각각의 비평가들에 대한 비평과 서평·리뷰 등이 꾸준하게 발표되었다. 예를 들어 이어령의 경우, 이화여대 석좌교수 퇴임을 기념하여 발간된 『상상력의 거미줄』(2001)에는 다양한 후배비평가들의 이어령론이 수록되어 있다. 특히 강경화의 「저항의 문학, 문화주의 비평」은 이어령의 1950년대 비평을 포괄적으로 고찰한 중요한 연구성과이다. 또한 이례적으로 언론학자인 강준만에 의해 이어령론에 해당되는 장문의 비평 「이어령의 영광과 고독에 대해—지식인의 우상파괴와 인정투쟁의 정치학」(2002)이 씌어졌다는 사실도 인상적인 대목이다.

그리고 현재도 여전히 소중한 비평적 활동을 보여주는 유종호와 김우창에 대한 연구도 꾸준히 진척되고 있다. 『유종호 깊이 읽기』(2006)와 『사유의 공간—김우창에 이르는 여러 갈래의 길』(2004), 문광훈의 『김우창의 인문주의』(2006), 『구체적 보편성의 모험—김우창 읽기』(2001) 등을 주목할 수 있다. 『유종호 깊이 읽기』는 유종호 교수의 정년퇴임을 맞이하여 기획된 책으로 그의 절친한 동료인 김우창을 포함하여 모두 24명의 문인이 참여하여 유종호의 비평과 학문, 문학세계, 인간됨에 대해서 다각도로 조망하고 있다. 『사유의 공간—김우창에 이르는 여러 갈래의 길』은 김우창 교수의 정년퇴임을 기념하여 발간된 책이다. 이 책은 도정

사연구』 31호, 민족문학사학회, 2006), 이현식의 「주체 재건을 향한 도정과 실천으로서의 리얼리즘—1930년대 후반 임화의 비평」(『임화문학의 재인식』, 소명출판, 2004)을 참조할 것.

일, 이남호를 비롯한 모두 11명의 비평가 및 문학자들이 참여하여 김우창의 문학적 사유와 미적 이성, 인간됨에 대해 정치하게 탐색하고 있다. 그리고 문광훈의 저서는 김우창을 전문적으로 연구해온 연구자답게 김우창의 문학론과 비평, 예술론, 사회비평, 사상 등에 대해, '내면성', '심미적 이성' 등의 철학적 관점에서 깊이 있게 해명하고 있는 전작 단행본이다. 문광훈의 김우창 연구 저서들은 한 비평가에 대한 전문적이면서도 깊이 있는 연구가 지향해야 될 전범을 인상적으로 보여주고 있다.

한편 이른바 문지 4K로 통칭되는 『문학과지성』의 동인 비평가 중에서, 김병익 · 김치수 · 김주연의 경우에는 문학과지성사의 기획물 '깊이 읽기' 시리즈로 『김병익 깊이 읽기』(1998), 『김치수 깊이 읽기』(2000), 『김주연 깊이 읽기』(2001) 등의 간행물을 통해 해당 비평가의 비평세계와 일상사, 문학적 입장이 깊이 있게 해명되었으며, 이미 고인이 된 김현의 경우에는 『김현문학전집 16권 — 자료집』(1993)을 통해, 김현의 인간됨과 비평적 매력이 흥미진진하게 조망된 바 있다. 아울러 바로 그 이후 연배의 『문학과지성』 동인 비평가인 오생근의 비평세계를 탐사한 『오생근 깊이 읽기』(2006)도 간행되었다.

또한 앞에서 언급한 김명인의 『조연현, 비극적 세계관과 파시즘 사이』(2004), 이명원의 『종언 이후 — 최일수와 전후비평』(2006), 그리고 주로 최재서에 대해서 탐구한 이양숙의 『한국 근대문예비평의 논리』(2007)도 단행본 형식으로 출간된 깊이 있는 개별비평가 연구로 기억되어야 할 것이다.

다양한 비평가론이 묶여져서 단행본 형식으로 출간되는 연구서도 개별비평가 연구에서 지나칠 수 없는 유형에 해당된다. 대표적인 경우로 김윤식 교수의 화갑(華甲) 기념 논문집으로 헌정된 『한국현대비평가연구』(1996)와 홍성암의 『한국현대비평가연구』(1998), 신재기의 『한국근대문학비평가론』(1999) 등을 들 수 있다. 이러한 연구서들은 다양한 비평가들을 개별비평가론 형태로 집필하여 일련의 비평가론 묶음 형태로 편성되었다. 특히 『한국현대비평가 연구』(1996)는 이헌구·김동석·백철 등의 주로 식민지 시대와 해방 직후에 활동했던 비평가부터 이어령·유종호·김현·김우창·백낙청·김윤식·이재선에 이르는 중요한 비평가들에 대한 비평가론을 망라하고 있다는 점에서 주목된다. 그리하여 이 책은 한국 현대비평가론의 집대성이라고 불릴만하다. 그러나 백낙청·염무웅·김동석 등의 진보적인 비평가들이 다수 제외되었다는 점에서 비평가 선정의 객관성에 대한 의문을 제기할 수 있을 것이다. 한편 홍성암과 신재기의 연구는 한 연구자가 다양한 비평가들의 비평세계를 종합적으로 연구한 성과라는 점에서 주목해볼 만한 성과이다. 홍성암의 『한국현대비평가 연구』는 이광수·김기진·박영희·최재서·김기림·김환태·김문집·김남천·백철·조연현 등의 비평가들을 포괄적으로 탐색하고 있으며, 신재기의 『한국근대문학비평가론』은 김동인·김기림·김오성·안함광·임화·이원조·최재서 등의 주로 식민지 시대의 비평 담론을 검토하고 있다.

그러나 한 권의 단행본에 다양한 비평가들의 비평세계를 종합적으로 수록한 연구저작들은, 그 연구사적 의의에도 불구하고 개별 비평가의 문학세계가 다소 단면적으로 해석되고 있다는 점과 다양한 성향의 비평가들을 합리적인 기준으로 묶을 수 있는 미학적 잣대가 결여되어 있다는 점에서 분명한 한계를 지니고 있다.

4) 북한의 현대문학비평 연구

북한의 근대문학비평에 대한 연구는 1980년대 중반부터 조금씩 진행되어 왔다. 그러나 카프비평에 대한 활발한 연구에 비하면, 북한의 현대문학비평에 대한 연구는 상당히 영성한 편이다. 이러한 점은 자료 접근 및 열람의 한계와 밀접한 연관성이 있는 것으로 보인다. 또한 북한정부

수립 이후의 북한문학비평을 연구하는 행위는 커다란 이념적 부담감을 동반할 수밖에 없다는 점 역시 북한의 현대문학비평에 대한 연구가 활발하지 못한 중요한 이유 중의 하나일 것이다. 그래서 북한의 문학비평에 대한 연구는 주로 해방 직후에 집중되어 있거나, 북한에서 출간된 자료의 연대기적 정리에서 크게 탈피하지 못하고 있다. 다만, 김성수의 경우에는 북한의 문예이론과 주체문학론에 대한 비교적 체계적인 견해를 제출하고 있다.

북한의 현대문학비평과 문학이론에 대한 본격적인 고찰은 누구보다도 김성수에 의해 이루어졌다. 김성수의 일련의 북한문학비평 관계 논문들, 즉 「북한 문예이론의 역사적 변모와 김정일의 주체문학론」(1995), 「1950년대 북한문학과 사회주의 리얼리즘」(1999), 「북한 문예이론의 역사적 변모 고찰」(1994), 「김정일 시대의 주체문학론 비판」(1994), 「1950년대 북한 문예비평의 전개과정」(1993) 등의 글들은 북한문학비평에 대한 연구가 부족한 학계의 실정에 비추어볼 때, 참으로 소중한 연구성과이다. 김성수는 주로 김정일의 주체문학론을 비판적으로 검토하거나 북한 문예이론의 굴절 상을 역사적으로 탐색하는 작업을 통해 북한의 현대문학비평에 접근하고 있다.

임영봉 역시 북한문학비평에 관한 소중한 연구성과를 발표한 바 있다. 그의 『한국 현대문학비평사론』(2000)에 수록된 「북한문학비평사 개관」, 「고난의 행군의 전위, 우리 식 평론—1990년대 북한의 문학평론」, 「1990년대 북한문학평단의 동향과 쟁점」 등의 글들은 최근의 북한문학비평에 대한 본격적인 검토에 해당되는 논문이다. 임영봉의 연구는 특히 1990년대의 북한문학비평에 대해서 주목할 만한 연구를 수행하고 있다는 점에서, 주로 해방 직후나 1950년대 북한문학비평을 대상으로 하는 다른 연구성과와 분명하게 구별된다. 신두원의 「해방 직후 북한의 문학비평」(1994)과 성기조의 『북한비평문학 40년—정치성과 노동관을 중심으로』(1990) 역시 북한문학비평에 대한 드문 연구성과에 해당된다. 신두원의 논문은 해방 직후 전개된 북한문학비평에 대한 실증적 검토를 통해 그 정치적 맥락을 탐색하고 있으며, 성기조의 저서는 40여 년에 이르는 북한 현대문학비평의 전개과정을 정리하고 있다.

김재용도 북한문학 전반에 대해서 지속적으로 연구를 수행해온 바 있다. 그의 『분단구조와 북한문학』(2000)은 다양한 관점으로 북한문학을 조망하고 있는 저서이다. 이 책에 수록된 논문 중에서 「월북 이후 김남천의 문학활동과 〈꿀〉논쟁」, 「민주기지론과 북한문학의 시원」은 북한의 문학론과 비평에 대한 연구에 해당하는 주목할 만한 성과이다. 같은 저자의 『북한문학의 역사적 이해』(1994)에서도 북한문학비평이 부분적으로 다루어져 있다. 이 저서에는 「북한의 프로문학 연구 비판」, 「북한 문예학의 전개과정과 과학적 문학사의 과제」 등의 북한문학비평 연구논문들이 수록되어 있다.

한편 지속적으로 북한문학에 대해서 연구를 수행해온 김윤식은 『북한문학사론』(1996)에 수록된 「50년대 북한문학의 동향」이라는 논문에서 북한의 비평과 문학적 쟁점에 대한 탐사를 전개하고 있다. 이 논문은 '계급문학으로서의 민족문학—안함광과 임화', '계급문학으로서의 민족문학의 성립', '시집 『너 어느 곳에 있느냐』의 쟁점—한설야와 임화', '사회주의 리얼리즘론', '카프의 정통성' 등의 항목을 통해, 1950년대 북한비평계의 중요한 쟁점들에 대해서 치밀하게 탐색하고 있다. 김윤식의 연구는 통사적인 관점이 아니라, 구체적인 쟁점을 통해 북한문학비평의 실상에 접근하고 있다는 점에서 한 단계 진보된 연구성과에 해당된다고 하겠다.

김종회가 엮은 『북한문학의 이해』 1(1999)과 『북한문학의 이해』 2(2002)에도 북한문학비평 연구에 해당되는 논문들이 수록되어 있다. 김종회의 「해방 후 북한문학의 전개와 실증적 연구」는 종자론을 비롯한 북한의 문예이론이 어떠한 방식으로 문학작품에 반영되어 있는지에 대해서 탐구하고 있으며, 고인환의 「'주체문학론'의 서술체계와 특징」은 북한문

학의 이론적 뿌리에 해당하는 '주체문학론'의 서술체계를 정치하게 규
명하고 있다. 또한 강웅식의 「인간학으로서의 문학, 그 예술적 특수성
에 대한 신념―엄호석론」은 일종의 개별비평가론에 해당한다. 1940년대
부터 비평활동을 시작하여, 북한의 대표적인 문학비평가로 평가받고 있
는 엄호석에 대한 연구에 해당하는 이 논문은 이제 북한문학비평에 대
한 연구가 개별비평가론이나 테마론의 형태로 한 단계 진전해야 된다
는 연구사적 문제의식을 보여주고 있다. 또한 김종회의 「주체문학론과
부수적 현실주제 문학론의 병행」(1995)도 북한문학이 기반으로 하는 당
성과 철학성의 의미에 대해서 탐색하고 있는 성과에 해당된다.

지금까지 언급한 북한문학비평에 대한 연구성과들은 그 일정한 의의
에도 불구하고, 북한문학비평에 대한 전면적이며 깊이 있는 해석학적
연구에는 아직 도달하지 못하고 있다. 이러한 점에 착목해보면, 이선
영·김병민·김재용에 의해 1945년 이후의 북한문학비평을 집대성한
자료집 『현대문학비평자료집―이북편』(1993)이 발간되었다는 사실은 북
한문학비평 연구의 내실화를 위해서 중요한 계기가 될 수 있을 것이다.

이제 북한문학비평에 대한 이념적 편견 없이 그 미학적 원리와 고유
한 특질을 내부적 시점으로 정교하게 해부하는 작업이 시급히 요구되
고 있다. 이를 위해서는 무엇보다도 자료의 입수와 접근이 좀더 용이해
져야 할 것이다. 기본적인 실증적 정리가 충실하게 이루어지면, 그 자리
에서 북한문학비평에 대한 한층 다양한 해석학적 연구가 전개될 수 있
을 것이다.

4. 근대성에 관한 담론과 해석학적 연구

근대비평사 연구의 세 번째 단계는 실증주의적 단계와 사적 체계화 단계의 도움을 받아서 수행되는 정밀한 해석학적 단계이다. 1990년대부터 비평사 연구는 새로운 방법론의 개척을 통해 연구의 수준을 향상시키고 다양한 해석학적 관점을 도출하고 있다. 그것은 ① 근대성과 연관된 비평담론, ② 문학사상사에 대한 탐구, ③ 해석학적 연구의 새로운 지평 등의 세 가지 차원에서 논의될 수 있을 것이다.

1) 근대성(Modernity)과 연관된 비평담론

최근 10여 년 동안 한국의 인문사회과학계는 '근대성(Modernity)'[22] 문제의 해명에 집중적인 학술적 노력을 경주하고 있다. 이러한 측면은 한국 현대문학 연구에도 동일하게 나타나고 있다. 1980년대 중반부터 시작된 포스트모더니즘 이론의 수입이 역설적으로 우리 학계로 하여금 모더니티와 모던에 대한 근원적인 성찰로 유도한 중요한 모티프인 것

---

22) 이미 수차례 몇몇 논자들에 의해 지적되었지만 모더니티를 다루는 담론에서 번역의 문제는 대단히 혼란스러운 상태이다. 그래서 모더니티(Modernity)를 '근대성'으로 번역하느냐 혹은 '현대성'으로 번역하느냐의 문제는 한국의 인문사회과학계에서 아직 명확한 합의를 얻고 있지 못한 상태이다. 대체로 사회과학이나 외국의 문화이론 연구에서는 '현대성'이라는 용어를 사용하고 있으며, 국문학 연구의 영역에서는 상대적으로 '근대성'이라는 용어가 보편적으로 쓰이고 있는 것으로 판단된다. 그러나 이 기준도 절대적이지 않다. 가령 비평가이자 불문학자 김현은 '현대성'이라는 용어를 주로 사용하였으며, 비평가이자 국문학자인 김윤식은 '근대성'이라는 용어를 주로 사용하고 있다. 이 논문에서는 근대문학 연구에서 주로 사용되는 '근대성'이라는 용어를 주로 사용하되, 다른 논자가 선택한 용어는 그 자체로 존중하여 그대로 사용하게 될 것이다. Modernity라는 용어의 엄밀한 번역과 층위의 구분에 한층 더 세심한 주의를 기울일 때, Modernity와 연관된 연구도 한층 정교해질 수 있을 것이다.

이다. 그렇다면, 이러한 모더니티에 대한 이론적 탐색이 활발하게 전개되는 지성사적 이유는 무엇인가. 최근 몇 년 동안 진행된 모더니티에 대한 적극적 탐색은 학술사적으로 보면, 한국적 근대성의 뿌리를 구체적으로 확인하고자 하는 중대한 이론적 시도에 다름 아니다.

현대사회에 대한 비판과 근대 극복의 문제틀은 궁극적으로 한국사회의 '근대성'에 대한 정밀한 탐문을 통해서 달성된다는 점을 염두에 둔다면, 요컨대 '근대성'은 한국 인문사회과학의 숙명적인 화두라고 하지 않을 수 없는 것이다. 그러니까, 근대에 대한 문제의식은 한국 근현대문학 연구의 자기 정체성을 확립하기 위해서라도 근원적으로 탐구되어야 하는 것이다.

근대성(Modernity)에 대한 국내의 연구성과들은 1990년대 들어와서 아연 활기차게 전개되고 있다. 이러한 '근대성'에 대한 이론적 관심의 확대는 1980년대 초반부터 불어닥친 포스트모더니즘의 열풍이 잦아들면서 자연스럽게 이루어졌다. 요컨대 포스트모더니즘의 기원을 찾기 위해서는 필연적으로 모더니티와 모더니즘에 대한 탐색이 요구되었던 것이다.

이러한 지성사적 흐름은 문학비평 분야에서도 예외가 아니다. 문학비평 연구 분야에서 '현대성'이나 '근대성'이라는 화두와 연관된 연구성과들은 1990년대 중반부터 본격적으로 발표되기 시작했다. 우선 '민족문학연구소'에서 발간된 기획 단행본인 『민족문학과 근대성』의 성과를 모더니티의 문제와 연관하여 주목하지 않을 수 없다. 이 저작은 '근대성'이라는 테마를 공동 연구하면서 그 이론적 지평을 실제 우리 문학 텍스트에 창조적으로 적용하고자 하는 의욕을 뚜렷하게 보여주고 있다. 특히 이선영의 「우리 문학 연구의 새로운 지평」과 최원식의 「한국문학의 근대성을 다시 생각한다」, 이현식의 「한국 근대문학 형성의 사회사적 조건」 등의 논문들은 모더니티와 연관된 문제의식이 우리 문학 연구의 새로운 빛을 던지고 있음을 인상적으로 보여주고 있다. 그밖에 모더니즘이나 모더니티를 주제로 하여 개별 작가나 시인, 작품을 분석한 여타의 논문들도 현재적인 유의미성을 담보하고 있다.

그리고 근대문학과 근대성에 대한 집중적인 해명에 학문적 삶을 바쳐온 김윤식의 『한국문학의 근대성 비판』,(1993) 『한국문학의 근대성과 이데올로기 비판』(1987) 등의 저서들도 '모더니티' 문제에 민감한 촉수를 들이대면서 한국 근대문학과 근대성과의 연관관계에 대한 중대한 시사점을 던지고 있다. 김윤식은 위의 저서들에서, 근대에 대한 자의식이 결여된 문학은 진정한 의미의 근대문학에 미달된다고 일찍이 주장한 바 있다. 1990년대 이후에는 젊은 비평가와 국문학자들에 의해 모더니티의 문제의식을 기반으로 하여 우리 문학을 조망하는 일이 빈번해지고 있는데, 이광호의 「문제는 근대성인가」(1995), 황종연의 「근대성을 둘러싼 모험」(1996) 등을 그 주요한 성과로 꼽을 수 있을 것이다. 이러한 논의들은 근대성에 대한 논의가 외국 문학 전공자들의 이론 편향적인 시각에서 탈피하여 한국문학과 모더니티의 문제의식을 나름대로 성공적으로 결합시키고 있다는 측면에서 주목해야 할 연구성과이다.

한편 권성우의 「1960년대 비평에 나타난 '현대성' 연구」(1999)는 유종호, 백낙청, 김현 등의 중요한 비평가들의 1960년대 비평에 '현대성'의 문제의식이 어떠한 방식으로 표출되고 있는지에 대해서 구체적인 비평 텍스트를 통해 탐구하고 있으며, 하정일의 단행본 연구서『20세기 한국문학과 근대성의 변증법』(2000)은 '근대성'이라는 테마를 중심으로 한국 근대문학의 지형을 거시적으로 조망하고 있다. 특히 이 저서에 수록된 논문 중에서 「시민문학론에서 근대극복론까지—백낙청론」은 백낙청 비평의 통시적 궤적이 결국 '근대극복'을 위한 비평적 여정으로 귀결되고 있음을 입증하고 있으며, 「근대성과 민족문학」은 '근대'와 민족문학의 상관관계에 대해서 해명하고 있다.

'근대성', 혹은 '현대성'에 입각한 비평 담론은 앞으로 현대 문학비평사 분야에서 가장 핵심적인 테마로 부각될 것이다. 왜냐하면, 아직도 우리는 근대를 통과중이며, 동시에 탈근대의 지평을 지속적으로 모색하고 있는 문제적인 시대에 존재하고 있기 때문이다.

2) 문학사상사에 대한 탐구

문학비평은 당대의 사상사와 밀접한 인식론적 연관성을 맺고 있다. 특정한 시대의 문학비평은 당대의 사상적 흐름으로부터 그 문제의식을 수혈 받고 있기 때문이다. 그러므로 문학비평에 대한 연구는 자연스럽게 문학사상사에 대한 연구와 접맥된다고 할 수 있는데, 이러한 연구동향은 비평에 대한 해석학적 연구에 포괄될 수 있을 것이다.

비평사와 문학사상사를 접맥시킨 연구는 1980년대 중반부터 김윤식에 의해 지속적으로 전개되어 왔다. 실제로 80년대 중반과 90년대 중반 사이에 간행된 『한국근대문학사상연구』 1(1984), 『한국근대문학사상사』(1984), 『한국현대문학사상사론』(1992), 『한국근대문학사상연구』 2(1994) 등의 저서들이 이에 해당된다. 이 연구들은 '사상의 자립적 근거'라는 문제적 개념을 바탕으로 하여, 특정한 문학적·사상적 입장의 내적 필연성을 한 개인의 실존적 정신분석 및 사회사적 방법론의 도입을 통해 치밀하게 탐구하고 있다. 이러한 김윤식의 입장은 다음과 같은 발언에 분명하게 표현되어 있다.

> 한 개인이 어떤 사상을 선택하는 것은 그의 필연성에 말미암은 것이어서, 그것의 우열이 있을 수 없다는 의미까지를 지시하고 있다. 어떤 사상도 다른 사상과 원칙적으로 등가라고 말해질 때, 우리는 사상연구의 객관적 연구의 폭과 깊이를 유연성 있게 해 낼 수가 있다. 도남의 신민족주의와, 석경우의 낭만주의, 또는 천태산인의 사상은 따라서 각각 등가이지 그 자체의 우열이 없다고 할 때 우리는 사상의 자립적 근거를 묻게 되며, 그런 시각에서 비로소 우리는 우리 근대문학사의 체계를 일층 유연성 있게 세울 수 있을 것이다. 사상사의 독자적 영역을 마련하는 근거가 이 자리에서 겨우 나올 수가 있기 때문이다.[23]

이러한 김윤식의 언명은 요컨대, 문학사상이 외래에서 수입된 문예사조에 의해서 기계적으로 형성되는 것이 아니라 한 개인의 실존적 위기의식과 '제도적 장치'와 같은 문화사적·사회사적 정황이 상호 작용함으로써 생산된다는 주장에 해당된다. 이러한 방법론적 전제에 따라, 김윤식은 조윤제와 최재서의 문학사상이 형성된 제도적 기원과 그 내적 형식, 상대적 위상에 대해서 정치하게 검토하고 있다. 한편,『한국근대문학사상사』는 "사상을 어떤 인간이 놓인 문제적 상황에 대한 해답의 형식으로 제출된 것이라 규정한다면 그 해답의 철저성을 따지는 일이 사상연구의 우선적 과제일 터이며, 그것의 연속성이라든가 폭이라든가 침투영역을 문제삼는 일이 곧 사상사의 과제일 터이다"24)라는 입론에 따라 한국 근대문학사상사의 실마리를 찾기 위한 내용으로 구성되어 있다.

이 책의 목차는 다음과 같다.

<blockquote>

Ⅰ. 근대문학의 성격

Ⅱ. 정치와 문학

Ⅲ. 리얼리즘 논의의 수준

Ⅳ. 사상전향과 전향사상

Ⅴ. 문학에 있어서의 한·일간의 주고받기

Ⅵ. 사상 선택과 그 한계

Ⅶ. 민족주의와 문학이념

</blockquote>

위의 목차에서도 볼 수 있듯이,『한국근대문학사상사』는 한국 근대문학사를 논의할 때 필연적으로 등장할 수밖에 없는 가장 문제적인 테마에 대한 탐구로 이루어져 있다. 이러한 중대한 문제에 대한 사상사적인

---

23) 김윤식,『한국 근대문학 사상 연구 1―도남(陶南)과 최재서(崔載瑞)』, 일지사, 1984, 머리말.

24) 김윤식,『한국근대문학사상사』, 한길사, 1984, 머리말.

접근이 김윤식에 의해서 본격적으로 수행될 수 있었던 것은 그가 누구보다도 광범한 역사철학적 지식과 사상사적 지평에 대한 정확한 이해를 지니고 있다는 사실에서 연유하는 것으로 보인다.

한편, 『한국현대문학사상사론』은 우리 근대문학사에서 가장 중요한 사상적 화두라고 할 수 있는 '근대'와 '반근대'의 문제의식에 따라 문학사상사의 다양한 풍경을 검토하고 있는 저서이다. 저자는 "근대주의에 맞서는 반근대주의 역시 근대주의에 대한 자의식이 소산"25)이라고 규정하고 있다. 따라서 저자는 근대주의와 반근대주의의 상호연관성과 길항의 모습에 대해서 천착한다. 그래서 "여기 수록된 논문들은 근대와 반근대의 갈등을 참주제로 한 것이다"라는 저자의 언급이 가능해지는 것이다. 이에 따라 이 책은 이른바 모더니즘에 연결되는 근대주의 문학사상과 리얼리즘과 연관된 현실주의 문학사상을 면밀하게 검토하고 있거니와, 이 과정에서 비평가 박영희·백철·임화·이원조·김남천·고석규·조연현 등에 대한 정교한 분석이 전개되고 있다. 또한 『한국근대문학사상연구』 2는 '문협정통파의 사상구조'라는 부제 아래, 김동리·조연현·서정주 등의 이른바 문협정통파의 사상사적 맥락을 세밀하게 검토한 저서라고 할 수 있다.

이상에서 살펴보았듯이, 김윤식은 한국 근대문학비평사에서 문학사상사에 관한 연구를 독보적으로 진행시켜왔다. 그의 문학사상 연구에 의해서, 한국의 근대문학은 단지 문학의 자율성론에 한정되지 않은 문학과 사상의 연관성에 대한 심층적인 맥락을 탐사하게 되었다. 그러나 김윤식을 제외하면 비평사를 문학사상사의 지평에서 조망하는 연구자가 거의 없다는 사실은 앞으로 문학사상사에 대한 연구가 다양한 연구자들에 의해서 풍요롭게 확장되어야 한다는 필요성을 제기하고 있다.

---

25) 김윤식, 『한국현대문학사상사론』, 일지사, 1992, 머리말.

3) 해석학적 연구의 새로운 지평

비평사 연구의 역량이 축적되는 과정은 동시에 새로운 연구사적 지평이 생성되는 과정이기도 할 것이다. 이러한 의미에서, 기존의 연구사적 관행이나 전통을 돌파할 수 있는 참신한 연구관점이라는 시각에 중점을 둔다면, 해석학적 차원의 비평사 연구를 주목하지 않을 수 없을 것이다. 물론 문학 연구의 기본적인 단계로 철저한 실증정신은 아무리 강조해도 지나치지 않다. 또한 이러한 실증주의적 연구들을 취합하여 특정한 사관이나 문학적 입장, 미학적 이념에 의해서 비평사의 전개과정을 체계적으로 정리하는 '사적 체계화' 단계의 연구 역시 소중한 연구 영역임에 틀림없다. 그러나 이러한 연구들의 중요성과 더불어 연구사적 필요성의 면에서 새롭게 주목되어야 할 흐름은 근대문학비평에 대한 정밀한 해석학적 연구이다. 이러한 점은 "사실탐구로서의 문학비평연구가 점차 지양되고 가치 추구적인 입장이 강조되고 있다"26)는 인문학의 연구사적 정황과 커다란 연관성을 지닌다.

문학비평 연구에 있어서 이렇게 해석학적 연구의 중요성이 부각되고 있는 이유는 또한 한국 근대문학 연구에서, 실증주의적 연구와 사적 체계화 단계의 연구가 지니고 있는 일정한 한계와도 연관된다. 끊임없이 새로운 자료를 발굴하는 것은, 문학 연구의 가장 근원적이고 기초적인 성과일 것이다. 그러나 비교적 자료가 풍성하지 못한 한국 근대문학의 경우에는 새로운 자료를 발굴하는 차원의 실증주의적 작업에는 일정한 한계가 있다.27) 동시에 실증적 자료를 적절하게 구분하고 획정하여 '사

---

26) 최유찬, 「1930년대 한국리얼리즘론 연구」, 『한국근대문학비평사연구』, 세계, 1989, 301면.

27) 물론 판본의 비교 연구나 단행본과 잡지·신문 연재본을 대조하는 작업, 작가들의 개작을 상세하게 비교·검토하는 작업 등등의 기본적인 실증적 연구는 어느 시대나 가장 기초적인 연구방법론으로 간주되어야 한다. 여기서 언급한 실증주의적 연구의 한계는 새로운 자료를 발굴하는 작업이 참으로 지난하다는 의미로 수용될 수 있을 것

적 체계화'를 시도하는 작업도 문학사관이 무한대로 존재하는 것이 아닌 이상, 항상 새로운 문학사적 관점이 생성되기가 결코 용이하지 않을 것이다. 이러한 점들을 감안한다면 근대비평 연구, 혹은 근대비평사 연구에 있어서 상대적으로 다양한 연구사적 가능성과 잠재력을 확보하고 있는 연구 분야는 바로 연구주체의 새로운 관점과 참신한 방법론에 의해 연구대상을 해석하고 분석하는 '정밀한 해석학적 연구의 단계'라고 할 수 있다.

원칙적인 의미에서, 실증주의적 연구 단계, 사적 체계화의 연구 단계, 정밀한 해석학적 연구 단계 등은 동시에, 그리고 상호보완적인 관점에서 수행되어야 한다. 그러나 이 중에서 앞으로 가장 풍요로운 연구사적 성과를 거둘 수 있는 분야는 바로 해석학적 연구 단계이다. 왜냐하면, 근대문학유산이 한정된 한국 근대문학의 경우에는 무엇보다도 연구주체가 연구대상을 조망하는 방법론이 최대한으로 풍부하게 개진될 때, 문학 연구가 한결 다채로워질 수 있기 때문이다. 이러한 점과 연관하여, 해석학이 "사회과학의 예술철학, 언어철학 및 문예비평 등에서 하나의 중심명제로 등장하고 있(다)"[28]는 사실을 각별하게 주목해야 한다. 아울러 문학비평이나 문학연구에서 해석학적 관점에 대한 필요성이 점차로 증대하고 있다는 점[29]도 감안되어야 한다. 이러한 추세는 문학이나 비평 연구가 어떤 학문 분야보다도 해석의 다양성과 관점의 다양성이 가능하다는 사실과 연관된다. 실상 비평은 다양한 관점이 서로 해석학적 충돌을 통해, 그 논리의 정당성을 경쟁하는 담론의 치열한 투쟁이 진행되는 공간이기도 한 것이다.

그렇다면 1990년대에 들어와서 새롭게 나타난 해석학적 단계의 비평사 연구는 어떠한 모습을 보여주고 있는가. 1980년대 지식사회를 지배

이다.

28) 조셉 블라이허, 권순홍 역, 『현대 해석학』, 한마당, 1983, 8면.

29) 리차드 E. 팔머, 이한우 역, 『해석학이란 무엇인가』, 문예출판사, 1988, 서론.

했던 마르크스주의가 퇴조하고, 1990년대부터 푸코, 들뢰즈 등의 탈구조주의가 수용되면서 이른바 모더니티에 대한 반성과 해체가 중요한 지성사적 흐름으로 등장하기 시작했다. 바로 이러한 지적 조류에 따라 주체 중심주의 비판에 근거한 비평사 연구들이 나타나기 시작했던 것이다. 권성우의 「1920~30년대 문학비평에 나타난 '타자성' 연구」(1994)와 김외곤의 「김남천 문학에 나타난 주체 개념의 변모과정 연구」(1995)는 바로 이러한 새로운 시각으로 비평 연구를 해체주의와 주체의 구성이라는 층위에서 수행하고 있다. 또한 서경석은 「1930년대 문학비평에 나타난 '탈근대성' 연구」(1996)라는 논문을 통해, 1930년대 문학비평에 나타난 탈근대성의 문제의식을 정리하였다.

한편, 권성우는 자신의 논문을 수정·보완하여 『모더니티와 타자의 현상학』(1999)이라는 단행본 저작을 통해 자신의 해체주의적 비평사 연구를 정리하였다. 이러한 연구성과는 주로 해체주의와 탈근대론의 이론적 수혈을 받아, 근대적 이성 중심주의에 정초하여 진행되던 카프비평 연구사에 새로운 시각을 제공하였다. 그러나 한국 현대비평사를 새로운 관점으로 조망하는 논리가 주로 서구의 탈근대이론에 기대고 있다는 점은 이러한 연구의 엄연한 한계이다. 결국 근대에 배한 비판과 해체도 역시 서구적 이론으로부터 자유로울 수 없다는 한국 인문학계의 숙명적인 딜레마를 이러한 연구 동향을 통해 고통스럽게 확인할 수 있는 것이다.

아울러 비교적 최근에 씌어진 참신한 방법론에 의거한 남송우, 박남훈 등의 해석학적 논문30)도 눈여겨 볼 연구성과에 해당된다. 특히 남송우의 일련의 논문들은 제목에서도 알 수 있듯이 비평 연구를 해석학과 본격적으로 결합시키고 있다. 그러나 이러한 연구들은 그 선구적인 문

---

30) 박남훈, 「카프예술대중화론의 상호소통론적 연구」, 부산대 박사논문, 1990; 남송우, 「1930년대 전환기비평의 해석학적 연구」, 부산대 박사논문, 1992; 남송우, 「이원조 비평의 해석학적 연구(1)」, 『국어국문학』 30집, 1993; 남송우, 「1930년대 백철 비평의 해석학적 연구」, 『한국문학논총』 16집, 1995; 남송우, 「1950년대 고석규 비평의 해석학적 연구」, 『한국문학논총』 19집, 1996.

제의식에도 불구하고 논문의 결과가 전통적인 연구방법론에서 거둔 성과와 본질적인 차이가 발견되지 않는다는 점에서 일정한 한계를 지니고 있다.

한편, 이병헌의 『한국 현대비평의 문체』(2001)와 같은 독특한 연구성과도 해석학적 연구의 유의미한 성과로 언급되어야 할 것이다. 저자의 학위논문을 보완한 이 연구성과는 이광수, 김기진, 최재서, 임화, 김남천, 김기림 등의 한국 근대문학비평사에서 명멸했던 중요한 비평가들의 비평텍스트를 문체론적 입장으로 분석·탐구한 거의 유일한 시도라고 할 수 있다. 이 저작의 제2장은 다음과 같이 비평가들의 문체를 분류하고 있다.

2.1. 숙고와 표현의 괴리─이광수의 비평
2.2 단정과 표현의 포즈─김기진의 비평
2.3. 숙고의 단정의 양면성─최재서의 비평
2.4. 단정과 표현의 적극성─임화의 비평
2.5. 제시와 숙고의 끈기─김남천의 비평
2.6. 제시와 표현의 긴장─김기림의 비평

위의 분류에서 확인할 수 있듯이, 이병헌의 비평 문체론은 그 참신한 발상에도 불구하고, '숙고', '표현', '단정', '제시' 등의 엄밀하게 규정지을 수 없는 주관적 용어를 통해서 문체론적 분석을 시도하고 있다는 점에서 분명한 한계를 지니고 있다. 앞으로 문체론의 관점에서 한국 현대비평사를 조망하는 작업은 좀더 학술적 엄밀성과 체계성을 보완해야 할 것이다.

5. 비평사 연구의 새로운 전망

지금까지 이 글은 근대비평사 연구를 포함한 근대비평 연구의 전반적인 전개과정을 세 가지 단계의 아홉 가지 유형으로 나누어, 그 각각의 연구사적 현황과 맥락, 성과와 한계, 이론적 필요성 등에 대해서 살펴보았다. 그렇다면 앞으로의 근대비평사 연구는 어떠한 문제의식과 방법론을 가지고 전개되어야 하는가? 분명한 것은 앞으로도 실증주의적 연구와 사적 체계화단계의 연구가 지속적으로 수행되고 보강되어야 한다는 사실이다 실증주의적 연구 분야에서는 중요한 비평가들에 대한 개별비평가론이 더욱 충실하게 작성되어야 한다. 또한 아직 본격적인 비평가론의 형태로 연구가 이루어지지 않는 비평가들에 대해서도 활발한 연구가 이루어져야 한다. 이러한 연구가 축적되면, 궁극적으로 비평가들의 삶과 문학을 종합적으로 설명할 수 있는 평전이나 전기적 연구가 한층 활성화될 수 있을 것이다. 물론 이밖에도 새로운 연구사의 조명을 기다리는 대목은 많다. 여기서는 앞으로 전개될 비평사 연구의 전망 및 비평사 연구에서 시급하게 필요한 부분들을 언급하고자 한다.

김윤식의 『한국근대문예비평사연구』(1973) 이후에 이 작업에 비견되는, 새로운 시각을 담보한 근대문학비평사가 35년이 지난 현재까지 새로운 세대의 연구진에 의해 작성되지 못했다는 사실은 정말로 안타까운 일이다. 이러한 사실은 학문 연구의 지나친 분업화가 거시적 문학사 연구를 제한하고 있다는 점, 근대비평사를 이전 연구와 다른 시각으로 조망할 수 있는 유력한 해석학적 관점이나 참신한 방법론이 부각되지 못하고 있다는 점 등과 연루되어 있다. 또한, 개별비평가론의 대상으로 한 번도 다루어지지 못한 문학비평가가 아직 많이 남아있으며, 근대문학비평사에서 중요한 역할을 수행했던 임화·김남천·최재서·박영희·김팔봉·김환태·이원조 등등에 대한 연구도 실증적으로나 방법론적으로 다양한 탐색의 여지가 남겨져 있다는 사실이 새삼 강조되어야 한다.

그리고 비평사 연구에서 엄밀한 실증적 검토의 중요성도 다시금 환기되어야 한다. 근대문학사 연구의 모든 분야에서 정확한 실증적 고찰과 탐색이 아직 현저히 부족한 편인데, 문학비평의 경우에는 이러한 점이 더욱 커다란 문제로 대두되고 있다. 불완전한 대로, 현재 전집(全集)이 발간된 비평가는 김팔봉과 김환태·양주동 등에 머물고 있다. 임화와 김남천·박영희·최재서를 비롯한 중요한 비평가들의 명실상부한 전집이 하루속히 발간되어야 할 것이다.[31] 아울러 근대비평사 연구의 중요한 자료인 당시의 신문과 잡지들이 연구의 편의를 위해, 쉽게 읽을 수 있는 판형으로 시급히 발굴 정리 복원되어야 할 것이다. 비평사 연구의 진전이라는 화두와 연관하여, "주요 쟁점과 논쟁사 위주의 연구도 그 나름의 의의가 있지만, 비평가 위주의 이론사적 성격의 비평사를 쓰는 일은 연구가들에게 맡겨진 주요한 과제이다"[32]라는 주장을 주목해 볼 수 있다. 이제 비평사 연구는 논쟁 중심의 서술에서 한 발자국 더 나아가야 한다. 그렇다면 기존의 비평사 연구성과를 돌파하여 새로운 진전을 이루기 위해서는 어떠한 연구들이 진행되어야 할까. 다음과 같은 새로운 문제의식이 절실하게 요청된다.

① 새로운 관점과 방법론에 의한 근대문학비평사 서술
② 한 비평가의 비평적 궤적을 종합적으로 검토한 심층적인 비평가론과 비평가 평전
③ 테마론의 입장에서 다양한 비평적 주제를 탐사하는 연구
④ 일본 근현대비평과 한국 근현대비평의 면밀한 비교문학적 연구

---

31) 시중에 간행된 『김남천 전집』(박이정, 2000), 『임화 전집』(박이정, 2001) 등은 실상 전집이 아니라 일부 자료를 모아 놓은 것에 불과하다.
32) 서준섭, 「한국 근대문학비평 연구의 새로운 지평」, 『한국 근대문학과 사회』, 월인, 2000, 27면.

⑤ 소설가나 시인들의 비평문과 문학론에 대한 메타적 연구
⑥ 다양한 이론과 철학의 도움을 받은 해석학적 연구
⑦ 비평가의 문체와 문장에 대한 섬세한 탐구

이러한 연구들이 새롭게 진행되어, 그 진전된 연구성과들이 축적되었을 때 현대문학비평 연구사도 엄밀한 의미의 새로운 관점에서 씌어질 수 있을 것이다.

지금까지 살펴왔듯이, 근현대 비평에 대한 새로운 연구성과의 가능성은 무한대로 열려 있는 셈이다. 새로운 연구성과를 위해서 무엇보다 시급히 필요한 작업은 바로 과거의 연구성과에 대한 정확하고도 세밀한 파악일 것이다. 곰팡내 나는 도서관 속에서 새로운 상상력이 싹트듯이, 이 글이 바로 그러한 새로운 비평사 연구의 진전을 위한 조그마한 나침반 역할을 하게 되기를 기대한다.

제4장

현대소설 연구와 자생적 이론의 가능성

외국문학이론 도입 문제를 중심으로

1. 현대소설 연구의 새로운 지평

초창기의 국어국문학 연구와는 달리, 현재 현대소설 연구는 국어국문학 분야에서 다른 어느 분야보다도 가장 많은 연구 인력이 참여하고 있고 최근에 가장 풍성한 연구업적이 생산되고 있는 분야이다.[1] 이에 따라서 현대소설 연구에는 다채로운 방법론과 관점에 의한 수많은 논문들이 차차 축적되고 있는 중이다. 학술 연구가 기본적으로 갖추어야 할 요건 중에서 가장 중요한 것이 기존 연구사와의 뚜렷한 '변별성'의 확보를 통한 새로운 관점이라면, 그 변별성을 위한 노력은 대체로 다음과 같은 두 가지 방법으로 나뉠 수 있을 것이다.

그 첫 번째 방법은 실증적인 새로움이다. 초창기의 현대소설 연구는

---

1) 이주형, 「1991년도 하반기 현대소설 연구동향」, 『민족문학사연구』 2호, 창작과비평사, 1992, 314면 참조

바로 새로운 자료를 발굴하고 원전을 획정(劃定)하는 실증주의적 연구에 커다란 비중을 두었다. 대체로 1970년대까지의 연구가 이러한 실증적인 연구에 해당된다고 볼 수 있을 것이다. 그러나 이념적인 이유로 잊혀졌던 KAPF 계열 소설가들의 문학적 유산을 비롯하여 거의 대부분의 자료가 발굴되고 그 자료들에 대한 평가와 복원, 해설이 상당 정도 진척된 현대소설 연구의 현황을 감안해보면, 실증적인 자료 발굴 위주의 현대소설 연구는 연구사의 새로운 지평을 확보하기에는 일정한 한계가 있다고 판단된다. 물론 80년대 중후반부터 90년대 초반에 걸쳐서 월북작가나 카프문학에 대한 실증적 연구가 연구사의 지평을 한단계 확장시켰다고 볼 수 있겠지만, 중요한 월북작가에 대한 연구가 상당 정도로 진척된 현금의 상황에서 보면 이제 그쪽 분야에서도 획기적인 새로운 자료를 발굴하거나 기존의 연구관점을 근원적으로 전복시킬만한 재평가를 시도할 여지는 그다지 많지 않은 편이다.

물론 끊임없이 새로운 자료를 발굴하고 정리하는 실증주의적 연구방법은, 문학 연구의 가장 기본적인 단계이기에 지속적으로 추진되어야 하겠지만, 나는 그러한 연구방법이 앞으로 진행될 현대소설 연구의 주류가 되기는 힘들다고 생각하고 있다. 이러한 문제의식에서 '연구방법론'에 대한 자각이 싹트게 된다. 학술 연구에 있어서 '새로움'을 확보하기 위한 두 번째 방법은 바로 '새로운 연구방법론의 채택'을 통해서 달성될 수 있을 것이다. 말하자면, 같은 연구대상을 연구하더라도, 기존의 관점과 변별되는 참신한 연구관점을 가지고 새로운 방법으로 연구대상을 해석하겠다는 욕망이 분출되는 것이다. 이를테면, 고(故) 이상(李箱)이나 이광수(李光洙) 같은 한국 현대소설사의 초석을 놓았던 중요한 소설가들의 경우, 실증주의적 연구가 어느 정도 완결된 후에도 수없이 다채로운 관점에 의한 연구들이 끊임없이 발표되고 있다는 사실을 주목할 수 있을 것이다. 아무리 실증주의적 연구가 완벽하게 이루어졌다고 하더라도, 기존의 연구와 시각(방법론)을 달리하면, 새로운 연구성과를 충분히 획득할 수 있는 것이다.

이처럼, 실증주의적 연구의 한계에서 시작되는 '방법론' 중심의 해석학적 연구2)는 새로운 연구방법론의 확보를 위해서 무엇보다도 새로운 문학이론과 다양한 인식론의 탐색과 섭렵이 요구되어질 것이다. 그런데, 우리 고유의 문학이론이 거의 정립되지 못한 지금의 국문학계 풍토에서는 수많은 현대소설 연구자들은 외국 문학이론에 대한 콤플렉스와 유혹을 거의 본능적으로 느끼고 있다고 보아야 할 것이다. 그 콤플렉스와 유혹은 현상적으로는, 현대문학 연구자들의 외국 문학이론서와 번역서에 대한 다소 혼란스러운 경도와 탐닉으로 나타난다. 왜냐하면, 기존의 연구와 변별되는 새로운 연구성과를 획득하기 위해서 한 연구자가 가장 손쉽게 선택할 수 있는 방법 중의 하나는 적당한 최신의 외국 문학이론을 수용해서, 그 이론틀에 따라서 한국 현대소설을 연구하는 것이기 때문이다. 80년대 이전에는 P. 러보크나 E. M. 포스터 같은 다소 형식주의 편향 연구자들의 저작이 많이 수용되었고, 80년대는 게오르그 루카치, 르네 지라르, 뤼시엥 골드만 등의 문학사회학적 소설이론이 한국 현대소설 연구에 폭넓게 적용되었으며, 90년대 들어와서는 미하일 바흐친, 미셸 푸코, 자끄 라캉, 줄리아 크리스테바 등의 후기 구조주의적 논의가 현대소설 연구에 폭넓게 수용되고 있는 형국이다. 그런데 바로 이러한 외국의 문학이론이나 외국의 소설이론이 한국 현대소설을 분석하기 위한 방법론적 개념으로 수용되는 과정에서 간과할 수 없는 문제점이 존재한다.

---

2) 이와 연관하여 문학연구나 문학비평에서 해석학적 연구의 필요성이 점차로 증대하고 있다는 점을 주목해야 할 것이다. 리차드 E. 팔머, 이한우 역, 『해석학이란 무엇인가』(문예출판사, 1988) 및 권성우, 「1920~30년대 문학비평에 나타난 '타자성' 연구」(서울대 박사논문, 1994)의 서론 부분의 '문제제기 및 연구사 검토' 부분을 참조할 수 있다.

2. 외국 문학이론의 수용의 두 가지 한계

외국 문학이론에 대한 부적절하고 무비판적인 수용이 가속화될 때, 한국 현대소설 연구 분야는 외국 문학이론의 다채로운 경연장으로 변모할지도 모른다. 기존의 연구와 명확히 변별되는 새로운 연구사의 지평을 열고자 하는 연구자의 욕망은 때로 외국의 최신 문학이론에 대한 끊임없이 민감한 반응과 발 빠른 수용으로 나타난다. 원칙적으로 말해서, 외국 문학이론을 우리 문학 연구에 적용시키겠다는 의도 자체는 부정적인 것도 아니고 긍정적인 것도 아니다. 그것은 단지 문학을 연구하는 방법의 하나일 따름이다. 그러나 외국 문학이론을 우리 문학작품에 실제로 적용시키는 과정에서는 다음과 같은 잘못된 두 가지 편향이 존재한다고 할 수 있을 것이다.

그 첫 번째는, 서구 문학이론이 지니고 있는 '이론적 상대성'과 '문화적 상대주의'를 극단적으로 주장하면서 서구의 이론이 우리 문학 연구에는 별다른 도움도 되지 않는다고 생각하는 '편협한 국수주의적 사고'의 폐해이다. 이러한 관점은 다양한 문화적 배경을 근원으로 생성된 모든 이론이 지닐 수 있는 '이론의 보편성'과 '객관성'을 원천적으로 부정함으로써 우리 문학을 '타자'의 관점에 의해 더욱 풍부하고 다채롭게 해석할 수 있는 소중한 기회를 차단시키는 기능을 수행하게 된다. 설령, 1995년 미국에서 탄생한 최신 문학이론이라도, 그 이론이 일정한 보편성을 담보하고 있다면 그 이론은 신라시대의 향가나 고려가요의 연구에도 창조적으로 적용시킬 수 있을 것이다. 1995년 미국에서 탄생한 최신의 소설이론은 물론, 1995년 현재의 미국의 문화적, 소설적 정황을 적극적으로 반영하고 있겠지만 아울러 그 최신 이론은 시대적, 역사적 요소를 초월하는 보편성 역시 함축하고 있을 것이다(이러한 사실은 19세기 중반에 씌어진 마르크스의 경제이론이 20세기 후반의 자본주의 사회의 분석에 커다란 유용성을 제공하는 것과 동일한 논리이다). 이와 연관하여, 우리 문학 고유의 문학이론과 비평이론을 정립하는 작업은 꾸준히 추진되어야겠지만, 그러한 노력이 인류의 소중한 공동유산이나 타자의 중요한 통찰들을 제한하고 무시하는 방향으로 나아가서는 곤란할 것이다.

두 번째로는 특정한 역사적 시대, 특정한 문화적 환경을 배경으로 해서 탄생한 서구의 문학이론을 아무런 중간여과장치나 매개항 없이 우리의 문학적 대상에 기계적으로 대입시키는 '맹목적인 보편지향성'에 근거한 연구의 폐해에 대해서 주목해야 한다.3) 예컨대, 서구나 미국에서 행해진 포스트모더니즘에 대한 복합적인 탐색이 이성의 전횡(專橫)과 모더니티의 과잉이라는 서구의 특유한 문화적 · 사회적 환경에서 솟아 나온 것이라는 문화사적 배경에 대한 엄밀한 고려 없이, 포스트모더니즘 이론을 우리 문학 연구에 기계적으로 적용시키는 경우가 이러한 부정적인 실례에 해당할 것이다. 그리하여, 근대에 대한 전면적인 재검토와 반성이 진행되고 있는 서구의 문화적 · 역사적 정황과는 달리 아직 우리 사회는 근대화 이전에 놓여 있는, 즉 합리적인 '근대적 이성'의 절실한 도움이 요구되는 분야도 여전히 많이 남아 있다고 하겠다.4)

현대소설 연구에 있어서는, 이러한 두 가지 편향 중에서도 특히 두 번째 지적한 부정적인 연구편향이 현저히 드러나고 있다. 예를 들어, 부르주아 시대의 장편서사시를 '소설'로 보았던 루카치의 소설론이 바탕으로 하고 있는 미학적 문제의식과 그러한 이론이 탄생할 수밖에 없었던 서구 소설사의 배경에 대한 정밀한 검토 없이 카프작가들의 몇몇 단

---

3) 조동일의 『우리 학문의 길』(지식산업사, 1993)은 바로 이러한 폐해에 대한 각성을 추구하기 위해서 씌어진 문제적인 저작이다. 그의 입장은 신선하고 패기만만하지만, 다소 주관적인 입론에 해당하는 대목도 있으며, 객관적 논리 이전의 주장에 머물고 있는 측면도 간혹 발견된다. 개인적으로 조동일의 취지에는 동의하지만, 방법론적인 면에서는 많은 보완의 여지가 있는 것이 사실이다.
4) 우리 사회는 이른바 '삼겹살 구조'로 이루어져 있다. 즉, 전근대적(pre-modern) 요소, 근대적(modern) 요소, 탈근대적(post-modern) 요소가 마치 삼겹살처럼 공존하고 있는 곳이 바로 한국사회인 것이다.

편소설에 루카치의 소설이론들을 기계적으로 적용시키는 연구들이나, 공산당이 전권을 장악하고 있는 사회주의 국가에서 효과적으로 적용될 수 있는 까간 등의 동구권 미학 논의와 연관된 몇몇 개념들을 일제강점기의 우리 소설 연구에 다소 원칙적으로 대입시켜보는 연구들이 전형적인 부정적인 편향에 해당될 것이다.

물론 이 글을 쓰는 주체의 관점은 루카치나 까간, 혹은 골드만 등등의 소설에 관한 논의가 우리 소설문학 연구에 적용될 수 없다는 입장과는 하등의 연관성이 없다. 외국의 문학이론을 우리 문학 연구에 활용할 때 무엇보다 중요한 것은 '이론'과 '연구대상'을 구체적으로 이어주는 중간 매개항과 이론적 수용의 굴절과정에 대한 정밀한 탐사일 것이다. 여기서 중간 매개항은 바로 우리의 독자적인 문화적 현실과 문학적 환경이 될 터이다. 이러한 부분에 대한 적절한 고려가 이루어지지 않았을 때, 현대소설 연구는 조만간 외국문학이론의 현란한 경연장으로 화할 가능성도 존재한다.

그러나, 동시에 앞에서 필자가 지적했듯이 이러한 우려가 외국 문학이론에 대한 배타적 거부와 일방적 무시로 나아가는 것은 더욱 위험한 편향이 될 수 있을 것이다. 언어와 인종·종교 등등이 이질적이라도, 인간이 가지고 있는 '보편성'은 너무나 많다. 모든 이론은 그 이론이 탄생한 사회사적·지역사적 특수성을 지니고 있지만, 동시에 그 특수성을 넘어서는 인간의 보편성과 일반성에 대해서도 중요한 통찰력을 던지기 마련이다. 고대사회를 배경으로 하여 탄생한 플라톤이나 아리스토텔레스의 이론들이 지금 이 시대의 우리의 문화와 삶에도 유익한 진리의 빛을 던지고 있는 사실은 바로, 그들의 이론이 함축하고 있는 시대를 초월하는 '보편성'과 '일반성'에 연유할 것이다. 그 보편성과 일반성에 해당되는 소중한 통찰들을 최대한 수용하는 것이 우리 현대소설의 풍성한 연구를 위해서도 절실히 필요하다.

이러한 의미에서 심리학적 연구전통이 대단히 취약한 현대소설 연구

분야에 있어서 프로이트와 그의 후예들의 정교한 심리학 이론이 다채롭게 적용될 수 있는 가능성은 거의 무궁무진하다. 소설은 무엇보다도 '인간의 욕망'에 대한 학문, 즉 인간학이기 때문이다.

이러한 관점에서 보면, 20세기 초반에 새로운 사회의 도래를 열망하며 씌어진 루카치의 소설론 중에서도 우리 소설 연구에 부분적으로 적용될 수 있는 이론적 대목들도 얼마든지 존재할 것이다. 예컨대, 타락한 시대에 타락한 방법으로 진정한 가치를 추구할 수밖에 없는 양식, 즉 자본주의 시대의 장편서사시가 바로 소설이라는 루카치의 입론은 자본주의 사회(신이 떠난 시대) 일반의 소설양식에 적용되는 논리이기 때문에 서구의 근대적 소설양식에 커다란 영향을 받은 우리 장편소설에 대한 연구에도 일정 부분 적용될 수 있을 것이다.

결국 외국 문학이론 수용에 있어서 절실하게 필요한 것은, 그 이론이 적용되는 과정에서 해당 이론이 탄생한 문화권과 우리의 문화권 사이에 존재하는 낙차와 이론적 편차에 대한 정밀한 사고일 터이다. 그 '차이'에 대한 정교한 탐색을 통해, 외국 소설이론의 주체적 수용과 창조적 해석이 활발하게 진행되었을 때, 현대소설 연구는 '외국 소설이론의 실험장'이라는 오명(汚名)을 벗어날 수 있으리라. 또한 우리가 지금까지 서술한 외국 문학이론의 수용에 있어서 잘못된 두 가지 편향을 성공적으로 탈피하였을 때, 비로소 온당하고도 자생적인 소설 연구가 가능해질 것이다.

3. 자생적인 현대소설이론의 가능성

그렇다면, 궁극적으로 우리 현대소설에 대한 풍요로운 연구를 위해서, 외국 문학이론에 일방적으로 의지하지 않으면서, 우리 현대소설 연구에 자연스럽게 적용시킬 수 있는 문예학적 방법론이나 소설이론을 창출할 수는 없는 것일까?

이러한 질문에 대한 가장 매력적이고 근원적인 대안은 물론 우리의 현대소설을 대상으로 하여 자생적인 문학이론이나 소설이론을 고안해 보는 것일 터이다.[5] 이러한 입장은 우리 현대소설에는 고유의 미학이 특별히 존재하기 때문에 여타 외국의 소설과 미학적으로 분명하게 구별된다는 전제를 함축하고 있다. 따라서 이러한 입장은 문학이론의 보편성보다는 특수성, 아울러 코스모폴리탄적 정서보다는 민족주의적 정서를 강하게 지니고 있다.[6] 일찍이, 식민지시대의 뛰어난 비평가 임화(林和)가 유명한 '이식문학사론'이라는 논의[7]를 통해서, 우리의 근대문학은 일본 명치대정기의 이식문화에 불과하다는 주장을 펼친 이래, 그 이식문화론을 극복하기 위해서 우리 문학의 정체성과 자생적인 창조성

---

5) 이와 연관하여, 조동일 교수의 『한국소설의 이론』(지식산업사, 1977)은 바로 한국문학의 자생적인 이론을 창출하기 위한 중요한 노력이라고 평가받을 수 있을 것이다. 그러나 조동일의 입론은 다음과 같은 점에서 한계를 지니고 있다. 우선 그의 이론은 조선시대의 고전소설에만 한정된다는 중대한 한계를 지니고 있다. 말하자면 이기철학(理氣哲學)을 바탕으로 한 조선시대의 소설에는 조동일의 입론이 그 나름대로 적용될 수 있겠지만, 그 이전시대나 현대소설에는 효과적으로 적용되지 않는다는 점이 지적되어야 할 것이다. 그리고 두 번째로는 '자아와 세계의 소설적 대결'이라는 주제를 중심으로 펼쳐지는 조동일의 입론은 사실 루카치의 『소설의 이론』에서 등장하는 영혼과 현실 사이의 갈등양상의 변주에 불과하다고 평가할 수도 있다.

6) 80년대 후반에 민중민족문학을 열정적으로 주창했던 비평가 김명인은 한 기고문에서 "나는 이제 우리의 '민족문학'에 감히 작별을 고하고자 한다. 이제 '민족문학'은 끝이다. 깃발을 내림은 물론 문도 닫아야 한다"(『실천문학』, 실천문학사, 1995년 여름)라고 충격적인 선언을 한 바 있다. 그가 이러한 선언을 한 정확한 이유는 명백하게 밝혀져 있지는 않지만, 짐작컨대 이제 우리 사회에서 '민족주의'가 항상 진보적 가치를 동반할 수 없다는 인식이 이러한 선언에 커다란 영향력을 미쳤다고 판단된다. 우리 사회에서 과연 '민족주의'가 무엇인가 하는 근원적인 문제는 앞으로 지성계의 핵심적인 쟁점이 될 것이다.

7) 임화는 「개설신문학사」의 제1회분에서 "더욱이 조선신문학사의 30년이란 시일은 동양문화권 내의 일지방이 처음으로 서구문화에 접촉하고 그것을 이식한 기간이 전부요"라는 표현을 쓰고 있다. 임화, 『신문학사』(임규찬·한진일 편), 한길사, 1993, 11면.

을 증명하기 위한 논의들이 무수히 존재해왔다.

이를테면, 타자의 문화의 뚜렷하게 구별되는 우리 문학의 핵심적인 요소로 '한(恨)'에 주목하는 논의나 우리 소설사를 관통하는 미학적 특성으로 치열한 현실적 상상력을 거론하는 논의들이 이에 해당된다. 그러나, 이러한 논의의 대부분은 논리적 엄밀성이나 학술적인 객관성이 결여된 다소 심정적인 차원의 진술로 이루어졌다. 예컨대, 김소월의 시들에 대한 해석을 통해 우리 문학의 특수성으로 빈번하게 해명된 '한의 미학'의 경우, 과연 '한'이라는 감정이 우리나라에서만 특수하게 존재하는 정서적 반응인지에 대해서 논리적인 탐색과 학술적인 연구가 거의 이루어지지 않았다. 대부분 우리 민족의 역사적 고통을 유별나게 강조하면서, 그에 따라서 우리 민족이 어떤 민족보다도 '한'이 많다는 소박한 수사학적 차원의 논의를 거의 탈피하지 못했다고 말하는 것이 '한'에 관한 연구에 대한 솔직한 실상일 것이다.

따지고 보면 세계사를 통해서, 과연 우리 민족만이 그러한 역사적 고통을 겪었는지 의문이 아닐 수 없으며,8) 설사 우리 민족이 다른 어떤 민족보다도 험난한 고통을 체험한 것이 객관적인 사실이라고 할지라도 그러한 역사적 체험에서 생성된 '한'의 미학이라는 것이 과연 우리 민족에만 특수하게 존재하는 감정 상태인가 하는 문제는 또 다른 차원의 복잡한 논의를 거쳐야할 것이다. 아울러 우리 현대문학의 특수성으로 치열한 현실적 상상력을 거론하는 논의도 다른 문화권과의 폭넓은 비교와 대조가 결여된 주관적인 인식에서 탈피하지 못한 것으로 판단된다.

요컨대, 문화 연구에 있어서 어떤 한 민족문화의 특수성으로 해명된 문화적 자질도, 치밀한 비교문화적 연구를 수행하면 그 문화적 자질의

---

8) 아프리카나 발칸반도의 나라들, 그리고 소련 해체 이전의 소수 민족국가 등등의 민족들이 겪는 고통이 과연 객관적으로 우리 민족보다 적다고 할 수 있을까. 인문사회과학이나 문화사에서 '어떤 민족보다도 험난하고 고난에 찬 역사를 통과해온' 식의 진술은 과학적 논리 이전의 텅 빈 '수사학'일 따름이다.

상당 부분이 어떠한 특정한 민족문화에만 배타적으로 존재하는 미학적 요소라고 보기에는 어려운 것이 많을 것이다. 또한 여기에서 염두에 두어야할 중요한 사실은 현대지성사에서, 그리고 현대문학 분야에서 가장 독창적이고 찬란한 봉우리를 이룬 것으로 평가받는 서구의 문화와 예술 역시도 그리스·로마문명을 비롯하여 수많은 '타자'의 문화를 창조적으로 수용하는 오랜 과정을 통하여 정립되었다는 사실이다. 이렇게 본다면, 다른 문화권에서 전혀 영향을 받지 못한 '자생적인 문화'라는 것은 사실, 뉴미디어를 통해서 중요한 정보가 불과 수 초 만에 국경을 넘나드는 첨단 정보 시대인 현대에는 거의 불가능한, 일종의 형이상학적 가정일 따름이다. 문화사에서 중요한 업적을 남긴 그 어떤 독창적인 문명도 따지고 보면 다른 문명과의 끊임없는 교류와 영향관계를 통해 이룩되었던 것이다.

지금까지의 논의를 통해서 확인한 사실은 우리 현대소설의 자생적인 이론의 창출은 외국이론에 대한 무시와 우리 문화에 대한 주관적 강조에 의해서가 아니라, 오히려 외국이론의 성과와 한계에 대한 정밀한 고찰과 그 창조적인 수용에 의해서 가능하다는 점이다. 왜냐하면, 우리의 자생적인 소설이론과 문화를 창출하기 위해서는 무엇보다도 우리가 무엇인지, 내가 누구인지에 대해서 근원적으로 확인해보는 과정, 즉 '자기정체성(identity)'에 대한 확인이 필요할 것인데, 그 자기정체성은 결코 주체중심적인 인식론적 코드에 의해서 근원적으로 해명되지 않기 때문이다.

한 주체의 진정한 정체성은 바로 '타자'와의 비교에 의해서 가능해진다. 여기서 이와 연관하여, "나를 타자에게 드러냄으로써만, 타자를 통하고 타자의 도움에 의해서만 나는 나 자신을 인식하고 나 자신이 된다. 자기인식을 구성하고 있는 가장 중요한 행위들은 다른 의식('너')과의 관계에 의해서 결정된다"고 주장했던 미하일 바흐친의 논의9)와 "동일자

---

9) 츠베탕 토도로프, 최현무 역, 『바흐친─문학사회학과 대화이론』, 까치, 1987, 136면에서 재인용.

가 그것이 주장하고 의도 하는 바 그 자체가 되는 것은 타자 덕분이다"
라고 주장했던 벵상 데콩브의 논의10)를 주목할 수 있을 것이다. 요컨대,
위의 전언들은 우리 현대소설의 '미학적 특수성' 역시, 다른 문화권에서
탄생한 소설과의 치밀한 비교에 의해서만 온전하게 정립될 수 있음을
시사한다. 이러한 논의들은 한국 현대소설 문학의 자생적인 이론을 창
출하기 위해서는 편협한 국수주의적인 태도나 민족적인 감정에 근거한
연구를 시급히 탈피해야한다는 사실을 적절하게 짚어주고 있다. 하나의
동일한 관점에 갇혀서 진행되는 그 동일자에 대한 주체 내부만의 논의
는 진정한 자생적 이론의 정립을 가능케 하기보다는, 오히려 현대세계
의 기본적인 조류와는 동떨어진 편협한 비과학적인 국수주의적인 성과
만을 양산하게 될 것이다.11)

동시에, 여기서 또 한 가지 짚고 넘어가야 할 문제는 왜 아직까지 서
구에서 창안된 소설이론이 우리나라를 비롯한 수많은 다른 나라의 문
학 연구에 아직도 강력한 이론적 헤게모니를 획득하고 있는가하는 사
실이다. 이 점은 문명사적인 문제의식을 함축하고 있다. 이러한 현상의
가장 근원적인 이유는 서구가 다른 제3세계나 후진국보다 근대 자본주
의국가로 발전시켜온 '근대사회', 혹은 '근대'의 논리가 적어도 수세기
간 인류의 문명을 가장 보편적으로 규정지은 역사적·문화적·사회적
추동력이라는 사실에서 연유한다.

일찍이 이성과 합리성에 의해서 자연을 정복·착취·이용하면서 근
대화를 추진했던 서구사회는 그 '근대'에서 배태된 수많은 인간과 사회,
문학, 예술에 대한 고찰을 풍요롭게 남긴 바 있다.12) 그런데 그 이후의

---

10) 벵상 데콩브, 박성창 역, 『동일자와 타자』, 인간사랑, 1990. 제5장 참조
11) 이러한 의미에서 북한의 주체문학이나 이른바 종자론(種子論)은 그 객관정이 인정
　　받을 수 있는 보편적인 이론이기보다는 편협한 지방주의적 문학관에 불과하다고 여겨
　　진다. 이러한 점은 북한의 문학과 문화가 주체를 자극하고 상호영향력을 미칠 수 있는
　　'타자'의 문화적 성과에 대해서 배타적으로 접근했다는 사실에서 연유한다.
12) 물론 우리는 그들의 지적 유산과 성과를 비판적으로 조망하고 전복적으로 사유해야

세계사는 바로, 서구적인 근대의 논리가 이 세계에 전일적으로 고착되는 과정이었다. 사회주의 몰락 이후 동구 사회주의 국가 역시 서구 근대자본주의의 논리에 급속도로 포섭되고 있으며, 그리하여, '제3의 길'을 독자적으로 모색하는 문명권이나 민족은 거의 찾아볼 수 없는 지경이 되어버렸다.

그러므로 서구에 이어서 그들이 밟아나갔던 '근대'의 길을 추종하고 있는 여타 문명권으로서는, 그 근대에 대해서 이미 무수한 학술적·예술적·이론적 성과를 남긴 서구의 문화적 자장에서 결코 자유로울 수 없는 것이다. 그것은 후진국 문명의 슬픈 비애일 것이다. 예를 들어 '소외(疏外)'라는 주제가 있다고 하면, 그 '소외'는 근대산업사회의 출현과 더불어 생성된 개인주의적 가치의 한 형태일 텐데, 이미 서구의 수많은 지성과 석학들은 근대산업사회에서의 '소외'라는 주제에 대해서 꽤 긴 연구목록을 작성해야할 정도로 다채로운 이론적 성과를 남겼다. 그러했을 때, 제3세계나 후발 자본주의국가의 지식인이 그 '소외'라는 주제에 대해서 서구의 이론적 축적을 넘어서는 새롭고도 독창적인 성과를 산출하는 것은 엄청난 시간과 노력이 요구되는 지난한 작업일 것이다.[13]

이렇게 본다면, 서구의 근대적인 문학이론·소설이론들이 다른 문명권의 문화계·소설계에도 커다란 영향력을 행사하는 가장 커다란 이유는 바로 지금까지 설명해왔듯이 서구적 근대성이 현대사회에서 담보하

할 것이다. 바로 이러한 문제의식에서 정전(canon)에 대한 '해체'가 가능해진다. 그러나 동시에 그들의 지적 유산이 근대와 가장 본격적으로 대결·접촉하면서 생성된 성과물이라는 사실은 쉽게 부인되지 못할 것이다.

13) 이러한 측면에서 에드워드 사이드(E. W. Said)의 지적 분투는 돋보인다. 『오리엔탈리즘』이나 『문화와 제국주의』를 비롯한 그의 일련의 저작들은 서구문화의 형이상학적인 '보편성'이 지니고 있는 제국주의적 요소를 날카롭게 파헤친 기념할만한 '전복의 정신'으로 무장되어 있다. 이러한 작업이 서구에 의해서 침탈 받아온 제3세계 지식인인 에드워드 사이드에게 가능했던 것은, 그가 다른 어떤 제3세계 지식인보다 서구문화의 핵심에 정통하면서도 동시에 그 자신이 익숙했던 그 서구문화를 비판적으로 해체하고자 하는 강렬한 '부정적 상상력'을 지니고 있었기 때문일 것이다.

고 있는 이론적·학술적·문화적 헤게모니의 문제와 연동되어 있다. 그러니 '근대'라는 서구가 건설해온, 그리고 현재도 가장 보편적인 삶의 양식으로 받아들여지고 있는 거대한 마법권에서 탈피하지 못하는 이상, 후발 근대국가의 지식인들은 서구의 지적 영향권으로부터 근원적으로 탈피하지 못하는 운명에 놓인 것이 아닐까? 수많은 제3세계의 국가의 지식인들이 근대에 대해서 비판적으로 접근하면서 자국의 근대 이전의 전통에 대한 복원을 시도하고 있는 것도 바로 서구적인 이식된 '근대'를 벗어나기 위한 필사적인 노력이라고 바라볼 수 있을 것이다.

물론 이러한 작업은 그 나름대로 소중한 의미와 가치를 지니고 있겠지만, '근대성'과 연관된 문제에 대한 근원적인 대안이라고 할 수는 없을 것이다. 왜냐하면, 무엇보다도 가장 중요한 것은 지금, 이 시대의 문화적·역사적 현실이지 복고적인 과거가 아니기 때문이다. 문제는 현대적인 것이다. 우리는 바로 이 현대를 살아가는 사람들인 것이다. 이러한 의미에서 에드워드 사이드의 방법은 중요한 모범이 된다고 할 수 있다.[14] 그는 이 문제에 대해서 정면으로 부딪치고 있다. 말하자면 서구(타자)의 논리와 문화·전통·지성사·예술에 대해서 대단히 치밀하게 이해했을 때, 그것(서구)의 한계를 가장 날카롭게 끄집어 낼 수 있다는 점을 에드워드 사이드의 이론적 노력들이 보여준다. 그 한계에 대한 날카로운 인식을 통해, 바로 서구라는 타자에 의해서 문화적으로·정치적으로 정복당한 제3세계나 후발 근대국가의 새로운 역사, 자생적인 이론, 창조적인 문명이 가능할 것이다.

바로 이러한 점 때문에 서구의 문학과 서구의 문화의 커다란 영향력을 받은 문화권의 현대문학 연구자들에게는 이중의 노력이 요구된다고

---

14) 한국에서 에드워드 사이드에 비견되는 존재는 백낙청일 것이다. 영문학을 전공한 그의 민족문학론이 다른 민족문학론자에 비해서 상대적으로 그 이론적 기반이 튼실하고 합리적인 이유는 그가 국내의 다른 어떤 민족문학론자보다도, 서구(타자)의 지적 유산을 성실하게 검토하면서 그것을 반성적으로 해체하는 '비판적 지성'의 태도를 간직했기 때문이리라.

하겠다. 그들은 전통에 대한 이해와 자생적인 문학이론 가능성을 끊임
없이 모색하는 동시에, 서구(타자)의 문화적 논리 및 그 한계에 대한 치
밀한 탐색도 추진해야 하는 것이다. 그리하여, 그들에게는 일방적으로
타자의 매혹적인 주장에 기대고 싶은 욕망과 우리의 것만을 배타적으
로 주장하고픈 유혹을 모두 떨치고, 장기적으로 세계문화의 다양성에
진정으로 기여할 수 있는 자생적인 문학이론을 정립해야한다는 중요한
임무가 부과되어 있는 것이다.

4. 결론과 전망

　지금까지의 논의를 통하여, 한국 현대소설 연구가 외국 문예이론의
경박한 경연장으로 떨어지는 것을 방지하기 위해서는 장기적인 기획아
래 자생적인 소설이론을 고안해보는 것이 절실하다는 점에 대해서 인
식할 수 있었다. 아울러 이 글은 우리 문학의 자생적인 이론에 대한 다
소 주관적인 강조가 학술적 차원 이전의 수사학적 주장이나 편협한 국
수주의적인 논의로 떨어지는 것을 경계하고자 노력하였다. 지금까지의
논의과정을 정리하면 다음과 같다.
　첫 번째로는 외국 이론의 수용에 대한 근원적인 대안으로 우리의 자
생적인 소설이론이나 문학이론을 정립하는 것이 절실히 요구된다고 하
겠다. 그러나 이러한 과정은 외국 이론(타자)을 배타적으로 무시하면서
우리 것을 내세우는 입장에 의해서가 아니라, 오히려 외국이론(타자)에
대한 최대한의 성실한 수용과 창조적 해석을 추구하는 입장에 의하여
장기적으로 추진되어야할 것이다. 바로 이 점이 이 글에서 집중적으로
강조하고자 한 핵심이다.

그리고 대부분의 문학이론들이 실제 작품에 대한 분석과정에서 생성되었다는 사실에 주목하면, 이러한 작업을 위해서는 우선, 우리 고전소설과 현대소설에 대한 공시적이며 통시적인 탐색과 정밀한 책읽기가 동반되어야 할 것이고, 동시에 우리 고유의 철학이론과 사상사의 새로운 지평이 전개되어야 할 것이다. 이러한 작업은 모두 대단히 중요한 의미를 지니고 있지만, 바로 그렇기 때문에 장기간의 안목과 지속적인 연구가 필요한 분야이다. 우리의 소설을 대상으로 한 자생적인 소설이론이 생겨났을 때, 현대소설 연구는 외국 문학이론에 대한 콤플렉스를 탈피할 수 있을 것이며 그 외국 문학이론이 우리 문학 연구에 적용되면서 발생하는 여러 가지 문제점들을 좀더 구체적으로 확인할 수 있을 것이다.

두 번째로는 어차피 서구의 문학이론을 현대소설 연구에 도입시키는 경우에는 무엇보다도 그 문학 이론을 정밀하고 균형 잡힌 안목으로 이해하는 것이 필요할 것이다. 그 이론이 탄생한 문화사적 배경, 그 이론의 한계, 그 이론의 적용범위 등에 대한 진지한 탐구를 통해, 서구 문학이론의 실상과 허상을 냉철하게 이해했을 때, 그 이론을 우리 소설 연구에 적용하는 과정에서 생기는 문제점들이 한결 완화될 것이다. 이를 위해서는, 특정한 소설이론에 편향되지 말고, 그 이론에 대한 비판적인 견해를 최대한 참조해야 할 것이다. 예를 들어서 리얼리즘 소설이론을 정확히 이해하기 위해서는 이에 대한 반대 입장이라고 할 수 있는 모더니즘 소설이론에 대한 정확한 이해가 동시에 요구되는 것이다.

세 번째로는 서구의 소설이론이 우리 현대소설 연구에 적용될 때, 생길 수 있는 이론의 굴절과정에 대한 정밀한 탐사가 필요할 것이다. 어차피, 우리가 타자의 소중한 관점을 최대한 참조할 수밖에 없는 것이라면, 그 타자의 관점이 우리에게 수용될 때 어떠한 방식으로 굴절되고 창조적으로 변용될 수 있는가 하는 기술적인 문제에도 깊은 관심을 기울어야 할 것이다. 모든 위대한 문화는 타자의 문명을 창조적으로 수용함으로써 탄생되었다는 일반론을 들 것도 없이, 외국에서 수입된 이론이라 하더라도, 그 이론을 수용하는 과정에서 우리 현대소설에 적합하게 창조적으로 변용시킨다면 궁극적으로 우리의 문학이론의 중요한 밑거름으로 작용할 것이다.

마지막으로 이 모든 것이 성공적으로 이루어진다고 해도, 자생적인 소설이론을 형성하는 작업은 결코 용이하지 않다는 사실을 솔직하게 인정해야 할 것이다. 특히 그중에서도 현대소설에 관한 자생적인 이론의 가능성 여부는 더욱 그러하다. 그것은 우리 사회를 지배하고 있는 '근대'라는 문명사적 질서 자체가 이미 서구에서 선구적으로, 보편적으로 전개되어온 역사적 단위라는 점에서 결정적으로 연유하고 있는 것으로 보인다. 아울러, 소설이라는 장르가 자본주의 사회의 탄생과 밀접한 연관성을 맺고 있다는 사실도 감안되어야 할 것이다. 그러므로 우리 소설의 자생적 이론의 창출은 장기적으로는 동아시아문명권의 역사적 가능성과도 연계되어 있을 것이다. 동시에 우리의 자생적인 이론을 창출하는 과정은 서구(타자)의 이론과 그 한계에 대한 정교한 검토로부터 출발한다는 사실을 인식할 수 있어야 한다.

비록 대단히 장기적이고 어려운 작업이지만, 앞으로도 수많은 국문학계의 지성들이 바로 이 어려운 작업에 자신의 학문적 일생을 바칠 것이다. 그들의 수많은 노력이 조금씩, 조금씩 축적되었을 때, 현대소설의 자생적인 이론은 비로소 가능해질 것이다. 결론적으로, 바로 우리의 자생적인 이론을 만들기 위해서, 우리는 역설적으로 서구(타자)의 논리와 이론들을 정밀하게 공부해야 할 것이다. 결론적으로, 한편으로는, 경박한 세계화논의를 경계하면서, 다른 한편으로는 타자(다른 문명권)의 소중한 성과를 최대한 성실하게 수용하는 것이, 지금 이 시대의 현대문학 연구자들에게 절실하게 요구되고 있다.